明治女性文学論

新・フェミニズム批評の会

◎執筆者
渡邊澄子
北田幸恵
岩見照代
小長井晃子
金子幸代
橋本のぞみ
関谷由美子
高良留美子
矢澤美佐紀
杉山秀子
鬼頭七美
井上理恵
岡野幸江
中島佐和子
松田秀子
小林とし子
沼沢和子
菅井かをる
岩淵宏子
溝部優実子
藤木直実
小林裕子
小林美恵子
渡辺みえこ
長谷川啓
佐藤耕治

翰林書房

はじめに

現在、歴史の問い直し、とりわけ近代の問い直しはさまざまな分野で進められている。私たちがいま本書を刊行する意義の一つもまたそこにあるが、近代女性文学の出発はいったいどのようなものであったのかを検討することは、その問題にまっすぐにつながることになるに違いない。女性たちが生きた近代日本の実態を、まず明治女性文学を見直すことによって明らかにしていきたい。

改めて記すまでもないが、明治維新がもたらした新時代は、明六社に結集した知識人による儒教的思考から脱却し、現実社会に役立つ知識体系の確立と、「四民平等」を旗印として立身出世を促すものであった。西欧文明を規範とした先進性鼓吹への意欲をここにみることはできるものの、女性は埒外におかれて、儒教的道徳からの解放も立身出世も平等も蔑ろにされたものだった。女性は、七去三従の「女大学」を継承した「良妻賢母」を「婦徳」としてそれに縛られる一方、従来の遊廓を新たに再編し確立した公娼制度のなかに囲い込まれていった。こうして明治期の女性は市民的権利を与えられず、男性の下位者、被支配者の地位におかれ呻吟させられたわけである。

そのような時代にあって、岸田俊子は「同胞姉妹に告ぐ」（一八八四年）で、天賦人権論を体した真っ当な男女平等論を発表している。その一節、「男子のすぐれたるもの女子より多かるの理は教ふると教へざるとの差《ちが》ひ又世に交ることの広きと狭きとに依るものにて自然に得たる精神力に於て差違あるものにははべらぬぞかし」は、女性が制度によってつくられてきたことを端的に表現し得ている。まさに、明治女性評論の嚆矢といえる。この、人間にとって真に望ましい社会のありようを説いた男女同権論の正当性が広く認識されるのは、一九七〇年代後半頃だろうか。

この頃、フェミニズム運動の高まりとともに、文学研究においても女の視点が着目される気運が生まれていて、八〇年代に入って以後、この動向はさらに進展した。フェミニズムの視点に立って作品を解読することで、従来の評価を反転させるような新たな地平が切り拓かれたのだ。このような状況に早い段階から強い関心を抱いていた私たちは、フェミニズム／ジェンダー批評を取り入れた研究を試みようと、「新・フェミニズム批評の会」を立ち上げた。一九九一年三月のことである。以来、月一回の研究会を持ち、東西の新しい理論の勉強と並行させながら、女性文学を中心とした発掘と読み直しを進めてきた。

この視点の導入によって、樋口一葉も与謝野晶子も、従来の読みが女性に対する男性の制度化された好尚や価値観で覆われていたことを知ることができた。そこでまず、明治期女性文学の頂点に立つ樋口一葉の読み直しから始めることにした。その成果は『樋口一葉を読みなおす』（一九九四・六、學藝書林）に実った。次いで取り組んだのが、『青鞜』研究であった。女性問題を社会の表面に押し出した〈新しい女〉の内実を掘り下げ、『青鞜』の女たちの提起した問題を受け継ごうと、『『青鞜』を読む』（一九九八・一一、同）を刊行するに至った。こうして、一葉を読み、『青鞜』を読んだ私たちは、明治という時代が女性にとって真に「近代」といえるものだったのか、という問題に突き当たった。それは、従来男性によって書かれてきた文学史が視野に入れてこなかった女性文学の検証作業を促すとともに、文学史の書き換えという課題にも直面させることになった。

あらためて近代女性文学の出発期を俯瞰すると、制度や規範の桎梏に堪え抗いながら、それを突き破ろうとして優れた作品を発表している女性文学者が何と大勢いたことか。彼女たちを埋もれさせてはならない。本書は、明治期女性文学の読み直しであると同時に発掘であり、それによる顕彰でもある。顕彰したい作家・作品はなお多く、とても一冊には盛りきることができず、紙幅の制限上、やむを得ず割愛した作家・作品の多いことを付言しておきたい。ついでに言えば、元号で仕切ることには抵抗があるが、文学に反映する時代性から、『大正女性文学論』を本書に続くものとして、現在準備中である。

本書は、私たち研究会の長年の研究成果を問う一書である。相互錬磨によってさらなる向上をめざしている私たちは、読者の方からいただける忌憚のないご批判、ご叱正を今後の糧にしたいと考えている。

最後に、刊行が遅れ、大変な辛抱をおかけすることになったにもかかわらず、根気強く出版の労をとりくださった翰林書房の今井肇さん、今井静江さんに、心からのお礼を申し上げたい。

二〇〇七年一〇月

新・フェミニズム批評の会編『明治女性文学論』編集委員

岩淵宏子
岡野幸江
北田幸恵
関谷由美子
長谷川啓
渡邊澄子
（五十音順）

明治女性文学論◎目次

IV 多様な開花●明治四〇年代

I

近代女性文学の出発

●明治一〇年代～明治二〇年代前期

男女同権論の嚆矢——岸田俊子（志ゆん女）「同胞姉妹に告ぐ」

渡邊澄子

1　はじめに

税所敦子、下田歌子、中島歌子といった人たちの旧派和歌や紀行文がすでに発表されていたとしても、近代女性表現者は岸田俊子を嚆矢とすると断言して異論はあるまい。鈴木裕子編集になる『湘煙選集』全四巻（不二出版、一九八五〜八六）のお陰もあって近年、ようやく俊子が研究者の関心を集めるようになってきているとはいえ、立ち入っての研究は今後に俟たねばならぬ現況といえる。履歴においても不明部分が多い。生年に関しても従来の一八六四年一月一三日（陰暦では文久三年一二月五日）説に対して、西川祐子の、一八八五（明治一八）年八月二六日の、中島（戸籍は中嶋）信行との婚姻入籍戸籍その他によって検証された一八六一年一月一四日（万延元年一二月四日）説がある。[1]当時の戸籍を信用してかかるのは危険だが、西川説に従うと文事御用掛として宮中に出仕し、皇后に孟子などを講義したのは従来の説による一五歳ではなく一八歳時となり、大阪道頓堀・朝日座で開催された立憲政党主催の演説会で「婦女の道」を初演説して大喝采を受けたのは一八歳ではなくて二一歳ということになる。この演説会前日の『日本立憲政党新聞』（一八八二年三月三一日）は、紅一点の俊子を〈人寄せ〉の目玉にしたらしく、当日、一三名の弁士とその演題を挙げた上で、とりたてて俊子一人の履歴を紹介しているが、そこには年齢を二〇歳とし、一七歳で宮内省出仕、一九歳で辞したと書かれている。当時は満年齢ではなく数えであり、実生年は依然不確実のようだ。また、宮中出仕辞去後結婚したが、『女大学』の「七去」によって離縁されたとも言われるがその実相も不明である。不明部分の検証は困難だが、俊子が最初の近代女性表現者としての位置づけに揺るぎはない。

2　演説で始まる表現活動

湘煙・岸田俊子の表現活動は演説に始まっている。自由民権運動の隆盛は演説ブームを到来させたが、俊子の登場はブームがやや下火になった頃だった。彼女の颯爽とした弁士ぶりは男性民権家にとって運動盛り上げに効果満点だったろう。俊子の演説による各地転戦が女性民権家を輩出させ、多くの女性たちに天賦人権意識を気づかせただろうことの功績は大きい。俊子の弁士活動は男性民権家たちに利用価値絶大と評価されるものだったが、彼女の炯眼は男性民権家の深層に巣くうジェンダーを見抜くことにもなっている。俊子の弁士活躍は一八八二年四月一日から八四年三月二三日までの二年間で終わり、以後、文筆活動期に移る。この辺りは「舌から筆」への移行を分析した関礼子の論[(2)]が意を尽くしている。文筆活動は『自由の灯』発表文に始まるがその前に演説筆記「函入娘」のほか、『函入娘・婚姻乃不完全』、『獄の奇談』がある。一八八三年一〇月一二日、大津の四宮劇場で行った女子学術演説会の演説「函入娘」が、演説終了後に学術を越境して政談に及んだとの理由によって拘引収監され、病気によって釈放されたものの八日間の未決監体験を余儀なくされ、集会条例違反、官吏侮辱の廉で五円の罰金刑に処せられている。興味深いのは、一八八三年一一月一二日に大津軽罪裁判所でなされた公判に証拠資料として朗読された臨監警官による「函入娘」の傍聴筆記が、この時代、速記術修得が可能だったのか疑念を持つが、実に良くできている事である。『岸田俊子評論集』[(3)]に収められている「公判傍聴筆記」が明示するのは、いささかの怯みもなく堂々と反論する俊子の態度、論理である。「獄の奇談」は末尾に（富井小とら謹写）とあって、俊子の獄中体験を俊子の共鳴者である民権家富井於菟が写し取ったものである。ところで、岸田俊著『函入娘・結婚乃不完全』（駿々堂、一八八三・一〇・一八）所収の「函入娘」と演説の活字化された「函入娘」が同一のもののように扱われてきていたそこを別のものである事を比較検証して、『函入娘・結婚乃不完全』が近代日本最初の女性解放を論じた評論であることを北田幸恵が論じている。(4) この論文は湘煙・岸田（中島）俊子研究を大きく前進させる有効性をもつだろう。ただ気になるのは「函入娘」の署名は単行出版本ともに岸田俊であり、これを中心に論じながら「中島湘煙」の姓表示がなされていることである。そこで本論に入る前に俊子の署名における姓表示にいささかこだわってみたい。

3　表現活動における署名

弁士時代の紹介名は「岸田俊子」「岸田とし女」「湘煙女史岸田俊子」「岸田とし女史」で、大津事件報道では「岸田俊子」「岸田俊女」、他の地方演説報道では加えて「岸田湘烟女史」「岸田トシ女」が使われ、公判では戸籍名の「岸田トシ」が使われている。『函入娘・結婚乃不完全』は「岸田俊著」、『自由の灯』掲載文は「志ゆん女」「しゆん女」。この連載が終わった頃、中島信行との愛が深まり、自由恋愛結婚を果たしたのはこの年か、翌年の一八八五年に入ってからだろうか。入籍は八五年八月二六日である。『女學雑誌』創刊の年に当たり、「論説　女子教育策の一端」（一八八六・六・一五）を初めとして俊子はこの雑誌の重要な書き手になっている。署名は「湘煙女史」「中島（嶋）俊子（俊）」「中島（嶋）俊」「中島湘煙」が多く使われ、「湘煙」の「煙」を「烟」としたもののほかに「中嶋粧園女史」もあり、他に「とし子」「中島とし子」、さらに「花妹」「華妹」「千松閣女史」（一八八八・三、神奈川県に構えた新居に名付けた呼称「千松閣」による）「花の妹」などの号が使われていて、中島姓がメーンになっている。それは、巖本善治の「女學」思想と無縁ではないだろう。「封建的・国家主義的・日本的」なものと闘い、「キリスト教的・西欧的・近代的」な立場に立った新しい「良妻賢母」を女子教育の旗印にしたその新しさにおいて、近代女性輩出に果たした巖本の功績は計り知れぬ程大きいが、時代の力はそのような彼をしもジェンダー・バイアスから解き放つことはできなかった。巖本の唱える良妻賢母思想は、女子は将来妻となり母となるべきもの、男女は本来的に異なる性質を持つ（男女異質論）、男女はそれぞれ役割を異にする（職分論）の三要素に立っていたのだから。(5)

俊子は「近代日本最初の」が冠される女性だが、小説においても然りで一八八七年一一月に女學雑誌社から刊行された『善悪の岐』の作者名は「湘煙女史」、ただし奥付は中嶋俊子、以後、八九年に『都の花』に断続連載された次作「山間の名花」（署名は湘煙女史）、八七年一二月から九〇年六月にかけて『婦人教育　神洲の芙蓉』に発表された「伯爵の令嬢」（岸田俊子）、九七年一月『文藝倶楽部』「臨時増刊第二閨秀小説」号掲載の「一沈一浮」（中島湘煙女史）、九八年一二月の『太陽』掲載の「白沙青松の郷」（中嶋俊子）、一九〇三年八月から九月にかけて『女學雑誌』に三回連載の「花子のなげき」（故中島湘煙女史遺稿）に見られるように、結婚後は中島と岸田を混合使用しているが圧倒的に中島姓が多い。結婚と前後して創刊された「女學雑誌」が発表の主舞台となったことで、巖本の「志」である「女學思想」を自らも内面化させたのだろう。巖本の妻は若松賤子名を使う方が多いが巖本嘉志子も使われ、没後の英文遺稿集は『巖本嘉志子』とされている。

4　文章による表現者へ

さて、「舌から筆」への転回の起点となったのは女性による近代日本最初の評論文学として史上に刻印される「同胞姉妹に告ぐ」である。発表誌は自由党末期に星亨によって創刊（一八八四・五・一二）された『自由の灯』。創刊号に、この小新聞発行への期待をこめた祝辞と「同胞姉妹に告ぐ」の序論を兼ねた「自由灯の光を恋ひて心を述ぶ」を載せている。ここには簡潔明快な天賦人権論に根ざした女性解放への熱い思いが横溢している。すなわち、女がいかに虐げ苦しめられてきているか、旧習によって男の下位におかれ、奴隷的境遇を強いられているかを思うとその「口惜しき事」限りない、女を暗闇に閉じこめている「狐狸妖怪引剝夜盗の類にもひとしき悪漢《わるもの》」を暴き出して、女が自由の道を進めるようにしたいとある。

「同胞姉妹に告ぐ」は其一から其十までが第二号（一八八四・五・一八）から第三二号（同・六・二二）にかけて連載された評論文学である。ここで諄々と説かれている女権論の基底には、英国のミリセント・フォーセットの「婦女参政ノ権ヲ論ス」（『泰西名家政治論纂』所収栗原亮一訳、明治一四）や『政治談』（渋谷慥爾訳、明治一六年）の影響が見られ、当時、広汎に普及していたハーバート・スペンサーの『女権真論』（井上勤訳、明治一四年）その他からも学んだ跡がみられることはすでに指摘されていることで[6]はあるが、それは男性による当時の発言にも言えることでこの時代はプライオリティが厳しく詮議されることはなかった。詳述する余裕はないが、俊子のこの発言より遙かに高名な福沢諭吉の「日本婦人論」（明治一八・六・四〜一二、『時事新報』社説）は文中に俊子の名を一度も挙げていないが「同胞姉妹に告ぐ」の論旨に重なる部分がかなりある。俊子がフォーセットやスペンサーに学び、影響を受けたからといってそのことをあげつらうのは愚で、瑕瑾にはならない。むしろ、原拠とされる訳文の直訳的硬さとは異なり、完全に消化して自家薬籠中のものとして、思想化された自分の言葉となっている事こそ評価されてよいだろう。

5　「同胞姉妹に告ぐ」

十回にわたるこの評論を紙幅の都合上、簡単に眺める事にする。「其一」は、「男尊女卑」社会を容認している女性の「嗚呼《をこ》」（愚かさ）さへの慨嘆、「吾が親しき愛《うつく》しき姉よ妹よ何とて斯くは心なきぞ。などかく精神《たましひ》の麻痺《しび》れたるぞ」で始まる。「湘煙日記」にもしばしば見られるところだが、俊子の人間的大きさを示す一要素にユーモアがある。わかりやすい一例を挙げてみると、臨終間際の句が「藪入りにちょっとそこまで独り旅」であり、末期の水をと医師に促された身辺の世話をしていた女性が動転のあまり、思わず何に入れて持ってきたらいいかと俊子に尋ねてしまう。すると、「今死ぬものに、たずねることかえ」と言ったというのだから何とも剛毅、豪気だ。ちなみに没年月日は一九〇一（明治三四）年五月二五日。

男尊女卑が牢乎としていた時代に、臆することなくその不当性をユーモラスな比喩を駆使して告発したこの評論は、俊子発明の目的達成への有効な文体になり得ている。すなわち、社会は男女で構成されているのになぜ男が上位なのか。男は強く女は弱いからというが腕力の強弱で貴賤上下が決まるなら生白い脆弱な華族の男は女相撲取りや力自慢の女より下位に位置づく理屈になると、腕力強弱説を破綻させる。「其二」は古今東西の優れた女性を例に挙げて、女は精神力において男に劣っていると断定するのは愚論であるとしながら、知識が足りないために男尊の習慣を「憂しとも痛しとも思はざる吾が同胞姉妹のうたてくはかなさよ妾はこれを思ふごとに袖に涙をしぼらぬはなし」と目覚められない女性への苛立ちを募らせている。「其三」は目覚められない理由に及んでいて見事である。決して劣ってはいないにも拘わらず男の方が女より優れた者が多いのは事実と現実を率直に認め、それは男は教育を受けられる者が多い上に社会に出て見聞を広め知見を得るチャンスに恵まれているのに対して「女子は閨閫《けいこん》の中にとぢこもりて人交り」もできない制度の壁に阻まれているからと言う。要するに男が女より優れている者の多い理は、「教ふると教へざるとの差《ちが》ひ又世に交ることの広きと狭きとに依るものにて自然に得たる精神力に於て差異」はないと言ってのける。彼女の説はこの時から約七〇年後、教育における機会均等の男女共学制度が根付いて実証された真実だった。俊子が最も言いたかったのはこの問題だろう。彼女の実人生から体得した真実だったから、自ずから力も入り、「吾が親しく愛しき姉よ妹よ気を強うし心をたしかにして世の心ひがみ情剛き圧制男子の前に同権の理を唱へ玉へや」と女権確立に立ち向かう戦闘の進軍ラッパを吹かずにいられない。「其四」の女性における財産権問題はフォーセットもスペンサーも言及していない俊子独自の理論として注目される。一八八四年、明治一七年の発言である事を失念してしまうほど、制度＝男性に一歩も引かず堂々と対峙したその迫力には圧倒されるがこの回は、「婦人の精神力が男子に劣りたりと云ふをもちて婦人の権利は男子より小なるものなりと申せる僻める説も前に述べつる議論にてうちつぶされて跡なくなりしならん然れば心ひがみ情剛き男等は何をもて再び口実となして妾の議論に敵せんと欲しぬるか」と敢然と挑戦にでたものとなっている。だが、鉄壁の牙城は崩れない。生存に不可欠な経済力を持つ強みである。家督相続は男子に限られていた制度によって財産権は男だけに与えられていたので、財産を持たぬ女は男に屈従しなければならない。何と理不尽な女の不幸か。男は女に財産を持てぬようにしておきながら財産の多寡で男女の上下が決められる不当性を俊子は鋭く論難して、一〇数年後、社会が変わって女子の財産家が出たら男はその女の下位に甘んじるか、甘んじはしないだろう。男たちはそうなることに我慢できないから女に財産を与えようとしないのだ、このような不平等な制度下で財産の多寡によって女を下位におくのは「かへすぐ〱も理知らぬ申分」だが、今では、数万町の田畑や数千円の公債証書や家土蔵衣服諸道具などの財産を持ち、「鬚眉男子」を支配下においている女戸主が出現しているが、にもかかわらず旧習に固執して男を上位とするのは誤りであると舌鋒鋭く迫っている。俊子のこの論は、一年後に福沢諭吉が「日本婦人論」のなかで日本の女子の地位が低いのは資産を持たぬからで、親は娘に資産を与えるのがよいと述べて、「凡そ男子の為す所のことにして婦人の為すを禁ずるものなし」と物わかりがいいが、この時から一三年後、妻の財産は夫が管理し、妻は夫の代理として日常の家事をおこなうという条文に象徴される、女性（妻）を法的無能力者に固定した明治民法に諸手を挙げて賛成しているのだ。

「其五」も刮目される。スペンサーがLoveとCoercionの二語を使って触れた問題だが、その訳文より俊子による表現のほうが論理的にわかりやすく、説得力もある。すなわち、Loveの日本語訳は「愛憐」「慈愛」「愛情」、Coercionは「権柄」「抑制」「強迫」とされていた。Loveの訳語に「恋愛」を使ったのは中村正直が初めて（スマイルスの『自助論』の訳『西国立志編』一八七〇）らしいがそれはさておき、「男女の間は愛憐の二字をもて尊しとす」に始まり、「男女の間は相愛しみ相憐みて憂きも楽きも相共になしてこそ真の恋とも情とも云」えるのに、権柄を持つ男によって愛憐の情が打ち壊されてしまっていると男女、夫婦の現状を分析し、権柄とは「己れの命令を無理無法にも行ひおほせんとする時に必要の道具」であって「男女が相互に愛で憐みて苦楽を共にするのやさしき情とは全く反対」の「恐ろしき悪魔怨敵」であると定義している。権柄が人間としての「悪徳」であるのに対して、「愛憐の情と申すものは人間最良の感覚より生じぬるものにて天然の美徳」であり、したがって、「愛あれば権なし権あれば愛あらず権と愛とは両立なし得るもの」ではない、権柄を振り回すならば「真正の情愛」を楽しむことができず、それは男にとっても不幸なことなのだと、条理をつくした論が展開されていて感動させられる。[7] ついでに言えば、結婚した中島信行との実生活はまさにこの論を実践したものであったらしい。

「其六」は「其五」の延長論で、要約すると、男女同権関係が実現されれば自ずから親しき仲にも礼儀ありの優しさ、思いやりが生れ、夫婦喧嘩の起こりようはないといい、この論を敷衍させた「其七」は、男女交際、夫婦における同権問題の再説となっている。とりわけこの回には天賦人権を唱える男性民権家の言行不一致への苛立ち、批判、怒りを噴出させていて瞠目される。

『自由の灯』の発行部数はどのくらいだったのか。自由民権運動の宣伝広報誌の性格を持つが、購読者は広く一般の女性にまで及んだのだろうか。俊子の「筆」は和文調だが、五〇〇人から二〇〇〇人の聴衆を沸かせたという彼女の「舌」を彷彿させる歯切れよさで、読者の日常感覚にリアルに染みこんでくる巧みさだ。「夫たる男が婦《つま》たる女に向ひて此事を斯くせよ彼の事をかうせよと命ぜし時婦なる女が心に欲せざる事か気の進まぬ時ならば容易《たやす》くは命に従はず此時男は気をいらちて責めはたるべし女は却てこれに口答へなすに至らば遂に世に謂ふ犬も喰はぬ夫婦喧嘩とな」る、「故に男女同権と云ふこと行はれなば一家の幸福を失ひ社会に争ひを作るものなり云々」説に対して俊子は明快かつユーモラスに反論してみせる。男たちは夫婦喧嘩の原因を女の嫉妬やはしたなさによる女の罪と決めつけるが、妻の嫉妬やはしたなさは夫の「流連《いつづけ》の朝帰り」や怠惰による貧や「女の衣服まで売らしむる」ほどの賭事などの「悪事」に起因している場合が断然多いことを述べた上で言う。「男の無理なることを云ひし時も女は唖だまりて得答へぬが女の道なりと云ふことは何時の世いかなる人の定めけん世にも理ならぬ道ならずや(8)」と。真に男女同権が確立されるならば、夫は「やさしく情ある男」になるだろうから、そのような夫に対して妻は必然的にやさしくなれるだろう、と夫婦喧嘩解消の道理を展開した上で、「世の頑なにひがめる男らよいたくな杞憂をなし玉ひぞ」を結語としている。この説は現今社会においても問題とされているドメスティック・バイオレンス（圧倒的に多いのは夫による妻への暴力）への明快な指摘・分析になっているが、これを読んだ男性たちは「頑なにひがめる男らよ」と呼びかけられ、「杞憂」せずに男女＝夫婦平等実現のため、同権社会確立に努めよと言われ、返す言葉もなく苦笑いしただろう。苦笑いならまだしも「女のくせになまいきな」と嫌忌、激怒した男性も多かった。

「其七」は「其六」に更に踏み込み、俊子の名を世に轟かせたその機縁を作った男性民権家への批判を大胆、勇敢に展開していて目を見張らされる。階級社会下の「下層」、すなわち「裏店」の実態に目を注ぎ、その「不作法」ぶりを批判はしているが、女の不作法は戸主たる男の罪、「男の権利の盛んなるが為め」に生じた「弊害」だと述べ、礼節無視社会になっているメカニズムを分析した上で、視点を高所に移して言う。「今夫れ世の論者てふ男らの欲し望める国会と云へるものは果して完全無欠の者にはべるや立憲政体と申すものが無上極度の制度にてはべるや想ふにこれとても古き政治にくらぶれば稍善良なりと申せる迄の事にて文明開化の極点よりながめはべりなばいとも低く下れるものにやはべらん」と。民権論者が政治目標とした「国会」や「立憲政体」が真の男女平等を招来、機能させたものではない事を見透かした発言として注目される。この回の結び、「妾今試に世の自由を愛し民権を重んずるの諸君に問ん君等は社会の改良を欲し玉へり人間の進歩を謀り玉へり而して何とてこの男女同権の説のみに至りては守旧頑固の党に結合なし玉ふぞ」に見られる毅然たる迫力は、現今社会を生きる私たちの闘魂の希薄さに対する痛烈な批判となり得てもいる。ここに至って俊子は「舌」で気をはく民権女性の段階から進み出て文章表現者として女権女性を闡明していると言えるだろう。

男性への隷従を女徳として刷り込まれてきて、男の下位に敷かれることを甘受せざるを得なかった女の屈辱からの解放を求め、平等社会構築のために、女性よ、目覚めよ！　女性よ、奮起せよ！と熱く呼びかけたこの連載の直接の呼びかけ対象は女性であった。だがこの回では「自由を愛し民権を重んずるの諸君に問ん」と男性民権家への問いかけ、詰問になっている。これは、「同胞姉妹に告ぐ」を表題とするこの評論の論旨に変容、混濁が生じたからなのだろうか。そうではない。女性が熱望する男女平等・同権を阻害する、口に唱える天賦人権論と乖離した、今日的用語で言えば、ジェンダー・バイアスに対する男性民権家の問題意識のなさへの苛立ち、怒りが噴き出したもので、女の意識変革と男のそれはまさに表裏・両輪であること、いや、上位の男にこそ本気の意識変革が真っ先に必要である事をいいたかったのではないだろうか。後に福田英子が『妾の半生涯』（一九〇四・一〇）に憤怒を露わにして書き、古在豊子（清水紫琴）没後に発見された一八九二年の古在由直から紫琴宛書簡が浮上させる民権家（両者に共通する中心人物は大井憲太郎だが）の私生活の実態は、志に生きようとする女性を利用し、弄ぶものだった。俊子の炯眼は早くに彼らの思想との言行不一致を見抜いていたといえよう。

「其八」は次のように書き始められている。

己の欲せざることは人に施すことなかれとは赤県《もろこし》の聖人の教なり己の欲することを人に施せとは西洋聖教の旨にして仁恕の心をもて人に交はるを教となすことは東西ともに符節を合はせたるが如し仁恕とは人をあはれみおもひやるの心なり人たるものは男女にかぎらず一日この心なければ禽獣に近きものなり然れば男たるものゝ忌み嫌へることは女にても好き欲しぬるものにあらず女に好き欲しぬることは男も亦た忌み嫌はざるべきの理にて其の好悪の均しかるべければ男の方にて忌みきらへることを強ひて女に施さんとするは尽《いた》く心なき業にして人の道を知らざるものにやはべらんかし

一年後、福沢諭吉はこの論旨そのままを簡潔なことばで表現しているが、ここでも俊子の名を挙げていない。プライオリティ侵害であろう。俊子は焦る。これだけ言っても「我邦の女には古来の慣習によりて已《すで》に権利のあることを知らず男の為すまゝ云ふまゝに従ひて其の虐使を耐ふるありさま」で、そのために当然の権利まで男に横領されている。横領されるのは女に智や学がないからと言うが、そのことを理解できる智や学を持つ男たちは同権の理も分かるはずで、女性の境涯を思いやって、理を実行すべきであろう、と正論で男たちの詭弁の退路を断っている。結語は何とも剛毅だ。権柄を手放そうとしない男たちに匙を投げたかのように、自分たちは才学なくて同権の理を理解できないという卑屈な逃げ口上を使うような心も魂もないような男たちに対しては何をかいわんやだ、と切り捨てているのだから。紙幅の都合上、以下は一瀉千里の要約になるが、其九は苛立ちを隠せぬ前説の再説で、男たちは改進、改革を口にしながら「何とて独りこの同権の一点においては旧慣の慕ひぬるや」と嘆じ、女たちに目覚めて「心なき男らの迷ひの夢を打破」れと檄をとばし、最終回其十では、外国の例を多く挙げて一夫一婦論(9)および女性の参政権にまで及んでいる。

女性解放論でもある男女同権、平等を論じた日本近代最初の評論文学「同胞姉妹に告ぐ」は一二〇年後の今に至るも情けない事だが色褪せていない。男性民権家たちが政治目標とした国会も、敗戦を経た事で主権在民の人権平等を基本とした民主国家になったはずでありながら、法務大臣・首相をはじめとして人権平等の理念に離反する「陛下」(10)をなめらかに発し、依然として男女平等を緊要実現問題視せず、女性差別・蔑視発言がまかり通る男性原理が支配している。俊子が見事に切り拓いた女性の人権確立の闘いを継承し達成し得なかった一二〇年間の女の歴史に俊子が繰り返して慨嘆した「慣習」の根深さを思う。

6　結び

早い段階での優れた湘煙論(11)の結びに北田幸恵は「なぜ湘煙はこのように人々よりいち早く目醒め、女性の歴史と文化の自覚的変革者となることができたのだろうか」と問い、俊子の生い立ち、わけても道楽者だった父を夫とした母の苦悩に寄り添って、「父につながるすべての男の権柄、母につながるすべての女の不自由、哀しみ。ここからの解放が湘煙の生涯の課題となったのである」との答えを出している。基本的には異論なしだが、これだけでは足りない。夫の放蕩、道楽に泣いた妻はゴマンといたわけだし、い続けてもいる。田辺龍子（三宅花圃）の家も妻妾同居で、父は幕末から明治にかけて外交官として活躍し、元老院議官となった高名な高所得者だったが、派手な道楽のために家計は火の車が常態で母の苦悩は大きかったらしいが、花圃文学における人権平等意識は俊子の高みに届いていない。「母の」と「女の」はかなりの部分において同義だが、その「不自由、哀しみ」の様相の見聞を女性解放に向かわせたそここそが重要だろう。古着屋から呉服屋へと商売を広げた父がどんな人だったのか、道楽面以外の事はほとんど知られていない。「女は学なきをよしとす」の時代に、俊子が皇后に孟子を講義するほど男も及ばぬ深い学識を修得できたこと、早くから書家としても知られ、揮毫の依頼が引きもきらずだったという技量を身につけられたこと、宮中を辞して後、主婦の座を見限った母と長途の旅に出たことなど、竹香の号をもつ母その人に力があったとしても、父に家長の絶対的権限を行使されたら母は俊子と行を共にはできなかっただろう。とすれば、娘に学殖を積ませ、妻に行動の自由を認めたこの父もまた尋常の人ではなかったと推測され、検証の必要があるだろう。とはいえ、私にとってとりわけ興味深いのは母タカだが、その出自や生育環境などを詳しく知る手だてを持たない。「夫は天」の婦徳を破って俊子の生涯に寄り添い、時には俊子の活動に二人三脚的役割を果たしたこの女性も検証、顕彰されなければならないだろう。

俊子が男性民権家との交流を通して得た人権平等思想から女権論に進み、女性解放の旗手になり得たのは、北田が言うように母を通して『女大学』でマインド・コントロールされた女の不幸を知ったからとしても、それを女の不幸と知った、知る事ができたそこにこそ自覚的変革者となった目醒めの根源があったのではないか。その根源とは何か。「其三」で中心的に論じ、他の回でも何度か繰り返されているが、教育と社会性である。飛躍的例になるが『橋のない川』（住井すゑ）の孝二のことば、「天皇かて、エッタかて、みな、うまれたては名無しではだかや」や、ボーヴォワールの「女は女に生まれない、女に作られるのだ」（「男は男に生まれない、男に作られるのだ」に転換可能）の最も早い時期での気づきである。個人の意志や努力とは無関係に男に生まれれば教育を受けられ、社会を広く生きられるのに、何の罪もなく、望んだわけでもないのに女に生まれてしまえば閉塞状況下を無知のまま、隷属、屈従の生涯を所与のものとして引き受ける事を運命としてきたその理不尽さを、俊子は学問によって知ったのだった。俊子の学域は古今東西にわたっているが、まだ入信には間のある時期だったが『新約聖書』にも視界は及んでいる。学問に生きる男性の学殖に決して引けをとらない。しかも学んだ学問を自力で咀嚼し自家薬籠中のものにしおおせている。単なる聡明さでは説明できない力の所持者だった。女に排除されていた学問を男と対等に受ける場をもてば、知力において決して女が男に劣るものではない事を俊子は実証した。むしろ男を凌ぐ力すら発揮できることの自信を得てそれは彼女を強くした。「舌」の時代、並み居る男性弁士を押しのけて喝采を博した俊子の弁舌や弁士ぶりについての報道には、「涓々《けんけん》として流がるゝ如」き涼やかな声への称賛やクレオパトラに擬した評で俊子に一喝されたなどのエピソードを披露した褒辞の一方で、「女子の淑徳を傷《そこな》ふ」「立居振リ舞ヒ言語ノ放チ方ハ女子ニ不似合恰カモ男子ノ為スベキ処」の類も多く、この「らしさ」逸脱批判はジェンダー論で一蹴可能だろう。言うなれば女の近代の窓をこじ開けた俊子の目眩く「舌」と「筆」の堂々たる活躍は、智を思想化させて男女同等を確信した俊子における「アニムス」（女性の無意識に潜在する男性性）の発露だったといえるのではないだろうか。

　社会的活動においてもそれは言える。一四〇年以上前の生まれの女性として桁外れの行動範囲であり、行動力である。一八九二年には特命全権公使に任ぜられた夫と共にイタリアまで病をおして出かけている。宮中出仕で特殊な貴族生活を体験し、筆禍事件による入獄で全裸にされて調べられる屈辱を味わわされたこともさりながら、同房者の下層の女性の実態にも触れている。「舌」の時代に各地を転戦した体験は、学んだ学問に命をふきこみ、男の下位に甘んずることを拒否して堂々の対等を勝ち取っただけでなく、男の、中身のない傲慢さ、陋劣さを批判する力、自信を培っていったと考えられる。

中島信行と結婚後、女学に転じた俊子の思想とそこを表現した小説や、政治裏面史として高い史的価値をもつのみでなく、人となりが面目躍如の「湘煙日記」、さては生き方など、本稿の目的ではないので他日に譲るが、日本最初の女性による近代評論文学として「同胞姉妹に告ぐ」の傑出した価値は不動であろう。

注

（1）『花の妹―岸田俊子伝』（新潮社、一九八六・三）。

（2）「湘煙の文章形成――「同胞姉妹に告ぐ」の位相――」（『文学』一九八二・六）。

（3）鈴木裕子編『湘煙選集』全四巻（不二出版、一九八五〜八六）の「1」。

（4）「中島湘煙の演説筆記「函入娘」に見る明治十年代のジェンダーとメディア」（『城西国際大学大学院紀要』第4号　二〇〇〇・三）。

（5）野辺地清江『女性解放思想の源流―巖本善治と『女学雑誌』』（校倉書房、一九八四・一〇）。

（6）（2）および、『女性文学集』（『新日本古典文学大系　明治編』岩波書店、一九〇二・三）校注。

（7）一八六七（慶応三）年生まれの男・夏目漱石は、俊子のこの文章を読んだとは考えられないが「権力とは自分の個性を他人の頭の上に無理矢理に圧し付ける道具」で、この「道具に使い得る利器」（「私の個人主義」一九〇四）と述べ、金力と並べて峻拒している。漱石はこの点の言行一致者になっている。

（8）漱石文学にはこの点における見事な気づきが随所に見られるが、その最も見やすい作品は『道草』（一九〇五）であろう。そのほんの一例を挙げる。

自分は自分の為に生きて行かなければならないといふ主義を実現したがりながら、夫の為にのみ存在する妻を最初から仮定して憚からなかった。

「あらゆる意味から見て、妻は夫に従属すべきものだ」二人が衝突する大根は此所にあった。（傍点は渡邊）

（9）福沢諭吉も一夫一婦論を提唱しているがのその根拠は男女同数論と国辱論により、女性の人権は視野に入っていない。

（10）「陛下」の字義は『大漢和辞典』（諸橋轍次）によると、臣下が天子を称する辞で、卑より尊に達する意とあり、『字通』（白川静）によると、「陛」は「𨸏《ふ》」（神梯の象で聖域をさす）と「坒《へい》」（高きに登るキザハシ）で、「陛下」は階陛の下より拝謁する意とある。すなわち、聖域におはします尊である天子様に卑者がキザハシの下から拝謁させていただくの意となる。妻が夫に、子が父に、主権在民の民が天皇に使う用語ではない。

（11）「近代女流文学の出発――中島湘煙の文学」（一）～（三）（『北方文芸』一九八一・二、三、七）。

ヒロインの作られ方——三宅花圃『藪の鶯』から『八重桜』への展開

北田幸恵

1　忍月の批評と『藪の鶯』

オリジナルな小説としては近代最初の女性の小説、三宅（田辺）花圃『藪の鶯』（一八八八（明治二一）年六月、金港堂）は、本格的な批評にさらされた最初の女性の小説でもあった。出版の翌月、石橋忍月は「藪鶯の細評」（『国民之友』七月）を書き、「主人公なし」、「境遇変転《ペリペチー》なし」、異名同人、人称言語の乱れを指摘し、最も小説に必要とされる条件を欠いた「遺漏欠点の著」と酷評したのである。これに対して石橋思案が「藪鶯の細評を読む」（『国民之友』八月）で、西洋小説の例を挙げて『藪の鶯』擁護を行い、忍月と思案間の論争ともなったことは有名であるが、少なくとも主人公不在という点では忍月、思案の意見は一致していた。

さて石橋忍月の定義によれば、主人公とは「全篇を支配し全篇を構造する所の人物」であり、読者に「同感（シンパチー）」を惹起させることにおいて「最も切なる者」で、あらゆる行為を集合する「焼点」（焦点の意…引用者）として全篇に「貫通と透染」するものである。しかし、『藪の鶯』の篇中人物には、読者に「最も切に同感」を起こさせ、「焼点」の地位に立つ支配者はいず、その人物を除けば「全篇瓦解と云ふ程の根幹者」もいない、つまり『藪の鶯』は小説の資格を欠落した「小説ならぬ小説」だと判定されることになったわけである。

確かに忍月の指摘する通り、『藪の鶯』は、篠原浜子、服部浪子、松島秀子という三人の女性が登場するものの、最も切なる「同感」を惹き起こし、全篇に「貫通と透染」する「根幹者」としての明確なヒロインは不在である。第一回巻頭において鹿鳴館新年夜会に華やかに登場する令嬢篠原浜子と服部浪子。二人のうち、乙の服部浪子は明らかにヒロインとして読まれるように設定されているが、この後、全十二回の半ばである第六回塾寄宿舎の場面まで登場せず、「境遇変転」は写されていず、第十一回で突然、篠原勤の友人宮崎の妻となっているという具合で「主人公とならんとして主人公となる能はざる人物」（忍月）である。第二回目以降は冒頭から揶揄の対象である西洋一辺倒の、甲、篠原浜子に話題の中心は移り、第一、二、三、七、十回が浜子と山中の恋愛のいきさつを叙し、第八、九回も浜子に捨てられた篠原勤の心境を写すということでは基本的には篠原浜子を中心とした「境遇変転」の追求となっている。また第四回に初めて登場し、清貧の中に健気に生きて読者の同情を集める松島秀子も、その後、滝の川茶屋で勤と出会う第十一回まで登場しない。「稍々同感を起こさしむるに切なるが如きも全篇に貫流透染して除去する能はざる者に非ず」（忍月）ということで、全編のヒロインたりえないといわざるをえない。

『藪の鶯』発表から二年目にあたる一八九〇（明治二三）年四月から五月にかけて『都の花』に連載した『八重桜』では明確にヒロイン桜井八重が設定されている。このことは『藪の鶯』のヒロイン不在問題が、単に花圃の作家としての経験不足による技術の未熟さや、また『藪の鶯』執筆の際の手本が主人公がわかりにくいと評された坪内逍遥の『当世書生気質』だったことに基づくというより、花圃が女性の書き手として出発しようとしたときの困難な事情にかかわって生じたものだと考えられよう。石橋忍月の同時代評以来、主人公の不在、真の主人公の想定、主人公の成立を妨げたものは何か、などをめぐって『藪の鶯』論が展開されてきたが、花圃におけるヒロイン不在の『藪の鶯』からヒロインを顕示した『八重桜』への展開が近代の女性文学の出発にとってどのような意味を持つのか、という点については十分、論じられているとはいえない。本稿では女性作家とジェンダー意識という観点から『藪の鶯』における主人公成立の困難という問題に考察を加えてみたい。

2　ヒロインの資格とジェンダー

『藪の鶯』の服部浪子、篠原浜子、松島秀子の三人の少女たちは、主人公になろうとしてなぜ主人公になれなかったのだろうか。第一回鹿鳴館新年舞踏会で際立つ令嬢篠原浜子と服部浪子。浪子は「色白く目大きく。丹花の唇は厳格にふさぎたれどもたけからず。ほほのあたりにおのづから愛嬌ありて。人の愛を引く風情」。薔薇を髪に挿し、腹部はそれほど細くはないが、洋服は着慣れ、「少しこごみがちにてひかへめに見ゆるが。又一しほの趣あり」、というように「愛嬌」「人の愛を引く風情」「ひかへめ」の一六歳くらいの少女として登場する。洋風の嗜みもあるが行き過ぎず温順な女徳を保持している女性として、読者の共感を集めるよう設定されている。それに対して、浜子の方は浪子より二歳年上の一八歳で、「鼻高くして眉秀で。目は少し細」く、際立つ色白、「ヤケに切りたる前髪」、「腹部はちぎれそうにほそく。つとめて反身になる気味」があって、下唇が出ておしゃべりというのが供待ちの馬丁の悪口である、というように、すべての点で過剰で品位や愛嬌が不足し反発を招く人物として設定され、浪子とは対照的な女性として否定的に描かれている。踊りを申し込みに来た男性に対しても、軽率で変な方と手厳しく批判する浜子に対して、浪子は「中々磊落なよい方」だと弁護する。踏舞はまだ気味が悪いと言う浪子に対し、浜子は踏舞をしないと西洋では「ウヲールフラワー（かべの花）」といわれると忠告し、自分はくさくさしているときでも踏舞をすると急に気がアクチブになるのだという程、西洋の風俗に溶け込んでいることを自慢している。明らかに女性としての好ましさと西洋の馴化度の深浅とを結び付け、開化令嬢のタイプの両極が描き出されている。しかし、先に述べたようにヒロイン格のはずの浪子は第一回で早々に姿を消し、非難の対象である浜子の境遇変転に話題が移り、筒井筒の仲の従兄弟で婚約者、洋行帰りの篠原勤を捨てて、浜子の英語教師の官員山中と自由恋愛の末に結ばれる経緯が追求される。山中にはもとから交際していた女性がいて結婚は破綻へと一気に進む。一方、篠原勤の方は、両親に代わって毛糸編み物をしながら弟を学校に通わせ、和歌を嗜む内助型の士族の女性松島秀子と結ばれ、日本主義者同士のカップルが誕生する。浪子は篠原の友人宮崎と結ばれ、秀子の弟は勉学に熱心な女学生宮崎の妹と結婚する。つまり、『藪の鶯』は浜子という女徳を逸脱した余計物を排除し、勤勉で制度に忠実、旧道徳を遵守する人々が結集し、子爵篠原勤を中心に篠原家と松島家、宮崎家、服部家が姻戚関係となり、閨閥を形成して大大円となるという、上流階級再編強化の物語ともなっている。

浜子が婚約者の勤に興味を失った理由は詳しく説明されていないが、勤が浜子に反感を持ったのは、舞踏についての勤の否定的な発言を浜子にフーンと鼻で笑われたことだったとされているから、西洋への姿勢の落差が二人の関係を冷却させたことは間違いない。しかし、すでに勤の留学中に浜子の恋愛が進行している。勤は、浜子の美しさや才智への未練と同時に、浜子の父母に養育されたという「養父母の恩愛と義理」から浜子との結婚を考えていたのであるから、そのような勤に浜子が好意を失ったとしても責められるべきではないだろう。勤はケンブリッジで技芸士の称号を得て、欧州各国を歴遊し、五ヵ年の後帰国すると、養父は思いがけなく華族に列せられるという栄誉に浴していたが、婚約者の浜子の変心に苦しむ。養父の死後、称号と世襲財産を継承し、残りの遺産は浜子に譲り、浜子を山中正に嫁がせた。浜子に裏切られた勤の理想の女性は、「まんざら文盲でも困るが。婦人の美徳と称する従順の徳があつて。少く文字も読め斉家の道に勉力してもらひたい。弾《はね》た性質に世界の酸素を交《まぜ》て。おてんばといふ化合物になったのなんざア好ない。いはば踏舞の上手より毛糸あみの手内職をして。僕が活計を助けるといふやうなのがほしい」というものである。従順を婦人の美徳とする旧来の女性観を持ち、女性に内助の功を求める男性の意識が明確に披瀝されている。そのような価値観、女性観を持つ勤には松島秀子はまさに理想の女性との出会いだった。勤は秀子のおとなしく恥らう「活ける花」のような様子に心を奪われ、秀子は勤の留学体験、風貌、気高さを崇拝し思慕を寄せる、相思相愛の理想の関係として描かれている。

さて花圃は『藪の鶯』において、なぜヒロインにふさわしい浪子を聳立させ、巻頭から結末まで主人公として一貫してストーリーを担わせ、その境遇の変転を追い、浜子と浪子の対立軸で全篇を展開しなかったのだろうか。舞踏会に出席する服部浪子は、その地位、教養、美貌、西洋主義への節度、淑徳からも、欧化の行き過ぎに批判的な洋行帰りの篠原勤と一見して、好一対の才子佳人の組み合わせではなかったろうか。二人が西洋一辺倒や欧化の行き過ぎを戒め、日本の現実に合った着実な進歩という価値観を共有していることは会話からわかる。懲罰される浜子と幸運を摑む浪子との対比の中に浪子のヒロイン性を浮き上がらせ、篠原勤との愛を勝ち得てヒロイン性を全うするならば、少なくともヒロイン不在、焼点なし、ゆえに小説の資格なし、という忍月の酷評を花圃は受けることはなかったはずだ。(1) しかし、『藪の鶯』はそのような作品にならなかった。もちろん浪子は浜子と友人同士という設定からそのような筋が避けられたという可能性もあるが、むしろ浪子が勤の伴侶となりえない根本の理由は、「弾た性質に世界の酸素を交て。おてんばといふ化合物になったのなんざア好ない」と言い、「踏舞の上手」より「手内職」をして「活計を助ける」女性がよいと内助の功を主張する、勤の超保守性に浪子の近代性が対応できなかったからに違いない。忍月によって「異名同人」とされた秀子と浪子の二人だが、浪子は塾でも勉強家として評判の、作文に秀で文学が好きで、文学士の夫との「共稼ぎ」を理想とし、西洋着も着慣れ、時には鹿鳴館舞踏会にも出席する女性で、それは勤の求める「毛糸編みの内職をして。僕が活計を助ける」ような内助の功型の女性ではないのである。浜子という極端な西洋主義の対立項として、花圃は日本主義の勤と秀子と、極端にならないよう自重しながらも、西洋の進歩を否定しない、近代を男女関係に着実に反映させようとする宮崎一郎と浪子の二つのカップルを登場させているのである。つまり、温和な中にも文学に献身して共稼ぎを夢見る服部浪子と、女徳を内面化した温良な内助型の松島秀子という女性とに理想の女性を分裂させ、秀子を復古の思想に立つ男性篠原勤に配したのである。花圃は浜子を勝手な自由恋愛実践者として否定的に描いたが、その対極者を徹底して一人のヒロインとして描くことはなかった。そのため、秀子、浪子をヒロインとして描ききることなく、理想を秀子と浪子に分裂させる結果になった。(2) そのため、ヒロイン不在の小説として忍月の厳しい批評にさらされることになったのだ。

第二回の末尾に付せられた作者の長いコメントには当時の花圃の振幅が表われている。花柳界出身で夫を亡くしたお貞が下宿人の山中正と男女関係になったことについて、古い女徳から解放されるべきだという立場から、「よくゆえばわるくいはるゝ後家の髪」などという世間に気がねして、一夫二婦にまみえずというように暮らすのはおろかしいという。夫の死に遭い早まって髪を切って後で後悔するより、「むしろ女やもめに花をさかせて。あからさまによめ入らん方ぞしかるべき」。泰西諸国では公然と再縁して恥じないと聞くが何を苦しんで旧習になずむのかと、シニカルな筆致ではあるが、夫に殉じる妻の生涯を否定し、女性の新たな生き方を擁護している。むしろここでは女性たちを旧弊から解放しようとする新しい合理的な価値観を支持しているのである。このように花圃の中に女性をめぐって相反する価値観が渦巻き葛藤していた。西洋主義、自由、家族制度からの逸脱を悪として設定し、生意気にならぬよう自重し、他者への献身を美徳とする基準に人物造型をするという伝統的価値観がある一方、個人の近代の夢や欲望、自由を追求する精神を否定することはできなかった。それが、浪子、浜子、秀子をヒロインとして特定せず、同じような重さで描く結果を導いたのだといえる。つまり『藪の鶯』におけるヒロイン不在は、明治二〇年代の開化への反動、復古に同調する花圃の敏感さと近代理解の皮相性を反映していると同時に、現実的な近代的精神をも同時に提示せざるをえなかったところに起こった現象であったといえるだろう。

3　私塾寮の少女たち

坪内逍遙の賞賛を得た第六回私塾の女学生たちの活気ある精細を放つ寮での会話の場面に注目しよう。浪子、宮崎、斉藤、相沢ら女学生の溌剌としたやりとりを口調まで含めて精細をもって花圃は描きとっている。女友達のうわさ、結婚の夢、仕事のこと、勉学のことを、カスティラを分け合いながら英語を散りばめた言葉で丁々発止とやりとりをしている中で、世の中に通じていて他の女学生の手本となるようなリーダーぶりを発揮するのが、服部浪子である。まず宮沢が浜子は不品行だから嫁に行けまいと噂するのを、世の浮説だと打ち消す。世間は珍しいことに尾鰭をつけたがるので、私たちは、特に生徒の時期は人の口に気をつけなくてはならないという。女子の方が男子より勉強するようだが、過度に勉強すると体が弱って弱い子ができ、学問をさせなければ善良な母もできないし、学問をすれば押しの強い女ができるので、「何でも一つの専門をさだめて。それをよく勉強して。人にたかぶり生いきの出ないやうにして。温順な女徳をそんじないやうにしなければいけません。さうすれば子孫も才子才女が出来て。文明各国に恥ない新世界が出来ませうと。或方がおつしやい升た」と諭している。ここでの口吻は年長という設定（浪子は一六歳、宮沢は一四歳と明示されている）もあるが、「わたくしもうちで交際の一ツだと申て勧められますけれど。どうもまだ気味のわるいやうな心持がいたしまして。外国人とはよう踏《おど》られません」などというような第一回の篠原浜子に対するときとは違って仲間の女学生を指導するような強い口吻である。しかしそれはあくまでも「〜さうです」「或方がおつしやい升た」という「反動期に入った日本の上層者のものの考え方の方向」(3)が反映している語り口である。つまり直叙ではなく、伝聞として書かれており、浪子の意見はそれらに同調しつつも、自身の意見として提示しているわけではないというところに注目したい。浪子をとりまく女学生の会話が浪子の意見を中和する。相沢は先生になれば男にひざを屈することはない、といい、また斉藤も「アアいやだワ。あたしはそんなことを聞と。ほんとにいやになつてしまアー」と浪子の考えを即座に否定し、奥様になりやあめんどうくさくっていやだ、私は独立して美術家になると斎藤に言わせている。これに対して浪子は「斉藤さんだとて一心一到ですもの。画かきになれますワ」と励ます。浪子が女性の能力の発揮や自立に十分な理解を持っていることがわかるだろう。宮沢は奥様になるといい、服部浪子は文学士か何かの処へいってご夫婦共稼ぎするわという会話が続き、斉藤は亭主なんか持ちたくないと言い切って、この会話は終わっている。

斉藤、相沢に比べて、浪子の発言は旧弊であるが、実はこれらの発言は女子の学問の必要を前提に展開しているのであり、宮沢のみ結婚して奥様になると言っているがあとの二人は独立をめざし、浪子は共稼ぎを考えている。

浪子は「よい方」は夜会の何のとご尽力しているといい、浪子自身のような奏任官級の娘で舞踏会にも出かけ私塾で学ぶ女学生たちを「我々下の人達」として、学ぶことを放棄した子爵の娘浪子に対置させている。

『藪の鶯』では、男女自由交際が高じて女学校を退学し結婚を急ぐが騙され転落していく浜子、文学を学んで共稼ぎをめざし、学問は生意気にならぬよう学ぶという浪子、学問に専一して結婚より教師や理学士をめざす相沢、美術家になるといい、結婚なんて考えられないという独身主義者斉藤、結婚して妻になることを夢見る宮沢という女学生など、坪内逍遙『当世書生気質』に触発されて書いたというだけに「当世女学生気質」が提示されている。また離縁される破綻型、円満な共稼ぎ夫婦型、良妻賢母で内助の功型、花柳界出身で官員の妻となる型、というように、明治二〇年頃の妻のさまざまなタイプ、風俗を描出している。特徴的なのは、ナショナリズムの強弱と女性としての幸不幸が連動していることであり、欧風はおてんば、生意気、勝手と結び付けられ破綻の基と決め付けられ、自由への憧れ、自主性、自我、個性は否定的に描かれている。男性像も篠原勤のような、あくまでも西洋的なものを知識として習得した上で自国の風習を墨守する和魂洋才を主流とし、政論より技師として現実的に近代にかかわっていくタイプを理想としている。その男性の価値観に沿うか否かで女性性も区別されてしまうのである。

『藪の鶯』がヒロインを提示できなかったのは、三宅花圃が、以上のように強く当時のナショナリズムや保守主義の台頭に誘引されつつ、一方で明治女学校や東京高等女学校の進取の気風に触れて、新しい感性、価値観に生きようとする女性を現実的には無視しえず、またそこに最も親近感を抱いていたからであろう。上層部の男性の主流の支配的価値観と女学校での進取の教育との相克が『藪の鶯』の主人公不在をもたらす結果になったのだ。そのため、浜子への懲罰、秀子、浪子の称揚というストーリーに齟齬をきたすような浜子の自由恋愛への変転へ関心を向け、寮での女学生の丁々発止の談論を生彩を持って描き出すことになった。花圃のなかの女性としての近代の葛藤が女性登場人物の位置づけを分裂させ、分裂をそのままさらけ出した小説となったといえる。もし篠原浜子がその内面性を獲得し、自己の主張を自他に展開できるようになったとき、有島武郎『或る女』や宮本百合子『伸子』が登場してくることになるが当時の花圃にとってそのような展開の可能性はなかった。(4)『藪の鶯』一編のヒロインの半熟は実は当時のジェンダー意識と深く関わっている。ヒロイン未成立は花圃の以上のような限界を示していると同時に、秀子に焦点を収斂させず、浜子、浪子、秀子とヒロインを分有させたところに女学生気質をありのままに捉えようとする花圃のリアリストとしての確かな目が示されている。

4 『八重桜』へ

『藪の鶯』が主人公をめぐる論争にさらされたことは、近代最初の女性作家三宅花圃にとって、看過できない出来事であった。忍月の批判は花圃の自作に強い影響を与えることになる。二年後の『八重桜』は『藪の鶯』とは違い、初回からヒロイン桜井八重を登場させ、八重の変貌を一貫して追跡していくヒロイン明示の小説となっており、前作のわかりづらさ、一貫した読者の同情を受けるヒロイン不在という問題を完全に払拭することになった。

しかし花圃がヒロインを誕生させたとき、篠原浜子や服部浪子の方向ではなく、当時の家族制度の期待に適合した『藪の鶯』の松島秀子の分身の成長という問題を抱え込まざるをえなかった。『藪の鶯』が勉学に熱心で、弟を両親に代わって責任をもって養育するその健気さ、努力が認められ、秀子が子爵篠原勤夫人となる出世物語であるとしたら、『八重桜』の桜井八重は妾として家族制度の補完者となり、妾として宮家の子孫を産み、女として期待される役割を果たす女である。健気で、家族思いで、他人のために自己犠牲も惜しまない人物で、上流階級維持に挺身していくということでは秀子と八重は共通しているが、さらに秀子の自己犠牲を強化した作品となっている。

『八重桜』は忍月の批評を受けた後の作品だけに、四つの非難をクリアすべく意識して書かれた作品である。二年ぶりに主家を訪れた乳母がその零落ぶりに絶句するところから開始する。家の佇まいもみごとに貧家の実相を映し出すリアリストとしての手腕を示す。リウマチで寝込む父親と四人の子供と車井戸で水汲む母親。「欠けたる焜炉に掛けて有る薬土瓶も煎じ詰たる貧家の有様」。主人はかつて白縮緬のへこ帯で広き庭を歩いていた足も今は立たず、伏しているが、「反古張の屏風の内に囲まれ、顔色衰へ頬骨立ち、鼻の下の八字の鬚は、剃らぬ頬鬚と一つに成り、此世の人とも見えぬに、薄き蒲団破れたる掻巻、茶殻の出でたる締り枕、渾べて涙の媒ち成らぬハなし」。明治二〇年頃、急速に高級官吏から零落した主家の様子が乳母の目を通して詳細に叙述されている。

高級官僚の父が免職後、病気で零落し、父の元同僚の松本家へ女中奉公に出された娘の八重は、松本の妻の嫉妬に遭い、宮家竹薗家に騙されて妾としてやられる。松本家の令嬢時子の婚約者時任秀俊は外国留学した青年だが、時子は時任を捨て青年松浪と恋愛結婚する。八重は竹薗に愛され男子をなすが、竹薗の病妻が亡くなり新妻を迎えたのを機に八重は別荘に閑居する。訪ねて来た時任に恋心を打ち明けられるが不貞はできないと断った八重は髪を切り、神仏に仕え若宮の成長を見守り、その五年後、外国の公使として出発する時任を見送る帰途、二頭立ての馬車に乗った幼い子を見る。御者は時子の夫の松浪で、馬車は竹薗から他の宮家から世継ぎに迎えられた息子の生母ということで八重を迎えるためのものだったことを知る。うれし涙に暮れる八重、というところで結末を迎える。つまり前作『藪の鶯』から服部浪子は完全に消去され、浜子が時子に受け継がれ、家父長制度に殉じる女性としての秀子の側面を強化し、ヒロイン八重が成立しているのである。

松本家での令嬢時子と八重のやりとりは、明治二〇年代初めの自由恋愛をめぐる賛否両論を描いたものとして興味深い。以下は「謹直腐ツた」時任が嫌いになったということをめぐる時子と八重のやりとりである（令は時子、八は八重の略。令と八はゴシックで示した）。

令だから分からないねえ、此頃嫌いに成たのよう、忌なものを無理に行けツて仰れバ、御父様ハ旧弊だわ、ねえ八重圧制だわ、妾やア何だ……自由結婚が好き。

八自由結婚が。

令何故、いゝぢやアないか、自分の好きな人と夫婦に成るの人、こんないゝ事ハないぢやアないか。
八でもさう云ふのハ直に醒易いさうです。
令何醒易いものか、妾やアさう決めたの。
八自由結婚の意を違へると野合ですツて。
令野合忌な、何野合なものか、（略）

すでに時子と時任との決別は松浪との間で決まっており、時子に知恵を貸してほしいと助力を求められた八重は「お嬢様貴下がお悪いのです」、「殿様のお許しのないにそんな我侭な事を仰しやツて、まア第一人が何んと申すか知れやしません。浮気ものだの何んのツて、夫が貴下お悔しくはございませんか」、「時任様の処へ行ツしやいまし。さう遊ばさないと殿様も如何なにかお立腹でございませうし、又貴下も松浪さんなぞハ未だ学問も何んにもなくツて、そりやア今にお立派にお成り遊ばしませうが、時任様へ行ツしやれバ立派な奥様で居らツしやいませうが、松浪さん何んぞへ行ツしやツタツて……」というように、女性にとっては親の命令に従い、地位のある男に嫁ぎ、立派な奥様となることが幸福だとする考えを強固に主張している。これに対し、時子は「何程立派な奥様に成ツたツて嫌ひな人ハ仕方がないわ。何んと云はれたツて構やアしない」と言う。親や既成の家族制度の習慣に従って生きることを絶対的正義とする八重と、好きなものは好き、嫌いなのはしょうがない、好きなように生きるしかないと断言する時子との主張が真正面からぶつかっているが、作者は留保なくヒロイン八重の言い分を適切穏当なものとして支持している。

八重は松本家から妾奉公に出されたことを知って死さえ考えるが、諦め、手当てのうちから弟の学資を送る。八重の煩悶はもっぱら妾という待遇が父親の名誉を傷つけてしまうというところにあるが、「皆な是も因縁だから決して人を怨む事ハない、妾の不運なのだから」といって運命として何事も受容する。時任から求愛されたときも不貞はできないと断り、奥様を迎えて、精励して国の為に尽くしてほしいという。時任は才といい、美といい、実に得がたい女だと八重の忠告を感謝して受ける。暇をとった八重は、家を買い両親兄弟を引き取る。「吾子の事君の事又時任の上をのみお八重の胸にハたえざるべし」。最後は息子が宮家の跡継ぎとして養子となり生母として迎えられるというもので、そこに忍従への報いを与えて終わらせている。

確かに花圃は『藪の鶯』で分散していた「焼点」(焦点)を『八重桜』では一点に集め、全篇を支配し、同情を集め、その波瀾に満ちた「境遇変転」のほぼ一〇年を描き、石橋忍月の批評に応え切ったといってよい。しかし、それと同時に花圃は、実は前作が持っていたポリフォニックな視点を見失ってしまったといえる。それだけでなく、花圃は『八重桜』において前作の両義的な浪子を消去し、自己主張型の浜子を時子に移し、旧来からの家父長制度に合致した女性像秀子をいっそう強め、小間使いから妾へ、そして宮家の養子の生母として宮家の内側に入っていく女性像をヒロインとして成立させた。ともかくも『藪の鶯』では秀子は勉学に熱意を示し、毛糸編み物の技術で収入も得るよう努める女性であったのに対して、『八重桜』ではいったん零落した女性がセクシュアリティを根拠に妾から宮家の継嗣の生母としての地位を得る話となっている。このように女性の近代小説の中で、花圃のヒロインが自己犠牲による制度を補完する存在として美化肯定されるところに成立せざるをえなかったことに、『藪の鶯』以後の新たな花圃の文学の困難があったといわざるをえない。

花圃は「数人以上の人物を以つて主人公を形くる」(忍月)『藪の鶯』から、純粋な主人公を成立させる過程で、『藪の鶯』がもっていた相対性、多面性を失い、家族制度の遵守者にヒロイン性を、あるべき女性性を構築したのだといえる。

『八重桜』と同時期の『教草おだまき物語』(『読売新聞』一八九〇(明治二三)年四月一四日〜二一日)は教訓性を極限まで徹底させた勧善懲悪小説となっている。遊女のおだまきが旦那の妻と娘の生活をこわしたがために、数年後に旦那とおだまきは路上に物乞いする人間に零落し、遊女はおだまきという名前のとおり手足を失っていた。一方、幸福な結婚をした娘は変わり果てた姿に因果応報を痛感すると同時に二人を救い出すというものである。

花圃の一八八八（明治二一）年から開始された小説は一八九〇（明治二三）年にはより復古主義を強め、文壇登場作『藪の鶯』が持つ未整理だが初々しい冒険、伸びやかさは失なわれ、(5) 明治の家族制度の教訓物語に退嬰していった。花圃が浜子や浪子に含ませた積極性は、その後の『苦患の鎖』（『女学雑誌』一八九二（明治二四）年九月一二日〜一〇月三日）を経て、『露のよすが』（一八九六（『太陽』明治二八）年二月）において姿を変えて鋭鋒をひらめかせることになる。

女性で最初のオリジナルな小説となった『藪の鶯』における主人公不在の問題は、浜子の自由恋愛の論理を行き過ぎた欧化という文脈でしか評価できない花圃のこの時期の限界を示していると同時に、日本主義や女徳を体現した松島秀子を主人公に設定せず服部浪子という両義的な存在を介在させたところに花圃の新しさがあったことが認められる。『藪の鶯』は、旧来の価値観に承服せず新しい価値観と相克した跡が読み取れるのである。石橋忍月によって主人公なしと断罪された『藪の鶯』は、主人公の複数性によって時代の新しさを刻印するものであった。翌年、中島湘煙の『山間の名花』の高園芳子や木村曙『婦女の鑑』の吉川秀子、三年後に清水紫琴『こわれ指環』の「わたし」という近代の鮮やかなヒロインが登場するためには、『藪の鶯』における花圃の主人公形成のための苦闘が必要だったことを文学史的事実として確認しておく必要がある。

注

（1）関礼子は「田辺花圃『藪の鶯』――立身と恋愛をめぐって」『立教大学日本文学』一九七九年初出（『語る女の時代』一九九七年、新曜社所収）で、恋愛に批判的だった花圃は浪子に投影されているという立場から、「堅実な常識人の浪子」は「優等生に過ぎて小説のヒロインとしての魅力に欠ける」とし、「欧化主義が女性の生活全般に及ぼした開放的側面を十分評価できなかった花圃の限界が投影されている」と、ヒロイン不成立の原因を浪子の常識性に求めている。

（2）和田繁二郎は『明治前期女流文学論』（桜楓社、一九八九年）で、秀子が理想的な男性と結ばれるというところに作者の夢があり、秀子が主人公となるべきところ、理想が浪子、秀子に分裂したため、秀子が軽くなったところに、この作品の「結構上の大きな欠陥があるという見解を提出している。

（3）宮本百合子『婦人と文学』（実業之日本社、一九四七年）。

（4）注（1）前掲書で関礼子は「恋愛の夢と挫折、あるいは「女徳」体現者の破婚というテーマが形象され、現実に肉薄した女性表現が誕生するには、清水紫琴や樋口一葉の登場まで待たねばならない」と指摘している。

（5）従来『当世書生気質』中心に偏してきた明治文学の記述に対して、『藪の鶯』の達成を視野に入れることを主張し、『藪の鶯』の史的価値を指摘した論に、渡辺澄子「『藪の鶯』の位相——『当世書生気質』を視座として」（『日本文化研究』第四十号、二〇〇一年、大東文化大学）がある。

〈欲望〉のかたち——木村曙『婦女の鑑』論

岩見照代

1　はじめに

『婦女の鑑』は明治二二年一月三日から二月二八日にかけて、三三回にわたって『読売新聞』に掲載された。木村曙の生年についてはまだ定かでなく、明治四年説五年説があるが、いずれにしてもこの小説は、曙が一六、七歳の時に書かれたものということになる。

物語は、若干一四才の吉川秀子の外国留学を骨子に据えて展開する。留学を目前に控えていた秀子だったが、花子が捏造した「醜聞」によって不品行の濡れ衣を着せられ、父義国の激怒を買い勘当を言い渡される。留学も反故となり黒髪を切って家を出て、亀戸天神の巫女になっていた秀子を、参詣に来た姉の国子（秀子の実父は、国子の父の従兄弟という設定なので、実姉ではない）と、エジスに見出される。長年の友人小ゼットの資金援助と、かつて父義国が助けた人の娘春子が身を売って調達した金を得て、秀子は遅ればせながら、ケンブリッジ大学のニューナム校に留学を果たす。ここでも秀子を嫉妬する学生カドリーヌによって、馬車で危うくひき殺されそうになるが、卒業式にも無事間に合い、わずか一年足らずの勉学でトップの成績をとったばかりでなく、命を狙った当人をもとがめだてしない寛大な秀子に、人々は賛辞をおくる。卒業後秀子は単身渡米し、ニューヨークの工場で一人の工場労働者として働きながら技術を習得中、僅かな罪で巡査に引立てられようとしていた貧しい老人を救う。この老人の息子夫婦は、小ゼットの友人エジスの両親であった。そして国子の依頼を受けて秀子を探していた国子の婚約者武夫と遭遇し、帰国することとなった。この頃日本では、国子が秀子の「醜聞」の相手の清から、秀子の「恋文」が捏造されたものだという真相を直接聞くにおよんで、父の誤解もとけ、秀子が築地に女性が働きやすい理想的な工場を建設するところで物語は終わる。

しかし、この物語の骨子は北田幸恵がつとに指摘したように、吉川秀子という傑出したヒロイン個人の理想、立志を描くことにあったのではない。「孤児、養子、病者、貧者、娼婦など、父権社会下の〈孤児〉としての存在、その非力性の象徴としての少女同士の連帯と相互扶助と立志の物語」なのである。（「女性文学における〈少女性の表現〉木村曙『婦女の鑑』をめぐって」水田宗子編『女性の自己表現と文化』一九九三年、後『書く女たち』所収學藝書林、二〇〇七年）

また畑有三が「姉妹にとって『慈悲』は、それが期待される徳目であるかどうかということのまえに、なによりもそれは『おさへ兼ざる哀情』として自然に流露する」ものであり、「類なくみずみずしく無垢であるゆえに」、「社会的認識という方向にまで高められて行く可能性を秘めて」おり、この「考えうるかぎりの最も健康なヒューマニズムの精神」の横溢が作品の背後にあったからこそ、「文章の旧さや人為的な筋立てやその他数多くの欠陥に災いされながらも、最後まで読者にさわやかな小説としての印象を与えつづけて行くのだろう」と的確に指摘し、作品の思想的ベースに「慈悲と報恩」とともに、「名誉」という観念を抽出している（「婦女の鑑（木村曙）」（『国文学解釈と教材の研究』一九六八年四月）。

曙は『婦女の鑑』の連載終了後に、創作の意図を語った次のような主旨の文書を『女学雑誌』（「雑録　閨秀小説家問答」第二百六号　明治二三年三月）に寄せている。

他の令嬢の様に夜会や遊会といった当時流行の交際もゆるされず、また自身もあまりに好ましくはなかったためつい家にこもりがちとなっていたが、いろいろ考へたり書いたりすることに「尽きぬ楽」みを覚え、それからひたすら小説に心をよせるようになっていった。そして哲学的に「理想」をふりかざすのではなく、只、見たり聞いたりしたことに趣向を加え、自分が面白いだけでなく、これを読む人もまた、「おもしろかれ」と考えるだけだが、しかし小説を書く以上は、どんなに「拙なくともひとつの主意とする処」があって、「女子のいましめともなりまたはをしへともなる程の物」を書きたいと。そして読んでいた本は細かく人情を写し出したシェークスピアに興を覚えた他、「演義三國誌西遊記紅縷夢の類及び京傳馬琴翁の著作にかゝる草紙等」だという。

このように曙は、「主意とする処」を明瞭に意識していた。この物語に横溢する「おさへ兼ざる哀情」とは何か、また秀子が「我身不肖には候へども……如何でか吉川の家名を汚し申すべき　元より我身が父君に留学の事を申出しも……毫も秀一身の為ならず　世よりあづかる貴き身　父母より賜はる重き名をもて此身のあらん限りには世よりかりたる高恩は必らず報い候へば」と語った「世」と何か。本論の目的は、この「主意とする処」である「慈悲」「名誉」「世」という観念を検討することで、抑圧されてきた身体・欲動・性を解き放とうとする〈近代〉に直面した一人の人間の、果てない〈欲望〉の内実を明らかにすることにある。いまここでいう〈欲望〉とは、人間が望むことをなしうること、つまりそれは、自由・平等への〈欲望〉であり、正義・道徳・義務などの徳性に基づいて形成される新らしい社会到来への〈欲望〉である。

2　〈海〉へ――留学の〈欲望〉

木村曙は明治五（四年とも）（一八七二）年三月三日、神戸市栄《さかえ》町に木村荘平の〈妾〉岡本政子の長女として生まれた。生れた土地に因み栄《えい》子と名付けられた。栄子はこの名前の読みにずいぶんこだわりをもっていたようである。異母弟の木村荘（艸）太は、次のようなエピソードを紹介している。

ひところ曙の栄子が、母の岡本姓を名乗つていたことは、現に私の手に入つていた、栄子が持つていたカッセル版の「ハムレット」にしてあつた署名にも、エス・オカモトと繊細なローマ字で書いてあつた。栄をサカエと読ましてのエスだつたのである。

（『魔の宴――前五十年文学生活の回想』朝日新聞社、昭和二五年。引用は『近代文学研究叢書79』日本図書センター、平成二年）

「エイコ」ではなく「サカエ」。私はこの思い出を読んではじめて、曙の留学に対する熱い思いをキャッチすることができた。ここには神戸居留地で幼児期を過ごした曙のかけがえのない原体験がこめられていたのだ。神戸居留地は次ぎのような歴史をもっている。

幕府は安政五（一八五八）年、アメリカと日米修好通商条約を結び、神奈川、函館、長崎、新潟、兵庫の開港を約束したが、当初予定されていた兵庫には居留地に適した土地がなかったため、急遽東隣の神戸が開港する運びになった（一八六八）。開港に伴って外国人居留地が計画され、開港の翌年には造成が完了した。居留地の範囲は、現在の地名でいうと、東はフラワーロード（元生田川）、西は鯉川筋に囲まれた海岸沿いの二十五町余りと、生田川以西、宇治川以東、山麓までを雑居地とした。雑居地は、居留地造成の遅れのためイギリス・フランス・オランダの三国代表から苦情が出たためで、政府が臨時の措置として明治二年七月に設定したもの。居留地完成後も外国側が雑居地の存続を望んだために維持されることになった。この雑居地では、外国人が日本人と混住し、日本人と相対で地所や家屋を貸借したり、もしくは家屋を購入することが許可され、土地の所有も実質的に認められていた。

居留地の設計にあたったのは上海租界をつくったイギリス人J・W・ハート。海岸通にはグリーンベルト（緑地帯）とプロムナード（遊歩道）が設けられ、各道路には歩車道区別が施され、下水道、ガス灯などの施設も整備された。その結果神戸居留地は、最初から計画的に造られた、整然と整備された西欧的都市空間として誕生した（兵庫県史編集委員会編『兵庫県百年史』一九六七年、引用は新修神戸市史編集委員会編集『新修神戸市史歴史編Ⅳ、近代・現代』より、一九八九年）のである。そして居留地の西側に位置する栄町通は、この地が「繁栄」するようにとの願いを込めて、明治六（一八七二）年一〇月元町通と海岸通の間に新設された通りである。

明治四年四月一七日の英字新聞『The Far East』は、「神戸バンド」と題して岡本（当時は未だ母方の姓）栄子が誕生した頃の神戸居留地の様子を、次のように紹介している。

大阪の港は兵庫で、兵庫の外国人居留地は神戸である。まだ三年しか経っていないけれども、日本におけるすべての開港場のなかで、もっとも活気を呈している。すでに現在市民たちは激賞できるだけの事業や生活水準の向上を示している。それは、最初の段階において、横浜が持ち得なかった長所である。これは日本人たちによって気侭に計画されたものでなく、一人のヨーロッパ人の土木技師を測量の顧問にしたからである。その結果ほどよい広さと規則的な町割りが計画された。(略) われわれの同業者である〝ザ・ジャパン・メール〟は、その最近号で次のように言っている。〝神戸はたしかに美しく、東洋における居留地として、もっともよく設計されている。そこには、中国や日本に似ていないものがある。私は神戸を長崎の美しさや、上海の富と比較しようとしているのではなく、そこにある広々とした清潔な街路、十分な歩道、美しい背後の丘や、湾内の輝くさざなみ、そしてこぎれいで心地のよい建築は、すべて目新しく、魅力のあるものなのである。

（『新修神戸市史歴史編Ⅳ、近代・現代』）

また神戸開港の様子を描いた錦絵「摂州神戸海岸繁栄之図」（『同前書』）は、背景に六甲山を抱き、眼前には外国へと広がっていく海が描かれ、あたかも異国への憧れのようにいろいろな国籍の旗を翻した外国船が停泊している。森田貴子はこの錦絵に、次のようなキャプションをつけている。「神戸港の風景港町のにぎわいを描いた錦絵。居留地の洋風建築とガス灯が立ち並び、海岸通りにはちょんまげや洋装の男女がそぞろ歩く。自転車や馬や馬車に乗った外国人もいる。日本人と外国人が話をし、湾には和船と汽船が停泊している」（「洋風化する港町」『ビジュアル・ワイド　明治時代館』所収　小学館、二〇〇五年）。幼い栄子はこのように、視界を妨げるものが何もない海のかなたを眺めながら、行き交う外国人を目の当たりにした〈風景〉の中にたたずんでいたのである。

〈海へ〉。曙と同じ頃の明治五年二月二五日（新暦）に生まれた島崎藤村が、大正二年にこの神戸港から渡仏したおり、その往路の旅のエッセイを『海へ』と題した。この〈海へ〉という明確な方向性をもつタイトルは、やはり幼き栄子の視線の彼方をも示しているようだ。ちなみに、秀子がニューヨークで助けた老人の孫の両親の日本の住所が、「築地新栄（サカエ）町十三番地……」である。高田知波の「注」（『女性作家集』岩波書店、二〇〇二年）によれば、「実際の築地新栄町は、一丁目から七丁目まで丁分けされており、丁名のない「新栄町一三番地」という住所は実在しなかった。なお新栄町の六丁目と七丁目は外国人居留地に組み入れられていた」という。執筆時においても外国人居留地と「栄（サカエ）」とは、実在の土地という以上にわかちがたく結びついていたのだ。

3　栄子の〈留学〉への〈欲望〉

父木村荘平は機を見るに敏で商才に長けており、政子の助言もあって明治一一年に一家は上京、「いろは」という牛肉屋の経営があたって富を築いた。曙は一二歳のころまで芝三田の南海小学校に通い、明治一七（一八八四）年四月、東京高等女学校に入学。この頃に丸橋光子に出あっている。当時のことを政子は次のように語っている。

栄子で御座いますか彼れは神戸で生れました、東京へつれてまゐりましてもこんな忙い商売ですから思ふ様に家庭の教育も出来ません処から高等女学校に入れ、教師丸橋光子さんのお宅へ預けて教育して貰ひました、思の外出来が良く、十九歳で養子を迎へ、アノ読売新聞へ婦女の鑑と云ふ小説を出しましたのは。丁度其頃の事でムいました。栄子も二一歳で亡くなりましたものですから、何の楽もムいません

（『木村荘平君伝』松永敏太郎編　錦蘭社、明治四一年）

母が栄子の教育を託した丸橋みつ子は、東京師範在学中の明治一二年五月に、加藤錦、多賀（鳩山）春子とともに、明治四年の津田梅子たち以降、はじめての官費留学の辞令を受け取っている。しかしこの直後の八月七日、留学命令は突如取消されてしまう。そのときの喜びとそれが突如奪われた悲しみを、鳩山（多賀）春子は次のように語っている。

加藤錦子さん、（今の武田女子師範学校教授）丸橋みつ子さん、（今は女医と渡清開業の藤田みつ子）と共に、文部省から海外留学を命じられることになり、私はフヒラデルヒヤの師範学校へ入学の筈でありました、三人の喜びは喩へんやうもなく、直に揃ひの洋服を仕立てるやら、その他万端準備しましたのみならず、師範学校の方は休学して、ミセスリーランドの許に通つて、専ら英語をしました、してもう、出立する期日も近より、意気頗る盛んなる時に当たりまして、あらふ事か……、思ひもよらない、何う伝ふ政府の御都合でしたか、三人共洋行中止になりましたのです、此時の失望つてものはとても、今でこそお話しの種ですが、其時分は言語に尽しかねました、

余り極端に失望したものですから、三人連署で、時の文部大輔田中さん（今は枢密顧問田中不二麿氏）に建白しましたが、文部省の自由にもなりませんでしたとの事です、

（中島益吉編「洋行の仕損ひ」『名媛の学生時代』読売新聞社、明治四〇年六月）

青山なをは、彼女たちの学力について「開拓使の女子留学生は、父兄が外国の事情に幾分通じてゐるといふことで、当人に特に資格や履歴が要求されたわけでないことは、その年齢の幼弱からいつても明瞭である。それに比べれば、加藤錦や多賀春子の履歴や教養は、当時においては留学生として適格者であつて、研修の実を積んだ後には、女子教育、幼児教育の分野に十分寄与したであらうと思はれる」（『明治女学校の研究』慶応通信、昭和四五年）とその学力を推測しているが、同期に同窓にあった丸橋みつ子に関しても同じと考えていいだろう。伊豆山敦子によれば、丸橋光子は静岡県士族で、明治二二年七月、東京女子師範学校の小学師範学科を卒業した卒業生一五名の中のひとり。卒業後は本校予科で地誌を担当していたとされる（「武田（加藤）錦―明治期の国際交流と女子教育―」『獨協大学教養諸学研究第23巻』昭和六三年一〇月）。

またこの間の女子留学政策の急変ぶりについて、青山は文部省の方針が、明治初年来の新教育主義に背を向けて、大きく転回しつつあったためだと指摘している。具体的には明治初年来文部行政に実力のあった田中不二麿が、明治一三年二月に文部大輔の職を去る一方で、一二年九月には元田永孚の手になるといふ「教学大旨」が、時の内務卿伊藤博文に示され、伊藤の「教育議」、元田の「教育議附議」が上奏、また文部省は明治初年来使用してきた教科書を調査し、不適当と認めるものを禁止する措置をとったことなどを挙げている（『同前書』）。

明治維新以降、急速に進展してきた西欧化の流れの中で勢いを強くしてきた女権論に代って、それを押しとどめるように旧態以前の女訓論の刊行が相次いだが、そのひとつに宮内省蔵版の『婦女鑑』（一九八七年七月）がある。これは皇后の命を受けて、当時の文学御用掛西村茂樹が編纂したもので、これまでと同タイプの孝女・烈女・貞婦などが日本や中国や欧米から一二〇例選ばれている。しかし、英国のウィルソン婦人が東インドで、育児院や「女子教育諸社会社」を開いた例が取り上げられるなど、さすがに時代の趨勢への配慮もみることができる。しかし女性の「事業」の範囲はあくまで「慈善活動」の一貫としてであり、皇后が刊行の翌年一月に、華族女学校の生徒にこの本を「下賜」したことを思えば、〈女権論バッシング〉の書物であることには変わりがない。そして木村曙はこの書物の刊行一年半を経て、自らの模範とする女性像を描き出すのに『婦女の鑑』と題したのだ。私には曙の『婦女の鑑』が、この人口に膾炙した「宮内省御蔵版『婦女鑑』」の強烈なアイロニーのように見えてくる。

こうした目まぐるしく揺れ動く時代の波を象徴するかのように、最初の女子留学派遣以来、久しぶりに開始されようとした矢先の留学差止である。この突然の留学中断体験は、丸橋のもとで学んでいた栄子にも、間違いなく語り伝えられたはずである。それは中断に終わったが故に、ひときわやみがたい留学への欲望となって、丸橋は教え子栄子に熱く語ったことは想像にかたくない。鳩山春子が後年の『自叙伝』(昭和五年、非売品。復刻 大空社、平成二年)でも、彼女たちは語学だけでなく留学先で困ることのないように、日常的な生活習慣の習得もふくめて、どれだけ心弾ませながら準備に勤しんでいたか、そしてそれが自分たちのあずかり知らぬところで、いきなり中断された無念さを語りつづけるようにである。ただ一人、再度米国に官費留学を命じられた(明治一九年)のは、武田(加藤)錦だけである。当時加藤は、母校の附属幼稚園の保母をしており「普通師範学科及幼稚園保育科修業ノ為満三ケ年米国へ留学申付候事」との辞令を受けた。ようやく加藤は文部省派遣女子留学生第一号の栄誉をになうことになった(渡辺実『近代海外留学生史 上』講談社、昭和五二)のである。

この中断事件は、『婦女の鑑』の秀子の留学のさせかたにもヒントを与えたように思われる。栄子自身が父木村荘平に留学を反対されたため、見果てぬ〈夢〉の実現を秀子に託したというだけではなく、秀子も自分にはまったく関係のないことで、〈父〉=〈国家〉からの資金援助を受けての留学の道を絶たせることで、その〈欲望〉はより増幅し、留学先での刻苦勉励の日々の形象へとつながっていったのではないだろうか。

おりしも明治二一年四月、福岡照子が『女子独立演説筆記』(岩間理喜筆記、日新堂出版)を出版している(引用は高良・岩見編『女性のみた近代II』ゆまに書房、平成一六年)。この解説で北田幸恵が「明治二十年代に入ると、新しい教育を受けて成長した女性たちが自己表現とコミュニケーションの手段として、演説・出版の口頭・活字メディアを駆使する」ようになったと指摘している。どのような時代の反動の中にあっても、もはや〈新しい世界〉を知ってしまった女性たちの、〈自由〉への要求のし烈さをうかがうことができる福岡の「演説」だが、この新栄女学校を卒業し蛎殻町で学校教師をしていた福岡の私費洋行は、かなり周到に準備されたものであった。福岡はすでに『起業立志の金門』（日新堂、明治二〇年五月、後『日本開化之先導者』に改題、めざましや　明治二一年五月）の編集している。その目次に「太平洋航海の記　桑港繁昌記　紐育府繁華の記　紐育見聞雑記　実地経験米行に就ての諸案内　奉公口に関する諸通信　在留日本人の失策ばなし　太平洋商業専門学校」とあるように、この書はアメリカでの生活に関するきめ細かい案内書となっている。こうした具体的な情報が明治二〇年段階で、すでに一冊の書物になっていることにも驚かされるが、福岡の洋行の意図は、タイトルを〈日本開化之先導者〉に変更したことからも読み取れるように、「国」のため「同胞姉妹」のために、先進的な教育を学び「女子改良」を図ることにあった。

曙は女学校時代、英語やフランス語に通じていただけでなく、音楽手芸にも明るかったという。当時まだ手本のなかった洋服を二子や甲斐絹といった日本の織物を材料に使って作ったところ、プリンスという外国語の先生が、その思いつきを大へんにほめている。また袋物やその他の手芸品に刺繍などをほどこして、外国に輸出すれば、国家の利益になるだけでなく、自ずと日本の美術品を海外に紹介することになるし、婦人の内職にもなるので、フランスに留学したいとその目的を語っている（植村清花）。しかし明治二一年に卒業した後、留学を断念せざるをえなかった栄子は、父親の経営する牛肉店「いろは」第十支店の帳場をあずかりながら、『婦女の鑑』の稿を起こしたのだった。

曙もまた、私費留学に関しては、ずいぶん調べていたようである。

維新前からあった大学南校における貢進制度を活用し、外務省の海外留学改革意見とが総合勘案されて、かなり混乱していた海外留学についての規定が、はじめて成文化されたのが、明治三年一二月二二日発令の「海外留学規則」（太政官布告第九百五十八号）においてである。その後改定が加えられながらもその骨子に大きな変更はない。渡辺実がその要点を十項目に整理している（『同前書』）が、ここで『婦女の鑑』ついて関連するところをみておこう。

私願留学生への注意として、学費・旅費は一切私弁のことはともかくとして、明治三年当時、一ヵ年約六〜七〇〇ドル（当時は一ドルが約一円）の費用の支出できる者を許可するとある。これで、小ゼットが用意した五百円だけでは足りず、春子が身売りをしてなお五百円を用意しなければならなかった金額が、かなり現実的な費用だったことがわかる。

また筆者が長く疑問に思っていたことは、秀子が自ら髪を切り、男装をして家を出た後、亀戸の天満宮で巫女となっていたことである。秀子が日常の秩序や社会的組織のなかで生きることのできない〈異人〉＝〈巫女〉となったのではないかというのが当初の私の解釈であった。「異人」とは、「聖と俗、見えざるコスモスと見えるコスモスとの対立を超えようとする仕掛け」（赤坂憲雄『異人論序説』砂子屋書房、一九八五年）である。「そこには有限の絶対への、俗の聖への回帰の欲求がはらまれて」おり、「しかもそれは俗の聖への犯しの極限としての賤において顕現する」という。つまりわざわざ男装をした後に〈巫女〉になることは、これまで歴史の闇の中に埋もれ排除されてきた女性の身体を、ふたたび取り戻すために必要なイニシエーションだと考えたのである。しかし、ことはもっと単純であったかもしれないのだ。というのはこの留学規程の中に、出発前と帰国後の心得として、「出発前にその地方の氏神に参拝し、国恩報公を祈り、神酒をいただいて、国体をはずかしめないという誓を立てること。帰朝したならば神前に報告すること」、「東京から出発する者は、神祇官に出頭して神殿に参拝すること」との規則があったからである。

しかし、このように曙が留学にあたって神社参詣の必要性は認識していたにしても、秀子がなぜ「男装」しなければならなかったのか、またなぜ「巫女」にまでならなければならなかったのか、謎のままである。稿を改めて考えてみたい。

4　〈妾〉の子が〈世〉に出ること

『婦女の鑑』の最後の節を見ておこう。

斯て明る二二年（単行本は二三年）三月三日　開場式を取り行ひ　一芸に秀でたる工人二十人を雇ひ入れ　ひたすら工業の道を固め　其中細かなる下職は　貧婦を雇ひて是れに教へ　仕事に応じて幾分の　給料を与ふるのみか　総て　工業場に通ふ者には　其日の食事は朝夕とも　総て賄ひ与へし程に　皆皆喜び入り通ふ　且つ其傍らに広やかなる幼稚園を設立して　此等は春子が総て治め　貧民の子の三才より十才に成る迄を導き教へ夏冬の手当は元より寝ぬるにも　母なき者は預かりて　身に一芸を付けし後　智ある者は工場の師とも成して人を教へ　また智なくとも一身を　脩むる法に苦しまぬ様導きたりしは稀代なるいと美はしき事どもなり（後略）

給食や幼稚園、たとえ「智」がなくても働くことのできる万人に開かれた工場。学力もなく、またつけることもできなかった貧しい人々のための工揚。この製造品は総て「倭の品にて製し」たもので、輸出品に適しているという。神崎清は、早くに曙のこうした経済思想に注目し、こうした発想を可能にしたのは、弟の荘五に残された蔵書中のアダム・スミス『富国論』（同書のはじめての全訳は石川暎作・嵯峨正作訳、尺振八閲で明治一七年〜二一年にかけて【亜当斯密『冨国論』】として経済雑誌社より刊行されている）ではなかったかと推測している（『文学教室』実業之日本社、昭和二三年）「新しい社会において、これからの日本の婦人はなにをなすべきか――曙女史の『婦女鑑』は、この重大な問題に一つの答へを與へた作品でありました。さういふ意味で、『婦女鑑』は、婦人の立場において小説のかたちで書かれた「富国論」だといへませう」（『同前書』）。

ここで、本論の最初の問題提起にもどりたい。作品の中心的思想であった「慈悲」と「名誉」の達成は、一応ここで具体的なかたちをみたが、この「慈悲」の概念をアダム・スミスの「共感」を手掛かりにしてもう少し考えておきたい。中西洋によればスミスの「共感」とは、「それは、あなたの場合を私自身へと持ち帰ることから、そして私自身をあなたの状況の中に置くことから生じ、そこで私なら、それと同様な環境のもとでどう感じるだろうかを知覚する」こと。それは〈自己愛（self-love）〉を前提する心性ではあるが、〃自分の自己愛〃から出発するものではなく、〈相手の自己愛〉に働きかけ、これを説得しようとする性向であった。ではわれわれはなぜ、他人の身になってみるのか？　スミスはいう——「どのようなことも、他の人々のうちに、われわれの胸中の心情についての仲間意識（a fellow-feeling）を見てとること以上にうれしいことはない。」「共感（sympathy）は、喜びを活き活きとさせ、悲しみをやわらげる」と。このように「〈スミス的人間〉とは、〈交換性向〉という欲求につき動かされ、〈共感〉という感性をベースにしつつ、〈説得ないし是認〉という形で理性を働かせる人々であり、彼らを容れる〈スミス的社会〉とは、経済の世界では〈市場〉メカニズムとして、法の世界では、〈陪審制〉として、これを制度化した社会である。そして、『諸国民の富』の増大は、〈富〉自身のためにではなく、こうした〈人と社会〉の幸福に奉仕するために追求されるのだ」と。（『〈自由《リベルテ》・平等《エガリテ》〉と《友愛《フラテルニテ》》―〃市民社会：その超克の試みと挫折―〃』ミネルヴァ書房、平成六年）この論理を媒介にすれば、人事不省の少女を眼前にした秀子は、「如何に浮世と云ながら斯く迄に上下の隔……」と、「おさへ兼ざる哀情」が湧き直ちに少女を救出し、イギリスでは、見ず知らずの少年が、馬車に轢かれそうになるところをまさに身をなげうって救出し、自分を陥れた人間を周りからどのように言われても絶対に糾弾することがない……。これをスミス的にいえば、〈相手の自己愛〉に働きかけ説得することではなかったか。中西はまた、スミス自身が彼の死の年に補足した「われわれのすべての欲望（the desire）のうちで最も強力なものの一つであると思われる」「信用されることへの欲望、他の人々を説得し、導きかつ指示することへの欲望」という表現を紹介している。これに関連して例を挙げておけば、秀子がニューヨークで役人から老人を助けようとするときに、「素より何かお上の法に　背し事あればこそ　官吏の為めに捕はれ侍りしなれ形は上の法規《おきて》なり　我身が請は御身の慈悲なり」と、人が作った法規に従うのでなく、あくまで相手の「慈悲」に働きかけようとする論理うちに、秀子のもうひとつの〈欲望〉のかたちが読めるだろう。

次に「世」の問題を考えてみよう。冒頭で引用した秀子の「世」に対する考え方は、義国によって次のようにも語られていた。

此世に生れし其甲斐には　命は元より此世の物　決して自身の侭にならねば　猥りに自ら用ひを為し　己れの為めに徒らに　其身をな傷けなしそ　一事一業を行ふに付け　能く後と前を顧みてあづかりし身に傷けなまた進んでは世の為めに益を計りて撓まぬ様　退いては世の為めに益を守りて動かされな　総て其身は何事も世の為めに進退せよ　若し私の栄華を思ひ　一身を是に帰する事あらば再び子として御身を見じ（第4回）

「身」は「世」から預かったものであり、「国」でも「親」でもなく「世」を最重要なものに考える。この「世」とは、いわゆる〈世間〉ではなく、やはり〈共感〉という感性をベースにした〈スミス的社会〉を考えればわかりやすくなってくるのではないか。なぜなら秀子をとりまく少女たちは、〈世間〉の目を決して恐れることがないからだ。近代的良妻賢母像の構築に向けて性急であった当時にあって、恐らく売春をしていたであろう春子は、〈家〉を脅かす存在として、女性の中でもより苛烈に排除の対照になるはずが、待ち合いで働いているところをやはり武夫に見出され、結果春子は工場内に作られた幼稚園で働くことになり、学士と結婚することができたからである。こうした状況は、やはり春子の母親の場合にもあてはまる。彼女も夫の薬代のために身を売るが、めぐりめぐってエジスの家で働いているときに、後妻として迎えられている。ここには、今後女性を長く縛りつけることになる〈処女神話〉の片鱗も見出されないのだ。

これは恐らく栄子が〈妾〉の子であったことが関ってくるに違いない。一八七〇（明治三）年の刑法「新律綱領」に規定されていた「妾」は、一八八〇（明治一三）年の施行の「刑法」から姿を消した。この立法が制定されるまで、激しい〈妾〉論争が繰り広げられたわけだが、この期間は、〈妾〉の子としてその生を終えた曙の一生とほぼ重なる年月であった。かなり年の離れた異母弟であるが、〈妾〉の子という屈辱的な言葉を、同級生から浴びせかけられた荘太は、『魔の宴』で次のような回想を残している。

かれは悪意を湛えきつたような醜い顔なして、ずんずんなおも寄つて来た、そして私と並んで立つと、顔を私の肩越しにずつと近寄せ、私の月もとに口々寄せて、それから私の心を長く震駭して行つてやまないような言葉がこの世にあるのを私に知らせて、私の耳に傳えた。その、それまでそんな言葉があるとは私の知らなかつた、呪わしい言葉を私に投げつけて、「やい、め、か、けの子！」と憎く憎くしげにいつた。

男性であっても、その後いたく傷つき生涯影を落としつづけることになる体験が、続いて次のように語られている。「この汚辱は私にそれからいつも影のようにつき添つて、私がひとの世に生い立つて、自他の世界を見る目にもこういう陰影が多くの場あい差して行つていた。それも特に私の家の場あいでは、父の周囲に母の境遇のような日蔭の身の女がほかにも数多くいて、私に類したような父の子が、母を異にしてべつべつの家にいたから、異常さの度を加えていた」。荘太は〈父〉の呪縛から逃れようと、実業から遠ざかり、文学の世界に身を置き、『魔の宴』の上梓も待たずに自死してしまった。しかし、曙の場合、ある意味では、あまり家にはいない父の日常的な拘束からは自由であり、自分の望むままに勉学のできる環境を与えてくれ、商才にもたけていた情愛深い「賢母」の庇護のもとに育ってきた。
曙はこの〈妾〉の子を逆手にとって、一夫一婦の規範のずらしや覆しを、春子たちにに託そうとしたのではないだろうか。女性の身体は、規範化された身体観を受容するだけではなく、それに抵抗する〈場〉でもあったのだ。ここで本当の「大尾」の問題を考えておこう。いったいなぜ、花子は狂死しなければならなかったのだろうか。言い換えるなら、なぜ、曙は花子を狂死させたのだろうか。

一同愛出度納まりしが　一人花子は日に増して　秀子が名誉の高きを羨やみ　且清にうとまれしを口惜がりて気病となり　盛の花も心から　散り果てしこそ是非なけれ（大尾）

このように物語のラストは花子の狂死である。花子はこうした死を付与されることになるどのような〈悪〉を犯したのだろうか。花子はこの時代に、自分の恋をストレートに相手に「告白」した女性である。明治二〇年代初頭は、徳富蘇峰、巖本善治、北村透谷をはじめとして、立身出世と恋愛をめぐる評論が輩出した時代でもあったが、女性からの恋の「告白」は極めて新しい行為である。花子が清に抱いた感情は、「春心の勃発すると同時に恋愛を生」（北村透谷「厭世詩家と女性」明治二五年二月）じたのか、それとも恋愛を生じただけなのか、または恋愛が生じてから春心が勃発したのか、いずれにしても花子は、〈女〉にあるまじき自己の〈欲望〉を語る、父権制の侵犯者である。そしてこの思いが相手に届かないとなると友人を陥れてまで「恋文」を偽造するが、このことについては、秀子の母に次のような言説がある。

悪にもせよ　それ迄に思慮深ければバ　女子として中々益ある人なれバ　必ず此等を根　と為して遠ざくる様な事し玉ふなよ

この箇所も「慈悲」の論理を媒介にすれば読みやすくなるが、しかし、なぜ「女史として」「益」があるということを、特に強調する必要があるのだろう。ある意味では花子も〈書く〉ことのできる「思慮深」い女性である。しかし花子のメッセージは、だれにも決して届くことがない。とすればこの花子のイメージは、実際には決して到達しえない書く行為それ自体の〈欲望〉を語るもののように思えてくる。つまりほしいままに〈恋物語〉を語ることで「気病となり」、「散り果て」てしまう花子の狂気が表象するのは、父権的な単一的意味作用を撹乱する〈エクリチュール〉それ自体である。

ここで秀子のケンブリッジ時代の仮名が「リリー」であったことが想起される。秀子の分身の一つとして仮託された〈百合〉には、学ぶこと・書くことの意味をこめられていたのだ。そしていうまでもなく曙にとって「世」に出るとは、〈書く〉こと以外のなにものでもない。これまでの女性表象の最たるものが〈沈黙〉と〈狂気〉であったことを思えば、花子がひとり狂気のうちに死んでいくのも、『婦女の鑑』の〈大尾〉にふさわしいものにみえてくるのだ。

注　「姓」や雅号のこだわりについては、高田知波に次のような指摘がある。まず、曙が残した五つの作品の署名がすべて「曙女史」となっており、本人自身が「木村曙」と名乗ったことは一度も確認されていない、また曙には、雅号に姓を冠した署名が存在しない、『婦女の鑑』の連載開始に先立ち、饗庭篁村が作家紹介を『読売』に載せた際、曙の本名を「岡本えい子」と記し、また同年三月の『女学雑誌』の記事では「曙女史(岡本栄子)」、翌年三月の同誌では「曙女史木村栄子」、同年一一月曙没後に友人が同誌に寄せた文章は「曙女史、木村栄子の伝」というタイトル、そして曙が残した五つの作品の署名はすべて「曙女史」であり、本人自身が「木村曙」と名乗ったことは一度も確認されていないことなどを踏まえ、曙には〝無姓空間〟・〝超姓空間〟としての雅号に対する強い志向を認めることができるのではないか、それは母親が〝妾〟であったために「岡本」と「木村」という二つの姓の相克を生ざるを得なかったために、無姓の「曙女史」で通したのではないか、だからこの作家に「父の姓」を押し付けて「木村曙」と呼びならわすことの是非は、見直されてしかるべきではないかというものである(「雅号・ローマンス・自称詞──『婦女の鑑』のジェンダー戦略──」『日本近代文学』55号　一九九六年一〇月)。

女性翻訳家の挑戦——若松賤子『小公子』

小長井晃子

若松賤子翻訳の『小公子』(『女学雑誌』第二二七～二九九号。一八九〇［明治二三］年八月～九一年一月、同年五月～九二年一月) ほど、長い間読者に愛されたものはない (原作は、フランセス・ホジソン・バーネット著 "Little Lord Fauntleroy" 一八八六年)。翻訳発表後直ちに前編が単行本になり (一八九一［明治二四］年一一月一〇日、女学雑誌社)、新興中流層の女性たちに高い関心を持って受け入れられた。

賤子の翻訳活動に対しては早くから関心が高く、多くの翻訳活動を広い視野から評価した鈴木二三雄(1)や諸岡愛子(2)の研究などが出発点にある。その流れの中で、性差に注目した視点からの研究としては、まず本田和子が、同時代読者による『小公子』受容の詳細な分析とともに、「児鑑」という掲載場所を第五回から得て、読者として子どもや子を持つ母を意識して生まれた翻訳であるとし、翻訳書の読者についてはじめて言明した(3)。

一方、『小公子』原作については、否定的に評価されている現状があるが、その翻訳については、質の高さや先駆性などジェンダー研究の成果を踏まえ再評価する新たな段階に至っているといえる。例えば、久米依子(4)や尾崎るみ(5)は、児童文学者としての賤子の作品を、ジェンダーを視座とし、同時代の文脈の中で再評価しようとこれまで積極的に試みてきた。久米は、「賤子の執筆期間は短かったが、時代への影響は決して小さくない。今後は近代化が進む明治二〇年代の文化・教育・女性・メディアを巡る状況の中で賤子の活動を捉え、改めて位置付けていく視点が必要であると思われる」[6]と主張しているし、尾崎も同様に賤子の日本女性読者に対する意識の深さを指摘している。[7]

本稿では、明治黎明期の賤子の女性翻訳家としての活躍について、まず言語政策との関連から再評価し、次に、賤子の「小公子」訳、特にジェンダーの視点を前景化した翻訳方法に焦点をあてて考察し、翻訳家としてその時代性をも表現しようとした賤子の試みに迫りたいと思う。

1 翻訳への挑戦

若松賤子を、英語ができる明治黎明期のエリート女性と位置づけてしまうと、評価しようとしながら英語が分かる才女という安易な像に閉じ込めてしまう危険を孕んでおり、賤子の伸びやかな才能と果敢な挑戦は正当に評価できない。

言語とは、改めて言うまでもなく、時に力となり権力となりうる。そして、国家の言語政策は国の構造をも揺るがしうる重要な政策のひとつであることもまた、様々な論者が多くの機会に論じてきた。たとえば、J・V・ネウストプニーは、言語政策を「国家、政党、様々の圧力団体や報道機関などが、言語の自然な発展過程を意識的に変動させようとする行動」[8]と定義している。それより先に、田中克彦は、言語の名称化について「自分が話しているのが何語であるかという知識は、素朴な話し手にとって必須のものではなく、教育によってつけ加えられた、いわばソフィスティケイトされた非日常的な知識である」とし、その話し手にとって、「こんな知識は余計なもの」であるのだが、「しかし、名称を与えられると、その知識は意識をつくり出す」[9]と指摘した。

外国語を理解するいわゆるエリートの養成は、明治国家が言語政策の最重要課題として資金も人材も登用して成し遂げた国家事業であって、津田梅子らのアメリカ派遣を除けば、すべて男性中心で行われ、帰国後は出世が保証され、官吏になるケースが多かった。また、津田梅子らの女子海外派遣もその一度きりで、その実情は、北海道開拓には有能な人材が必要でありその育成には教養ある母親が不可欠である、という良妻賢母主義的思想に基づき行われた事業であった。(10) 一八七四(明治七)年の官立東京英語学校、官立東京外国語学校英語科設立を経て、一八八七(明治二〇)年の帝国大学に英語学科を設立するに至って、教育制度改革はクライマックスを迎えるのだが、そこに女性の存在は無い。男性中心主義にて行われた国家事業によって英語を習得した男性にとっては、英語の習得は、新知識人となり立身出世をするステップであるが、女子は排されたのである。

両親との別離や養育先の事情という、さし迫った境遇のなか英語を習得した賤子と、国家事業の恩恵に与った男性達とは全く異なった立場にあり、切り離して考えてはじめて賤子の挑戦と努力が見えてくる。国家の言語政策に同調し参画する、という他律的な動機とは全くかけ離れたところで、一人の少女の夢と立志によって始まった純粋な活動であったからこそ、のびのびとした自由な翻訳への挑戦が可能であったとみることができよう。

2　消された名前

ところで、『小公子』発売の広告では、賤子の名は長い間消去され「妻」と宣伝され続けた。『小公子』前編が、一八九一(明治二四)年一一月一〇日に単行本として発売されることとなり、単行本発売を前に、『女学雑誌』上に宣伝が繰り返された。まず、発売一カ月前の一〇月二四日(二八八号)に翻訳者の「自序」が掲載されたが、このときの筆名は「若松しづ子」であった。ところが、単行本の発売直前の一一月七日号の表紙裏広告面の初の単行本広告には「若松しづ子」の名は消され、ただ文中で「訳者」と紹介されるのみとなった。訳者の名前は「巌本善治妻」となっている。若松しづ子の名を一八九一〜九四年の四年間の広告文の中に探してみると、殆ど名前が挙がっておらず、「巌本善治妻訳」と書かれている広告文が圧倒的に多い。森田思軒の評論抜粋分の中に「若松賤子」と出てくるのを数に入れて漸く半数に届く。鴻巣友季子はこの状況を「当初のペンネームは「巌本善治妻」」であったと皮肉っている。[11]

単行本発売一年を経過した一八九二年一一月一二日号より「森田思軒の評」抜粋が広告として多用されるようになった。しかし、目立つゴチックの部分は「巌本善治妻訳」のままであり、脇に「若松賤子」の名が付される形であった。発売から二年後の一八九三年になって漸く「巌本善治妻訳」から解放され「若松しづ子訳」とし、広告が多く掲載されるように改善された。

巌本は、「近代女性文学創立の理論的、物質的基盤を用意した決定的な意義」[12]を確かに担っており、その存在意義は大きかったといえる。その巌本善治監修の下、賤子が「巌本善治妻訳」と紹介されたことは、いかに女性翻訳家の存在が奇抜であったのか、女性翻訳家の登場が社会にとっては受け入れがたいことであったかを示している。

巌本が、女性翻訳家の異質性に対して男性の名前＋妻という装置を用いたことによって、翻訳家の存在は特異なものとして社会に可視化された。そして、女性読者が増加するなか繰り返し「巌本善治妻」と紹介されたことで、表現者としての賤子の独自性がかえって評価される結果になった。二年という長い年月はかかったものの「巌本善治妻訳」から「若松しづ子訳」と筆名が変化したことに、女性表現者と編集者の新たな段階が見いだせる。巌本が女性読者の確かな反応に手応えを感じ、女性翻訳家を明確に社会に位置づけ、賤子もさらに表現者としての自覚を強くした過程がそこにある。

賤子は、雑誌に「小公子」を掲載する前年『女学雑誌』一七三号（一八八九［明治二二］年七月二五日）に詩「THE BRIDAL VELL」を発表している。その中で、「われらは結婚せり、ああ、願わくは　われらの愛の冷めぬことを（中略）またいかに捕らえんとしても、しばらんとしても　影の如く、きみの手より抜け出ずる力をわれは持つ」と述べた。松井裕子はこれを「自分は夫や誰の所有物でもないし、ましてや結婚によって夫の思うままに作り替えられる存在でもない、自分は自分でこの今の自分を作り上げていたのだと言明する」[13]と分析する。つまり結婚生活の宣誓文であるこの言説から、広告から名が消されたことは、賤子自身が好んで私的領域である妻と自己とを一体化し、内面化していたとは考えにくい。かつて笹淵友一は、此の広告について「のろけというべきもの[14]」と評した。しかし、既に述べてきたように、同時代の儒教的な家庭観による女性の苦境を鑑みれば、尾崎るみが指摘するように、賤子は『小公子』翻訳に「日本の女性の地位の低さに早くから気づ」き「社会状況を文筆活動を通して少しでも変えて行きたいという望みを抱いて[15]」邁進したと理解できる。

『小公子』翻訳の前後、賤子は、肺病を患い妊娠や出産も重なって、体力及び精神力はかなり消耗していたと考えられ、長編小説を訳し切るのは並の精力では成し得ない状況にあったであろう。したがって、塩田良平の「病床とはいへ、とにかく家庭の雑事から解放され、読書思索の暇を得たからこそ清純玉の如き佳品を残し得たと考える[16]」という理解は、賤子の一面でしかない。『小公子』「後序」（岩波文庫、一九二七（昭和二）年一〇月）にて巌本が、「一語一句の相当な訳語を定めるにも、随分と長く掛った様です。」と回述しているが、賤子が、女性の自己実現という強い信念を持って一語一句を大切に完訳した、その努力と挑戦こそ評価すべきものであろう。

女性表現者に対する逆風が文壇に吹き荒れるなか、森田思軒は、『小公子』前編発売五日後の『郵便報知新聞』第一面にて「女流」を差別する文壇、知識層を痛烈に批判し、翻訳に男性／女性の別が無いと説いた。そして森田は、賤子の日本語訳が「極めて明白、極めて透徹」であり「談話ダイアローグ」は「敢て一字を増さず敢て一字を損せず」原文に「忠実に」「厳守して」成し得ており、「汝が男子なるの故を以て女流の著述を軽視すること勿れ」と激賞した（「偶書「小公子」を読む」『郵便報知新聞』一八九一（明治二四）年一一月一五日）。翻訳の場には、国家政策のような男性／女性の役割分担の必要性はなく、まして英語翻訳が男性のものでもなく、女性の翻訳が同等に扱われるべきだと強調し訴えたのである。森田は、「坪内逍遙宛書簡」（『早稲田文学』第一三号、一八九二（明治二五）年九月）においても「廿年来第一の訳」と述べている。他、坪内逍遙（「小公子」『早稲田文学』第四号、一八九一年一一月）、石橋忍月（「小公子を読みて」『国民之友』第一四二号、一九九二年一月）、下田歌子（「答書」『女学雑誌』第三〇〇号、一八九二年一月）、中島とし子（「小公子の評」、同上）、櫻井鷗村（『小公子』全編を編集、一八九七（明治三〇）年一月）など理解ある評者を得て、賤子は、日本の女性に「翻訳家」の道を示したのであった。

3　ジェンダーと翻訳

では次に、賤子の翻訳手法をジェンダーの視点から探ってみたい。本稿では、その試みとしてまず、エロルが語った部分を原文と照らし合わせて、賤子の持つジェンダーの意識がどう翻訳に反映されているのかを検討する。そして、性役割や家父長制に対する強い批判力が訳文に内包されていた様子を明らかにする。賤子訳が多くの女性読者に熱狂的に受容された、その理由を解く一つの手がかりを摑むことが本章の目的である。なぜなら、平子義雄は、翻訳という行為について、「翻訳者には翻訳のための予備知識が必要である。予備知識とは、世界知（事柄についての知識）と言語知（語学力）とであり、両者とも記憶として訳者の中に貯えられていなければならない」と述べ、また、翻訳は原書に対して「新しい解釈を与える」行為であると定義している。[17] 新しい解釈とは何か。それは、既に述べた通り、ジェンダーの意識を前景化した翻訳の手法に他ならない。

『小公子』の原作の持つ面白さは、身分、立場が異なりそれぞれに悩みを抱える様々な境遇の女性が登場し、女性たちが生き生きと描かれている点にある。抑圧者と被抑圧者を様々なパターンに組み合わせ、抑圧者の不当な差別を対話と行動力によって克服する方法は明快であり、翻訳した場合にも分かりやすく、日本においても多くの読者を瞬く間に獲得した。

女たちとは、母エロル夫人、エロル夫人が婚前仕えていた金持ちの婦人、林檎屋のお婆さん、乳母（雇女）メレ、亭主に仕事がない一二人の母であるメレの妹のブリジッド、門番の妻、城の女中取り締まりのメロン夫人、その他女中、イギリスでの世話係ドウソン、伯爵の妹コンスタンシア・ロリーデル夫人、舞踏会の華ヴィヴィアン・ヘルベルト、伯爵の息子ビービスと結婚した経験がありベンの元妻でもある女（フォントルロイ夫人と偽る女）ミナ、市井の女たちなどである。女たちは、貴賤の違いに拘らずよく語り、動く。日本の女性たちが「三従の道」に縛られて、私的領域である家族間においてすら自由な言動を許されなかった時代にあって、物語の女性たちの振る舞いは、読者に大変新鮮に映ったのではないだろうか。

さて、代言人がエロルに、別々に暮らさなければならないことを伝えたとき、エロルは、母の強い愛情があることを次のように述べるが、賤子はそれを次のように訳した。

（以下、傍線部筆者）

オヤ、さ様ですか、さ様ならば、私はあの子を手離さなければならぬのでせうか？　マアーあの様によく懐て居り升に、只今まで此上のなく楽しみにしていたして、出来る丈の注意をして育てましたにソシテ他に何の楽しみもない私にとつてハ、他人には分からぬほど大事な子で御座りましょう。（第二回）

'Oh' 'she said, 'will he have to be taken away from me? We love each other so much! He is all I have.' 'And her sweet young voice trembled, and the tears rushed into her eyes. 'You do not know what he has been to me!' she said.

初めの傍線の部分では、母が子を愛するのは当然という立場で each other を「懐いて居り升に」と子から母への愛情を強調し訳出している。そして、二番目の棒線部分は原文には無く、家父長制的制約の中、子の成長を間近で見る母の喜びを明確に語っている。

この物語の「母の情」とは、母親のみが実感できる母性ではなく、親として人間として持つ大人から子どもへの愛情と考える。なぜなら、ホップスやメレなど、世代や性差に関係なく、セドリック親子の周囲に集う人々はいずれも厚い情を持っていて、物語は繰り返しその情の深さを描き出すからである。

次に、「金子」の援助について代言人に断るときには、以下のように訳出している。

いまセドリツクをお引渡しするのといふのは、ただあれの利益とおもひ升れば、母の情で自分のことは忘れて居りますのと、こうなることは亡き父も望む所であろうと考へますからのことです。（第五回）

'I am giving him up only because I love him eough to forget myself for his good, and because his father would wish it to be so.'

ここでも子に対する愛情と尊重を明言するために「母の情で」と原文には無い言葉を加えて具体的に訳出している。他に、She cares for him as much as I care for Cedric, の care も「情愛」と訳出している（第一三回）。エロルの care と侯爵の dignity が作品の一つのキーワードと言える。

その他、my little child を「この母さんの少い子」（第八回）と母子の連帯を強調する一方で、侯爵の呼びかけ Mrs Earl, I believe. を「エロルの妻であろうな。」（第一三回）と、発言に家父長制の影を強く主張し訳し分けている。

一方、エロルの女性像の印象を非常に気を遣って訳し分けている事が分かる。声の表現を一例として挙げると、this pretty young creature with the sweet voice and sad eyes を「此可愛らしい声の、萎らしい眼の若婦人」（第二回）と若さを強調して訳す一方で、侯爵とエロルが対面した後半の緊迫した場面では、her voice was very sweet を「エロル夫人の声は真に涼やかで」（第一三回）とエロルが凛とした自律した女性と印象づける様訳出する。伯爵がエロルと打ち解けて城へ帰る間際には、so sweet face and voice を「容姿や声が可愛らしく」（同回）、と親近感を意識し清純な母親像を訳にて造形している。

また、物語のクライマックス、最終場面で侯爵がエロルが城に同居するよう要請した際には、Mrs Errol with her soft, pretty smileを、例えば、「やさしく微笑んで」などとではなく「しとやかにニッコリし」（第一四回）と控えめに、しかし自律した芯の強い女性を印象付けるよう「ニッコリ」に込めて訳出している。「ニッコリ」によって、長い物語の末に、子との別離を耐えた後の母の喜びの強さと深さの実感を鮮明に具象化してみせたといえよう。

4　人称の強調と省略

ところで、日本語は一人称を省く傾向にあるが、賤子は文脈からは決して外れず、しかし日本語の文脈にふさわしいよう省く一方で、強調する場面ではあえて訳出する工夫をしている。鴻巣は「人称・指示代名詞が適度に省けるようになれば、訳者も一人前」といわれるとし、賤子の『小公子』は、「人称代名詞、指示代名詞がすっかり省かれている」と指摘した。[18] しかし、人称が全て省かれているのではない。その一例として、第一三回のエロルがドリンコート侯に話した部分はどうであろうか。

> ドリンコート侯爵と申せば、大した格式で御座り升。併し手前は子供が何はさて置き、第一に父に倣ひ升て、萬事に雄々しく、正義を守る様致し度ので御座り升。
>
> 'It is a very magnificent thing to be the Earl of Dorincourt, my lord,' she said. 'I know that, but I care most that he should be what his father was-brave and just and true always.'

なお、このセンテンスでのcareは、前出の「情愛」ではなく「〜様致し度」と訳出している。

他、ドリンコート侯爵にエロルが話しかける部分では、「手前」という一人称が散見され確認できる。次は、侯爵が城に母と住めない理由をセドリックに話しても、セドリックは祖父を信頼しただろうか、という侯爵の問いに対するエロルの答えであるが（第一三回）、ここでも、

> どうもさうは参りませんでしたらう。それ故、手前が是非知らせ度ないと存じたので。
>
> 'No, answered Mrs Errol ; 'I think not. That was why I did not wish him to know.'

のように、エロル自身の立場を明示するために、遜った印象の「手前が」と一人称を訳出している。

一方で、一人称を意識的に大胆に省くことで、封建的な価値観に押さえ込まれている日本の嫁に合わせたエロル像を構築し、他方で、母の視点から主張しなければならない場面では、一転し一人称をしっかりと訳出し自己を明示する工夫がなされている。結果、封建的な家族制度の中で普段は意見を言わないが、主張すべきときには明確に主張をする自律した母親エロル像を鮮明に導きだしたのである。

他に、妹のロリデール夫人の会話からは、一人称が多く観察された。「わたくしは早速エロル夫人を訪問する積りですから」「マアあの夫人のような様子の好のに、私し《ママ》は逢ったことが御座いませんよ」「私はロリデールへ呼びとらうかと思ひ升ワ」などである。エロルの用いた「手前」ではなく、ロリーデルが「わたくし」「私し」「私」と一人称を多用することで、コリンドロー侯爵と対等な身分（妹）である夫人像をやはり意識的に訳出している。また、ロンドン舞踏会の華ヘルベルトがセドリックと再会した時の挨拶でも「私は大層嬉しうございますよ」と「私」を訳出し、セドリックと対等な立場であり、セドリックの理解者であると強調する工夫が認められた。

では、被抑圧者の一般大衆の代表である下女のメレ（Mary）はどうであったか。お城に着いた時部屋の内装が立派であるのに驚いた場面では、崩れた英語を用いており、それを見事に下町風の言葉に訳出しているのも訳し分けの工夫であるが、それはさておき一人称はというと、全てにおいて「わたしは」「わたしも」「わたしゃ」と訳出し

ている。一人称によって、明るく逞しく暮らす市井の女性像を導き出しており、知識層は、一人称は場によって意識的に控えるという日本語の待遇表現の方法の対極を見事に実現しているといえる。

なお、セドリックの一人称は「僕」であり、「僕」を多く訳出することで制度に縛られない子供っぽさや自由なふるまいを表現したと考えられる。さらに、会話の文から地の文へと移行するときに、自然に見えるようさりげなく句を挿入するなどの工夫もみられたが、問題が広がるので本稿では詳しくは述べず指摘のみとする。

以上のように比較してみると、翻訳家の鴻巣が「身体感覚」[19]と信じるほど自然な訳文の流れは、実は賤子が、家父長制に縛られた女性を意識し、歴史的枠組みに即して一人称を訳出し分けたものと理解できる。生活の中から自然習得に近いかたちで、自律的に英語を習得したからこそ実現しえたことであり、賤子の基底には、家父長制という歪みへの深い洞察があったといえるだろう。

5　女たちの共鳴

明治二〇年代の家父長制社会の文脈で原作を概観すると、どのように読めるのだろうか。

『小公子』は、貴族の夫と死別した未亡人エロルが七歳の息子セドリックと慎ましくも楽しくニューヨークの下町で暮らしていた話から始まる。この物語は、伝統の浅いアメリカと貴族文化の残るイギリス文化との対立や身分制度などの社会的不平等が、原作全体に及ぶ大きなテーマの一つである。一方、情愛の心が、身分や経済的格差、偏見や性差を打ち破り、人間の内面を変化させる力があると訴えたことが二番目の大きな主題と考えられる。

今日、アメリカでは、この二番目の主題および物語の展開について「メロドラマ風」[20]と言われ、『小公子』は文学史上思い出されることはあっても文学的にはあまり評価が高くない。しかし、一八八〇年代の儒教的な家族観に覆われていた日本において、この主題は、女性読者が最も共鳴した点であると推察される。

第一の主題である貴族と庶民の生活について、日本の読者はこの物語によって、一八八〇年代、海を隔てたアメリカやイギリスに階級が存在し、日本と同じように平民が身分制度や家制度の下虐げられているのだということを知った（日本の「華族令」は一八八四年に施行）。そして、アメリカの自由な社会とイギリスの貴族制度との違い、男系社会、ヨーロッパにおける新興国の文化を容易に受け入れられない保守的な体質、異文化や身分差が家族を分断する現実や家父長制の支配力等を知ることになった。当時の日本と類似する点が多々あり、読者は切実な思いを抱いて読んだであろう。それらは、特に日本の女性読者に親近感と高い関心を呼び起こしたと考えられる。一方、脅し、騙し、見栄、貧乏、病、貧富の格差、偏見、主従関係や年貢制度など、貧した者はどこの土地においても同じ苦しみの上にいるという現実の厳しさにも読者は直面したといえる。

第二の主題の性差については、物語の中で、祖父とセドリックは城内に暮らし、母は城の外に暮らすよう強いられる設定に象徴的に表れている。そして、性差のため、人間の自然な感情である情愛を押し殺して女性は生きていることを示すために、物語は母の情愛を様々に描いている。例えば、亡くなったエロルの夫が生前イギリスの故郷に対して格別な思いがあったことをエロルは思い出し、「其子に故郷の立派な所を見せ」「未来に賜はるる位爵に対して相当な教育が受けさせ度」と奮起し、情を押し殺して、息子と共にイギリスへと移住する場面などである。イギリスに着いたエロルが、「侯爵さまは、わたくしがあれを手離なす苦の半分も御承知有りますまい」（第五回）と苦しい胸の内を吐露せずにはいられなくなる場面は、男性中心社会の歪みに苦しむ女性の悲劇そのものであるが、それでもお金と引き換えに息子を渡すようなことは本望でないと、金銭の援助を断り生活を「質素に」送ることを誓う。そして、階級や身分差など男性の産物と対峙すべく、到着後まもなく貧民救済に邁進し貧民の敬愛を集める。エロルは、かつて夫と「互いに相愛し、相思もひ、相庇い、相譲る」「親切気と温和な情が充ち満ちて居」る夫婦であった。渡英後、貧民に対しても「病人があるとか悲しい人があるとか、貧に迫って居る人が有とかいへば、詑つた様にその戸口に夫人の馬車が止つて居升た」という行動力を見せ、「人望が多く、貧民どもに敬愛せられる」

人（she was popular and beloved by the poor.）となって（第一〇回）、異国の地に自らの力で溶け込んでいく。日本でも、女性の民権家が活躍し、東京婦人矯風会の社会事業が始まるなど貧民救済に向けて女性が尽力していた時期と重なる。欧米と文化や歴史は異なっても、新旧入り交じり矛盾を抱え、弱者や女性たちが犠牲になる有様は酷似しており、それに立ち向かう苦悩には共通点が多かったと考えられる。

そして、エールボロ村のエールス・コートという貧民窟の再建に、エロルは乗り出す。身分が高く気難しく思いやりに乏しく対話のない侯爵と、新しい国アメリカから誰一人知らない土地へとやってきた心優しく逞しく貧民に心を寄せ行動する女性エロルとを対峙させ、作品は、伝統的な旧制度に浸り切った侯爵の孤独と、身分制度や権威の空虚さを浮き彫りにしたのである。つまり作品は、心優しいエロル夫人と無垢な孫セドリックが、貧民を救済する一方で、「人に対して慈善を施し度心持は一切なく、善悪などに係はらず、いつでも自分の思い通りにし度」ドリンコート侯爵を孤独から救済する、というダイナミックな二重構造になっているといえよう。

さて、物語に登場する身分の高い女性は二人である。その一人が、侯爵の妹で兄を嫌い三五年間ドリンコートを来訪しなかったロリデール夫人である。兄を嫌い対話せずに距離を置く点で、エロルの対極にある。しかし、エロルの行動力に触発され、久々の帰郷を果たし兄の見栄を解こうと説得をする。そして、兄がエロルを別居させている過ちを改め、「何かの取締をしてお貰ひなさらないのは、大間違いです」と兄の意地を解こうとする。エロルを兄の偏見から救済する一方で、ロリデール自身が兄との対立を解消し変化をみせる。ロリデール夫人は、意固地な兄の行動を非難しながら、対話もせず歩み寄らず、兄の権力を絶対視して古い慣習に縛られているのは自分自身であると気がつき自己変革をするのである。家父長制の高い壁を、信念と行動力にて乗り越えようとする女性たちの挑戦は、日本の読者に大きな勇気を与えたことであろう。

以上、『小公子』翻訳の意義を時代の文脈から簡略に概観したが、さらなる同時代に即した分析の積み重ねによって翻訳の切り開いた地平の広さが透視できよう。そして、他作品や同時代の翻訳への影響などへと視野を広げることで、賤子の先駆的な実践の重みも確認できると思われる。

賤子は、ジェンダーを主軸とした翻訳手段によって、家父長制及び性差への批判を力に女性の自律を主張したといえる。運動等への参加だけが、社会の改革に根差した行動ではない。翻訳の表現に、家父長制批判と女性解放への思いをぎっしりと詰め込むこともまた実践の一手段であることを現代の読者にも語りかけている。

注

（1）鈴木二三雄「若松賤子と「女学雑誌」」（一）、（二）『フェリス論叢』VI、IX、一九六〇年一〇月、一九六四年四月。
（2）諸岡愛子「巌本嘉志子とThe Japanese Evangelist」『日本女子大学文学部紀要』三二号、一九八二年三月。
（3）本田和子「若松賤子解説」『日本児童文学大系第二巻　若松賤子・森田思軒・桜井鷗村』ほるぷ出版、一九七七年一一月。
（4）久米依子「解説　若松賤子」『女性文学の近代』女性文学会、双文社出版、二〇〇一年六月。
（5）尾崎るみ「最初の女性児童文学者としての若松賤子」『白百合児童文化』一九九五年六月。
（6）注（4）に同じ。
（7）注（5）に同じ。
（8）J・V・ネウストプニー『新しい日本語教育のために』大修館書店、一九九五年六月。
（9）田中克彦『言語からみた民族と国家』岩波書店、一九七八年八月、現代文庫版二〇〇一年九月。
（10）富田仁『海を越えた日本人名事典』解説、日外アソーシエイツ、一九八五年一二月。
（11）鴻巣友季子『明治大正翻訳ワンダーランド』新潮新書、二〇〇五年一〇月。
（12）北田幸恵「書く女たち　江戸から明治へ」『書く女たち』學藝書林、二〇〇七年六月。
（13）松井裕子「意志の人　若松賤子」『若松賤子―不滅の生涯―生誕一三〇年記念出版』新装第二巻、日報出版、一九九五年六月。
（14）笹淵友一『明治文学全集三二』の解題、筑摩書房、一九七七年九月。
（15）尾崎るみ『日本児童文学文化史叢書4　若松賤子創作童話全集』解説、久山社、一九九五年一〇月。
（16）塩田良平『明治女流作家論』新訂版　文泉堂出版、一九八三年一〇月。
（17）平子義雄『翻訳の原理』大修館書店、一九九九年三月。

(18) 注(11)に同じ。

(19) 注(11)に同じ。

(20) ピーター・ハント『子どもの本の歴史』柏書房、二〇〇一年一〇月。

〈付記〉テキストの引用は、『女学雑誌』復刻版、臨川書店及び、“Puffin Classics LITTLE LORDFAUNTLEROY”, PUFFIN BOOKS(初出一八八六年、一九八一年復刻出版)に拠る。章は、『女学雑誌』訳の回に従った。ルビは省略し旧字体は新字体に改めた。

水泡《みなわ》のことばを紡ぎ行く――小金井喜美子の文学

金子幸代

1　女性文学出発期の翻訳家

小金井喜美子（明治3・11・29～昭和31・1・26）の名は、七二歳の時に出版した『森鷗外の系族』（大岡山書店　昭和18・12）及び八五歳で逝去直後に刊行された『鷗外の思ひ出』（八木書店、昭和31・1）によって、鷗外の妹として知られているものの、現在、喜美子の文学についての研究はほとんどなされていないといってよい[1]。しかし、喜美子の文学の足跡はそれにとどまらず、早くも女性文学出発期にあたる一八九〇年代の文壇に頻繁に登場している。今ここで喜美子の文学活動を見直すならば、その活躍を三段階に分けることができるだろう。すなわち、一八九〇年代の翻訳の時代、そして一九〇〇年代の創作の時代、晩年の親族の思い出と短歌の時代である。中でも文学活動については女性文学創世期に合致する翻訳の時代を抜きにしては語れない。そこで一八九〇年代を中心に喜美子の文学活動を捉え直してみたい。

喜美子は鷗外より八歳下である。森家は鷗外、篤次郎、喜美子、潤三郎の四人兄妹で、喜美子は唯一人の女子として可愛がられ、教育熱心な母の期待に応え、学業も優秀だった。一三歳頃から漢学や和歌を学び、鷗外の蔵書である古典籍を読破し、着物や装飾品よりも本を好んだ。ドイツ留学の際、家族との別れにあたっては、浅草の古書店で『湖月抄』を鷗外に買ってもらったりもしたという。帰国後、鷗外が主宰し、落合直文・井上通泰らが参加した新聲社（S・S・S）にも参加し、兄の文学的サロンの輪の中にいた。

喜美子の最初の翻訳は、一八八九（明治22）年二月に『日本之女子』に発表したドーデの『星』である。この時、喜美子は東京女子師範学校付属女学校を卒業後すぐ東京帝国大学教授で人類学者の小金井良精と結婚したばかりであった。一九歳という早い結婚ではあったが、留学経験のある良精は家事よりも「精神の向上を目指す女性」[2]を望み、喜美子が文学の道に精進することに理解があった。喜美子にとって、時代を考えるとこよなくよき伴侶を得たと言えよう。

一八八九（明治22）年八月に発表した『於母影』（『国民之友』）は最初の訳詩集として名高いが、ここに喜美子も訳者として参加している。『於母影』には訳者が明確には記されていない。『鷗外の思ひ出』（岩波文庫　一九九九・一二）の解説を担当した森まゆみは「従来、喜美子の訳とされているものは、『ミニヨン』（ゲーテ）『わが星』（ホフマン）『あしの曲』（レナウ）『あるとき』（フェルナンド）である」と述べ、特に『ミニヨン』について「もちろん鷗外の添作が加わっていようが、それにしても美しい文語訳」と称揚し、筑摩文庫版鷗外全集の注釈においても『ミニヨン』は喜美子訳とされている。しかしながら、大胆な意訳を用いてイメージを喚起する『ミニヨン』は喜美子訳とは考えにくい。

原詩では連ごとに呼び掛けの対象が異なるが、訳では削除され、三連とも「君と共にゆかまし」とリフレーンを用いてリズムと余情を生み出すなど原詩のイメージをより喚起させる形象化が行われており、『ミニヨン』はむしろ鷗外訳と考えるべきだろう。このほかにも訳詩の分析を行った小堀桂一郎が『あるとき』も鷗外訳としている。また『あしの曲』についても落合直文訳とも言われている。[3]それよりは古典の教養を生かした「国文《やまとぶみ》」に喜美子の持ち味があり、七五調の和歌の世界に通じる訳文にこそ特質がある。『わが星』の平仮名を多用した典雅な訳文に喜美子の真骨頂がある。

一八八九（明治22）年一〇月に文芸雑誌『しがらみ草紙』を鷗外が創刊すると、喜美子は一〇月から一二月号にかけて『あやしき少女』を、翌一月号に『皮一重』を発表した。この翻訳を最初に認めたのが石橋忍月である。忍月は『皮一重』の着想と訳文を愛で、『忘れ形見』を訳した若松賤子《しずこ》と並び喜美子を翻訳家の「閨秀二妙」（『国民之友』明治23・2）と高く評価した。

さらに忍月は「閨秀小説家の答を読む」（『国民之友』明治23・4）の中で「其着眼の奇警にして其技倆多数の女小説家と異なるふしあるを賞賛」し、喜美子の訳文に言及している。「『今の言文一致といふものに賤しきふしも少なからず、さればとて古文のまゝを今さらに作出んもねがはしからず活語てにをはの法をたゞして今の言葉をも用ひほどよき物かゝばやと思ひ侍る』是れ女史が文体に就ての意見なり、吾人は是に於て乎始めて知る、女史が総ての訳文詞健にして熟美なる所以の偶然にあらざるを」と述べている。

『皮一重』を翻訳した一八九〇（明治23）年一月は、鷗外が雅文体の『舞姫』を発表した時期にあたる。賤子の言文一致体に対し、喜美子の訳文は現在から見ると古めかしい文体と見られるが、和歌をよくした喜美子にとって言文一致体はまだなじみがたく、むしろ古文を生かし「今の言葉をも用ひ」た訳文こそが自然な流れであった。てにをはを補充した和文調は作品の趣を生かした品格のある訳文となり、忍月によって認められる所以となったのである。

喜美子は一八九二（明治25）年一〇月から一八九四（明治27）年六月の長期にわたりレルモントフの『浴泉記』を『しがらみ草紙』に連載し、翻訳文学者としての地位を確立していく。『浴泉記』は、レルモントフの代表作である『現代の英雄』の中の短編『侯爵夫人マリイ』の結末の一部を割愛して翻訳したものである。[4] 青年将校ペチョーリンは生活に倦怠し、人妻との恋にも満足できず、侯爵令嬢を恋の手管をつかって自分になびかせ、彼女を恋する俗物将校との決闘で彼を射殺してしまう。恋にも生活にも癒されぬ倦怠感は、当時の作者の心境が重ね合わされているだけでなく、作者自身の死を暗示した作品ともなっている。

掲載誌の『しがらみ草紙』には翻訳原題が記されていないが、ドイツ語の重訳であるだろう。日本でのレルモントフの紹介者は鷗外である。『現代の英雄』の一部『タマーニ』を「レルモントツフ作鷗外漁史譯」の署名で『學習院輔仁會雑誌』（明治25・10）に掲載し、さらに『ぬけうり』という題で『しがらみ草紙』（明治25・12）に重訳紹介もしており、喜美子の翻訳も鷗外からの勧めによるだろう。[5]

二〇〇一年六月に森鷗外記念会総会後の講演会で喜美子の孫にあたる小金井純子氏による喜美子の思い出の講演が行われた。当時八三歳の小金井氏は流暢な英語も披露されていたので、喜美子の語学力について質問してみたところ、「英語はできたがドイツ語はできたとは思われない」という答えであった。

東京女子師範学校付属女学校時代に英語を習得し、さらに次兄の篤次郎の友人による英語の家庭教師をつけていた喜美子だが、ドイツ語からの訳であるとすれば、鷗外の添削の上での翻訳であったと考えられる。そうではあっても、喜美子の訳文は和歌や古典の素養を反映した平仮名の多くみられる和文体からなり、欧文脈を巧みに取り入れて漢語も多用した鷗外訳『ぬけうり』とは、同じ文語体でも異なるものである。回を追うごとに「緊縮した」訳になったと塩田良平に評されたように、喜美子自身の研鑽の跡をそこに見ることができよう。[6]

鷗外訳『ぬけうり』では、「獨逸の空想うみ出しゝ怪き少女、ギヨオテがミニヨンに遭ひぬ、とわれはおもひき」の後に「(ミニヨンの事はヰルヘルム、マイステルといふ小説にあり)」と注釈が挿入され、読者に原作の理解を促す配慮があり、また「嬉劇《ママ》」にはコメディとルビがふられており、原文の精神世界を生かした訳となっているのに対し、喜美子訳『浴泉記』の前半では「我に此をかしき歌舞伎を與へ給ひしならん」というように「歌舞伎」と訳され、さらに「つれづれに」が多用されるなど、日本的な物語世界に置き換えられているのである。同じ文語体でもこのように違うのは、原語の造詣の深さや日本語に置き換える際のことばの力の違いもあるだろうが、鷗外が日本の知識層に向けて翻訳したのに対し、喜美子の場合は自身を含め、当時の和文脈の文体に慣れた女性の読者を想定に入れていたことの反映でもあったろう。

2　鷗外の『かげ草』へ

正宗白鳥は「自然主義前の日本の文壇で最も西洋文学の味ひを伝へて、あの時代の青年の心を魅惑し、或ひは作中の人物に共鳴を覚えさせた翻訳は、二葉亭の『浮草』、小金井きみ子の『浴泉記』、森鷗外の『即興詩人』である。（中略）小金井きみ子訳は、女性らしい和文調であつて、原作を移すには相応しくなく、むしろ漢文調がよかつたのではないかと思はれるが、この小説に於ても、今までの日本の小説になかつたものに私は接したのであつた[7]」とその感銘を記している。

現在、喜美子の翻訳の全体像は、鷗外の『かげ草』（春陽堂　明治30・5発行、明治44・9訂正再版）によってしか見られない。一八八九（明治22）年から一八九五（明治28）年の七年間にわたる喜美子の翻訳は、『かげ草』に収録されたものだけでも一七作にも及ぶ。ちなみに、「かげ草」という題名は喜美子の和歌からとられた。

『かげ草』に収録された喜美子の翻訳順に実際に初出と照らし合わせた収録時期を次に示してみよう。

『浮世のさが』（ドイツ、ハイゼ『太陽』明治28・7〜8）、『名譽婦人』（ドイツ、ヒンデルマン『文芸倶楽部』初出『名譽夫人』明治28・12）、『新学士』（ドイツ、ハイゼ、磐田緑堂野史との共訳『しがらみ草紙』明治23・7、9〜12、同24・2〜8、11、同25・1、4〜8）、『あづまや』（ドイツ、ヒルデック『めざまし草』明治29・7）、『浴泉記』（ロシア、レルモントフ『しがらみ草紙』明治25・10〜12、同26・2〜12、同27・2、3、5、6）、『王宮』（デンマーク、アンデルセン『国のもとゐ』明治22・10）、『星』（フランス、ドーデ『日本之女子』明治22・2、『やまと錦』同・3再掲）、『くろき王』（ドイツ、フライリヒラアト『やまと錦』初出『黒き王』明治22・4）、『美き星』（フランス、ドーデ『しがらみ草紙』初出『かげ草（全）』明治23・12）、『舊宮人』（中国、情史『しがらみ草紙』初出『かげ草（全）』明治23・12）、『菊と水と』（中国、小説粋言『しがらみ草紙』初出『かげ草

（全）』明治23・12）、『花のあやしみ』（ドイツ、失名『しがらみ草紙』初出『あやしき少女』明治22・10）、『皮一重』（中国、聊斎志異『しがらみ草紙』明治23・1）、『人肉』（中国、石點頭『しがらみ草紙』明治23・3、4、6、7）、『指くひたる女』（オーストリア、ライムント『智徳會雑誌』明治29・8）がある。

『かげ草』所収の翻訳はこの他にも『魯西亜の民草』（ロシア　シチェドリン）、『女子の言葉』（ドイツ、ジャン＝パウル）があり、ドイツ、オーストリア、フランス、デンマーク、ロシア、中国に及ぶ幅広さである。また、『かげ草』所収以外にも『長恨歌』（明治22・8）、『マダム・ダンブレー伝』（明治23・11）などの翻訳が『しがらみ草紙』に掲載されている。このように、主たる発表舞台は兄鷗外の『しがらみ草紙』だったが、『太陽』『文芸倶楽部』『日本之女子』[8]『やまと錦』『智徳會雑誌』に掲載されている。総合雑誌、文芸雑誌、女性雑誌、修養雑誌といった広範囲な雑誌に喜美子の翻訳が掲載されており、その量、質ともに目をみはるものがある。

　これら翻訳作品の選択や雑誌掲載は鷗外の助けによるところが大きかった。[4] 鷗外の「重印蔭艸序」（春陽堂　明治44・9改定再版）において『魯西亜の民草』などは「三十七八年役の投影微かに見え初めし頃、多く買ひ求めつる彼國の風土記中、Saltykow《サルチコフ》、著作名Schtschedrin《シユチエンドリン》が書けるもの、素樸にして面白」いと判断した鷗外が喜美子に「書き抜かせ」たものであったと記している。

　一方、アンデルセンの『王宮』（『国のもとゐ』明治22・10）のように喜美子自身の嗜好に合わせた翻訳作品もあった。[10] たとえばライムントの『指くひたる女』（『智徳會雑誌』明治29・8）は、「Raimund の情婦を謂ふ。きみ子が國文に寫さんにはふさはしかりし物語」として選ばれたものだった。忍月によって評価され、鷗外も認めた「国文」は、喜美子の得意とするところであった。幼くして喜美子は津和野出身で明治天皇の歌の師でもある宮廷歌人福羽美静から個人教授を受け、晩年にはその集大成ともいえる歌文集『泡沫《みなわ》千首』（昭和15・6）を著したほどである。[11] 吉武好孝は、「鷗外の系統をひくその翻訳によって文名を謳われ、うつくしい雅文調のその訳筆には気品の高い鷗外の翻訳を思わせるものがある」[12] と喜美子の訳文に鷗外ゆずりのものを見出しているが、たゆまぬ研鑽を続ける中、喜美子の訳文の品格が形成されていったと言えよう。

この他、自らの選択によってなされた翻訳には『花あやしみ』（『しがらみ草紙』初出『あやしき少女』明治22・10）をあげることができる。鷗外が「名ある人の作にはあらざるべし。きみ子雑誌などより見出でて、卑しき節なきをや愛でけむ」[13]と記しているように、喜美子が気に入って翻訳した作品だった。

「花あやしみ」とは、貧しい少女の家に咲く石竹の花の不思議な力をさす。母は、この花を求める人に与えれば必ず少女を愛で力になるであろうと言い残して亡くなった。しばらくすると修行中の画工が訪れ、石花を求めて旅の帰りにこの家にまた寄ろうと言って去っていった。少女は若き画工の事が忘れられず、彼を探す旅に出るという話である。喜美子がこの作品にひかれたのは、若者が再び立ち寄るのを受動的に待っているのではなく、少女の方から若者に会いに行くという意志的な健気さにひかれたからであろう。

喜美子が好んで訳したものは、自立しようとする女性や前向きに生きる女性が登場する作品であり、とりわけ意志的な女性の代表的な作品と考えられる『名譽夫人』と『心づくし』について次に考察してみたい[14]。

3 〈見つめる女性〉

『名譽夫人』は一八九五（明治28）年一二月に『文藝俱樂部』の「閨秀小説家」特集号に掲載された翻訳小説である。馬場孤蝶が「明治時代の閨秀作家」（『早稲田文学』大正14・6）で「小金井きみ子、若松賤子—前者は故鷗外大人の令妹で、醫學博士小金井良精氏の夫人、後者は、當時基督教會の名士で教育家であった巖本善治の夫人—の兩君ぐらゐな順になろうかと思ふけれども、世間では此の兩君に就ては、明治二十八年秋の文藝俱楽部の『閨秀小説號』に出るまでは、餘り多くは知らなかつたらうと思ふ」と述べているように、喜美子の名が知られるようになったのは、この『文藝俱樂部』の特集号が大きかった。

さっそく翌月の『文学界』（十二角生「閨秀小説を読む」明治29・1）で『名譽夫人』が取り上げられ、「掲載された翻訳創作の區別はあれど、我は先第一指を『名譽夫人』に屈し、二指を『十三夜』に屈し、『忘れ形見』『萩桔梗』の為に、三指四指を屈せんとす」と高く評価された。「われはこの『名譽夫人』の一篇の、啻にこの閨秀小説中に群を擢きたるのみならず、優に明治の文壇の数等上に位せるものなるを信ず」と記され、女性作家の作品中で第一としたばかりでなく当時の文壇においても群を抜く作品だと絶賛されている。(15)

「名譽夫人」とは、男女の許婚が結婚前に会う時の立会人のことをいう。主人公のベルテは妹ヘルタの婚約者となったハンスをひそかに思い続けているのだが、二人を見守る名誉夫人となっている。

訳出にあたって喜美子は解説文も付し、「男女のいひなづけして、未だ婚禮せざるものさしむかひにてあるとき、これに立會ふを名譽夫人とはいふなり。又この篇に繪畫の事をいへるうちに、古流新派とあるは、世に所謂印象派の方面より、今までありし流派をすべて古流といひ、於のれが一種の自然を觀る法をそなへ、一種の色彩を施す式を於こなふを、新派といへるなり。我國にては、今黒田久米のぬし達、こゝに云ふ新派に屬し玉へり。これ等の事あらかじめことわり於かでは、この『スケツチ』の味解しがたかるべし」と述べている。

戸外の陽光の下で自然を描き出した外光派の出現は、それまでの屋内での描写とは違い、色彩も一変する清新さがあった。ひとり丘に登り、自然を描こうとするベルテに新時代の姿が仮託され、光の波の中に浮動する恋愛模様が描かれている。ハンスは三人で木の下で憩おうとベルテを引き止めた。ベルテは言う。「げに君の言葉の如く、君達の戀はあまりに古流なれば、我等如き新派のものには心を解し得ず」と。

ベルテは赤いけしの花を飾った大きな麦藁帽子を無造作に被っている。ベルテがハンスを認めたのも髪をこしらえ、ことさらに着飾った貴婦人たちの姿にうんざりした時であった。ベルテはハンスに自分と同じ自由な羽ばたきを感じて、彼の肖像画を描いた。ハンスが妹の婚約者となった今もその思いは断ち切りがたいがどうしようもない。ベルテは丘の上で恋慕の象徴ともいえる肖像画を引き千切り、せきを切ったように泣き伏す。断ち切れぬ思いに苦しむベルテが救いの手を求めたのが光に輝く大いなる自然だった。

『名譽夫人』が収録された「重印蔭艸序」において、鷗外は『名譽夫人』について「繪畫に印象派の出で初めし頃の、新舊思想のけじめを少女二人を借りて寫さんとせしSkizzeなり」と述べ、ベルテ、ヘルタ姉妹を通して「新旧の思想のけじめ」を描いたと説いている。確かに作中では黒髪のベルテと金髪のヘルタは対照的ではあるが、「新舊思想のけじめを少女二人を借りて寫さん」とは言い難い。新旧思想は姉妹に仮託されているというよりも、むしろ既成の枠にとらわれないベルテとそれを理解できないハンスの姿にこそ新旧の違いが鮮明だろう。作中で、ベルテの思いとは裏腹にハンスがベルテを「さかしく、あいらしく、尊むべき人と思へと、其心にやさしく、女子らしき處少くて、冷やかな性」と考えていたことが記されていることからも明らかである。

次に引用するのは、ベルテが二人の姿を絵に描こうとして見ると、美しく見えた二人の姿は実は「古流」そのものであることに気づく場面である。


されと面白きは彩色の上にあれば、鉛筆畫にてはかひなし。といひつゝ、よく見むとて片つ方の目を閉ぢて、しばし眺め居りしか、肩を聳して。青き「バチスト」の衣、白き帽子、黃金色したる髮、皆古流なり。せんかたなし。さらば。


絵を描くベルテは〈見られる存在〉ではなく〈見つめる女性〉である。一方、ハンスはベルテに言われて「面を赤く」するというように〈見られる存在〉となっている。ベルテのような男性を〈見つめる女性〉が登場しているところに新鮮さがある。

さらに既成の女性観に違和感を覚えるヒロイン像を推し進めたのが、『文藝俱樂部』の「閨秀小説家」第二特集号（明治30・1）に掲載されたパフラハンの『心づくし』である。『心づくし』は、書簡体形式で書かれた短編である。教師志望のリスベットは家庭に封じ込めようとする父に抵抗する女性である。困難な状況を打開すべく窮状を訴える書簡を幼馴染みのアクセルに宛てる。ひそかに父の書棚から本を取り出して学んでいたが、父に見つかってしまった。

其時父は繻絆のボタンの落たるを掌にのせて、それもよし、されどこれをも忘るなといましめ侍りぬ。

父はとれた繻絆のボタンを手に、本を読むのもいいが家庭の事を忘れるなと娘を戒める。家政を第一と考える父と教師として身を立てたいと考える娘の対立がとれたボタンをめぐって鮮明になる。「さても男の繻絆はよからぬ作りざまの物なるかな、ボタンの落ぬ様なる發明のなき迄は、女の身の自由と幸福とをうることおぼつかなし」というリスベットのことばは、女性を家庭に封じ込める父権に対する痛烈な抗議の声ともなっている。

彼女は日頃、妹たちに博物学を教えたり、貴婦人に植物学を講じたりしている中で自分の学問がその日暮しのものであることを痛感し、「男に生まれ」れば存分に学問もできるものをとアクセルに自然科学の書物を送ってくれるように頼むのである。大学で女性が学ぶことが珍しかった時代、ましてや自然科学を学ぼうとするリスベットは確かに「新しい女」の一人であった。

手紙を読んだアクセルは早速返書を送った。ここで注目すべきは、「それにて君が勇ましきますら男の心もち給へることよくしられて喜ばしく候」と喜んでいる点である。ここでは従来の女性、男性の二項対立の関係では描かれてはいない。リスベットのよき協力者となっている。(16)

女子たりとも氣魂あり才能ありて、そが上何事をも爲し貫かんといふ意志ある上は、昔も今もかはりなく、事を爲し得ぬことは必あるまじく候。唯今是といふ例もあらねど、もとめんにはいとさはなるべし。君等とても良心の我手をひきて目的地まで、導きくるゝを待ち居らるゝ様なるは、さて〳〵怠れる心なる哉。

「氣魂あり才能ありて、そが上何事をも爲し貫かんといふ意志ある上」は必ず志は成就する。両親が目的地に連れていってくれるのを待つのではなく、自ら扉を開ける努力こそが大切だとアクセルが説いているように、アクセルは親の教えを待つ受動的な女性像には価値をおいていない。むしろ、「折々は女子と雖、口を開かんこと必要に候。かつ人は年老いては耳遠くなるものなれば、これに對して物言ふには、みづからあさましと思ふほど口を開かんこそ宜しからめ」と記し、女性が自ら積極的に語ることこそ必要だと説いている。自ら語ることによって思いが整理され、鍛えられる。語ることはすなわち、自己実現の重要な一歩となっている。

4　おわりに

『心づくし』が翻訳された一八九七（明治30）年当時の日本の女子教育の状況はどうだろうか。一八九五（明治28）年一月には「賢母良妻たらしむるの素養を為す」ための「高等女学校規則」が作られ、二月には「高等女学校令」が公布されるというように、女子中等教育の気運が盛り上がりを見せ始めた時期である。近代国家形成のために女子教育の整備が説かれ、「良妻賢母思想」の強化が教育を通して行われるようになる。女性が大学に入る機会はまだなく、ようやく一九〇〇（明治33）年九月に女子英学塾が開校、一二月には東京女医学校が設立されるようになるのである。

女性雑誌も「良妻賢母教育」の先鞭をつける『女鑑』が創刊されるなど、女性に次世代を育てる良き母としての役割が担わされていた。家政を司るための女子教育の必要が叫ばれていた時期にあって、専門的な知識と学問を身につけ教師として自立を目指す『心づくし』が、「閨秀小説家」特集号に掲載されたことを考えると、この作品が女性の新しい生き方を示し、志ある女性たちに新鮮な風を吹き込むものとなったことは想像に難くない。

喜美子自身、若い頃より学問をして身を立てたいと希望を持っていた。早い結婚ではあったが、喜美子が学問を続けることを良精も望み、「共に苦労をわかちあう」ものであった。喜美子が翻訳家として筆をふるった時代はそのまま子育ての時代に重なる。

翻訳を開始した一八八九（明治22）年には長男が生まれ、一八九九（明治32）年までの一〇年間に二男二女が誕生し、四人の子育てに追われる日々の中にいた。そういう喜美子にとって、学問への情熱の火をともし続け、自己の道を見出そうと努力するリスベットに共感するところが多かったろう。「心づくし」とは、家庭に閉じ込め、家庭を守ることを第一とする父に抵抗し、現状を打開したいと思い悩むリスベットに心をこめた言葉を書簡に記したアクセルの心づかいのことである。リスベットとアクセルはまさに喜美子と鷗外の関係でもあったろう。

当時喜美子は鷗外の後押しもあり、子供ができても翻訳を続け、文学の修行も積み重ねていたが、大きな困難もかかえていた。『心づくし』を翻訳した翌年、一八九八（明治31）年には胃の出血のために倒れ、また夫の良精の健康もすぐれず、経済的にも苦しい時代をすごす。翻訳を休止したものの、文学の思いは断ち切れず、窮状を訴える書簡を送っている。

ここに喜美子への鷗外の返書がある。

> 小供も次第に多くなりし爲、文事にいとまなきよし承候。これも又似たることにていかなる境界にありても平氣にて、出來る丈の事は決して廢せず、一日は一日丈進み行くやう心掛くるときは、心も穏になり申者に候。小生なども其積にて、日々勉學いたし候事に候。物書くこともあながち多く書くがよろしきには無之、讀む方を廢せざる限は休居候ても憂ふるに足らずと存じ候。

一九〇〇（明治33推定）年一二月二九日の書簡である。この時鷗外は小倉第一二師団軍医部長として東京を離れ、文壇から遠ざかっていた。「出來る丈の事は決して廢せず、一日は一日丈進み行くやう心掛くるときは、心も穏になり申者に候」という言葉は、喜美子に言い聞かせるだけでなく鷗外自身のいつわらぬ心境でもあったろう。子育てに終われ、家庭に埋没し文学から遠ざかると悩む喜美子を励まし続けていたことは翌一九〇一（明治34）年一二月五日の喜美子宛書簡で鷗外が、喜美子に翻訳の題材となる書物を送り、『明星』への短歌投稿について述べていることもわかるだろう。鷗外の支えで喜美子が細々ながらも文学の道を続けられたのである。[17]

鷗外の励ましのもと翌一九〇二（明治35）年六月には『心の花』に初めての創作『重衛卿』を発表した。以後、七月に『舞の筵』を『婦人界』に、一二月に『黄金』を『萬年艸』というように意欲的な創作を発表するようになる。喜美子の創作時代の到来である。

鷗外が文壇に復帰し、一九〇九（明治42）年一月に『スバル』が創刊されてからは『子の病』（明治43・5）を発表したのを皮切りに毎月のように小説を発表していく。『春の一日』は『スバル』（明治43・6）の巻頭を飾っている。この他、『大阪朝日新聞』に『千住の家』（明治44・1）を、『読売新聞』に『逆境』（明治44・7）を執筆するなど、その活躍は目を見張るものがある。特に賛助員となった『青鞜』に発表した『太鼓の音』（明治44・10）は、向かいの家から聞こえる太鼓の音の断続から家族の消長をとらえた佳品であり、喜美子の短編を身辺雑記とかたづけてしまうのは惜しまれる。文体も翻訳時代の和文体から口語体へと変化し、細部にまで観察の目も行き渡り、喜美子の小説は明治期の家庭生活を伝える貴重な記録《かたみ》ともなっている。

喜美子は晩年に出版した歌文集『泡沫《みなわ》千首』の後書きで、「書よみ物かくこと」を好んだのには、「物学ぶをいたく好みし兄」が喜美子に書を「買ひも来て与へ」るなどの励ましがあったからだと述べている。喜美子の文学は翻訳に始まり、創作、そして晩年の和歌というように文学の形象化は異なるものの、その根底には若き日に兄、鷗外の励ましのもとに紡ぎだされた水泡のことばであっただろう。

与謝野晶子は『泡沫千首』の序文に次のような歌を寄せている。

　尽くるなく沸きも起らんうたかたの水泡をよしと定めぬるかな

注

（1）わずかに塩田良平が『明治女流作家論』（新訂版　文泉堂出版　昭58・10）の「小金井きみ子　その他」や『明治女流文學集㈠』（筑摩書房、昭和41・1）の「解題」において「賤子が文學を教化的方面に結びつけると共に譯文を口語體乃至平易な文語體を用ひたのに體し、喜美子は純文學的立場から題材を撰び、文章も擬古的、古典性を有したことに特徴がある」と言及し、『明治女流文學集㈠』に収録された翻訳四編と、『森鷗外の系族』に収録された短歌と随筆や創作の一部のみ、現在見ることができる。

（2）中井義幸『鷗外の留学始末』（岩波書店、一九九九・七）ちなみに、孫には『祖父・小金井良精の記』を著したSF作家星新一（本名親一）がいる。

（3）森於菟「逝ける小金井喜美子と『於母影』」（『日本古書通信』昭和31・2）において落合直文訳とされ、関良一「解題」（近代文芸復刻叢書『於母影』冬至書房、昭和39・2）で整理される。なお、『日本近代文学大事典』でも喜美子訳とされているが、「ミニヨン」は、小堀桂一郎「『於母影』の詩学」（『西洋東漸の門―森鷗外研究―』朝日新聞社、昭和51・10）や松村友視「ミニヨンの詩」（慶応義塾大学国文研究会編『森鷗外・於母影研究』（桜楓社、昭和60・2）において鷗外訳と指摘されているように、訳文から見ても鷗外訳とするのが妥当である。

（4）『浴泉記』について鷗外は「きみ子が譯文末段を削り去りしかど原作を損ずる處なきに似たり」（「重印蔭艸序」）と記している。

（5）小堀桂一郎は「鷗外の解読になる原案を氏が文飾し完成するといふのが実體だつたのではあるまいか、という恣なる憶測を記すにとどめる」（『森鷗外―文業解題（翻訳編）』（岩波書店、一九八二・三）と疑念を呈し、また中村良雄も「小金井きみ子訳『浴泉記』―西洋文学受容史のために（十五）」（『明治翻訳文学全集《新聞雑誌編》36』大空社、一九九九・一二）で、鷗外の関与を指摘している。

（6）塩田良平は「彼女の翻訳文学者の声価はこの一編で決定したといってよい」（『明治女流作家論』）と述べている。

(7)「日本文学に及ぼした西洋文学の影響」(『岩波講座　世界文学』岩波書店、昭和8・2)。

(8) 発行元が同じ博文館であったため、誤って『日本之女子』に掲載され、翌月の『やまと錦』に再掲載されることになった。

(9)『新学士』と『浮世のさが』の翻訳について、その序文で「いずれもPaul Heyseが数多き短編の中から手に任せて取出たるものなるべし」と記しているように、鷗外の選択による。

(10) アンデルセンの『王宮』では「きみ子が若かりし時、嗜好に愜へる一章を抽き出でつるなるべし」(「重印蔭艸序」)と記している。

(11) 中井義幸は『森鷗外の系族』の「解説」(岩波文庫、二〇〇一・四)の中で、「兄鷗外が刊行した処女作品集を『水沫《みなわ》集』と名づけたことをなつかしみ、遠い兄の呼び声に応えたものであろう」と指摘している。

(12)『明治・大正翻訳史』(研究社、昭和34・11)。

(13)「重印蔭艸序」(『かげ草』改定再版　春陽堂、明治44・9)。

(14) 本文の引用は『明治女流文学集㈠』(筑摩書房、昭和41・1)によった。

(15)「『名譽夫人』の神の境に至るには猶未だ百歩の隔あるに非ずや、是に於て明治の文壇未の歎なき能はず」とある。

(16) リスベットがアクセルと結婚し、大学で学ぶようになる結末は、同名の題で同じく『文藝俱樂部』(明治30・4)に掲載された。

(17) 鷗外が喜美子の文学活動にきめ細かな助言を行っていたことは、明治三七年四月五日付け書簡などからも裏付けることができる。

〈付記〉本稿の執筆にあたっては、喜美子の孫、岸敬二氏から貴重な資料を見せていただいた。記して謝したい。

Ⅱ

一葉とその時代

●明治二〇年代後期

語る言葉を失くすとき――樋口一葉『雪の日』の別れ

橋本のぞみ

1　はじめに

『雪の日』（『文学界』第三号、一八九三・三）は、現在の夫・桂木一郎のもとへと出奔したかつての雪の日を回顧する、薄井珠の内面に焦点化した短編小説である。

樋口一葉にとって初の一人称回想小説であることから、従来、一葉の実体験との比較を通して成立事情を明らかにしたものや、[1]日記との関わりから「書く主体」としての一葉の作家的形成の道程を論じたもの、[2]同時代の文学状況との比較から、その一人称回想形式の特徴を検討したものなど、[3]すでにいくつもの研究がある。しかし、その多くは、一葉が半井桃水への想いを募らせる契機となった「雪の日」の体験を論の前提としているため、『雪の日』の作品世界それ自体に関しては、いまだ考察の余地があるように思われる。

たとえば、それまでの一葉小説における女性が、東京を舞台とし、恋情を内に封じて死や出家を余儀なくされた『闇桜』の千代や『経つくえ』のお園、『うもれ木』のお蝶らにはじまり、やがて恋愛・結婚を固く拒否して江戸川近辺から鎌倉への都落ちを望んでやまない前作『暁月夜』の一重へと、しだいに体制外へと積極的に身を捩らせていくものであったのに対し、後続する『雪の日』の珠が、「某山里の小村」にある実家から東京へ向かうという逆のベクトルのなかで、はじめて男性との関係性を生きる女性として立ち現れてくることは興味深い。

みずから結婚を通じて家父長制社会のなかに飛び込んだ珠が、そのような過去への悔いをあらわにしながらも、むしろそのうちで生きていく決意を新たにするという『雪の日』の展開は、作家・一葉における「語る主体」生成の問題を論じるさい、看過できない点であろう。

本稿では、おもに作品中に鏤められた古典的レトリックに着目しつつ、東京と山村とのあいだを往還する珠の〈迷ひ〉の行方を追うことにより、一葉における『雪の日』の位相について考察していきたい。

2 「迷ひは我れか」という問い

かつての雪の日を悔い語る珠は、その冒頭で現在における自己の心境を以下のように述べている。


見渡すかぎり地は銀沙を敷きて、舞ふや蝴蝶の羽そで軽く、枯木も春の六花の眺めを、世にある人は歌にも詠み詩にも作り、月花に並べて称ゆらん浦山しさよ、あはれ忘れがたき昔しを思へば、降りに降る雪くちをしく悲しく、悔の八千度その甲斐もなけれど、勿体なや父祖累代墳墓の地を捨てゝ、養育の恩ふかき伯母君にも背き、我が名の珠に恥かしき今日、親は瑕なかれとこそ名づけ給ひけめ、瓦に劣る世を経よとは思しも置かじを、そもや谷川の水おちて流がれて、清からぬ身に成り終りし、其あやまちは幼気の、迷ひは我れか、媒は過ぎし雪の日ぞかし。

（傍線部引用者、以下同じ）


古来、月花と並び称され、愛でられてきた雪を「くちをしく悲し」いモニュメントとして想起し、自身の現状を古典的な感性との齟齬として打ち出す一節である。思いがけず「清からぬ身」となり、伯母を裏切ることとなったにもかかわらず、珠は、いまもって駆け落ちした当時の状況を把握できないのだという。その「媒」が「雪」であったことはわかっても、自分を桂木のもとへと奔らせた〈迷ひ〉が、果たして「我れ」ゆえのことであったのか否か、定かではない。彼女にとって「雪」とは、自己喪失のメタファーなのである。

　では、ここで斥けられるべき対象として挙げられている「詩」や「歌」のレトリックとは、どのようなものであるのか。[4]「見渡すかぎり地は銀沙を敷きて」は、『和漢朗詠集』にみる白居易の詩を踏まえ、銀河とも見紛う雪の世界の神秘を形容したものであるという。また、雪景色を春にたとえた「枯木も春の六花の眺めを」の箇所は、『古今和歌集』の「雪ふれば冬ごもりせる草も木も春に知られぬ花ぞ咲きける」（紀貫之）や、同じく「雪ふれば木ごとに花ぞ咲きにけるいづれを梅とわきて折らまし」（紀友則）を引き歌としており、雪と花との類似を強調した表現となっていることがわかる。雪の降るさまを蝶の舞い姿にたとえた「舞ふや蝴蝶の羽そで軽く」の箇所ともども、雪の美を称えるレトリックであることを考えると、珠が忌むべき過去にまつわる雪への嫌悪から、これらの美的センスを否定する方向へと向かうことは容易に首肯できよう。

　とりわけ、「雪」を「花」と見る類の和歌が排される理由は、作品中における「都は花の見る目うるはしきに、深山木の我れ立ち並らぶ方なく、草木の冬と一人しりて、袖の涙に昔しを問へば」や、「今にして思へば其頃の愚かさ、都乙女の利発には比らぶべくも非らず」などの箇所から明らかなように、ともに出奔した現在の夫・一郎の不貞にさいし、みずからを「都」の「花」にかなわぬ「深山木」の「草木」と位置づけ、「昔し」の二人の関係をしきりと懐かしむような語り手・珠のスタンスと深く関わっているように思われる。一郎のもとへ奔る誘因となった「雪」と、「都乙女」の形容である「花」とを重ねる和歌の技巧が、彼女の身の上と合致しないものであることはいうまでもない。夫との不如意な生活が、何の〈迷ひ〉もなく古典的感性のなかに身を置いていた珠の過去に亀裂を走らせ、少女時代の心理を喪失として浮かび上がらせるのである。

　ことは、雪景色と銀河や、「雪」と「花」を重ねるレトリックに限ったことではない。彼女の自己喪失の源が、こうした異なる二つの事物を同一視するようなメンタリティそのものにあることは、つづく「舞ふや胡蝶の羽そで軽く」の表現が、『荘子』斉物論における「荘周の夢」を踏まえていることにも象徴されていよう。これは、夢のなかで蝶と化し、思うさま飛び回った周なる人物が、覚めて後、自分と蝶との判別が定かではなくなってしまった境地を世の儚さに重ねた故事である。(5)

また、同じく珠の語りの現在を示す次の場面は、鏡に映る我が身を亡き母の面影と信じ、懐かしむ姫を主人公とする謡曲『松山鏡』の冒頭部分を典拠としていることが思い合わされる。(6)

・扨もたつ年に関守なく、腰揚とれて細眉つくり、幅ひろの帯うれしと締めしも、今にして思へば其頃の愚かさ、都乙女の利発には比らぶべくも非らず、姿ばかりは年齢ほどに延びたれど、男女の差別なきばかり幼なくて、

・ワキ詞「是は越後の国松の山家に住居する者にて候。さても某久しく添ひ馴れし妻におくれ、昨日今日とは存じ候へども、はや三年になりて候。又忘れ形見に姫を一人持ちて候が、あまりに母が事を歎き候程に、対の屋を作り傍に置きて候。又今日は彼が母の命日にて候程に、持仏堂に立ち出で、焼香せばやと思ひ候。月日の道に関姫サシ「雲となり雨となる、陽台の時とゞめ難く、花と散り雪と消え、金谷の春ゆくへもなし。月日の道に関守なければ、母御に離れて今年ははや、既に三年の其日なり。

（『松山鏡』）

『松山鏡』の舞台となる姫の住まいは「越後の国松の山家」となっており、『雪の日』における珠の実家が、「我が故郷は某の山里、草ぶかき小村なり」とされていることと符合する。このうち、該当箇所である「月日の道に関守なければ」の語句は、姫が亡くなった母親と自分との弁別が不可能となってから三年が過ぎたことを示す文脈で使用されているが、これはとりもなおさず、長きにわたって没我の境涯にあった姫の、目覚めの時節を告げる表現

でもあることに注目したい。やがて姫は、鏡中の姿がほかならぬ自分であることを父親から指摘されることとなる。

以上を踏まえた『雪の日』の描写は、姫と同様、他者と同化し、自己を見失う珠の現状を暗示すると同時に、その後、しだいに覚醒へと導かれるであろう彼女の将来を予兆する効果をも併せもつ。いわば、ラカンのいう鏡像段階を経て、自己確立していく語り手の成長が暗示されているといえよう。鏡像段階において、人は「父なるもの」の促しにより、これまでの「想像界」から、法と言語による「象徴界」へと移行を遂げ、自己同定が可能になるのだとされるが、(7)『雪の日』では、結婚制度や詩歌の言語を否定し、それらに浸食されない始原の領域を希求するという、まさにこの社会化・ジェンダー化のプロセスこそを問題視する語りが、展開されていくのである。

3　「一向夢の様に迷ひて何ごとゝも思ひ分かざりし」心地

珠の悲劇は、学問の師であった桂木一郎と、あらぬ恋の噂を立てられたことに起因するものであり、彼女自身は、その当時を「姿ばかりは年齢ほどに延びた」にもかかわらず、「男女の差別なきばかり幼な」かった自分ゆえのことであったと、まずは振り返っている。

そのうえで言及されるのは、教師として敬慕し、兄とも思い甘えてきた一郎への彼女の愛着が、村人から「恋」として取り沙汰され噂されるようになり、養い親である伯母から注意を受けるようになるまでの彼女の〈心〉の動きである。そもそも彼女が一郎に対し、恋愛感情など微塵も抱いていなかったことは、前提として明言されている。むろん、語るという行為自体、過去を現在の主観により意味づけるものである以上、客観的な真実の表明とは限らない。しかし、問題とされているのは、あくまでも語り手が自己をいかにとらえていくのかという、主体形成のレベルなのであり、そこでは、噂の相手・一郎の言動に関する言及さえ、見られないのも、ゆえなきことではないのだ。

世は誤の世なるかも、無き名とり川波かけ衣、ぬれにし袖の相手といふは、桂木一郎とて我が通学せし学校の師なり、東京の人なりとて容貌うるはしく、心やさしければ生徒なつきて、桂木先生と誰れも褒めしが、下宿は十町ばかり我が家の北に、法正寺と呼ぶ寺の離室を仮ずみなりけり、幼なきより教へを受くれば、習慣うせがたく我を愛し給ふこと人に越えて、折ふしは我が家をも訪ひ又下宿にも伴なひて、おもしろき物がたりの中に様々教へを含くめつ、さながら妹の如くもてなし給へば、同胞なき身の我れも嬉しく、学校にての肩身も広かりしが、今はた思へば実に人目には怪しかりけん、よしや二人が心は行水の色なくとも、結ふや嶋田髷これも小児ならぬに、師は三十に三つあまり、七歳にしてと書物の上には学びたるを、忘れ忘られて睦みけん愚かさ。

当時、珠は一五歳。いっぽう三三歳の一郎は、東京よりこの山里(8)へやってきた人物であり、評判のよい教師として地元に知られた存在である。珠は「幼なきより教へを受」けており、彼も彼女を「愛し給ふこと人に越えて」いたため、二人は「折ふしは我が家をも訪ひ又下宿にも伴な」うような間柄であったという。この場合の「愛し給ふ」の語が、年少者を慈しむの意で用いられていることはいうまでもない。幼時よりの「習慣」で、「さながら妹の如くもてな」す一郎を、「同胞なき身」の彼女もまた、兄のように慕うようになったのだというから、双方のあいだには肉親にも似た感情の交流があったのだろう。

しかし、「七歳にしてと書物の上には学びたるを、忘れ忘られて睦みけん愚かさ」と語られるように、「男女七歳にして席を同じうせず」とする社会通念のもとでは、二人の親しさなど当人の与り知らぬところで男女間の恋情へと変換され、「怪し」げな関係として世に流布していく。村民による噂は、両者が幼なじみであることに加え、師弟でもあるという、明治期においては恋愛や結婚とただちに結びつけられるような関係性にあったことと無縁ではない[9]。珠たち「二人が心」は、師弟間の親愛の情と男女の愛情とを峻別せぬような村人たちに共有された感性によって切り取られ、意味づけられていく。前章で珠が違和感を表明していたのは、このような人々の心性および、それへの自己の同化という事態にほかならない。

注目したいのは、こうして師への親しみを捩じ曲げた者たちに対し、抗弁しようと試みる現在における珠の語りが、あろうことか古典的レトリックを内に呼び込み、その結果、次のような混乱を来してしまうことだ。

姿ばかりは年齢ほどに延びたれど、男女の差別なきばかり幼なくて、何ごとの憂きもなく思慮もなく明し暮らす十五の冬、我れさへ知らぬ心の色を何方の誰れか見とめけん、吹く風つたへて伯母君の耳にも入りしは、これや生れて初めての、仇名ぐさ恋すてふ風説なりけり。

「我れさへ知らぬ心の色を何方の誰れか見とめけん」とは、いかにも矛盾した物言いであろう。「我れさへ知らぬ」と、口さがない人々の噂に抗し、恋情の皆無であったことを打ち出しながらも、後続の「心の色を何方の誰れか見とめけん」では、「忍ぶれど色に出にけりわが恋は物や思ふと人の問ふまで」(拾遺・平兼盛)を踏まえることで、その意は一転して忍ぶ恋の苦悩を吐露する文脈へと様変わりしていく。つづく「これや生れて初めての、仇名ぐさ恋すてふ風説なりけり」の部分においても、そこで敷衍されているのは、人知れぬ想いの露見したさまを詠った「恋すてふ我が名はまだき立ちにけり人知れずこそ思ひそめしか」(拾遺・壬生忠見)の歌であることは看過できない[10]。

真実を追究しようとする〈心〉と、意に反して〈心〉に叛きつづける自分の言葉との葛藤。「世は誤の世なるかも」と、周囲の誤解への抗議を口にしたそばから、「無き名とり川波かけ衣、ぬれにし袖の相手といふは」などと、いつしか恋の涙にくれるようになった者の心境を詠った一節を織り込む彼女の言説は、自身の〈心〉との乖離をいや増し、いっそう彼女を〈迷ひ〉へと引き込んでいく結果となる。彼女のなかに、しかと存在していたはずの一郎への心安さ、何ものにも代えがたい親しみの情は、口にした途端に拠るべを失い、男女の恋愛感情へと変形を強いられざるをえない。

これらの擦れは、(11) 既知の言葉では、旧来の定型から逸脱する彼女の心理を十全に掬い上げることが不可能であることを表象しているだろう。師への純粋な親愛は、村人の感性を支える和歌の言語とは徹底的に対峙するものとして立ち現れてくる。と同時に、この齟齬の数々は、成長とともに村人ら「世の人」と同様の価値観を内面化せざるをえなかった現在の珠と、一五歳の珠とのあいだの埋めることのできない断絶をあらわしてもいるだろう。『雪の日』において、「男女の差別なきばかり幼な」い時代は、もはや自身にさえ再現不可能なものとして、その喪失の痛みが繰り返し強調されていくのである。

やがて、伯母から一郎と会うことを禁じられた珠が陥ったという「一向夢の様に迷ひて何ごとゝも思ひ分かざりし」心地とは、少女時代における珠の惑いであるばかりでなく、語り手・珠の混乱とも響き合うものだ。師に寄せる親愛が恋愛感情へと歪曲されてしまうことへの〈迷ひ〉と、そのような事態に抗う言葉が、今でさえ見つからないことへの〈迷ひ〉。この直後に珠を突き動かした衝動は、以下のようなものであった。

(略) 我が膓は断ゆる斗に成りて、何の涙ぞ瞼に堪へがたく、袖につゝみて音に泣きしや幾時。
口惜しかりしなり其内心の、いかに世の人とり沙汰うるさく一村挙りて我れを捨つるとも、育て給ひし伯母君の眼に我が清濁は見ゆらんものを、汚れたりとや思す恨らめしの御詞、師の君とても昨日今日の交りならねば、正しき品行は御覧じ知る筈を、誰が讒言に動かされてか打捨て給ふ情なさよ、成らば此胸かきさばきても身の潔白の顕はしたやと哭きしが、其心の底何者の潜みけん、駒の狂ひに手綱の術も知らざりしなり。

当時の彼女にとって、噂に抗する術は、「袖につゝみて音に泣きし」、あるいは「成らば此胸かきさばきても身の潔白の顕はしたやと哭」くという身体表現のみであったが、本心を語りえないのは、何も少女時代の珠に限ったことではない。彼女が、かつての状況を再現しようと試みて発する「音に泣きし」という表現すら、恋愛感情を否定する意には到底なりえず、逆に恋心の伝え難さを嘆く和泉式部の歌「ともかくも言はばなべてになりぬべし音に泣きてこそ見すべかりけれ」（『千載和歌集』恋五）が踏まえられているという有り様である。珠の〈心〉の奥底は社会通念とそれを支える言葉の壁に隔てられ、表出されることがない。その結果、行き場を失くし、彷徨いはじめる自身の〈心〉を、珠は「其心の底何者の潜みけん」と、あくまでも摑み切ることのできぬ不可解なものとして位置づけるほかないのである。

しかし、このような混濁のなかで語られることにより、「駒の狂ひに手綱の術も知らざりしなり」という煩悩・欲求を示す表現もまた、はたして彼女の表現欲求の謂いなのか、恋愛感情への気づきを示すのか、判然とはしなくなっている点に着目したい。自身の言葉を見つけられない珠の語りは、その揺らぎによって、他者から押しつけられた一郎との恋愛という物語に、亀裂を入れることとなるのだ。

4　「あゝ師の君はと是れや抑々まよひなりけり」

こうして発露を閉ざされてきた一五歳の珠の〈心〉が、既存の型の外部へと動きはじめるのは、ある「雪の日」のことである。

このころには、すでに珠と一郎とを引き離すため「此処十町の間に人目の関きびしく」なっており、珠は村中から眼差され語られる存在となっていた。「散りかふ紅葉のさま浦山しく」、「森かげ我を招くかも」とも見るような自由への渇望、共同体の外側への逃避願望が強くなるにつけても想われるのは、会うことの叶わない「師の君」、一郎のことばかりである。

彼の村外れは師の君のと、住居のさま面かげに浮かんで、夕暮ひゞく法正寺の鐘の音かなしく、さしも心は空に通へど流石に戒しめ重ければ、足は其方に向けも得せず、

一郎の住まいが「村外れ」であるのは、彼が東京から来たいわば異人であり、マージナルな存在であることのあらわれであろう。その彼のもとへと向かって、〈心〉は空を往き来しつつも、戒めの厳しさゆえに彼女は身体を思うさま動かすことができない。珠の〈心〉と身体とが、時を得て、ともに動きはじめるには、監督者の伯母が「隣村の親族がり年始の礼にと趣き給ひし」日を待たなければならない。

扨こそ雪に成りぬるなれ、伯母様さぞや寒からんと炬燵のもとに思ひやれば、いとど降る雪用捨なく綿をなげて、時の間に隠くれけり庭も籬も、我が肘かけ窓ほそく開らけば一目に見ゆる裏の耕地の、田もかくれぬ畑もかくれぬ、日毎に眺むる彼の森も空と同一の色に成りぬ、あゝ師の君はと是れや抑々まよひなりけり。

折しも降り積もる雪に全てが埋もれ、「彼の森も空と同一の色に成」った一面の銀世界のなかでは、自分を取り巻く無数の眼も消えている。雪で常とは一変した風景をまえに、歪められてきた彼女の〈心〉も今こそまっさらになって、「師の君」への「唯懐かしの念に迫まられて身は前後無差別に」薄井の家を逃れ出ていく。

しかし、ようやく可能となった「師」に対する親愛の情の流露さえ、男との駆け落ちという「不品行さ」の象徴としての、ありきたりな物語のうちに回収されてしまうことを避けられない。このくだりを回想する珠が漏らす「あゝ師の君はと是れや抑々まよひなりけり」なる一節は、そうした自身の〈心〉と、周囲の理解とのあいだの埋めることのできない乖離を今更ながらに嘆くものだ。のみならず、語るべくして語りえない自己の現状に立ち竦む、

彼女の戸惑いを映した箇所でもあるだろう。自身が物語化されていくプロセスを遡及する語りは、それゆえに物語ることそのものの困難と直面せざるをえない。すでに固有の言葉を失くした彼女には、「師の君」への敬慕の念が高じていく状況を、それとして分析することができず、〈まよひ〉として宙吊りにするのが精一杯である。

後続の語りが明かすように、雪のなかへと飛び出した珠は「是れや名残と思はねば馴れし軒ばを見も返へらず」走ったのであり、「斯くまでに師は恋しかりしかど、夢さら此人を良人と呼びて、共に他郷の地を踏まんとは、かけても思ひ寄ら」なかったことから、彼女がいつしか予測不可能な事態へと引き込まれていたことは明らかであろう。そうした顚末に照らして、彼女は、ふたたび自身に「此時の心何を思ひけん」と問わざるをえない。ここでは、他によって紡ぎ出される物語の内側で、自己の真実を見失うという事態が再度、現出している。

こうした経緯をへて、「父祖累代墳墓の地を捨てゝ、養育の恩ふかき伯母君にも背き、我が名の珠に恥かしき今日」となってしまった珠の〈心〉は、出奔後、夫となった当の一郎にさえ、浮気という形で裏切られてしまうのであり、彼女の師への純粋な親しみの情は、ついに理解者を得ることなく、彼女自身にすら把握することのできない朧げなものと化してしまう。真の意味での、師との訣別が訪れるのである。

見てきたように、混沌とした心中を語り出してきた珠は、作品末尾に至り、自他未分化な境地を相対化するようになっていく。

夫・一郎の裏切りをまえに自分を見失い、内なる自己回復の旅へと赴いたはずの珠は、自分を取り戻すどころか、より深い〈迷ひ〉のただなかで帰還せねばならない。「何ごとゝも思ひ分かざりし」夢現の心境から覚め、夫との現実を直視しなければならない時が訪れるのである。

行方なしや迷ひ、窓の呉竹ふる雪に心下折れて我れも人も、罪は誠の罪に成りぬ、我が故郷を離れしも我が伯母君を捨てたりしも、此雪の日の夢ぞかし。

「窓の呉竹ふる雪に心下折れて」は、『新古今和歌集』の藤原有家の歌「夢かよふ道さへたえぬ呉竹の伏見の里の雪の下折れ」(巻第六 冬歌)を踏まえた表現であるという。「夢の通ひぢ」が夢のなかの道を意味するのに対し、「夢かよふ道」が夢の往来する道の意(12)であることから、その絶えた状態とは、すなわち過ぎ去った「夢」からの覚醒を指すのであろう。いくら我が手に取り返そうと願っても、当時の想いは一向に像を結ばない。そして、少女時代の一郎への気持ちが敬慕であろうとなかろうと、故郷を捨て、伯母を悲しませた「罪」は、すでに取り返しのつかないものとなってしまっている。

回想を終え、〈迷ひ〉が「行方な」いことを自覚したことにより、珠は彼を恋い慕った日々を退け、「今は浮世に何事も絶えぬ、つれなき人に操を守りて知られぬ節を保たんのみ」と、現在の夫婦関係に眼を向けざるをえない状況に置かれたのである。

悔こそ物の終りなれ、今は浮世に何事も絶えぬ、つれなき人に操を守りて知られぬ節を保たんのみ、思へば誠と式部が歌の、ふれば憂さのみ増さる世を、知らじな雪の今歳も又、我が破れ垣をつくろひて、見よとや誇る我れは昔しの恋しき物を

「思へば誠」と彼女の口ずさむ歌が、「ふればかくうさのみまさる世を知らで荒れたる庭に積る初雪」(『紫式部集』)であることを考えると、(13)彼女が少女時代ではなく、郷里を出てのちのさまざまな苦悩のほうに、思いを移していることは明らかである。前掲引用部「行方なしや迷ひ」のくだりは、ついに自身把握できなかったがゆえに、いっそう重みをもって彼女の意識下に巣くうこととなった〈心〉の、異分子としての存在感を物語っていよう。夫

のもとに留まった珠は、しかし、うちに人知れず、理不尽な家父長制への違和を抱え込むこととなったのである。

5　おわりに

以上、夫のつれなさに泣き、自己喪失の危機に陥った珠が、自身の〈心〉を取り戻すべく、夫との関係を見直し、奪われた過去を生き直していく様相を追いつつ、『雪の日』を、女性の自己語りに伴う困難をパフォーマティヴに浮き彫りにした小説として読み解いてきた。

師とも兄とも慕いつづけた一郎との恋愛を疑われ、彼への「唯懐かしの念に迫まられ」たゆえの行動を、ありふれた「不品行」な駆け落ち物語へと変換された珠は、そうして行き着いた一郎との夫婦関係のなかにすら、安住の地を見出せず、ひとり〈迷ひ〉の闇へと沈んでいく。他によって作られた物語を脱し、みずからの真実を見極めようとする彼女がたちまち直面しなければならないのは、もはや自身を語りうる言葉が見つからないという事実であり、それゆえ彼女は、自分の処世を「つれなき人に操を守りて知られぬ節を保たんのみ」と、痛感しなければならないのである。一連の流れは、まさに女性における社会化の過程と重なり合う。

翻って、作家・一葉の側から見るならば、珠における師との別れは、おそらく、そのまま文学の師・半井桃水との離別に重ねられるものだ。ここには、歌塾・萩の舎のメンバーにより喧伝された桃水のスキャンダルに打ちのめされた一葉が、彼の指導下を離れたのち、男性中心の文壇に分け入るべく試行錯誤を重ねたすえ、直面したであろう困難の有り様が顕現している。と同時に、『雪の日』では、男性指導者への敬慕を断った女性が、固有の感性を磨ぎ澄ませ、やがて表現者へと転じていく軌跡が、そのやむにやまれぬ衝動もろとも、つぶさに描出されており、雑誌『文学界』に発表舞台を得た一葉の気迫をうかがわせるものともなっていよう。

こうして、言葉という制度に取り込まれることなく、こぼれ落ちていく女性の〈心〉を、一葉は次作『琴の音』

において、琴の音色に託して描き出すのである。

注

（1）青木一男「「雪の日」の腹稿」（『解釈』一九八四・七）、橋口晋作「「雪の日」をめぐって」（『近代文学論集』第一六号、一九九〇・一一）など。

（2）山田有策「一葉ノート・一『雪の日』についての一考察」（『東京学芸大学紀要（人文科学）』二八、一九七六・一〇）、関礼子「一葉日記における「語る主体」の生成―日記「雪の日」前後―」（『立教大学日本文学』一九九一・三。のちに「「語る主体」の生成―一葉日記「雪の日」前後」と改題。『語る女たちの時代―一葉と明治女性表現』（新曜社、一九九七・四）に収録）など。

（3）屋木瑞穂「記憶の風景―樋口一葉「雪の日」論―」（『語文』第七七集、二〇〇一・一二）。

（4）以下、古典的レトリックの典拠については、『樋口一葉集　新日本古典文学大系　明治編24』（岩波書店、二〇〇一・一〇）の菅聡子氏による注に拠ったが、「舞ふや胡蝶の羽そで軽く」の典拠を「荘周の夢」と解釈したのは筆者である。

（5）金谷治ほか訳『中国古典文学大系　第4巻　老子・荘子・列子・孫子・呉子』（平凡社、一九七三・六）を参照した。

（6）引用は、芳賀矢一・佐佐木信綱編・校註『校註　謡曲叢書』第一巻、復刻版（臨川書店、一九八七・一〇）に拠る。

（7）福原泰平『現代思想の冒険者たち　第13巻　ラカン―鏡像段階』（講談社、一九九八・二）を参照した。

（8）作品内時間や、具体的な地名などは明示されていない。唯一、固有名で登場するのは「法正寺」であるが、同名の寺は、日本全国に大阪・岐阜・愛媛・東京などいくつも存在しているため、地名の特定には結びつかない。

（9）佐伯順子『「色」と「愛」の比較文化史』（岩波書店、一九九八・一）を参考にした。
また、島田謹二『日本における外国文学　下』（朝日新聞社、一九七六）には、「明治の初期は、儒教倫理が根強く残っていたから、男女間の関係をいつも一種卑猥な目で眺めていた。ところが透谷は、その「性愛」から「恋愛」を峻別した」という記述が見られる。

（10）歌意は、『拾遺和歌集　新日本古典文学大系7』（岩波書店、一九九〇・一）を参照した。

（11）中丸宣明「「ゆく雲」の位相―一葉における和歌的構想力の問題―」（『論集　樋口一葉II』おうふう、一九九八・一一）では、この擦れに関して言及している。

(12)　歌意は、『新古今和歌集　新日本古典文学大系11』（岩波書店、一九九二・一）を参照した。
(13)　南波浩『紫式部集全評釈　笠間注釈叢刊9』（笠間書院、一九八三・六）に拠る。
〈付記〉『雪の日』の引用は、『樋口一葉全集』第一巻（筑摩書房、一九七四・三）に拠る。ルビは省略し、旧字体は新字体に改めた。

〈異類婚姻譚〉の復活——北田薄氷の〈室内〉

関谷由美子

1 〈室内〉の女たち

尾崎紅葉の挿絵画家として知られる梶田半古と、同じく明治の日本画家松本楓湖二人の評伝、添田達嶺による『半古と楓湖』(1)は、『薄氷遺稿』(2)と並んで、北田薄氷の作家としての生涯を知る上で数少い極めて貴重な資料である。『半古と楓湖』によって、薄氷の父北田正董が、板垣退助らとともに自由党を結成、後に明治政府の法律顧問ボアソナードに学び、東京と大阪に法律事務所を設け幾度か弁護士会長も務めた人物であることが知られる。こうした環境に成育した薄氷の文学が、時代の良妻賢母主義が最も深くかつ速やかに浸透した、自らの出自である中産階級的階層意識に裏付けられたものであることは否定できない。梶田半古との結婚後二年にして、若干二五歳の生涯を閉じた(明治33・11)薄氷の小説は全部で二四編(3)であるが、主なもの一二編が、薄氷の一周忌に梶田半古が記念として知人に配布する目的で出版した『薄氷遺稿』に収められている。

薄氷は、執拗なまでに、若い女の結婚における挫折の物語を書き続けた特色ある作家である。また女大学の見本のような観念的な貞女像も、薄氷の文学を特徴付けている。しかしだからといって、薄氷の文学が、時代の限界を刻印されているという訳ではない。谷崎潤一郎は「われわれの遠い祖先は、既に平安朝の頃から、当時の世態人情を表はすのに最も都合のいゝやうな架空の人物を活躍せしめて、それらの人間の生活状態を写すと共に、彼等が住んでいた時代の姿、世のありさまを、哀れ深く、こまごまと再現する技術を心得ていた。[4]」と述べている。近代文学が男性の無用者を、あるいは人情本が女にもてる伊達男を主人公として物語を紡いだように、政治的・経済的に女性の権利と能力が極端に抑圧され、宮内省所蔵版による『婦女鑑』[5]が称揚するような滅私奉公型の女性像が求められた明治二〇年代に、「都合のいい」記号として貞女を登場させているにすぎない。薄氷の旧さを言う批評は、〈記号としての貞女〉を読み違えているのである。

薄氷の関心の対象は、作家としての活動の時期を同じくしていた一葉のヒロインたち、お力やお峰や美登利のような、下層の女ではなかった。薄氷の描く女性たちのほとんどが高い識字能力を持っており、彼女たちが読み書きを自明のものとする出自であることを示している。先に触れたように、そのような中流の女たちこそ、時代の精神が集約される層でもあった。だから薄氷の小説は、明治二〇年代の中産階級の若い女の世界観を典型的に表していると言ってよい。

そうした女たちをめぐる社会状況を概観してみよう。明治二〇年代は家禄によって存続する家制度がすでに実質的に解体してゆく現実がありながら、習俗は根強くこれを維持しようとする錯綜した時代であった。西欧化と復古主義とが目まぐるしく入れ替わり、当然そこに婚姻形態の混乱が生じてくる。新か旧かの社会の揺れが女性自身に反映してくる。有地亨『近代日本の家族観　明治編』[6]によれば、明治一〇年代・二〇年代の離婚率の高さは驚くべきもので、その理由も新旧がせめぎ合う混乱を反映して、〈家〉の拘束力による場合（例、家風に合わない）と、〈家〉の拘束力の欠如する場合（例、結婚観の未熟さによるもの）とが併存し、「それらが相乗的に作用して[7]」離婚を容易ならしめているのがこの時代の特徴であった。また一八八九（明治22）年以降、復活強化された国粋主義的風潮の中では、近代的婚姻観を悪習として退け、夫婦よりも親子関係の優先が鮮明に打ち出される。明治初期の西欧的教育を受け、新しい結婚観を模索し始めた青年層に対する、とりわけ女に対する社会の監視が、女たちの身の置きどころを無くする程のものであったことを、次の『読売新聞』の記事が示している。

将来の淑女をつくづく惟るに貴嬢の位置程至って困難なるものはあらじ、泰西の新主義を尊奉して男女の同権を唱えたまへば生意気なと世間がそしり、東洋の道徳を重じたまへば卑屈無気力と博士が罵り、世間も雷同して彼此申す。活発にもてなしたまへば転婆と難癖をつけ、従順《やさし》うしたまえば因循と悪口を申す。（略）寡に如何したら宜き事にや。（「寄書」明治20・4）(8)

ああしようか、こうしようか。薄氷の文学は、このような明治二〇年代に、国家という強権による社会の変動に対してもっとも無防備な存在として、若い女に焦点化し、さらにその変動を娘から人妻へというジェンダー・ロールの変容と重層化させることによって家庭内奴隷にも等しい結婚制度下の女の〈困惑〉の諸相をひたすら描き続けた。だから薄氷の文学は〈困惑の文学〉と言えよう。

『薄氷遺稿』に収録された十二編の主人公たちは、『乳母』を例外として必ず若い女、たとえ結婚していても未だ子を持たない若い女であり、これが薄氷の文学の大きな特色をなす。この点で、師の紅葉の作風と通い合うのであるが、薄氷の場合は、主人公達の若さが、無防備さ、無力さと結び付くことによって緊張したドラマの条件を形成するのである。

薄氷の描く女たちは、しばしば余りに容易に騙され脅される。女たちをそのように無防備にさせている社会的条件は何と言っても情報量の不足、である。識字能力の高さにもかかわらず彼女たちの生活はあまりにも閉ざされており、そのほとんどの生活を、親でなければ婚家の夫や舅姑たちと共に、それらに付属して過ごすほかはなく、自己実現が私的領域に限られているために自分を取り巻く現実社会に対するまなざしを持ちえないのである。親か、さもなければ夫や舅姑の思惑によって生きるほかない彼女たちは、いわば〈室内の女たち〉である。しかしその

〈室内〉で絶えず何かが起こり、通過し、葬られてゆくことは確かなのだ。

小稿では『薄氷遺稿』の中から、はじめに『鬼千疋《おにせんびき》』（『文芸倶楽部』明治28・5）『白髪染《しらがぞめ》』（同　明治30・1）を、次章で『三人やもめ』（『東京文学』明治27・6）『晩櫻《おそざくら》』（『文芸倶楽部』明治30・10）の四編を、間テクスト的性格をもつ薄氷の文学の特色を示すものとして取り上げ、その基本的な物語戦略を、ジェンダー・文化的歴史的背景などを機軸に分析し、テクスト内に生じている〈抵抗〉についても言及したい。

2　〈人身御供〉としての貞女

『鬼千疋』は典型的な嫁いびりを描く。没落士族の娘お秋は「親孝行にして従順しき」（一）を見込まれ、海軍大尉松宮寛治と結婚するが、結婚後一月ほどして、不意に松宮の妹富子が転地療養先から帰宅するとともに無事であった生活が狂い出す。夫寛治の軍務の留守中、お秋を離縁しようと企む富子と姑にいじめられ、やむなく助けを求めた実家からも「所夫の留守に小姑に追ひ出されしとておめおめと実家に泣き付いて来し其不心得を痛く腹立ち責められ」（五）、途方に暮れたあげく、妊娠中の身を井戸に投げる、というもの。

娘富子の帰宅とともに始まる掌を返したような姑のいじめは露骨で不自然さを免れないし、ヒロインお秋も、徹底的に受け身で個性が無く、決してよい出来とは言えないながら物語作家としての薄氷の特徴はよく表れている。この小説は「抒情味に乏しい」と評されるが、その際比較の対象となっているのは一葉の『十三夜』[9]である。しかし取り扱われる素材が似ているからといって、一葉を評する基準で薄氷を評しても有効ではない。薄氷はこの薄幸の女を描くために、あえて抒情味を排する方法を採ったと考えられるからである。このテキストの解釈としては、前述の如く、徐々に家制度が非実体化してくるにつれ、親孝行などの儒教道徳も廃れてゆきそうな社会の危機感の中で、結婚においてもヒステリックに親子の上下関係が強調された、民法制定以前の、過渡期の女の悲劇であると、ひとまず言えよう。しかし薄氷の場合、そうした意味内容が劇画的誇張によって、独特のスタイルを堅持している。そのスタイルが〈抒情味〉を排除する機制となっているのである。この物語の主眼は、悪鬼に責めさいなまれる寄る辺ない女の姿態の表象にある。運命が完全に夫や姑達に委ねられているという意味で、お秋は漂流的存在であり、その漂流性が縁語としての魔や妖怪を招き寄せるのである。こうした女の受難について、例えば伊藤比呂美は、詩「にほんのじょうちゃんたち」で「しょっちゅう拷問にかけられ、惨殺され、」という「被虐待的な状況をあてはめやすい女の子こそ、私たちの文化が持っていた女の子像」であり、「ニホン的な性衝動の基本なんじゃないかしら」[10]と軽やかにうたった。「かかる折をこそ耐え忍ぶのが女の道なれ」とじっと耐えるお秋は、まさに歌舞伎や講談のようなパフォーマンス性を示し、我々が歴史的に蓄積し現在も生き続けている文化的記憶を宿す女性像となっている。しかし、このような薄氷の描く女の受難に、作者の前近代的資質を見るのみでは、(一葉の反抗的精神と比較しての)[11]薄氷の描く〈ニホンの女の子〉たちの基層に、現代の少女コミックにも通じる、自己客体化によるマゾヒスティックなナルシシズムが潜んでいることを見逃してしまう。

〈家〉と嫁、という社会的現実を妖怪対可憐な女、のような伝統的通俗的な物語の型として表象するのが薄氷の方法なのであるが、しかしそれのみにとどまらず、そのような型の世界を反転させる強度をこのテクストはもっている。注目したいのは、お秋の両親が、没落士族ゆえに娘を「風呂敷包一つ」で嫁入りさせなければならない情けなさを嘆き、それ故一層この縁を取り逃がすまいとの親心から、結婚前夜、お秋に「女今川」を読み聴かせる場面である。それを「畏りて物思ひながら」聴くお秋は、つくづく「女とは浅ましいものなり」(一)と慨嘆するのだが、この時すでにある呪縛にかけられたわけで、この呪縛こそが婚家という異空間での破滅を予告している、とテクストは語るのである。

尾崎紅葉には、女大学を絵にかいたような貞女が、その婦徳によって主人や姑や夫の信頼を勝ち得てゆくと言う教訓的な内容をもつ『夏痩』[12]があり、薄氷の処女作『三人やもめ』には主人公のお清と姑のお照が、『夏痩』のヒロインお美代を褒め合う場面がある。紅葉の小説が、当時の読書する女たちにどのように捉えられていたかを示す例であるが、近世初期の武家社会から連綿と伝えられてきた女の道徳が、女を助けるものとして機能するのが紅葉の『夏痩』であるとすると、『鬼千疋』には、それが女を呪い、破滅させるものとして働くというアイロニーが仕掛けられている。なぜなら夫寛治は一葉『十三夜』の夫原田とは著しく異なり「言語越の優し《ものいひごし》」い、「いつも愉快相なる顔して面白く語り声高に笑ひ、何事にも頓着せぬ性質」（二）と書かれているにもかかわらず、その夫の闊達な性質がお秋の救いになるどころか「お秋は新参の下婢が六カ敷主人に向かふが如くに恐ろしく、見付けられじと泣顔隠して小走りに通り抜けむとすれば、秋と呼び留めらる。此声何となく胸に徹へて、お秋は慄として振向けば、寛治は傍に寄りて肩に手を掛け（略）」（三）のような萎縮振りを示すのである。つまり『鬼千疋』では、女にとって結婚とは予め呪われたもの、人身御供として妖怪や鬼の棲む異空間へ捧げられるものなのであり、その異空間への入り口において、言い換えれば娘から妻への変容の際に、根底からの脱主体化を完成するべく女に暗示をかける呪文が、女大学・女今川の教え、というわけである。その呪縛は、この窮地にわが娘を見捨てる親にさえ、「勿体なくも海より深く山より高き御恩を受けし両親に、万分の一程の報せぬのみか（略）」（五）と、お秋の目を塞いでしまう。その閉塞性は当然、女を良妻賢母として〈室内〉に囲い込もうとする家族国家観によるものなのだが、薄氷の場合、ヒロイン達の社会的まなざしの欠落がもたらす幼さが、どこか一九六〇年代のわたなべまさこや牧美也子などの少女漫画的自閉性を髣髴とさせ、若い女の受難を型として楽しんできた文化的サディズム・マゾヒズムの伝統の根の深さを示している。

例えば、徳富蘆花の『不如帰』（明治32・12）は、ともに日清戦争を背景とした〈家と嫁〉の関係を主題化しており『十三夜』よりも比較の有効性がある。『不如帰』のヒロイン浪子の夫武男も、お秋の夫寛治も海軍軍人であるが、『不如帰』の方は国家を挙げての戦争ムードが捉えられ、この夫婦の破婚と日清戦争という国家的事件とが緊密な結び付きを示すが、『鬼千疋』の方は、戦争には全く関心が払われておらず、ひたすら、お秋が追い詰められてゆくプロセス、つまり〈室内〉の出来事に叙述の関心が集中しているのである。お秋が身を投げたのは松宮家の井戸である。井戸は民俗学的に見れば最も霊魂が閉じこもりやすい場所なのであるから、お秋は結局松宮家に封印されてしまった事になるのである。

3 〈異形〉の夫たち

女に、『鬼千疋』のような徹底的な敗北をもたらす、時代のイデオロギーが集約される層が、中流の〈読書する〉女たちであった事は1で述べたとおりであるが、その一方で、抑圧される彼女達のアイデンティティが潜在的に、性労働に就かなければならないような貧困の女性達への明らさまな差別意識に支えられていることは、薄氷の吉原見聞記『浅ましの姿』（『文芸倶楽部』明治28・3）の示すところである。この文章に表れた、薄氷の遊廓の女たちとの隔絶感は、知られるとおり、翌月の『文芸倶楽部』の「『浅ましの姿』を読みて」（なか誰袖）と題する匿名批評によって、「五障三従にしめつけられ」「嫁入すりや舅姑、や小姑の何のかのと、寄つてたかつて意地められ（略）」と、徹底的に揶揄されたのである。[13] 薄氷の文学は、このようなからかいの対象とされた、婚姻制度の人身御供、〈室内に閉じ込められた女たち〉の千姿万態を描き尽くそうとする。

中期の代表作として評価の高い『白髪染』を検討してみよう。大略は次のとおりである。日本橋の旅店の一人娘お糸が、商用のため上京した上州の生糸商治平の目に留まったことに悲劇は胚胎する。治平は親子程も年の離れたお糸に執着し、策略をもって首尾よく結婚にこぎ着け、二人は日本橋で薬種屋を開くこととなり、店はお糸の働きで繁盛する。しかし治平は、実は上州に妻子を置き去りにして来ていたのであり、やっとの思いで治平を探し当てた妻子の困窮に驚き同情した善良なお糸は自ら身を引こうとし、治平に斬殺される。この小説が、入り婿によって女が恋人と財産を奪われる『黒眼鏡』（『文芸倶楽部』明治28・12）の趣向とほぼ同巧であることは『黒眼鏡』『白髪染』

というタイトルの類縁が示唆している。両テクスト共に、女を破滅させる夫は外部からの侵入者であり、一方は義眼であることを、もう一方は染髪によって白髪を隠している。つまり彼等は、正体を隠した〈異形〉の者達なのである。そして、それら外来の異形の者に見込まれる無防備な女という状況設定が、薄氷好みの劇画的方法と言える。しかし『白髪染』が『黒眼鏡』よりも優れた現実感を読者に与えるのは、古風なヒロインの無防備さを、日本橋という流動する都市空間の中で捉えた事である。『白髪染』の舞台、日本橋とはどのような土地であったのか。

日本橋は、維新以降、都市と地方の境、外部と内部が相互浸透する猥雑な都市空間であった。藤森照信『明治の東京計画』[14]は、日本橋の、兜・坂本・南茅場の三町が「新取の気宇に富む」地方の商人が集う場所であったことと、日本最初のビジネス街として発展してゆくプロセスを伝えている。すでに共同体の崩壊と共に、共同体が保持していた秩序維持機能は失われ、個人は国家の政治的な操作の直接的な対象となって匿名化する。いったい何が侵入してくるか分からないのだ。外部から侵入してきた夫たちは、役人（『黒眼鏡』）と商人（『白髪染』）、つまり新しい時代を推進する者たちに他ならない。薄氷は、それらの男たちを、都市（雑踏）に跳梁する魔（異形の者）として捉え、それらに見込まれた女たちの受難を物語る。薄氷の〈異形の夫たち〉は、例えば一葉の『十三夜』の官僚原田、『われから』の実業家金村などの、抑圧する夫たちとアナロジカルな存在である。スタイルは違っても、図らずも同時代の二人の女性作家が見つめていたのは、新時代を生きる有能な男たちが、女を無能力化する政策によって知識や情報を得られない無防備な女たちを根こそぎ簒奪する現実であった。それは福沢諭吉が次のように警告しなければならなかった犯罪的な状況であった。

> 大家のひとり娘にて、父母の亡き跡には、家も蔵も金銭も自分一人のものなるべきに、わざわざ入婿を求めてこれに身代を渡し、その身は遥かにこれにへりくだりて、夫に事うること主君の如くするは、取りも直さず己が身代を他人に進上して、これを落手せられた御礼としてご奉公仕るに異ならず。不幸の甚だしきものなり。

勘定の大間違いなりというべし。

（「日本婦人論後編」[15]『福沢諭吉家族論集』岩波文庫）

『白髪染』のヒロインお糸は、財産を奪われる代わりに、治平の企みによって、恋人との仲を裂かれ青春を奪われたあげく、殺されてしまう。お糸はとうとう夫の〈白髪染〉＝正体を見破れないまま死ぬのである。近代の到来によって、逆に封じ込められた〈室内の女たち〉は、生まれ変わる都市の新興勢力となる男たちに赤子の手を捻るように収奪されるままである。例えば鷗外の『雁』（明治42）もその観点から、つまり重婚と置き去りにされる妻、という観点から読まれるべき小説の一つである。『雁』には老いた父と二人暮らしのお玉が、すでに郷里に妻のある巡査に強引に婿に入られてしまい、騙されていたと知って自殺未遂を図るエピソードが明治一三年以前の出来事として挿入されていた。お玉・末造・妻の関係もそのバリエーションと解釈できる。お玉は二つの三角関係の要にあって、巡査・末造双方から見込まれた『白髪染』のお糸同様の人見御供なのだ。困窮の果てに、日本橋まで治平を探しに来た治平の妻峯の惨めさも、したがって、男の解放のみがうながされた明治の裏面の典型的な女の受難の形を示しているわけである。

山川菊江の『女二代の記』[16]には、菊江の母千世の従姉妹、おきよさんの例をはじめとして、同様に残酷な事例が幾つも報告されている。次に紹介する手紙は、それら置き去りにされた妻たちの困窮を代表するものである。

さぞ此寒さは御身にしみ成され候やと心がかり候へども遠く離れて居り候まま心配のみいたし東京の方にむかい泣くばかりに御座候（略）東京へ御出の後は夜ぶん一二時頃まで内職致し子供を育て居り候へども月々足らぬ事が多く御座候まま私の道具は少し売払い申し候　しかしそなた様の品は手を付けづ申し候[17]

この女性の夫の官員も、東京で別の女と暮らしていたのである。『白髪染』の悪党の治平は、このように実質的には一夫多妻で、〈男の気持ち一つ〉にしか根拠を持たないゆがんだ結婚制度そのものの擬人化とも見られるものであり、お糸もお峯も、純良さという記号性によって、この時代の女の受難をことごとく具現化する役割＝キャラクターとなり得ている。

『白髪染』は、治平がお糸を斬殺する結末から、一葉の『にごりえ』との影響関係を指摘されてきたが、(18) 私見によれば、享保年間に起きた事件に基づく『籠釣瓶《かごつるべ》花街《さとの》酔醒《えいざめ》』(19)（明治21年初演、三世河竹新七作）にそっくり趣向を借りたものである。『籠釣瓶』の佐野四郎佐衛門も治平と同様、上州の商人であるし、商用のため訪れた江戸で、花魁八つ橋に魅せられひたすら尽くし身請けまでしようとするが、八つ橋には愛人がおり、結局愛想尽かしされて八つ橋を斬殺するという展開の類似は一目瞭然であるし、「おいらん、そりゃあちとそでなかろうぜ…」（『籠釣瓶』）、「お糸、それでは余り済むまいぜ（略）我が今まで手前に尽した深切というものは（略）」（『白髪染』）の決め台詞も一致する。殺される遊女から殺される貞女へと変えた点に趣向が見られる。このようにテクストの背景に、〈本歌〉を重層させる事によってその世界の魅力の複雑化を図る間テクスト的手法が、薄氷の特色である。

さらに一つ付け加えたい問題は、このテクストに刻み込まれている視線についてである。その視線は世界を二極化する。日常化された馴染みの時空間に生きるお糸は理想化され、見知らぬ外部からやって来た治平は偏奇・醜貌である事によってそれらと区別される。この事実は、新時代を、自明であるもの（旧世界）に対する、そうでないもの、という二極化によってしか描こうとしなかった薄氷の、時代に注ぐまなざしの未熟さとも言えよう。しかしそのまなざしは、過渡期の結婚制度というものが、女を〈室内〉に閉じ込め、男たちが〈移動の自由〉を勝ち得たことによって、一体どこの誰ともわからぬ者との結び付きを媒介するという意味で、〈異類婚姻譚〉に他ならないことを見極めている。薄氷の女の受難の物語は、明治に生まれた新しい異類婚姻譚なのである。

4　感染する〈非婚〉

薄氷は、個我としての一対の男女の、意識と意識の交錯によるドラマを書かなかった。薄氷の人物たちは、貞女やわがままな令嬢、鬼のような姑小姑、異形の者などのように、型なのであって、そのような世界では、①主従・親子・姑嫁などの上下関係、あるいは②内部（恒常性）と外部（非恒常性）の対立葛藤によってドラマが紡がれてゆく。『三人やもめ』『鬼千疋』『晩櫻』などは①の要素の強い物であり、『黒眼鏡』『白髪染』『乳母』などは②に属する。

処女作にはその作家のすべてが表れると言われる様に、『三人やもめ』が薄氷の文学上の軌跡を予告している作品であることは間違いない。一人の美しい男をめぐる複数の女という趣向は、前章で検討した『白髪染』が、大当たりの歌舞伎を前景化していたように、当時の読者に、本歌である〈源氏〉をだぶらせて楽しむ読み方を示唆したであろう。しかし『三人やもめ』にはすでにはっきりとした薄氷固有の主題系を見ることができる。それは〈非婚への意志〉であり、近世的な義理の要素が濃かった『三人やもめ』から『晩櫻』に至ると、主家の娘に恋人を奪われるお初、心ならずも奪うことになる敏子、そしてお初を捨てる大学生行雄の、主要人物三者の微妙な心理の多層性が、旧モラルの世界を脱化した心理的リアリズム小説への格段の進展を示している。

『三人やもめ』から見てみよう。物語は、美青年三宅香一と、香一を命懸けで慕う銀行家谷田の娘艶子と、香一の母お照・谷田夫妻の計らいで香一と結婚する煙草屋のお清、の三者の関係に、谷田・三宅両家の親たちの勝手な思惑が絡み、若い三人は翻弄されたあげく、三人ともに独身者に戻ってゆく、というもの。「光る源氏の君もかくや」（二）とあるとおり、〈源氏〉への連想を読者に示唆する物語的手法を示すが、より直接的には『仮名交娘節用』などの人情本的趣向が顕著である。しかし『三人やもめ』は、人情本的古めかしさを差し引いても、不思議な魅力をたたえた小説である。その第一の要点は、主人公香一の人物造形にある。美貌の香一は、極めて女性的なキャラクターであり、「顔で買はれぬ財産はあらず」（十三）と、再三容貌の美が強調され、少女コミックの美少年さながら性差を感じさせない。例えば見合いを勧められた時の「恐ろしく、薄気味悪く胸轟き、身体もぞくぞく如何やら病気にもなりそうなり」という反応や、「我身はなきものとして嫁を貰ひ、罪なき母様を喜ばして上げやうか」（十三）と健気な覚悟を固めるパフォーマンスなどは、古風なと言うよりは成熟を拒否する〈少女的〉なものであるし、またお清との結婚早々の気分は「夢の様に、恐ろしと思ひしも厭と思ひしももはや分からず」（二十五）というものであって、美貌の香一のセクシュアリティは、両性具有を思わせる曖昧さと受動性を特徴としている。このような男性主人公の造形が、物語全体に魅力ある幼さを遍満させる効果をあげている。

『三人やもめ』は、一見三角関係の外貌をしているが、実は香一の非婚への意志がまず物語の潜勢力となっているのであって、ドラマは逃げる男香一と追う女艶子との間にある。艶子は情熱の赴くままに香一を捕獲すべく孤軍奮戦するのだが、その情熱には「最早女一人の魂持てる我は機械人形を操る様な譯には行かぬ（略）。」（七）というキリスト教系の近代教育による思想的裏付けがあり、命ぜられるままに嫁ぎ、みずからのアイデンティティを〈家〉と同一化しているお清とは比較にならぬ個人としての自覚を持っている。

しかし艶子の怒濤の様な情熱は、家格を重んずる親の妨害やライバルのお清を排除することはできたが、肝腎の香一の心を動かすことは叶わず、やむなく香一を諦めた艶子は生涯独身を通す決意に至るのだが、その時には、潔く身を引いてくれたお清への連帯意識が生じる。意識の出自はそれぞれ異なるとはいえ、二人の女の決断の果敢さに比べて、香一は状況に全く受け身であり、谷田家や母親お照の、二転三転する思惑のままに右往左往し、結果的にお清も艶子もともに裏切ることになる。つまり二人の女の〈結婚への意志〉は、二人ともに現実の壁にぶつかって（艶子は愛を得られず、お清は主家の艶子への義理の為）非婚への意志に、言い換えれば〈局外への意志〉に反転する。それが親孝行や恩義、結婚の義務など、幾重にも重なった呪縛と欲望との狭間で行途を失い〈去勢〉された男をも

〈局外〉へと追いやってしまうという構造なのである。したがって物語の葛藤を生み出すのは、子供たちをひたすら結婚へと追い込もうとする親グループとそこから心ならずも逃げ出そうとする次世代グループの構造的敵対性、ということになる。

『鬼千疋』『白髪染』『乳母』などは〈嫁に行き、世間の誉めもの〉（『鬼千疋』）となろうとする従順さが、いかに残忍な裏切りをもって報われるのか、という女の〈被虐の諸相〉を描く系列なのだが、『三人やもめ』『晩櫻』の系列は、そのような結婚からの疎外を、言い換えれば〈結婚からの逃走〉を主題系とするものである。この二つの系が薄氷の文学の根幹を形成している。薄氷の先行研究は、貞女的人物像の旧弊さがつねに強調され、「その悲劇の原因が殆ど封建的な義理・人情による」[20]など、近代的自我史観に基づいた批評が多くを占める。しかしそうした規範による裁断では、先述した〈非婚への意志〉が連鎖してゆく若い世代と結婚を次々に画策してやまない親グループの対立の構図や、生活的実感を欠落させ、あえてキャラクター性に、言い換えれば主要人物の姿態美に焦点化する『三人やもめ』のはつらつとした魅力には届かないといわざるを得ない。

『晩櫻』は、『三人やもめ』の〈非婚への意志〉というモティーフを踏襲、深化させた作と言えよう。『三人やもめ』の三宅香一の異性嫌いは、主人公敏子の気鬱の病として再表象されている。両親の切実な願いである結婚を忌避し「癎癪に明け、癎癪に暮れつつ」婚期を遅らせてゆく敏子の身体は、生まれながらに、ジェンダー化されることを忌避している。敏子の身体は主観的な身体といえるものだ。社会学者B・S・ターナーによれば、「女性の病気、つまりヒステリー、うつ病、（略）拒食症などは、結局、公的な権威の世界と私的な感情の世界との分離に組み込まれた情緒不安や性的不安を心身症的に表現したもの」[21]ということになる。敏子は自分に強いられた社会システムにどうしても帰属し得ない身体性を持て余していたのだが、その〈鬱〉は、親孝行のための結婚という、利他的行為への意識的変換によって自我が慰撫された時緩和する。しかし、その利他的行為こそが奉公人お初の幸福を踏みにじるエゴイズムに他ならなかったというところにこの小説のアイロニーがある。

『晩櫻』の主眼は、恩義ある婚約者お初から富貴な敏子へ乗り換える法科大学生行雄と、そうした男の功利性を察しつつ〈親のために一人の子供さえできたら後はどうでも〉という敏子の、双方の世俗的エゴイズムが競合するところにある。結局、行雄は種馬のように敏子に利用されて、敏子に子供が生まれてすぐに、みずから行方知れずとなる。留意したいのは、行雄の人物像が、薄氷らしく女性ジェンダー化されていること、そして行雄のお初に対する弁解の言、〈敏子とは表面ばかりの夫婦になり、お初の両親に金を貢ぎ、洋行すると欺して程なく出てくる〉という内容が、紅葉『金色夜叉』の、貫一を捨てて富山との結婚を決めたお宮の弁解の仕方と同巧であることだ。『晩櫻』の行雄・お初の別離の状況は、『金色夜叉』の男女を入れ替えた趣向であり、執筆時の前後関係から見て、師から学んだことをうかがわせる。しかし許婚と別離する趣向は師紅葉と同巧であっても、男女を入れ替えたという趣向にこそ薄氷の面目は躍如としている。なぜなら行雄の〈富貴・出世〉という目的は果されなかったのであるから行雄の行為全体が無意味化されてしまい、そこに立ち現れるのは、敏子が元来もっていた強烈な〈非婚〉願望すなわち〈局外への意志〉の波及効果そのものとなる。

それこそが行雄との結婚を夢見ていたお初に〈非婚〉を強いた真の因なのだ。かくて親の願いは空しく、次世代は独身者ばかりとなる。敏子はその個性的な身体解釈を自己の存在基盤として戦うことはできず、結局は、家制度に取り込まれることで権力者としてお初を踏みにじる結果となる。婦徳の鏡のような『三人やもめ』のお清とは異なり、お初が犠牲者として描かれているために『晩櫻』は『三人やもめ』にはない陰鬱さがある。しかし翻って考えれば『三人やもめ』『晩櫻』ともに、次世代に蔓延してゆく〈婚姻を峻拒する身体〉は、テクストの「あらかじめ予想したり、意識的決定によって引き受けたりすることの出来ない、最も深い感情」[22]であったといえるであろう。

生彩を放つのは『三人やもめ』の情熱的な艶子であり、ひたすら厭世観に沈む『晩櫻』の敏子である。彼女達は、可憐な貞女であるお清やお初そして男たちをも蹂躙するパワーを内在させている。艶子・敏子は囲い込まれた抑圧的状況から無意識のうちにも離脱しようともがく内的人間であり、現行の社会システムに反抗する牙を持つが、その牙は未だ磨かれていないゆえに、結局は自虐へと傾斜するほかはない。薄氷が書いたのは、そのような女たちの「最も深い感情」であった。

合評『三人冗語』で、薄氷は「この作者は女の間の事を知りて、その外の事をば余り知らぬものと見ゆる節多し」(23)（『乳母』について）と評されている。すなわち〈女がわかっていた〉薄氷のテクストは、社会システムの欲望としての可憐な女の被虐の諸相を過剰に演じつつ、またそこからの遁走を夢見つつ明治の結婚制度を新しい〈異類婚姻譚〉として語り続けたのである。

注

（1）睦月社、一九五五・九。
（2）春陽堂、一九〇一（明治34）・一一。
（3）『近代文学研究叢書4』（昭和女子大学光葉会、一九五六・九）に依る。
（4）「『つゆのあとさき』を読む」（『改造』一九三一（昭和6）・一一『谷崎潤一郎全集 第三二巻』中央公論社、一九五九・四）。
（5）皇太后大夫兼内蔵頭従三位子爵杉孫七郎撰　吉川弘文館、一八八七（明治20）・七。
（6）弘文堂、一九七七・四。
（7）前掲書。
（8）前掲書。
（9）『文芸倶楽部』臨時増刊閨秀小説号　一八八五（明治28）・一二　ちなみに薄氷はこの号に『黒眼鏡』を発表している。
（10）『わたしはあんじゅひめ子である』所収（思潮社、一九九三・八）。
（11）塩田良平『明治女流作家論』（寧楽書房、一九六五・六）の「近代の感覚が極めて薄い古風な小説」など。
（12）『読売新聞』一八九〇（明治23）・五―六。
（13）泉鏡花『薄紅梅』（一九三七（昭和12）・一）はこの経緯を素材としている。
（14）同時代ライブラリー8（岩波書店、一九九〇・三）。

(15)『時事新報』一八八五（明治18）・七。
(16)『東洋文庫203』（平凡社、一九九二・一）。
(17)早川紀代『近代天皇制国家とジェンダー』（青木書店、一九九八・一二）。
(18)『にごりえ』を「真似た疑いがある」（轟栄子『北田薄氷研究』双文社出版、一九七三・三）。
(19)中川成美氏はこの小説の現実的背景として『大阪毎日新聞』（明治二七・四・二六）に載った殺人事件をあげている。
(20)戸沢俊二「北田薄氷論」（『明治文学研究』創刊号　明治文学談話会　一九三四・一）、轟栄子前掲書「妥協的な生を余儀なく肯定してしまう作者の生き方しか出ていない」など。
(21)『身体と文化』（小口信吉他訳　文化書房博文社、一九九九・一）。
(22)スラヴォイ・ジジェク『斜めから見る』（鈴木晶訳　青土社、一九九五・六）。
(23)『めさまし草』まきの五　一八九六（明治29）・五（『斉藤緑雨全集巻三』筑摩書房、一九九五・一二）。

〈付記〉本文引用は『薄氷遺稿』に拠った。

樋口一葉『ゆく雲』と日記のなかの日清戦争

高良留美子

1 桂次とお縫の人間像

樋口一葉の短編小説『ゆく雲』は、日清戦争直後の一八九五（明治28）年五月五日、雑誌『太陽』の第一巻第五号に発表された。博文堂の大橋乙羽が三月二九日付の書簡で『文章倶楽部』のために依頼したもので、四月一二日ごろまでには脱稿・送付されたと推定される。しかしおそらく大橋の判断で、この小説は『太陽』に発表された。(1)

この執筆の時期は、日清戦争の講和会議の開催時期とほぼ重なっている。会議は三月二〇日に下関ではじまったが、二四日、第三回の会談が終わって清国の全権大臣李鴻章が宿舎に帰る途中、自由党壮士小山豊太郎にピストルで狙撃されて重傷を負うという事件が起こった。政府はあわて、天皇は直ちに「朕深クコレヲ憾ミトス」云々という詔勅を発した。また清国側の休戦要求も承認して、三〇日休戦条約を調印した。まもなく李鴻章の負傷が快方に向かったため会議は再開され、四月一七日にいたって日清講和条約が調印された。小説『ゆく雲』は李鴻章の狙撃後に書きはじめられ、条約調印の直前に脱稿されたことになる。

一葉の日清戦争観については何人もの論者が一葉の日記を通して論じているが、これまで小説について論じられたことはないようだ。一葉が小説のなかでこの戦争にわずかでも触れたのは、『ゆく雲』が唯一の例なのだが、そここには一葉の日清戦争観が日記よりもはっきりと表れているように思われる。まず『ゆく雲』を通してそれを明らかにし、ついで二年近く時間をさかのぼり、日記を通してそこにいたる過程を考えてみたい。まず、この小説の梗概を述べよう。

野沢桂次は山梨の大地主の養子だが、ゆくゆくは養家の娘お作と結婚して家督を継ぐことになっている。かれは東京に遊学中世話になった親戚筋の上杉家の娘お縫に心を惹かれ、しきりに気を引こうとするが、お縫は冷静だった。彼女は高慢な継母と冷たい父のもとで、「一切この身を無いものにして」勤めながら日々を送っている。大藤村に帰る日、桂次はお縫の幸福だけを願って生涯手紙を書きつづけると、男泣きに泣いて約束する。お縫は涙を流し、ひと言も語らなかったが、着いた手紙を心うれしく読んでいるようだった。しかし手紙は次第に間遠になり、ついには時候の挨拶だけになってしまう。お縫の日常は変わらなかったが、彼女の心はほころびが切れてしまった。

この小説は上中下の三部に分かれているが、（上）では桂次のお縫への思いは、二人の境遇が似ていることからくる同情にその根拠が求められている。桂次は貧しい小作人の息子として生まれたが、目鼻立ちが水子のまま死んだ総領息子によく似ているというので地主の内儀《つま》に可愛がられ、養子になった青年である。高慢で見栄坊な継母に仕えて苦労しているお縫に、「我れも他人の手にて育ちし同情」を抱いている。多少のうぬぼれも手伝って、かれは「おぬひの事といへば我が事のように喜びもし怒りもして過ぎ来」たのだった。自分がいま故郷に帰ったら「残れる身の心ぼそさいかばかりなるべき」と、かれはお縫の身を心配している。これは人間的な同情・共感であり、愛の芽生えにふさわしい小説設定といえる。

しかし（中）になると、桂次は相手の立場に立つどころか、お縫の心を試すような自己中心的な言葉を吐くようになる。かれはこんなことをいうのだ。「おぬひさむ我れがいよ〳〵帰国したと成つたならば、あなたは何と思ふて下さろう、朝夕の手がはぶけて、厄介が減つて、楽になつたとお喜びなさろうか、夫《そ》れとも折ふしは彼《あ》の話し好きの饒舌《おしやべり》のさわがしい人が居なくなつたで、少しは淋しい位に思ひ出して下さろうか、まあ何と思ふてお出でなさる」(2)。桂次はまた不便で不潔な故郷の村に縛られ面白くない仕事に追われて生涯を送らなければならない自分の身の上をことさらいい立てて、お縫の同情を惹こうとする。

さらにかれは許嫁のお作が「頓死するといふ様なことにならば」、「其よりは我が自由にて其時《そのとき》に幸福《しやわせ》といふ詞《ことば》を与へ給へ」などと道ならぬ事を言いだしてお縫をあきれさせるのだ。そしてお縫がお作をかばうと、「お作より我れの方を憐れんでくれて宜《よい》筈」、「情のあろうと思ふ貴嬢《あなた》がそのように見すてゝ下されば、いよ〱世の中は面白くないの頂上」などといってすねてみせる。かれはさんざん泣き言を並べたあげく、「女といふものは最《も》う少しやさしくても好い筈ではないか」とまでいうのだ。上杉家の隣の観音様に合唱して、「我が恋人のゆく末を守り玉へ」と祈る桂次を、語り手は「お志しのほどいつまでも消えねば宜いが」と皮肉っている。

一方お縫については、その表面的な冷たさが繰り返し強調されている。「桂次が思ひやりに比べては遥かに落つきて冷やかなる物なり」、「木にて作られたるやうの人なれば」、「岩木のやうなるお縫なれば」、「此処なる冷やかのお縫」などがそれだ。しかし桂次との会話のやりとりを見れば、お縫はけっしてそのような女性として書かれてはいない。「東京《ここ》にお出《いで》あそばしてさへ、一ト月も下宿に出て入らつしやる頃は日曜が待どほで、朝の戸を明けるとやがて御足おとが聞えはせぬかと存じまする物を、(略)夫《そ》れでも鉄道が通ふやうに成りましたら度〻御出あそばして下さりませうか、そうならば嬉しけれど」という桂次への返事も、愛の告白といえるほど情がこもっている。またお作が頓死すればという桂次の科白にたいして、「平常《つね》はやさしい方と存じましたに、お作様に頓死しろとは蔭ながらの嘘にしろあんまりでござります」と抗議するお縫には、道義的な筋が一本通っている。

岩木どころか、月の十日に谷中の寺に実母の墓参りをするお縫の姿には、「母《はゝ》さま母《はゝ》さま私を引取つて下されと石塔に抱きつきて遠慮なき熱涙、苔のしたにて聞かば石もゆるぐべし」というほどの激情がこめられているのだ。彼女は十人並み以上に美しく、小学校で習った読み書きそろばんは十分に出来、縫という名前にちなんだ針仕事は袴の仕立てまでわけなくこなし、一〇歳ぐらいまでは悪戯《いたづら》もして、亡き母に「女にしては」と小言をいわれたほど活発な女性として書かれている。

「岩木のやうなる」お縫の性格は、あくまでも継母と情のない父親に仕えるために身にまとった外面の鎧にすぎない。もっとも語り手はお縫のもつ二面性を説明ぬきに対置しているため、字面《じづら》だけ読めば、読者はお縫の性格を誤解しかねない。矛盾したものを矛盾したまま対置させるのは一葉がよく使う方法で、それは登場人物たちが固定した性格をもつのではなく、複雑で、変化する可能性があることを含意している。一葉の小説に深みがあり、読者に深読みが求められる理由も、そこにある。

お縫が桂次を慕っていることは前述の言葉にも十分表れているが、それを察することのできない桂次は、「我れは君に厭《いと》はれて別るゝなれども、夢いさゝか恨むことをばなすまじ」などと独りよがりなことをいう。野沢桂次という青年は、「我れのみ一人のぼせて耳鳴りやすべき」自己中心的な青年として描かれているといえるだろう。しかしここでも一葉の筆は、（上）の人間的な桂次と（中）の自己中心的な桂次を一見無関係に対置している。他者への同情が自分への同情にすぎず、真の想像力を欠く場合、それはわがままな自己中心性と容易に両立することを、一葉は洞察している。

隣の寺の観音様は寛容にも「若いさかりの熱といふ物にあはれみ給」うが、桂次の心変わりにお縫の心は「ほころびが切れて」しまった。この言葉はほころびたところがさらに切れるという意味で、たんなる「ほころびる」とはちがう決定的な破局、心の崩壊を示唆している。小説は「相かはらず父様《とゝさま》の御機嫌、母の気をはかりて、我身をない物にして上杉家の安穏《あんおん》をはかりぬれど。ほころびが切れてはむづかし」という言葉で終わっている。この最後の一句は「はかりぬれど。」という一葉の小説としてはきわめて珍しい終止符つきの過去形によって、上杉家の安穏が終わったことを暗示している。

2　戦争の錦絵が果たした役割

四月一五日に帰郷がきまった野沢桂次が郷里への土産物として買いこんだものの筆頭にあげられているのが、「日清の戦争画、大勝利の袋物」である。戦争画とは、戦勝の報が入るたびに売りだされた錦絵、つまり極彩色の木版画のことだろう。

　日清戦争がはじまると、直ちに戦争錦絵の刊行が盛んになり、正味一年足らずの戦争のあいだに、西郷人気の高かった西南戦争関係の錦絵に匹敵する五百点近いものが発行されたと考えられている(3)。八月一八日の『都新聞』は、次のように絵双紙屋での掏りの横行を伝えている。「昨今の各絵双紙屋には、日清戦争の錦絵が並べてあるにより、何れの店頭も見物人山の如く、或は口をアーンと開き、或は伸あがりして気を取られて居るをつけこみて、例の掏《す》摸《り》共が仕事をするは此の時なりとて、出掛けること非常にて、時計、煙草入、懐中物を取られる者多しと云へり。京橋警察署にては掏摸狩りを始め、続々拘引になる由(4)。」ただ錦絵ブームはこのときが最後で、一〇年後の日露戦争になるとその数は激減し、写真にとって代わられてしまう。

　日清戦争は朝鮮半島の支配権をめぐって日本と清国が争った戦争であるが、その経緯は長く、複雑で、開戦の理由はわかりにくい。そのためもあって、一般の民衆ははじめのうちはそれほど戦争にたいして深い関心を示さなかったという。ドイツ人の医者ベルツは開戦の年の九月一六日、平城戦の勝報が入っても「日本人の態度が一般に予想していたよりも有頂天になっていない」と述べている。また長谷川如是閑は、「そのころをいくら回想してみても、私たちが戦争に対して深い関心を持っていたような覚えは全くない」と回想している(5)。一葉も開戦の一ヵ月以上前ではあるが、「水の上日記」明治二七年六月二〇日に、「朝鮮東学党の騒動、我国よりの出兵　清国との争端これらは女子の得よくしるべき事にもあらず(6)」と書いている。

しかし東京や広島、その他師団や軍港所在地の都市などでは、かなりの人びとが熱狂して勝利に酔ったことが知られている。また士族層からは各地で義勇軍を志願する者が続出した。政府は国民の愛国心をかきたてようとして兵士の忠勇美談を報じたり、軍歌を流したりした。日清戦争への熱狂や錦絵の流布には地域差や時間差、階層差があったにちがいなく、野沢桂次が錦絵を故郷への土産物として買いこんだことのリアリティもそこにあるのだろう。

さて、その戦争錦絵とはどのようなものだろうか。ドナルド・キーンは、「お粗末な、いかにも安っぽい絵で……お祭り好きな大衆を元気付けるには、持ってこいの絵である」というラフカディオ・ハーンの言葉を引用したあとで、次のように述べている。

そうした錦絵は、どれを見ても、日本の兵士の方は、戦場で常に勇敢に行動する勇士として描かれ、中国兵の方は、戦場から算を乱して敗走する、救いがたい腰抜けとして描かれている。常に黒か灰色の地味な軍服を着ている日本兵と違って、中国兵は、例外なしに、赤、青、紫、翠など、けばけばしい色の服を着せられていた。（略）明治二十七年ともなると、こうした俗悪なアニリン染料色は一般に嫌われるようになり、野卑とまではいかないとしても、まことに洗練されぬ趣味を代表する色となっていたのだ。中国人と日本人とのちがいは、その服装や、グロテスクなまでの誇張された恐怖の表情に表されているだけではなかった。人相にもはっきり出ていた。錦絵に描かれた日本人と中国人の人相を見ると、これほどはっきり違う人相は、他のどんな二国民間にも見られないのではないか、と思われるぐらいだった。中国人はきまって頬骨が突き出し、鼻が扁平で、口をぽかんとあけ、目尻が釣り上がっており、そして当然辮髪だった。それに反して日本人のほうは、全体の様子がもっと堂々としていて、その先端がピンとはね上がった軍人らしい口髭と、きちんと刈り上げた頭髪などから見て、むしろはっきりヨーロッパ人のようであった。(7)

錦絵は中国人にたいする日本人の敵意や蔑視をかきたてる上で、重要な役割を果たしたのだ。野沢桂次が郷里への土産物として荷物のなかに入れた「日清の戦争画」も、そのようなものと考えていいだろう。

次に、「大勝利の袋物」とはどのようなものだろうか。袋物とはいまでもデパートで年末などに売りだす、さまざまな商品をつめこんだ安売り袋のことだろう。そして作品の現在時にもっとも近い「大勝利」とは、一八九五年一月に陸軍第二軍が連合艦隊と共同作戦を展開して山東省栄城《ユンチエン》に上陸し、ついで二月はじめに威海衛を占領して海軍が残存の清国北洋艦隊に大打撃を与えた戦闘のことと思われる。このとき北洋艦隊提督の丁汝昌は全艦隊と砲台・兵器を引きわたす代わりに兵員の助命を求め、それが容れられると敗戦の責任をとって自決した。

一葉はこの出来事につよい衝撃を受け、日記「しのふくさ」の二月一六日ごろ書かれたと思われるところに「丁汝昌が自殺はかたきなれどもいとあはれなり　さばかりの豪傑をうしなひけんとおもふにうとましきはたゝかひ也[8]」と書いて和歌一首を寄せている。ここは一葉の日清戦争観に「熱狂と興味が感じられない[9]」、「厭戦的になっていった[10]」という見解の根拠とされるものだ。日記だけを見るかぎり、それは納得できる意見だ。しかし小説『ゆく雲』を通して見ると、その冷静さや冷淡さ、厭戦性はたんに知的な、あるいは傍観者的なものではなく、狂気をはらむほどに透徹したものだったことがわかる。なお丁汝昌の行為は他の多くの日本人をも感動させたという。

このような東洋人的な美徳を具えた将軍の死を悼むどころか、それを故郷へのみやげ話にするために一袋いくらの「大勝利」の袋物を買いこんでくる桂次のふるまいを、一葉が肯定的に書いたとは考えられない。この青年の自己中心的な人間像と、かれが荷物に入れて一足先に「通運便」で送った錦絵や袋物の、民族差別を鼓吹する毒々しい浮薄さとは、ぴったり一致している。このことから見ても、一葉が日清戦争について日記だけを通して見るよりさらにきびしい、批判的なイメージを抱いていたことは明らかだろう。桂次が分けもっていた戦争への熱狂が、結果として女の心をもてあそぶ男の求愛とその浮薄な心変わりと同じ世界、同じ精神構造に属することを、一葉は見抜いていたのだ。

3　一葉の対外政治観と、開戦までの動き

しかし一葉の開戦前の政治観については、「どちらかと言えば……対外硬の世論におおむね同調していたらしい」[11]という意見がある。最後にこの問題を考えたい。

「にっ記」一八九三（明治26）年七月五日の記事のあとには、「大鳥と大石といかならんとすらん　支那も朝鮮もかゝはる処ちかければ」とあり、改行して「千嶋かんもまだ才（裁）判終らざるこそ心もとなけれ　反訴とかやにくき事をぞいふめる　わが判官べんごしに明らけくさとき人ありてときふせたらむにはいかに嬉しかるべきにや」[12]と書いている。

「千嶋かん」事件とは、日本の軍艦千島が愛媛県沖の日本領海でイギリス汽船と衝突沈没した事件だが、日本は不平等条約によって司法権を失っていたため、イギリスで裁判された。日本政府は損害賠償として三〇万円余をピーオー会社にたいして訴求したが、相手はこれに応ぜず、逆にラヴェンナ号の損害要償として一〇万ドルを反訴請求した。六月二九日横浜英国領事裁判所はこの反訴を棄却し、日本側の訴訟提起の正当性を認めた。これにたいしピーオー会社は控訴しようとしていた。

七月七日、政府は陸奥《むつ》宗光外相のもとでイギリスとの条約改正の交渉方針を決定した。千島艦事件の敗訴は国民世論をわきたたせ、民党には絶好の政府攻撃の材料となった。民間では国家主義が台頭し、かつての自由民権論者大井憲太郎は一〇月に大日本協会を結成し、世論を背景に対外強硬論ないし東洋制覇論を唱えた。そして一一月二八日からの第五議会で大いに政府を攻撃した。

「塵中日記」同年一二月二日の記事のあとに、一葉は次のように書いている。

日々せまり来る我国の有さま川を隔てゝ火をみる様にあるべきかは（略）外は対韓事件の処理むづかしく千嶋艦の沈没も我れに理ありて彼れに勝ちがたきなどあなどらるゝ処あればぞかし〔猶条約の改正せさるべからざるなと〕かく外にはさま〴〵に憂ひ多かると内は兄弟かきにせめぎて党派のあらそひに議場の神聖をそこなひ自利をはかりて公益をわするゝのともがらかぞふれば猶指もたるまじくなん（略）外にはするどきわしの爪あり獅子の牙あり印度埃及の前例をきゝても身うちふるひたましひわななかるゝをいでよしや物好きの名にたちてのちの人のあざけりをうくるともかゝる世にうまれ合せたる身のする事なしに終らむやは[13]

「党派のあらそひ」とは、衆議院議長星亨の解職上奏案をめぐって演じられた私行のあばき合いの醜態を指している。これらをはじめ一葉日記の政治関連の記述を読むと、彼女が清国・朝鮮問題については意見らしい意見を述べていないことがわかる。上記の時期の彼女の関心は、もっぱら千島艦事件の敗訴によってあらわになったイギリスにたいする日本の立場の弱さにあり、インドやエジプトを植民地化した大英帝国の日本への包囲にあったようだ。「猶条約の改正せざるべからざるなど」という書きこみは、『東京朝日新聞』一一月一九日付に掲載された社説「政界の風雲」に拠っていると考えられるが、「など」という慎重ないいまわしがなされていて、「対外硬の世論への同調」とはいえない。一葉の意見は対英外交に限られ、朝鮮半島や清国についての強硬論とは無縁である。

明治政府は成立早々から朝鮮への遠征を視野に入れていた。朝鮮は幕末の日本と同様、攘夷と開国、守旧と開化のあいだで揺れていた。性急な征韓論が消えたあとの一八七五年（明治8）、日本は朝鮮とのあいだに日鮮修好条約を締結した。これは朝鮮の独立条項、つまり清国の朝鮮への宗主権を否認する条項をふくみ、日清戦争の最初の火種となった。日本は政治的にも経済的にも着々と朝鮮に進出したが、朝鮮の保守派や民衆に反日感情が起こり、八二（明治15）年反日暴動「壬午《じんご》の変」、ついで八四（明治17）年にわずか三日で清国軍隊に敗れた急進開化派で親日派の金玉均らによるクーデター「甲申の変」が起こった。日本公使館も清軍に襲撃された。この事件には日本公使と日本軍が関与していたが、政府の情報統制によって事の真相は一切報道されず、そのため国民は清軍の横暴や不法だけを記憶することになった。このあと天津条約が結ばれ、両国とも朝鮮から撤兵した。

一八九四（明治27）年、朝鮮では新興宗教である東学党が悪政と開国による物価高に悩む民衆を惹きつけ、農民戦争に発展していた。その勢力が京城《ソウル》に迫ったため、朝鮮政府は清国に救援の派兵を求めた。このことは直ちに日本政府に伝えられ、政府は六月二日、七千の派兵を決定し、九日には仁川に先遣部隊が上陸を開始した。東学党は政府側が幣制の改革を約束したため全州から撤退した。出兵の目的を失った日・清両国は撤兵交渉会談を開いたが、意見は容易に一致しなかった。露・英などの諸国が仲介に立ったが、その間にも日本軍は続々と増強された。

当時極東ではイギリスと帝政ロシアがはげしく対立していた。ことにロシアがシベリア鉄道建設に着手したことはイギリスの危機感をつよめ、イギリスは日本の要求に応じて治外法権を撤廃した改正条約を九四年七月一六日に調印した。いわゆる日英同盟である。それは日本政府にとっては、清との戦争においてイギリスの支持を受けられることを意味した。

日本は朝鮮の内政の共同〝改革〟を提議したが、清国はこれを拒否した。朝鮮政府内の親日派の力は弱かったため、日本側は国王の実父大院君を擁して閔妃《びんひ》派の親清政権を打倒しようとし、七月二三日、軍事力によって大院君を王宮に入れ、閔妃派を追放して一挙に親日政権を樹立した。そしてこの政権から清国排除の依頼をとりつけて、開戦の口実をかちとった。

七月二五日、豊島《ほうとう》沖の海戦で、宣戦布告なしの戦争がはじまった。陸上では成歓《ソンファン》、牙山《がざん》の戦いである。これらの戦争の様子は錦絵となって国民に知らされた。宣戦布告は八月一日だった。

4 近代日本が踏み出した危険な一歩

日清戦争は近代日本が戦った最初の対外戦争だった。この戦争の経緯を見ると、日本がのちに実行するいくつもの戦争の原型、あるいは軍の行動パターンが驚くほどはっきり現れている。大義名分のない戦争に無理やり開戦や戦争拡大の口実をこじつけること、隣国の内紛（革命）に乗じて派兵し、目的が達成されても国際信義に反して撤兵しない行動、宣戦布告前あるいは布告なしの戦争、他国の独立を認める外見をとりながら武力を背景にして親日の傀儡政権をつくる方式などは、シベリア出兵や日中戦争、アジア・太平洋戦争などで繰り返し踏襲された。

日清戦争はまた軍部の力を強め、軍が政党や内閣の支配を排除する傾向を促進した。陸海軍大臣は現役の武官に限るとする軍部大臣現役武官制が制定されたのは、戦後五年目の一九〇〇（明治33）年だった。この制度と憲法に規定された統帥権の独立によって、軍は内閣で強大な発言力をもつようになっていく。

日清戦争はさらに日本軍の常勝神話、不敗神話をつくりだした。このあと軍と政府は日露戦争の実態やシベリア出兵の悲惨、ノモンハン事件の敗北などを国民に隠蔽するようになっていく。その隠蔽体質はアジア・太平洋戦争で極限に達した。

日清戦争は日本の行動にたいする列強の疑惑と干渉を呼び起こしたという意味でも、後年につながっている。日清講和条約の調印後わずか六日目におこなわれた露・独・仏の「三国干渉」は、ロシアの主導によるものだった。これによって日本は一旦獲得した遼東半島を清国に返還せざるを得なくなり、憤激した国民は〝臥薪嘗胆《がしんしょうたん》〟の合言葉によって復讐を誓うようになっていく。日本軍守備隊と日本人壮士らが大院君を擁して、巻き返しをはかっていた閔妃派へのクーデタを起こし、閔妃を殺害したのはその後半年も経たない時期のことである。

それでも日本はこの戦争の勝利によって三億円の賠償金をかちとり、台湾・澎湖島の割譲その他多くの権利を獲得した。また清国は琉球諸島の領土権の主張を放棄した。これらは明治初年以来政府が国民生活を犠牲にして軍備を増強してきたことの代償として、国民に感じられたにちがいない。人びとは戦争による利得の観念を抱くようになったと思われる。一兵卒をヒーローとする多くの忠勇美談や、臨場感と情感に満ちた軍歌の演出などとあいまって、それは民衆に〝主体的〟に戦争に参加する動機づけをしていった。〈国民皆兵〉の内面化が行なわれたのだ。

ただ不平等条約の改正をほぼ達成して間もなかったため、日本は捕虜のとり扱いについてジュネーブ条約を厳守すると言明して、それを実行した。また、政府はすでに「出版条例」「新聞紙条例」「讒謗法」、「出版条例」を受けついだ「出版法」などによってきびしい言論統制を行なっていた[14]が、まだ戦争を支持するよう圧力をかけることはしなかった。これらの良い点は、日露戦争に際して起こった「反戦論」にたいする言論弾圧にみられるように、のちの戦争では捨てられていく。

日本の近代史と国民生活をつよく特徴づけることになったこれらの事態の根底には、日清戦争がもたらした中国人への蔑視と差別感情が横たわっている。ドナルド・キーンはこの点についてこう述べている。

　この戦争に、いわばその文化的特徴を提供したのは、敵――すなわち中国であった。それまで日本が、ずっとその模範、もしくは張り合う相手にしていた国に他ならない。(略)中国からの文化的影響は、十九世紀の日本においても、依然として、きわめてあなどりがたいものがあった。西洋文物の盲目的模倣時代を招来したとはいえ、明治維新は、その中国文化の威信を、基本的に変えることはなかった。(略)それがほんの数か月のことで、何世紀もかけて築き上げられた中国崇拝の伝統が崩れ去り、日本人の対中国心情も、友情から軽蔑に変ってしまったのだから、まことに悲しいことと言わざるをえない。[15]

樋口一葉は近代日本が踏みだした危険な最初の一歩を、これ以上ないほど醒めた目で見つめていた。彼女はイギリスとの不平等な関係に怒りを感じ、大英帝国による日本の植民地化に怖れを抱いていた。しかし中国人への敵意や蔑視とも、清国や朝鮮への対外強硬論とも無縁だった。彼女は日清韓、東亜三国の同盟を志す青年を主人公にした半井桃水の小説『胡砂吹く風』を、すでに共感をもって読んでいたのである。[16]

戦争が終わりに近づいたとき、一葉は敵将の人間的な行為に感動して戦争そのものへのうとましさを表明する。そして戦後の講和会議中、日本人の中国人への敵意が李鴻章狙撃という形で爆発したあと、一葉は戦争に熱狂する日本の男性の女性にたいする鈍感さと身勝手さ、そしてその結果のとり返しのつかなさを、『ゆく雲』において表現したのである。民族差別と女性差別が同根であり、人間の尊厳にとって同罪であることを、彼女は見抜いていた。そして藩閥政府の〝出世〟からも、国権主義化していく自由民権運動からも見放され、無慈悲な軍備増強に苦しめられていた民衆の〝血税〟を使った戦争が、人びとの幸福には決してつながらないことを直感していたにちがいない。

注

（1）『太陽』は、博文館が創刊した旬刊雑誌『日清戦争実記』の大当たりのあとに創刊された一般読者目当ての総合雑誌である。大橋は『ゆく雲』に描かれた戦争に関わる景物に、読者をひきつける時事性を見出したにちがいない。
（2）『ゆく雲』『樋口一葉全集　第一巻』筑摩書房、一九七四年、五〇〇頁。以下『ゆく雲』の引用は本書により、旧字体は新字体に改め、ルビは適宜省略した。
（3）小西四郎『錦絵　幕末明治の歴史⑪　日清戦争』はさみこみ、講談社、一九七四年、一頁。
（4）（3）に同じ。
（5）小西四郎「時代の背景」（3）、一二四頁。
（6）『樋口一葉全集　第三巻（上）』筑摩書房、一九七六年、三八九頁。以下樋口一葉の日記については旧字体を新字体に改め、読みやすいように濁点を追加した。

（7）ドナルド・キーン「日清戦争と日本文化」『日本人の美意識』中央公論社、一九九〇年、一三四頁。
（8）『樋口一葉全集　第三巻（下）』筑摩書房、一九七八年、七六七頁。
（9）和田芳恵『一葉の日記』筑摩書房、一九五六年、三四五頁。
（10）関良一「日清戦争と文壇―その序説―」『国文学　解釈と教材の研究』学燈社、一九六七年九月号、二七～三三頁。
（11）（10）に同じ。三一、三二頁。
（12）（6）に同じ。二九二頁。
（13）（6）に同じ。三四八頁。
（14）『社会文学事典』冬至書房、二〇〇七年、一六一、一六三頁。『広辞苑』第四版、一二三七頁。
（15）（7）に同じ。一一六、一二二頁。
（16）上垣外憲一《かみがいと》『ある明治人の朝鮮観――半井桃水と日朝関係』筑摩書房、一九九六年、四一頁、二五七～二六二頁、二六六～二六七頁。

〈付記〉日清戦争とその前後の日清・日韓関係については、海野福寿『韓国併合』（岩波新書、一九九五年）等を参考にした。

「変り物」の行方——田澤稲舟『しろばら』論

矢澤美佐紀

田澤稲舟の『しろばら』は、一八九五（明治28）年一二月発行の『文藝倶楽部第十二編臨時増刊・閨秀小説』号に発表された。この号は、一一名の女性作家のみによる小説特集であり、樋口一葉、三宅花圃、中島歌子、若松賤子、大塚楠緒子、小金井喜美子らの錚々たる顔ぶれが並んでいる。あたかもタレントのブロマイドのように並べられた彼女たちの肖像写真の効果もあって、当時の文壇の内外に大きな反響を呼んだ。

この時、稲舟は二〇歳。小説としては『医学修行』に続く二作目だった。そして、この約一年後に急逝している。その死の背景には、文学の師であり夫でもあった山田美妙との別れや彼の女性問題による心労が推察され、自殺説も取りざたされたが真偽は定かではない。(1) 長いこと、稲舟文学は美妙研究のために引用されるという憂き目にあい、独立した作品分析はまだまだ未開拓の領域であると言わざるをえない。

本稿では、稲舟の作品中最も過激であり、〈婦徳〉イデオロギーからのあからさまな逸脱によって発表当初から物議を醸した『しろばら』の、挑発的な姿勢とフォルムの〈歪み〉に着目することで、今日における稲舟文学の新たな可能性を考察したいと思う。

1　欠損と過剰

『しろばら』は、全一二章からなり、ほぼ各章が一場ずつの戯曲的構成になっていて、以前手がけた新作浄瑠璃の手法を想起させる。細谷昌武は、その文体について「枕詞・序詞・縁語・掛詞の駆使に止まらず、文章全体の旋律を醸し出す七五調等の傳統的表現と併せて、當時の口語・俗語の大胆な作品への摂取による文体の追求」に、美妙の美文調言文一致体の影響を指摘する。(2) 内容的にも塩田良平が、「清らかなるものの凌辱」に人生の悲劇を凝縮させる手法には美妙の影響があると言及している。(3) また日清戦争後の社会矛盾を、殺人・姦通・自殺・狂気といった暗澹たるモチーフで表現した「悲惨小説」や「深刻小説」の流行を意識しなかったわけではないだろう。更に華族のスキャンダルという着想には、本来高貴であるはずのものの裏側を暴く快楽という、読者サイドに根強い嗜好の系譜が意識されていたと推測できる。しかしこれらの情報によって、この作品の異彩ぶりや面白さの評価が下がるものではない。明治二〇年代という家父長制度下で自我に目覚めた女が、新興文化の荒波にもまれ、それらを貪欲に摂取し戦略として採用しつつ、自分が足場を築きたいと願う文壇から、「偏僻女《ねじけおんな》」(4)・「変成男子的処女」(5)などと罵倒されるような女を、あえて語ろうとした営為こそが注目されるのである。

さて、この物語は全体的にかなりいびつな趣向を有している。梗概は次の通りである。里見伯爵の容姿端麗な放蕩息子・篤麿（二三・四歳）は、女学生で貴族院議員の娘である美しく才気煥発な義理の従妹・桂光子（一六・七歳）を熱愛し、求婚する。邪魔になった馴染みの芸者とは縁を切るが、恨みを抱く彼女は嫌がらせの手紙を光子の女学校へ送り、それがもとで光子は自主退学を余儀なくされる。ここには、その一件を悪用した校長の光子に対するセクシュアル・ハラスメントの問題が挿入されている。光子の父は、娘が伯爵夫人になることを強く望む。篤麿の軽薄さを見抜く光子は結婚を拒み、父の怒りをかった結果母の留守中に勘当される。家出した光子は、かつての乳母の家に一時身を寄せるが、篤麿のスパイとして光子の動向を監視していた光子つきの女中・勝が、母の計らいと欺き直江津の宿へと導く。何も知らぬ光子が眠ったところへ忍び入った篤麿は、クロロホルムを嗅がせて強姦する。翌々日、柏崎の荒磯に、着物もはぎ取られた無惨な光子の水死体が打ち上げられ、そこに浜烏が飛来するのであった。

表題となっている「しろばら」は、作品中一度も表記されないが、光子の処女性や清純さを徴づけ、同時にそれが凌辱されるという酷さの強調としてあることは容易に想像される。しかし、現代では特に結婚式の衣装から女性の無垢や純真をイメージすることが多い「しろ」という色彩も、民俗学的考察によると、もともとは「非日常的な」「忌々しき色」であり、「生と死の二つの面を両義的に表現するもの」で、そのような両義的世界に接近できたのは男ではなく女だったという(6)。積極的な方向へ歩むかに見える躍動的な光子の背後には、そのイメージに反するように暗い死の気配や誘惑が伏線として周到に布置されている。例えば、父に勘当されて街を徘徊する光子がもの思いに耽って川をのぞき込むシーンでは、自殺と勘違いした町の男にいさめられる一幕がある。これらはクライマックスへと一気に収斂されるが、稲舟のなかで「しろばら」の「しろ」とは、あらゆる既成概念を拒否しながら、次第に行き場を失ってゆき、無意識に死に接近していった、女固有のニヒリスティックな精神世界を暗示させるものだったのではないだろうか。また中込重明によると、明治期の「薔薇」は、「西洋的な恋愛観を象徴」し、「西洋へのあどけない憧憬をかきたてる花」である一方、「付添いのある美しい娘、用心深くしっかりした美人」という意味の符丁として使用されたらしい(7)。

美しい深窓令嬢、意に沿わぬ許婚、恋愛をめぐる父（家）との確執、芸妓との色恋沙汰、手紙、暫定的逃避場所としての乳母、奸計、物語を蔭で操るトリックスターなど、表向きには近世文学の流れをくむ扇情的で常套的なプロットが多用されている。しかし、一見約束された流れに逆らうかのように、突如過激で異質な場面が出現する。物語の重要な転部で麻酔薬・クロロホルムという西洋医学の最先端知識が持ち込まれ、続いて光子の死が過剰な残酷さで描かれるのだ。更には読者が驚愕した瞬間に、読者の戸惑いを置き去りにしたまま物語は一方的に閉じられてしまう。

自主退学の契機となったセクハラ事件のその後、芸者の情念の行方、光子が死に至る経過など、説明がほしい箇所での記述の欠落が目を引く。しかし、このようにばっさりと過去を切り捨てながら進行する荒っぽい展開とは対照的に、例えば一見本筋とは密接な関連が見えない女学生や書生に対しては、執拗なまでに詳細な揶揄的視線を向けているのである。

こうした欠損／過剰というアンバランスな構造は、当然ながら各章間に違和やきしみを生じさせている。作品世界に破綻や矛盾が招来され、多くの謎を残すことになった。しかし、それらのいびつな様相は、光子の内面が論理的に言説化できないことの象徴なのではないのか。ここでのあからさまな〈歪み〉は、整合性を欠いたまま混然と投げ出されている光子の精神世界そのものなのだ。そもそも語り手が、それを積極的に論理化し整理しようとした痕跡は見受けられないのである。

2　光子の批判精神——明治女学校というトポス

光子の批判の矛先は、まずは「すらりとした当世風の好男子」だが、中身のない軽薄な篤麿、そんな男との結婚を強いる父親、「女学生」や確固たる根拠もなく持て囃され天狗になっている「才女」、いかにも頭の悪そうな書生、華族、男女の関係性など、自己を取り巻く様々な人物・現象・風潮に容赦なく向けられる。彼女の批判は、対象とされるものの多面性や言い訳を一切聞き入れずに、ひたすらなる拒否へと行き着くのが特徴である。果ては、「地球の破裂」を望むまでに飛躍するのである。華族は、「社会には只もう害が有るばかり、何の益も御座いません」と、存在自体が完全否定されてしまうし、男女の関係性への嫌悪は、「夫婦の関係恋愛の極」は「清きものにはあらじ」、「感覚上の快楽といふものは、（中略）どうしたものか我にはけがらはしく、他に人間繁殖の道はなきものか」と極論される。これは、生物としての人間存在に向けられた根源的な虚無の感慨である。更に女の生殖機能の否定は、母性の拒否とも受け取れる。

中でも私が注目したいのは、当時の主流文化全般への懐疑や風刺の眼差しである。その生贄にされたのが、上流階級に属し新時代の恩恵に浴する女、とりわけ「女学生」という新種族であった。

（前略）見るから未来の女学者が、肩で風切る高慢顔に、鼻うごめかして男女同権を主張し、自由の権利なんのかんのと、口きたなくさへづりちらす有様も、今より思ひやられて、（中略）時は秋の末つかた、垣根にしをるゝ七草も、只初雁を待かとばかり、露をふくみてあはれにさびしく、艶に床しき有様を、不風流に、見むきもやらず、こゝ見はらしよき控所に、四五人の女生徒が朝早くより詰めかけて、見えをもかまはず得意げに、たくみなる弁舌もて、先は教師の容貌より、世間幾多の男子の批評三昧、はては悪口雑言の聞ぐるしさ。

娘に華族との結婚を強要する家父長の、階級意識や男権主義を痛烈に批判しながら、その同じ刃で本来苦しみを共有すべき女たちを鋭く切ってゆく。本質を理解せずに「男女同権」をスローガンのように唱え、自己の虚栄心を満たすために知識をひけらかす生意気な女たち。語り手が執拗に意地悪く描き出したのは、時代のモードを表象する華美な洋装と上品ぶった顔の裏側で、学問の深部に触れることもなく埒もないゴシップに明け暮れる「女学生」たちであった。ほぼ同世代の同性に向けられたこの辛辣な視線はどうしたことか。一葉文学に見られるような、女との連帯意識や気遣いはみじんもなく、女を外見の美醜で裁断してもいる。これは、ややもすると「女学生」に〈貞淑〉や将来の〈良妻賢母〉を求める男の欲望に加担しかねない危険を孕む。

ここには、作者・稲舟の、自身の経歴に対する捩れたコンプレックスが看取できるかもしれない。同時に、それと表裏一体の関係にある、強烈な自負と特権意識とを読み取ることができよう。山形・鶴岡の進取の気性に富んだ裕福な医者の家系に育ち、豊かな日本文化の伝統を思う存分吸収する一方で、〈西洋〉の新文化にも敏感な恵まれた環境に育った稲舟にとって、みせかけの文明、すなわち実質を伴わない表層的な〈西洋〉への胡散臭い傾倒は揶揄の対象でしかなく、男女問わず糾弾すべきものだったのではないか。

更にこの「女学生」批判は、彼女たちが所属する「岸本英和女学校」なる女学校自体の批判へと推し進められ、徹底的に権威を剝奪されてしまうのだ。それが、校長によるセクハラ事件である。

光子への嫌がらせに芸者が校長宛に送った誹謗中傷の手紙をだしに、光子をこっそり呼び出した校長が、「あなたには私の心が知れませんか」などと迫ろうとする。彼女が逃げて事なきを得たが、表向きは立派な紳士である女学校の校長が人知れず破廉恥な行為に及ぶというエピソードは、一体何を意味しているのか。まず第一に、権力を笠に着た男性の横暴ぶりと、それを許容する男権主義への批判を読み取ることができよう。現代でもそうなのだから、当時性被害に遭いながらも声を上げられない女性たちは数多存在したはずだ。注目したいのは、セクハラを受けた光子が、性被害者が陥りやすい責任の所在を自己に負わせてしまうような構図をとっていないことだ。しかも、事件を他者に明確に語る力を持っている。これは、この時代にしては画期的な女の造形だろう。はたして、この事件は全くのフィクションなのか。そうではなく、ある事実を下敷きにしていたのではないか。

「今は都に誰一人知らぬものなき」、「都の山の手辺の、ひときは閑静なるところを選びて、昨年頃新築せし岸本英和女学校」のモデルに、明治女学校を想起する読者は多いだろう。松坂俊夫もこの点を指摘していて、その根拠に「全国の心ある子女に知られていた」という知名度と、前作『医学修行』にならったモデルありきの手法を挙げている。(9) 私は、それだけではない、より稲舟らしい理由が存在していたのではないかと考えている。

明治五年二月、文部省管轄の官立女学校（後、東京女学校）の開設を機に、各地で次々に女学校が設立されていく。明治二〇年代は、将来の国民である子供を生み育てる役割が注目されるようになり、女子教育が国家的問題として浮上していった。中でも最も開明的だったのは、明治一八年に九段下牛ヶ淵に創立された明治女学校であった。開設期間は二三年と短かったが、次代を担う多くの知識人を輩出した。創立者は木村熊二で、後明治二五年には厳本善治が二代目校長になっている。藤田美実の『明治女学校の世界』[10]によると、初代校長・木村の後妻・伊東華子は、「みんなが地味な和服、束髪の姿の中で、華子だけが派手な洋服を着、大きな帽子をかぶり、外国婦人と見まちがうばかり」の風貌であったらしい。また、その奔放さ故に社会的にもいろいろな問題を起こし、終には夫を捨てて情人と出奔してしまった。木村の辞職の真相は、そこにあるらしいのだ。木村が辞職したのは、明治二五年、『しろばら』が書かれたのは二八年である。いくら隠しても、こうしたスキャンダルは洩れ伝わるものだ。あるいは情報通の美妙を通じて知ったのかもしれないが、稲舟がこの逸話に想を得たことは充分に考えられる。

「全国子女の憧憬の的」であった明治女学校とは、「自由民権運動や女権運動、近代的な女子教育、さまざまなキリスト教思潮、新しい文学運動などの交差点、それらの一つの結節点」[11]とも言うべき場所だった。良家の子女相手に〈西洋〉の学問を講じる校長の、品性高くあるべき妻が、実は性的に放埒であるという皮肉は、作品中では校長に置換され男性的ジェンダーへの強烈な批判として機能した。同時に、もてはやされる〈西洋〉、その中核をなすキリスト教思想が、実は華子のような矛盾を抱えていることへの嘲笑、そうした時代全体の裏側への風刺として描かれたのだった。明治二〇年代の日本は、日清戦争の勝利によって国際的地位を高めてゆき、明治国家は、維新以来の欧化政策から一転して、日本回帰・国粋主義へと傾斜していった。稲舟の創作意欲は、このような時代の潮流とも交差していたのだろうか。

また明治一八年に、明治女学校のスタッフによって創刊された『女学雑誌』は、一九年以降、二代目校長の厳本善治の個人雑誌となっていた。稲舟も縁のあるこの権威ある雑誌は、女学生や富裕な婦女を読者とし、キリスト教を基盤に家庭を守る存在として若い女たちを啓発した。そこで厳本は、女が小説を書くことを盛んに推奨する一方で、女が書くべき小説とは、「勧善懲悪の教に効能あらしめ」「世人を高尚の道に導」くものであると力説している。[12]

これは正に『しろばら』世界と真っ向から対立する概念であった。「岸本英和女学校」への揶揄描写と、そこへの未練をきっぱり捨てて「自主退学」という道を選択した光子の行動には、〈婦徳〉イデオロギーをしたり顔で説く、文壇という男性社会に対する稲舟の抵抗のメッセージが隠匿されてもいたのだ。

3　「写真」の意味するもの

以上のような特異な存在である光子を、語り手はどのように語っているだろうか。面白いことに、第一章から三章まで、肝心の光子はその場に居あわせないのである。周囲の人間による間接話法、しかも不確かな憶測や噂によって、その像が一方的に結ばれてゆく仕組みになっている。

第一章は、待合菊のやでの篤麿と、馴染みの芸者・染め吉とのやりとりである。男が別れ話を持ち出そうとしている空気を察知した染め吉が、「さして美人といふにはあらねど、愛嬌はしたゝるばかり」の魅力を総動員して篤麿にすがりつく。光子の形象と比べ、染め吉のそれは従来の類型からはみ出そうとはしない。篤麿の形象によって華族を糾弾しながら、一方で自分より下の階層をあからさまに侮蔑する光子には、身分制度そのものへの批判精神は育っていないが、この点に関しては語り手も同様で、光子の悲劇を描きながら、苦界を生きる女への視点は欠落させている。

さて、男が去った後忘れ物である紙入の中を覗くと、手切れ金と一緒に「服紗に包みし一葉の写真」が入っていた。

（前略）さてもにくらしい女の写真、しかも十六七のうつくしき令嬢姿、見る〳〵面色朱をそゝぎ、おのれとばかりやさしき指に力をこめ、ヱイといふまゝびり〳〵とひきさけば、あはれや美人はちぎれ〳〵に。

（傍線……引用者）

ここでの光子は、「写真」という〈モノ〉として徴づけられている。しかも、自分の意思の全く与り知らぬところで情報が流れ出てしまっており、とりわけ「美貌」という外見に焦点化されて伝えられている。挙句に、勝手に恋敵にされてしまう。皮肉にも自身の属性の対極に位置し最も軽蔑すべき「醜業婦」・芸者によって、その肖像は「びり〳〵と」引き裂かれてしまうのである。

第二章は、桂家の一室。貴族院議員である光子の父・桂珠樹が、結婚を拒む娘の強情さを妻・秋子のせいにして責める場面である。ここで興味深いのは、妻の言動である。彼女は伯爵という爵位に固執する夫を、「人爵をさまで尊きものと思ひ給へるにや、得意顔なるも笑止」と、「いとゞ賤しむごとく」ながめるのである。母親は、結婚においては子供の意思を尊重すべきであることを決然と言ってのけ、夫の暴言を聞き流し、あしらうという方法でやり過ごしている。篤麿の母である「腹がはり」の姉に、「かたくな」だと評されるだけのことはある。相手を冷静に斜めから見つめ返し、合意しかねる点は無視するという戦略は、ひたすら烈しく正面からぶつかる娘の父親批判よりはるかに手厳しく、夫／男の権威を瞬時に無化する実力を持つと言えよう。八方塞りの悲劇的な『しろばら』に唯一救いがあるとすれば、自他の自由意志を尊重するこうした賢い母親の存在である。ただし、悲劇を完全なものとして描こうとした語り手は、光子に寄り添う母親を娘の最大の危機には不在とし、直接的な効力を発揮させないよう仕向けたのである。

第三章は、岸本英和女学校での同級生たちの噂話で構成されている。そこではゴシップという猥雑で身勝手な語りによって、光子の印象が形成されてゆく。

以上のように、周囲は一方的な思惑によって光子の像を結ぼうとするのだが、そこには常に彼女の人格的部分が欠落している。「写真」という〈モノ〉に転化された光子は、家父長制度を補強しようとする父親によって更に強固な〈モノ〉的扱いを受け、政治の道具として起用されようとしている。そして級友たちの間では、「校中第一の美女」という代名詞が一人歩きし、嫉妬や羨望や欲望の入り混じったスキャンダラスな視線を投げかけられてしまうのだ。女中・勝が光子の手箱から盗み出した「写真」は、篤麿から芸者、更にフォルムを「手紙」に変換して好色な校長の手元へと渡る。気高い内面とは裏腹に〈モノ〉として扱われる光子は、本来モラトリアムとして現実世界から隔離され、囲われるべき女学校という機構からいつしか逸脱してしまう。更に、階級や場所の差異を容易に乗り越え、自己の意思とは無関係に流通してしまうのだ。その結果、無防備に奸計に陥れられてしまうのは仕方がない。また、こうした経緯は、篤麿が光子の内面を完全に切り離した状態で自分好みの容貌だけを偏愛することや、男が相互理解ぬきに一方的に性欲を満たすという残酷なラストの内実を伝えている。更に光子の「写真」が孕む問題は、『しろばら』発表時、美貌の肖像写真と、女らしからぬ作品世界とのギャップによって、稲舟自身が欲望の視線に晒されスキャンダラスに語られた結果、作品そのものへの評価が失われていった問題とはからずもリンクしていたのであった(13)。

では、そうした光子に語り手は同情を寄せるのかと思いきや、語り手の光子に対する視線は常に冷静である。終部、篤麿が光子を襲おうとする場面では、突然語り手の身体感覚が顔を覗かせ、直接彼女に「とく起きよさめよ、光子」と危機を呼びかけるという唐突な一面もあるが、基本的には光子を「変り物」として扱い、ある一定の距離を保つスタンスを選択しているのだ。語り手は、光子が「変り物」であることを自明視しており、そこに説明を補完する気はさらさらないらしい。階級的にありえそうにない光子の言葉の蓮っ葉ぶりや強烈な批判精神が、何に由来し、いかに成長していったのかといった部分への書き込みはない。このような突き放した語り方には、理由は不明だがともかく生まれつき「変り物」なのだから仕方がない、その「変り物」の語ることだから奇妙であっても当然だとの、開き直りともとれる態度が伺える。しかし、語り手はそれを逆手にとって、社会規範からの過激な逸脱を思う存分に描いた。語り手の光子への突き放しは、制度逸脱の装置だったのだろう。

4　「クロロホルム」の誘惑

(篤麿が)ハンケチを以て光子の鼻を軽く覆ひ、自分はなゝめに顔をそむけ、瓶の薬を幾滴かそゝぎかけ〳〵し、あたりを一寸見まはしながら、夜着引のけて打笑み〳〵、諸手を掛けて抱き上げ、声忍ばせてゆり動かし、「光子さん光子さん」と、呼べど答のなきのみか、衣紋乱れてしどけなく、玉の様な乳まであらはに、くすぐられてもつねられても、死人のごとく生体なし。嗚呼いかに旅路につかれたればとて、此有様は何事ぞ、光子はかゝる言ひ甲斐なき女なるか、否々今しも篤麿がハンカチーフにそゝぎたるは、外科医者が手術を施す時、患者に用ゐる恐ろしき哥囉仿謨《ころゝほるむ》なり。

(傍線……引用者)

これは、今まさに篤麿が光子を襲わんとしている緊迫した場面である。明治の初期輸入された西洋新薬・「クロロホルム」とは、小松史生子によると、「医学・薬学の未だ黎明期にあった明治初期から大正にあっては、主に外科手術を行う際の全身麻酔として、エーテルやモルヒネと並ぶ最もポピュラーな薬品の一つ」であり、稲舟は、『しろばら』発表の八年前、一八八七(明治20)年に活字化された、三遊亭円朝の翻案物・『欧州小説　黄薔薇』から「クロロホルムによる婦女暴行という趣向」を学習し、作品に反映させた可能性が高いと言う。[14]

ところで、当時実際にそのような事件があったかのと言うと、『「明治」「大正」犯罪史』[15]に、「日本最初の麻酔犯」として、一八九〇(明治23)年二月二日の『朝日新聞』の記事が紹介されている。両国、薬研堀の白木亭という料理屋の仲居・おたつが、一見商人体の男に、「いい匂いだから、かいでみろ」とハンケチをかがされて、意識を失った間に強姦されたというものだ。麻酔薬は「クロロホルム」だったらしい。

稲舟は、先行テクストや同時代の事件から、あえて「クロロホルム」による強姦事件というモチーフを選択した。

生家が先進的な医者であったことも無関係ではないだろうが、いかにも読者を惹きつけそうな新薬のショッキングな響きと、男によって実行され、男によってスキャンダラスに書かれた女の〈過失〉という問題に、稲舟の創作欲がくすぐられたのではないか。彼女は、男によって身勝手にイメージされてきた、本来は女の所有であるはずの物語を男の手から奪還し、女の手で書き直そうとしたのではなかろうか。円朝の『黄薔薇』では、逆恨みした女の奸計によって男に暴行された「孝女」お万が、その後夫に離縁され転落の人生を歩むことになる。最後、陥れた女は殺されてはいるが、しかし、何故夫は無実の被害者である妻を捨てるのか。男に暴行され〈貞操〉を喪失した穢れた女を、明治二〇年代の日本は決して許さなかった。その身の破滅という制裁を、入念に用意したのだ。故に、意識的に〈婦徳〉から逸脱した光子には、より悲惨な末路が与えられることになる。しかし先述した通り、暴行後の光子の心理や言動は空白として投げ出されており、その結末はたった数行の表記しかない。

其翌々日、磯馴松風物すごき此処柏崎の荒磯に、波に着物もはぎ取られて、髪はさながらつくもの如く、あはれに乱れし少女の死屍、風のまに〳〵に打よりしを、目さとく見つけし浜鳥、早容赦なく飛びきたりぬ。

この語り手の意思を、我々はどう読み取ればいいのか。語り手は、時代的な限界で光子を生かすことはできなかったが、光子が転落する惨めな様は一行たりとも語らなかった。光子の精神世界は、傷つくことなく保管される。目を覆うばかりの死後の惨さは、男社会の卑劣さを強調し告発するものであって、光子を貶めるものではない。死ななければ多分精神を病んだであろう光子は、周囲が浴びせる屈辱的な視線によって、死よりも惨い人生を歩むことになったに違いない。

従来の論者たちは、一様に光子の自殺を指摘するが、そうではなく篤麿による他殺とは考えられないだろうか。扱いが難しい新薬のこと、薬が効きすぎた事故的な殺人とも考えられるし、あるいは事後騒がれて、軽率な彼が短絡的に手をかけたと推察できはしないか。語り手は、当時の多くの読者が「強姦による処女喪失は女を自死させる」という物語の枠組みを内在化していることは、はなから計算に入れていたはずである。しかし語り手はそれを承知で、あえて明記しないという方法を選択した。自殺を立証しないという間隙に、もう一つの読みの可能性を潜めたのだ。それが、篤麿による他殺説である。かつてのセクハラ事件でも、あれほどに揺るがない自己を保持しえた光子である。また、誇り高い彼女が死を決意した時、いくら取り乱していたとはいえ、死後の姿を想像しなかったはずはない。当時の上流階級の娘ならまさかの時の作法は心得ており、予め前や裾が乱れぬように万全の処置を施したはずである。稲舟にとって、被害者である女が自ら死を選ぶ結末は、本来否定されるべきものだったのではなかろうか。

二年後、稲舟は、絶筆となった『唯我独尊』(『文藝倶楽部』)において、「クロロホルム」の力を借り、秘めていた思いを明かすことで精神を解放し、終には相思相愛の男と結ばれる女を描いた。ここでようやく、かつて殺さざるをえなかった光子を再生させたのであろう。一方それとは対照的に、泉鏡花は、『しろばら』発表の六ヶ月前の『外科室』(『文藝倶楽部』)において、手術時「ねむりぐすり」によって、男への秘めた思いが暴露されるのを恐れるあまり、薬を拒んで死んでゆく女を美しく描いた。

男のそうした幻想こそを、稲舟は解体したかったに違いない。

注

(1) 馬場孤蝶の「美妙氏と別れた田澤稲舟女史が自殺したがために、美妙氏の人気全く地に堕ち、文壇から殆ど隠れ去ったので、それ以前の功績が全く忘れられてしまったのは、美妙氏のためにはまことに気の毒千萬だと思う」との言説が、作品受容における稲舟自殺説と美妙とのねじれた関係性を端的に象徴している。(『明治文壇の人々』東西出版社、一九四八年六月)。

(2) 「稲舟文學私論」(『田澤稲舟全集　全』東北出版企画、一九八八年二月)。

（3）『明治女流文学論』（寧楽書房、一九六五年六月）。
（4）八面楼主人「閨秀小説を讀みて」（『国民之友』一八九六年一月一一日）。
（5）無署名（『奥羽日日新聞』一八九六年一月一〇日）。
（6）宮田登「女の色〈白〉」（『ヒメの民俗学』青土社、一九八七年七月）。
（7）『明治文芸と薔薇　話芸への通路』（右文書院、二〇〇四年四月）。
（8）稲舟は富裕な名家の出身とはいえ、東北の鶴岡出身で、手に職をつけるための共立女子職業学校（現共立女子大）図画科乙に入学している。
（9）『田澤稲舟―作品の軌跡』（東北出版企画、一九九六年九月）。
（10）（11）青英社、一九八四年一〇月。
（12）平田由美『女性表現の明治史』（岩波書店、一九九九年一一月）。
（13）管聡子は、女性作家の肖像写真には芸者写真と同質の「欲望の視線そのもの」が向けられており、特に稲舟に対しての論評を引き、「才」よりも「容貌や身体性」に関心が読み取れると述べている。（『メディアの時代―明治文学をめぐる状況』双文社出版、二〇〇一年一〇月）。
（14）「三遊亭円朝『欧州小説　黄薔薇』論」（『文学』二〇〇二年七―八号）。
（15）加太こうじ（徳間出版、一九八〇年二月）。
〈付記〉本文の引用は全て『田澤稲舟全集　全』（細谷昌武編　東北出版企画、一九八八年二月）に拠った。

瀬沼夏葉論――郁子と恪三郎とロシア文学と

杉山秀子

1　郁子とニコライ

郁子（号は夏葉、戸籍上はイク）は一八七五（明治8）年一二月一一日群馬県高崎市に生まれた。父山田勘次郎は蚕種を売り歩いていたとされていたが、実際は陶器の卸小売商であったらしい。母は評判の美人であった。郁子が数え年八才の頃、高崎の教会をニコライ大主教が巡廻のために訪れた。当時山田一家は高崎正教会の信者の草分けであったため、他の信者と共に前橋まで大主教を迎えにでた。大主教は母に連れられてきた当時幼い郁子を抱き上げ、「もう少し大きくなったならば、東京の駿河台の我が女学校においでなさい。学問して良い人になりなさい。」[(1)]と何度も勧めたという。その翌年一八八五（明治16）年一〇月三日病にふせていた母は二七才の若さで肺結核で亡くなった。その後郁子は母の遺言により神田にあるニコライ女子神学校に学んだ。母との別離は生涯忘れる事のできない光景であった。

女子神学校の創立者、ニコライ大主教がペテルブルグ神学大学の学生だったころ、ゴロヴニンの『日本幽囚記』を読み、日本に対して憧れを持った。その頃たまたま「日本函館領事館付司祭をつのる」という広告を見て、これに応じた。一八六一年六月二日ようやく函館に着き、その後函館の通司から日本語を学び、篤学の士であった木村謙斉から仏教、儒教、日本の歴史などを学んだ。一八六八年、幕府が倒れ、明治の新政権が樹立された。ニコライは宣教師アナトーリーが日本にやってきたのを機会に東京にでる決意をした。明治の新政府が誕生するや、ニコライは布教をしようとしたが、政府の弾圧により数人の信者が投獄された。ニコライはこれに怯まず、ニコライ塾を開き、日本における初めてのロシア語教育を手がけた。一八七三年キリスト教の日本解禁により日本正教本会が東京神田駿河台に設立された。ニコライ塾は正教神学校に発展し、昇曙夢、小西増太郎、瀬沼恪三郎、松井寿郎、三井道郎、岩沢丙吉、黒田乙吉、松本傑などの優れた人々を輩出した。昇曙夢はロシア文学を日本に紹介した先駆者として知られ、小西増太郎は老子の露訳をモスクワで出版し、また尾崎紅葉の手を借りて、トルストイの『クロイツェルソナタ』を日本で最初に翻訳した。上記の人々はほんの一例にすぎない。多くの正教神学校の門下生たちが日本の学会、文学界、宗教界で活躍し、とりわけ、ロシア語教育の世界での貢献は計り知れないものがあった。郁子は女子神学校を卒業したのち、神学校の教師としてそのままそこに留まった。

2　郁子と『裏錦』

一八九二（明治25）年一一月、ニコライ大主教の主導で信仰と婦徳の向上をめざして女子神学校内に女流文学雑誌の出版社として尚絅社が設立された。この尚絅社から雑誌『裏錦』が創刊された。

ニコライ大主教の布教の戦略は徹底したものであった。一九〇四年日露戦争が勃発し、ロシア公使が帰国したが、ニコライは東京にとどまった。国家宗教としてロシアの帝国主義的膨張政策を援助してきたロシア正教は、日本では、対ロシア戦争の勝利を祈る立場を取っていたのである。ニコライは日本政府の方針に従って、日本軍の勝利を祈ったのである。(2)

『裏錦』はいわばこのニコライ大主教の戦略上の上に創られたもので、そこには日本の伝統的儒教思想と正教思想との見事な融和が見られるのである。郁子もこのニコライ大主教の深謀遠慮のもとに、無意識的にせよ布教戦略の一環としての『裏錦』に加担していった事実は否定できないが、彼女にとっては絶好の文章修業の場が与えられた。郁子は一八九二年から一八九四年の間の二年間殆ど毎号熱心に投稿を続けていったのである。一八九二年の冒頭を飾る文として、「裏錦発行の必要」(3)の中では、女徳を啓発するためには『裏錦』の発行がいかに必要であるかを教訓的に説いている。さらに、男女の優劣の差はないとはっきり断言しており、「女子はいやしきために、男子に従うに在らず、その従うは、己が従順なる徳性の結果なり。」(4)としている。

これ以降一八九四（明治27）年一月から一八九六（明治29）年八月まで一九回（『裏錦』15号から46号まで）小説『みなしご』を連載している。作品のモチーフは幼稚なもので、文学的には精彩を欠いている。この小説よりはるかに優れたものとして『塔の沢日記』、その他の紀行文をあげることができる。これらの紀行文は総じて技巧に走らずありのままを描いており、のちの訪露の時描いたいきいきとした紀行文の面影を忍ばせるものがある。

郁子の創作以外にも外国文学、とりわけ、ロシア文学の紹介が多いことも『裏錦』の特徴といえる。

3 郁子と恪三郎

郁子が『裏錦』に熱心に投稿していた頃、日本においてはロシア文学の紹介が盛んになり、ことにドストエーフスキーの『罪と罰』や、レールモントフの『現代の英雄』、トルストイの何編かの作品が英語からの重訳ながら紹介されている。彼女は内田不知庵訳の『罪と罰』を読むにおよんでロシア文学の魅力にすっかり取り憑かれ、二葉亭四迷訳のツルゲーネフ作『片恋』を読み文学研究の決意を新たにした。一八九八（明治31）年一二月に瀬沼恪三郎と結婚する。瀬沼恪三郎は八王子の足袋屋の息子で、正教神学校を卒業したのちモスクワ大学に学び一時医学を志すが、神学を専攻し、帰国後は正教神学校の校長として活躍した。恪三郎のロシア語はきわめて流暢なことで定評があり、郁子も恪三郎の援助で結婚後はロシア語の進歩に眼を見張らせるものがあったという。後年ロシア文学者の昇曙夢氏の回想によれば、この辺の事情がよく解る。

「―彼女が非常に短期間でロシア語を習得したことはご主人の力によるところが大きかったと思います。（略）何でも彼女はバリバリやる方でしたから、家庭においてもどちらかと言えばご主人を牛耳っていたほうでしょう。[5]」

と言う回想からも勝ち気な、意志の強い性格の一端を窺い知ることができる。恪三郎についての記述は意外とすくないが、なぜか金銭にまつわるあまりよからぬ記述が多い。例えば一九〇九（明治42）年二月二四日の報知新聞によれば、神学校の校長として六十、七十円の俸給があるにもかかわらず、通訳としてロシア人からあくどく金をまきあげていたとか、ニコライの日記を読むと、恪三郎が主教ニコライに給与が少なく生活が苦しい旨を訴えている箇所がある。実際当時六人もの育ち盛りの子ども（後ひとり増える）と食客がいる家計維持も大変であったことがうかがわれる。

4　紅葉の門下生となる

その後郁子が尾崎紅葉の門下生になったのも恪三郎の尽力による。紅葉自身の『十千万堂日録[6]』によると、次の記録が見られる。

明治三十四年一月三十日　神学士瀬沼恪三郎氏、本野英吉氏来る。不遇。

明治三十四年二月十八日瀬沼恪三郎来たりて、その内室の入門を請う。

当時国木田独歩や二葉亭四迷等が活躍していたが、恪三郎は何故紅葉を選んだのであろうか。紅葉は当時文壇に一大派閥を築き、硯友社の総帥として他派の進出を許さず、弟子の養成もいたく厳しかったと言う。弟子の鏡花の原稿の添削などは朱筆で真っ赤になるほど手を入れたということで有名なほどである。こういう教育者的な観点から恪三郎は紅葉に共鳴できたのであろう。そしてなによりも紅葉が二葉亭四迷のような文学者としての迷いや狂気の、変転きわまりない私生活に煩わされるということもなく、文壇の大御所としての私生活も波乱なく確立されていたことは神学校の校長夫人が弟子になるにはふさわしいと判断したためであろう。また紅葉は保守的ではあるが、儒教的な倫理観をもったモラリストであったことは、建前上神学校校長としての厳格な家庭生活を維持せざるを得なかった恪三郎や郁子の考え方にも合致したのではあるまいか。更に紅葉が同じニコライ門下の小西増太郎との共訳でトルストイの『クロイツェル・ソナタ』を刊行したことで、小西を通じて、恪三郎は何らかのコネを得たのかも知れない。

郁子は最初筆名に桔梗をもちいたが、雅馴ならずと紅葉から勧告され、浮葉の名をあたえられた。しかしこれに郁子は不満で、夏葉に改められた。同音の荷葉が既に紅葉門下にいたので、荷を避けたのである。紅葉門下には北田薄氷、田中夕風のごとき筆名を訓読する女弟子もすでにいたが、とくに彼女に「葉」を与えたのは期待されることが大きかったのであろう。美しさも深層にあったかもしれない。（以後郁子を夏葉と記す。）

最初は紅葉もロシア文学をたしなむ女性として好奇心も手伝って、字句を修正して雑誌『文豪』に『あけぼの』、『投書家』『石』（『新小説』明治34・4）等を発表させ、夏葉の名に紅葉山人閲を加えて掲載したが、次第に彼女に力を入れだし、同誌四月号にはかなり添削をして『神の宴』『鉄臭』『火中の花』『三女相行』などのツルゲーネフの小品をのせ、瀬沼夏葉・尾崎紅葉共訳の形で発表するようになった。一九〇三年八月にはチエホフ作『月と人』、一〇月には『写真帖』を載せた。以後夏葉の翻訳は紅葉が死ぬまで紅葉の校閲をうけて出された。

その後夏葉は『六号室』、『余計者』、『里の女』、などを発表し、一九〇八（明治41）年ドストエフスキーの『貧しき少女』（この傑作集の中では『薄命』と名を変えている）もくわえて『露国文豪チエホフ傑作集』（ドストエフスキーの『薄命』以外はすべてチエホフの作品で占められている。たとえば『月とひと』、『写真帖』、『叱！』、『里のおんな』、『余計者』、『艶福者』、『村役場』、『人影』、『六号室』、『たはむれ』、『官吏の死』、『をんな』、『失策』など）として、獅子吼書房から出版した。ロシア文学の紹介は二葉亭四迷や小西増太郎などの例外を除いて当時英訳や仏訳からの重訳によるものが多いなかで、ロシア語からの直訳で、しかも系統的に訳したという点でこれは画期的なものであった。

この傑作集がでるとかなり好感をもたれて迎えられたようである。夏葉の訳文に対する評価もまずまずのものであった。

この傑作集の冒頭を飾る言葉として夏葉のよきピアノの師であったケーベル博士の序文が寄せられている。ケーベルはモスクワの音楽学校とイエーナ大学を卒業し、そこでショーペンハウエルについて研究し、学位論文を書いた。東京帝国大学からの招聘により、一八九三年六月一一日に来日した。大学では哲学概論を始め、ギリシア、中世並びに近世哲学史、キリスト教史などを教えた。幸運にもケーベルの講義を聞くことのできた夏目漱石はその人となりを次のように書いている。「…文科大学へいって、ここで一番人格の高い教授は誰だと聞いたら、百人の学生が九十人までは、数ある日本の教授の名を口にする前に、まずフォン・ケーベルとこたへるだらう。…先生が疾く索莫たる日本を去るべくして、未だに去らないのは、実にこの愛すべき学生あるが為である。[7]」とケーベルに対する熱烈なるオマージュを捧げている。このさながらギリシアの哲学者を彷彿させるようなケーベルの教えをうけた学生の中には、阿部次郎、安倍能成、田辺元、和辻哲郎等のそうそうたる人物がいたのである。

5　ケーベル博士の序文

『露国文豪チエホフ傑作集』の冒頭にはケーベルによるロシア語の序文と夏葉による日本語訳が載せられている。その序文によると、自分は日本語を解しないので、この訳文の如何を評価することは出来ないが、この翻訳によってチエホフを日本に紹介して貰うことには多いに感謝している旨を述べている。そしてメレジコフスキーの「ゴーリキーとチエホフ」の論文では明らかにチエホフが評価されているのでその論文の一節をもって序文に代えたいと述べている。

このロシア語で書かれた序文は全部でたったの二ページのごく短いもので、いかにも派手で、大げさなことを嫌うケーベル自身の内気で謙虚な性格を物語っている。しかしケーベルが引用したメレジコフスキーのチエホフ論はチエホフの本質を的確にとらえており、夏葉のチエホフ理解の足らざる面を補って余りあるものであった。もとよりケーベルは文学が専門ではなかったが、このような引用文をもってこられるということはケーベル自身がロシア文学にも深い造詣をもっていたことが証明される。

夏葉はメレジコフスキーのチエホフ論のなかでつかわれているロシア語の простота という語を淡泊と訳している。この淡泊という訳語はどうも夏葉が常日頃からいっていたチエホフ文学にたいする感想――あっさりとした日本茶のごときもの――という皮相的な理解の仕方と一脈通ずるところがあるようである。これは若くして紅葉の門をたたいた夏葉にしては致しかたがなかったことかも知れない。夏葉はもっぱら紅葉から文章推敲の修練はうけたが、内容の掘り下げ方までは教えられなかったからである。紅葉はいかに文章を書くかということにのみ腐心し、社会的問題意識をもつことを文学者の責任外のことであるとしてしりぞけ、社会の表面的現象や、風俗の外面的描写にのみ拘泥していた。このことは紅葉自身の限界であるともいえるし、同時にそれは近代的リアリズムを排する傾向にあった硯友社グループ全体の特色でもあった。夏葉が紅葉に師事した負の一面であったといえるだろう。

6　トルストイと悋三郎

さてチエホフの翻訳と並んで、トルストイの『アンナ・カレーニナ』が、一九〇二（明治35）年九月から一九〇三（明治36）年二月迄、硯友社の機関誌である『文藪』の第一号から第六号に掲載されたが、紅葉発病のため、第六号で廃刊になっている。こうして『アンナ・カレーニナ』は中断のやむなきに至ったが、紅葉も門下生たちも続行を望んでいた。この間の事情をしめすものとして門下生だった小栗風葉の佐佐木信綱宛の手紙の一部を引用する。

女流作品御批評中、瀬沼夏葉氏の『アンナ・カレーニナ』中絶云々の記事有之候由、右は決して中絶は無之、実は紅葉先生御死去のせつ、小生御委託相受け、瀬沼氏もその後ひきつづき翻訳に従事致され居り候。(8)

この手紙の内容からも翻訳当事者は紛れもなく夏葉本人と日本の周囲の者に認定されているが、トルストイへの交渉の直接の窓口になったのは夏葉ではなく、夫の恪三郎になっている。このような事情から、一九〇九（明治42）年七月一五日の『東京二六新聞』では、「…世間にては閨秀作家夏葉女史とて露文学に精通やうもてはやせど実のところは夫の口訳を筆記するに止まるものなり…」と報じられているのも無理からぬことであったらしい。実際恪三郎とトルストイとの往復書簡に当たってみると、翻訳をする本人の名が一度もでないのは奇異に感ぜられる。この真偽は不明であるが、トルストイには訳者は恪三郎となっていたとしかいいようのない表現になっている。

一九〇二年の春、トルストイは、かつてロシアに学んだことのある東京の翻訳兼評論家のジョン・瀬沼（恪三郎のこと）から、ロシア語で書いた大部の手紙を受け取った。瀬沼はこう書いている。「私があえてこの仕事をとりあげましたのは、翻訳の仕上げに関して尾崎紅葉という立派な協力者を得たからです。彼はわが国文壇の巨匠であり、その作品は素晴らしい賞賛を浴びています。彼はあなたへの深い尊敬の印として、ここに同封しました写真をあなたにお送りしたいとのことです。(9)」

トルストイはこの企画に同意の返事を送った。

トルストイは、ロシア語ができる真面目な思慮深い翻訳家たちによって翻訳が行われていること、優れた日本の作家によって指導されていることが気に入ったのである。そのため彼は喜んで瀬沼の頼みに応え、日本語版への作者の序文に代わるべき手紙を送った。

7　家庭における夏葉

これまで家庭人としての夏葉は四男三女の母として、妻として、また翻訳家として家庭と仕事を両立させることに腐心した先駆的な女性とされてきた。しかし、封建的な明治の時代にあって夏葉が家庭と仕事という二律背反ををどのように統一させていったのかという点はきわめて興味深い。その辺りは『青鞜』の第二巻八月号に掲載の夏葉の「宝玉」と題した十七連の和歌に明示されている。そこには灼熱の恋に身を焦がした狂おしいばかりの女の情念の世界と心の葛藤、諦観が鮮やかに描かれ、別の夏葉が密やかに息づいている。近年サンクト・ペテルブルグで発見されたニコライの日記によると、夫の恪三郎が何度か、妻の郁子と愛人関係にある露国人、アンドレーエフの問題でニコライに相談をしに来ているとしたためられている。[10] 当時一部のマスコミは、夫の露国出張中、ロシア人の男と姦通した淫奔きわまりない、自堕落な閨秀作家とセンセーショナルに報じた。（東京二六新聞　一九〇九年　明治42年7月15日）向きもあるが、夏葉はそのような醜聞にもめげず、自己の信ずる道を邁進していたようである。仕事をするために大森に家を一軒借り、一人で何日もそこにこもって勉強をしていたほど自分の仕事も大切にしていた。[11] こうしてみてくると、命をかけるほど恋に真剣に生き、仕事も男以上にこなした独立心の旺盛な一人の明治女性の姿がここに浮き彫りにされてくる。

　また同時に家庭の仕事もあれこれこなしていたということも子供たちの回想からもうかがい知ることができる。回想記には、「……三度の食事は勿論のこと、おやつなども自らつくり」[12] と書かれている。しかし同世代の女性の眼からみれば、夏葉の生き方は当時の女性のあるべき姿からははなはだ逸脱しているような印象をもたれたことも否めない。女子神学校で当時教鞭をとっていた中井終子（後、梅花女子専門学校で教鞭をとる。兄の木菟麻呂は漢学者で、ニコライと共にスラブ語の聖書・祈禱書を三十年間かけて日本語に翻訳出版したことで知られる）の一九一五（大正4）年三月二日の日記には「エリセイフ（アンドレーエフのことか）と不義なる旅行を浦塩に企て、帰国後は露文学を研究の為に留学せしもののごとくよそほひて衆盲をあざむき…」[13]真相は不明ながら辛らつな批評をしている。

ロシア文学の翻訳家、湯浅芳子氏の証言によれば、「夏葉の仕事には夫の助力がおおいにあること、彼女は子どもの養育などほったらかしで、甚だ芳しからぬ奥さんであった」と言われてもいる。気性のさっぱりした湯浅芳子は「何処も同じ井戸端会議からでた噂話であろう」と述べている。そして恪三郎の印象を興味深く伝えて、「何かのおりに、瀬沼恪三郎の風貌に接したことがあるが気の弱そうな感じの人だった」とあって印象的である。そしてそれに続けて、「夏葉は写真でみても綺麗だし、才能に富んだ若妻のわがままを許したのも無理はなかろう」[14]と感想を述べている。夏葉は小柄であったが、なかなか気丈なところがあり、チエホフ没後八年経ってからロシアに行ったときも、「女一人で外国に行くのは物騒だと六連発のピストルを携帯して行った」[15]ともいわれ、気の強い勝気な性格の一面をのぞかせている。

8　チエホフ小説の翻訳文

夏葉は一九〇二（明治35）年、初めてツルゲーネフの小品を世にだして以来精力的に翻訳活動を続けた。とりわけ師の紅葉亡きあとのおよそ八年間、一九〇四（明治37）年から一九一一（明治44）年にかけて若干のトルストイやツルゲーネフ、ゴーリキーの作品をのぞいてすべての力をチエホフの小説の翻訳に注いでいる。

夏葉の手がけたチエホフ小説の訳文の特徴は、原文のいくつかのセンテンスを長い一文にまとめる傾向があり、場合によっては最後を体言止にすることが多くみられることである。長い一文にしたてあげたり、文末を体言止にする趣向は、多忙な夏葉の翻訳の先を急ぐ気持ちの一端を表しているともいえるが、単にそれだけではなく、夏葉の文体により深く根付いた傾向といっても過言ではなさそうである。これは師の紅葉の文にも見られる傾向であり、もとをたどれば紅葉が西鶴に学んだ体言型の文体が想起される。

9 『青鞜』における夏葉

夏葉が『青鞜』に載せた翻訳およびその他は次の通りである。(このうち戯曲はすべてチエホフ)

戯曲 『叔父ワーニャ』 連歌 『宝玉』 一九一〇年 (明治43)
評論 「新しく世にでたチエホフの書簡」一九一〇年 (明治43)
小説翻訳 『東北風』一九一〇―一九一一年 (明治43―44) (プヂーシチェフ作)
戯曲 『桜の園』一九一一年 (明治44)
『イワノフ』一九一一年 (明治44―45)
小説翻訳 『紫玉』一九一二年 (明治45) (プシブイシェフスキ作)

夏葉が『青鞜』に賛助会員として参加したのは第二巻第二号の『叔父ワーニャ』の翻訳掲載の頃からである。一九一四年にらいてうは「新しい女」を書き、新しい女は古い道徳に決して縛られないと堂々と宣言した。しかし当時、婦徳という明治の古い道徳観に呪縛されていた女子神学校の教師であった高橋五子や、中井終子等にはらいてうの「新しい女」の意味を到底肯定できなかったであろうし、まして夏葉のような〝淫奔な女〟(中井終子の日記より)が賛助会員になったような『青鞜』を容認することは許しがたいことだっただろう。先に掲げた旧道徳に絡められていた中井終子の日記をみると、夏葉がいわゆる「新しい女の青鞜社に入りて堕落文学者の群れに投じたる為、彼の一派より、露国文学者として崇拝せられ」と夏葉および青鞜社を酷評していることも頷ける。

夏葉はその後、『青鞜』における訳業の中心を後にチエホフの小説から戯曲に移している。それは一九〇九（明治42）年に小山内薫等によって自由劇場が設立され、翻訳劇等に対する関心が社会的に高まったことにも関係しているといえよう。『青鞜』に発表した戯曲を見てみると、まず『イワーノフ』、『叔父ワーニャ』は『戯曲集』（一八九七年）にもとづいており、『桜の園』は一九〇四年の初版の単行本に依拠しており、ロシア政府の検閲を受けている。[16]

次に夏葉の『青鞜』における戯曲の翻訳の実際はどうであったのかを具体的にみてみたい。例として、『桜の園』をとりあげ、他の訳者のものと比較してみることにする。（傍線筆者付す）

(1)　夏葉訳：……アーニャ様、あなたの祖父や、曾祖父、またすべての先祖方は生きた人間を所有物にしていた地主たちでした、[17]…

(2)　米川訳：……あなたのおじいさんも、曾祖父さんも、あなたの先祖はみんな地主で、生きた魂を自分のものにしていたのです。[18]

(3)　神西清訳：……アーニャ、あなたのおじいさんも、曾おじいさんも、もっと前の先祖も、みんな農奴制度の賛美者で、生きた魂を奴隷にして、絞り上げていたんです。[19]……

(1)(2)(3)の下線の部分を原文と比較させると、(3)は原文にない言葉を補ってやや説明的な訳文にしているが、(1)と(2)はほぼ原文に忠実に訳しているといえよう。但し、(2)の米川訳はかなり内容がぼかされており、そのうえ、живые души を生きた魂と抽象的に訳しているので文意を把握するという点で、余計読むものにはわかりにくい訳文になってしまっている。これに対して夏葉訳は живые души を生きた人間とはっきり訳し、また владевшие を米川訳は自分のものにしていたという表現でやや柔らかいものにしているが、夏葉訳では……を所有物にしていた地主と訳し、実に原文に忠実で明快な訳になっている。この文章のあとに検閲されたロシア語文が続き、チエホフが言いたかった全体の文意はねじ曲げられてしまうのにもかかわらず、夏葉の下線部分の訳が妙に生きているといわざるを得ない。これは夏葉による翻訳の一例にすぎないが、このようなところに夏葉の翻訳の律儀さとロシア語力の確かさというものを感じさせられる。しかしこれはあくまで語学上の律儀さであって夏葉のイデオロギー上の見識の高さを示すものではないことは言うまでもない。ともあれ結果的には夏葉は、思想をできるだけ排除しながらも現実への透視をおこたらなかったチエホフの姿勢の一端を、余すことなく伝えているのである。しかしごく希ではあるが、夏葉にも次のような語学上のミスがあったようである。

ロパーヒンの台詞：わたしはこうだ、朝は五時におきて早くから日の暮れまで働きどうしです、……[20]

この朝は五時にの所の原文は я встаю в пятом часу утра でこれは в пять часов утра とは明らかにことなるわけで四時過ぎと訳した方が無難であるがなぜか誤訳している。

夏葉の原文に忠実に訳すという姿勢は『桜の園』にのみあらわれたものではなかった。『青鞜』の他の戯曲にも一貫してみられる。そこには初期短編にみられるように単に調子を整えるための語呂合わせや、書き足し、ないしは大幅な省略はも早見られない。小説と違って会話と会話、ロジックの積み重ねによってできた戯曲という性格上の違いもあるのかも知れない。硯友社的な美文調の長々しい雅文体が以前に比べて殆どみられず、です、ます調を使うことによって、できるだけ口語に近づけようとする夏葉の意識的な努力が文体のうえにも表れたともいえよう。

夏葉が訳した『青鞜』における三つの戯曲の掲載順序はまず『叔父ワーニャ』、『桜の園』、『イワーノフ』になっているが、チエホフの実際の執筆順序は『イワーノフ』（一八八七年）、『叔父ワーニャ』（一八八九年）、『桜の園』（一九〇三年）なっている。夏葉の翻訳としてはやはり最後の『イワーノフ』が一番口語訳に近く、平易な表現になってきたということは三作めで戯曲の翻訳に慣れてきた習熟度のちがいからきているのかもしれない。

10　自立した妻の行動力に押しきられた恪三郎

夏葉は紅葉の門下生になった一九〇一年から死去する一九一五年のわずか一四年の間におびただしい量の翻訳を世に出し、日本初の女性のロシア文学者としての名を確立させた。研究者の中には夏葉にはそんな実力はない、翻訳は夫の瀬沼氏がやったのではないかという疑念もすでにもたれている。たしかに多忙な夏葉を手伝って夫が翻訳をしたかもしれないが、恪三郎のロシア語のキャリアや、私が実際に目にした恪三郎の書いたロシア語文法書の精緻さとそのレベルの高さからしても、前述した夏葉の翻訳の初歩的ミスは恪三郎には考えられない。このことから夏葉が夫の翻訳を全部口述筆記をしたという可能性は低い。また妻の不貞が事実とすれば、明治の道徳基準から当然、夫が離縁を迫るだろう。しかし実際にはロシアに出奔して帰国した妻をその懐に受け入れている。一説には、妻の自由恋愛をある程度容認していたのかもしれないという説もある。結局優柔不断な恪三郎は気の強い、行動力のたけた妻に押しきられたというのが真相であろう。このように夏葉は女性にとって制約の多い明治時代に彗星のように現われ、ロシア文学紹介の仕事に一大金字塔をうちたてた。

注

（1）近代文学研究叢書第15巻　二八二頁（マイクロフィッシュ）。
（2）中村新太郎『日本人とロシア人』二二四頁。

(3)『裏錦』第1号　一八九二年一一月　七九頁。
(4)『裏錦』第2号　一八九二年一二月　二一頁。
(5)近代文学研究叢書第15巻　三二〇頁。
(6)左久良書房　一一一九一頁。
(7)「ケーベル先生の生涯」『明治文学全集(49)』筑摩書房　三六五―三六九頁。
(8)近代文学研究叢書第15巻　三〇六―三〇七頁。
(9)「レフ・トルストイと文通した日本人たち」アレクサンドル・シフマン　高野雅之訳『ソヴェート文学』4号　一九六五年。
(10)中村健之介「エレナ瀬沼郁子」『窓』一〇五、一〇六　ナウカ。
(11)近代文学研究叢書第15巻　二八九頁。
(12)蕪木福江「瀬沼夏葉」『学苑』一一四頁。
(13)中井終子の手書きの日記(梅花女子大学資料室)。
(14)「瀬沼夏葉とチエホフ」『図書』一九六八年三月号。
(15)近代文学研究叢書第15巻　三二〇頁。
(16)『チエホフ全集』18巻　一九七八年　モスクワ版　四七二頁。пол. соч. чежов том. 18. москва
(17)『青鞜』3巻『桜の園』二四―二五頁。
(18)『チエホフ選集』第五巻　小山書店、昭和二四年『桜の園』二四二―二四三頁。
(19)『チエホフ全集』一二　中央公論社、昭和四三年『桜の園』三八〇―三八一頁。
(20)『青鞜』3巻第2号　一八頁。

参考資料　杉山秀子「瀬沼夏葉―『青鞜』から『裏錦』へ」(『駒澤大学外国語部紀要』第23号)、杉山秀子「『青鞜』における夏葉―夏葉と戯曲の翻訳」(『駒澤大学外国語部紀要』第24号)

〈追記〉なお、詳しくは『瀬沼夏葉全集　下』(京央書林、平成一七・二)所収の「瀬沼夏葉の文学世界」(渡邊澄子)、「瀬沼夏葉とロシア文学」(杉山秀子)を参照されたい。

Ⅲ

社会へのまなざし

●明治三〇年代

差別に抗う言葉——紫琴「移民学園」論

鬼頭七美

1　差別を構築する言葉

紫琴の「移民学園」(1)（「文芸倶楽部」一八九九［明治32］・八）は、これまで数多く論じられてきたが、それらは専ら、部落差別という題材を扱ったこの小説が、物語の結末において人道主義的解決を目指しているとして積極的に評価したり、逆に物語の途中に垣間見られる差別的表現を裁断したりするものであった。そして、この小説がどのような言葉によって語られ、どのような物語構造を持っているのかといったような、物語の内容や語りの水準については全く顧みられてこなかったと言っていい。しかし、この小説がどのように語られているのかという観点から考えるならば、その冒頭から、すでに、ある種の違和感を喚起する語りとなっていることに気づかされる。

その違和感は、具体的には、テクスト中の会話表現のあり方に由来するものである。地の文に溶け込ませるように叙述されているため、どこからどこまでが会話なのか、一見して分かるようには書かれていないテクスト内の会話文に、便宜上、カギ括弧を付してみるならば、全て明確にカギ括弧を付すことができ、会話と地の文とは意識的に区別されていることがうかがえる。だが、「上」「中」「下の一」「下の二」と区切られたどの節にも見られる清子の内的独白である一人称「我」の独白部分は、実はその他の会話文ほど明確にカギ括弧を付すことができない叙述スタイルを取っているのである。まず、テクストの冒頭部分を見てみよう。

身は錦繍に包まれて、玉殿の奥深くといふ際にこそあらね。名宣らば扨はと、大方の人も点首く、良人に侍り。朝夕爨が炊ぐ米、よしや一年を流し元に捨たればとて、夫れ眼立つべき内証にもあらず。人は呼ばぬに来りて諂らひ、我は好まぬ夫人交際《おくさまつきあい》、夫れにも上坐を譲られて、今尾の奥様とぞ、囃し立らるゝ。是がそも人生の不幸かや。

春の花にも、秋の月にも、良人は我を棄玉はず。上野に隅田に二人の影、相伴はむことこそは、世事《せいじ》に繋き御身の上の、御心にのみも任せ玉はね。庭の桜の一片をも、我とならでは愛で玉はず。窓の月のさやけきにも、我在らずは背き玉ふ。涙は我得て是を拭はむ、笑みはそなたに頒たむと、世に優しくも侍遇《もてな》させ玉ふ、是がそも人生の不幸かや。（…略…）

第一段落は「我」への内的焦点化と見られるナレーションだが、第二段落は一人称「我」による独白と言っていい叙述となり、このナレーションと独白との連続性の強さは、このあと、この両者の叙述を不分明なものにしていく。「上」における主要な場面は、一人の女性についての噂話に興じる女性二人による長い会話の応酬であるが、この会話の応酬と「我」の独白との境目は、七五調の文語文という文体の特性が発揮されて、極めて分かりにくくなっている。境目と思しき辺りには、「（…略…）と、朝な夕なの御歎きを、知らぬ世間の口々に。」という独白部分と連続した一文が置かれ、このなかに「御歎き」という敬語表現が唐突に差し挟まれているのである。この敬語表現は、語り手による清子への敬意としか見なすことができないのだが、その後の叙述において、清子や他の登場人物への語り手による敬語表現は皆無であり、物語全体から見れば、冒頭部分に見られる、このような敬語表現は違和感のあるものとなっている。また、語り手による清子への敬意だとするならば、そもそも第一段落と第二段落の叙述は変化しているのではなく、女性二人による長い会話の応酬の部分も含めて、「上」全体が、一定したナレーションによる物語の導入・紹介のようにも見えてくる。

「中」では、今尾春衛と清子の登場を、「（…略…）徐《しづか》に髯を撫上たるは、彼《かの》今尾春衛なり。」「慰め顔に侍るは、是ぞ噂の其人ならむ。」というように客観的に紹介し、「花やお湯をと取寄せて、煎茶手前もしとやかに、滴らす玉露の夫れよりも、香り床敷此人をそもやそも誰がすまぬお顔と名け、む。」というように、清子を「此人」と呼び、「誰が名づけたのだろう」と推量する叙述で語り始められており、「上」よりも一層、語り手の存在が顕在化した叙述となっている。にもかかわらず、この「けむ」という過去推量で結ばれる一文のあとには、「独り居てこそもの思へ、思へる事のありぞとは、良人に知られじ、知らさじと、思ひ兼ては、墜ちも来る、涙を受けて、掌は白粉も溶く薄化粧。紅も良人へ勤めぞと、物憂さ隠す身嗜み。（…略…）良人の出世を見るにつけ、我身の里の謡はる、、夫れもよけれど、今頃は、何処にどうして居玉ふとも、知らぬ父上なつかしや。（…略…）」という叙述が続き、いつの間にか清子の父への敬語表現が混在し出し、清子の内的独白となる。このテクストにおいて語り手は、清子についてだけは自在にその心の中に出入りすることのできる位置にいると言える。

　このような、清子の心の中にのみ自由に出入りする語り手による叙述と、差別というテーマを扱うこの小説の物語内容とは、密接な繋がりを持っていると見ることができる。

　テクストの冒頭で、女性二人による長い会話の応酬が提示され、あとで登場する春衛と清子についての噂話が印象深く展開されていることも、注目される。ここでは、春衛が常に褒めそやされる噂話の対象となっているのに対し、清子はネガティブに貶められる噂話の対象となっており、清子の実家が「秋田様」という名のある家柄となっているのも実は表向きのことであって、実父は高利貸しという世間体のあまりよくない仕事をしているのだと噂されている。この噂話のあと、「中」では清子にスポットが当てられ、清子は春衛に向かって「当節柄の人気には、秋田様が真実の里方でない事を、人も知つて、兎や角の噂を致して居るとやら。うるさい事と思ふにつけ、身の不束が数えられ、是より後のお名折になるまいものかと、何とやら、すまぬ心が致し升る（…略…）」と述べる。つまり、清子は自分について何が噂されているのかよく知っているという設定である。そもそも、先にも引用した物語冒頭のナレーションでも、「今尾の奥様とぞ、囃し立らる、。」（傍点引用者）と語られ、清子の内的独白のなかでも、「人ばかりは、束の間の、いふにも足らぬ差別を争そひ、何とて喧々囂々たる。」とあったことを思えば、清子は、世間の声、すなわち噂を気にする人物として描写されていた。噂話の対象となり、それについて自覚的な清子の姿と並行するように、清子の内的独白が語り手による地の文に溶解するように叙述されていることは、噂話がいかに清子の心理を圧迫していくかを、巧みに描き出していると言えるだろう。

　噂話とは、根拠を欠いて浮遊する言葉に他ならない。そして、この言葉の根拠のなさとは、この小説のテーマである部落差別そのものを構築するものでもある。その意味でこのテクストは、浮遊する言葉を軸にして展開されていると言える。というのも、被差別部落出身であるということが明かされて、一見、清子の身の上には何か本質的な差別されるべき根拠があったかのように語られているものの、テクストから読み取れる部落差別の実態とは、結局のところ、戸籍という、言葉によって記述され構築されるものの行方を問題とするものとなっているからである。

　例えば、「下の二」において、清子の父・河井太一は、行きがかり上「穢多村」のさる家で親切づくの世話を受けるうちに、そこの娘と関係を持つようになり、そのままその村に「入聟」となったと説明している。この「入聟」とはどのような戸籍上の手続きを取った婚姻だったのか、ということについては、はっきりと書かれてはいない。だが、清子を産んですぐに死んでしまったという清子の母の言葉として太一が引いている言葉は、「河井の家名はどうでもよい、家庫は此子のもの。」というものであり、太一の今の姓「河井」は、太一が関係した娘の姓であることが分かる。このことから、おそらく太一は戸籍上でも「河井」の家に入り、「河井」姓を名のるようになったと見られる。太一はその後、「家庫」を金にして、東京へ引っ越し、自分の出所を知られまいとして「籍も移」す。これは、清子を学校へ預け、「傍には置かず、すげなうし」、「嫁入りさする時、親と名告らぬつもり」で生活するためであり、実際に春衛との結婚に際して「親も別に拵らえて、河井といふ名の出ぬやうに」したのであるが、この、別に拵えた親というのが「秋田様」という名のある家柄である。「中」で春衛が、「そなたの父御が是非共に、誰かの養女分にもせずは、自分からは縁付けぬと、達ての主張に、余儀なくも、其意に任せた一条は、そなたも知つて居る通。」と発言していることからも分かるように、清子は「秋田様」の「養女」となって結婚したのである。

もちろん、近代的な戸籍制度が作られる以前から、部落差別は存在していたわけだが、戸籍制度が作られたあとには、戸籍の記述すなわち言葉を根拠とした差別の再生産が行われた。戸籍は差別を固定化する働きをしてきたのであり、だからこそ、太一は戸籍の行方にこだわり、籍を「移し」たり、「養女」という形を取ったりすることで、差別の根拠となる言葉を削除し洗浄しようと努めたのであろう。だが、清子の戸籍をめぐって行われたこのような操作についての記述は、戸籍という根拠が、実は紙に記された言葉でしかなく、部落差別がいかに根拠の薄弱なところから行われているかを捉えた設定だとも言える。

噂話によって心理的に追い詰められていく清子を描き、戸籍をいわばロンダリングすることによる差別への対応を描き込んだこの小説は、噂話や戸籍というような「言葉」が差別を構築するものであるということを浮き彫りにしているのである。

2　可能性と限界

しかし、差別という問題について、噂話や戸籍といった「言葉」に関わる水準から切り込んでいたと思われるこのテクストには、これまでしばしば、否定的に論じられてきたという経緯がある。

例えば、「身を新平と聞知りては。道理の外の新らしき、汚れに染みし心地もする」という箇所には「自己の観念的なパターンを登場人物に投影した」「感性的な差別」(2)があると指摘されたり、部落民が「穢れた血を持つもの、つまり解放されようのないものとして描かれている」ために、「それを受け入れる夫の寛大さが引き立つといった差別的な構想」が読み取られ、部落民を「同情され、許され受け入れられるのを願うのみの存在」として描く「この小説の差別性(3)」が問題視されてきた。そして、主人公・母・祖母という三代の女性たちは、「一般の男性をだまして婿にした祖母、子どもを部落外に連れだして「どうぞ此子の穢れた血を、あなたのお手で洗ふて下され」と夫に嘆願する母、自分が部落民だと知り悲嘆する主人公、と、みな部落への否定的感情の持ち主であっても、その悲しみや怒りを社会に投げかえす主体ではおよそない」のだ(4)と裁断される。

だが、小説全体のプロットを顧みず、一登場人物のセリフを直ちに作者の意識や感性に結びつけてしまう点で、これらの評言は文学テクストの批評としては性急なものとなってしまっている。例えば、「身を新平と聞知りては。道理の外の新らしき、汚れに染みし心地もする」という箇所については、次のような一人称「我」の独白のなかの一節として記述されていることを見逃すべきではないだろう。

> 平民主義を上もなき、真理と採りし此身さへ、身を新平と聞知りては。道理の外の新らしき、汚れに染みし心地もする、我さへにさるものを。況して浮き世の位山、尊《たか》きを望む人心《ひとごころ》、卑《ひく》きはよしや衣《い》と食《しょく》を、姦淫に仰げばとて、新平ならぬを栄《さかえ》とする、世の人口《ひとぐち》に何として、穢多ばかりかは、人口《ひとぐち》の心の汚れ、夫れこそは、実に穢多なりと質さる可き。

この箇所は、「平民主義を上もなき、真理と採りし」「我」でさえ「汚れに染みし心地もする」のに「況して」、「尊きを望む人心」は「新平ならぬを栄とする」ような「世の人口」が一般的であり、そのような「世の人口」の心の方こそが汚れている、というレトリックが用いられている部分であり、「汚れに染みし心地もする」という「我」の感覚よりも、そのあとの「世の人口」の「尊きを望む人心」の方に重点が置かれた一文である。このような一繫がりの一文のレトリックを無視して、その前半のみを取り出して批判したとしても、小説の読解として恣意的であるとの譏りは免れないのではないだろうか。

実は、この一繫がりの一文は、そのすぐあとに、「汚れの名にも染む」「我」自身や「良人の名折れ」「お名の汚れ」を気にする「我」の独白が続いており、評判や世間体、噂といったものを気にする「我」の姿が点描されている。この一人称「我」の独白部分の叙述から分かることは、「我」が「感性的な差別」の持ち主であるのではなく、世間の評判という「言葉」に囚われる主体であるということだろう。

「部落民は、穢れた血を持つもの、つまり解放されようのないものとして描かれている」という指摘にしても、父・太一の言葉のなかで引用されている清子の母の「どふぞ此子が穢れた血を、あなたのお手で洗ふて下されۥ」という言葉に基づいているのだろうが、先にも述べたように、戸籍を「移し」たり「養女」にするというような操作によって洗浄することで、太一は清子を「洗」い、「解放」しようと努力する主体として造形されていることも同時に読み取るべきではないだろうか（その方法は、当時の慣習のなかでの限界を含むものであるとしても）。夫の春衛が引き立つ「差別的な構想」という指摘は、物語の表層的な読解にとどまるものである。

主人公・母・祖母という三代の女性の姿についても、「一般の男性をだまして婿にした祖母」という理解は、太一の語る「素人を陥《おと》す穽《あな》とは気も注《つ》かず。」という言葉だけを鵜呑みにしたものと思われる。だが、太一自身、「行末を、娘に契つた後」に「素生を斯くと悟」ったとはいえ、「つらく〳〵思へば世の中に、此仙境もあつたもの。外を綺麗に、内心は如夜叉の中に住《すま》むより、人は穢多ともいはゞいへ。人の心の花こそは、かういふ中に咲くものを、（…略…）」とも言っていることからすれば、太一は「だま」された、と一概には言いきれないのではないだろうか。清子についても、見てきた通り、世間の評判に囚われる人物であることが、一人称「我」の独白によって造形されているのであって、「自分が部落民だと知り悲嘆する主人公」なのでは決してない。「みな部落への否定的感情の持ち主であ」るという読みもまた、登場人物の部分的な言葉のみを繫いだ恣意的な解釈である。

一方で、これらの読解とは別に、「移民学園」を同時代の部落問題文芸という一群の小説のなかに置き直すことにより、このテクストを歴史化しようと試みたアプローチもある。

例えば、島崎藤村の『破戒』(一九〇六・三)以前の部落問題文芸に見られる特徴として、川端俊英は小説のプロットに注目し、〝素性の隠蔽〟→〝秘密の露顕〟→〝現実からの逃避・脱出〟という展開の型があると分析している。(5)また、渡部直己は小説のプロットというよりはむしろ、物語の細部や描写に注目することで、部落がいかに表象されてきたかを分析し、人目を惹く美女、血統賤視、〈華族/新平民〉の対偶、対象の露悪的な描写といった「紋切り型な、いくつかの有標性」があることを指摘している。(6)プロットの分析と、表象の分析というように、それぞれ方向性を異にしつつも、どちらも部落問題文芸という一群の小説のなかに「移民学園」を置き直すことで、この小説が、被差別部落の問題を、いかなる同時代性のもとに描き、発信したのか、ということをあぶりだしており、「移民学園」の持つ限界や問題点を考える上で興味深いアプローチである。

また、「移民学園」の北海道行きという結末をめぐっては、早くから、差別のない地への「脱出」「逃亡」であることが指摘されてきたが、(7)藤目はさらに「侵略・棄民の発想」(8)が内包されていることを付け加えた。このように指摘される結末は、「今日からみて「部落解放」といいうるかどうかは問題」(9)であるとしても、そもそも、こうした「脱出」「逃亡」の発想は、当時の自由民権運動一般に見られるものであり、(10)かつ、松の家みどり『開明世界新平民』(共隆社、一八八八・三)や広津柳浪「何の罪」(「文芸界」一九〇三・一)などの部落問題文芸のほか、杉浦重剛、柳瀬勁介、南部露庵らの解放論、内田魯庵「くれの廿八日」(「新著月刊」一八九八・三)や木下尚江「良人の自白」(「毎日新聞」一九〇四〜一九〇六)などの小説テクストなどにも見られる「当時の時代の風潮に沿った」「海外雄飛の考え方」(11)でもある。

確かに、当時、民権運動家が北海道での理想郷の建設を夢見た例はいくつもあり、(12)春衛の「平民主義」と当時の民権運動家との姿は重なってくる。つとに指摘されているように、自由民権運動は、「民権=国権」型政治思想、(13)

すなわち、「自由民権」という理想主義的な思想と対外膨張という「国権」（＝ナショナリズム）とを包含する思想であり、例えば、「アイヌ」という視点を加えるならば、民権運動家たちの北海道入植には「侵略」の可能性がコノートされていると言えるだろう。江戸幕府から明治政府へと一貫した「アイヌの和人化」政策、和人の移住と土地所有による「アイヌ」の生活の圧迫、「北海道旧土人保護法案」による「アイヌ」への日本語教育などを見ても分かるように、[14]「和人」が北海道へ行くことは、このような「アイヌ」への侵略を意味してしまうことになる。そもそも春衛が北海道へ行く姿勢は、「姑《しばら》く身を教育事業に転じつゝ、徐《おもむろ》に時機を待つべし」（傍点、引用者）というように、北海道で「事業」を展開しながら、政治的な立身出世のチャンスをうかがうものであった。「和人」である春衛が北海道で「事業」を展開することは、直接的に侵略行為をなすものではないとはいえ、同時代の政治的な侵略政策にそのまま沿うものとなってしまうのである。小説の読解としては難のある藤目の論考のうち、この「侵略」という指摘については首肯すべきであろうと思われる。

北海道行きという結末について、同時代状況のなかで、このように歴史化して捉え返してみるとき、この結末は「移民学園」の持つ限界と問題点として看過しえない要素であることは否めないだろう。一八九九年に発表されたこの小説は、被差別部落の問題に取り組みながら、同時に、時代の制約を受けていることも明らかなテクストなのである。従って、今日、この小説を論じるに当たって必要なことは、その可能性と限界とを表裏一体のものとして確認することであり、そのためにまずは、小説としての全体的構造（プロットとナラティブ）を視野に入れて、テクストの総体を捉えることが求められるだろう。

3　差別に抗う言葉

すでに見てきたように、清子の父・太一は、「穢多」の娘と知らずに清子の母と関係を持ち、将来を約束までしたあとに相手の素性を知る。その後、太一は「一粒」種の清子を学校へ預け、戸籍を移すなどして、清子を文字通り「清」めようとして、一生を費やしてきた。この父・太一と同じような境遇に立たされることになり、しかも、太一とは違う態度振る舞いを見せたのが夫の春衛である。

　春衛も、「穢多村」の出身と知らずに清子と結婚したあとに清子の素生を知ることになる点で、太一と同じような境遇に置かれた人物である。だが、春衛は、清子の素生をひたすら隠し、戸籍を移して、差別の根拠となる言葉を消し去ろうとするのではなく、世間に公表し、北海道で「新平の子女」のために移民学園という学校を建設することを志す。既存の制度を容認することで、その制度の抜け穴を擦り抜けようとする態度を取り、結局のところ制度のなかにいる太一に対し、春衛は、今ある差別をなくすために、差別の当事者となる「新平の子女」を教育するという態度を取る。北海道という場所が孕む問題をさしあたり措くならば、「彼等か部落に於る教育の状態の如きは殊に憫むべき」ものであり、「一般の小学校に於ては生徒間に於る擯斥の太た厭ふべきもの」があった[15]というように、当時、部落民は出自ゆえに教育の現場からも差別・排除されるという状況にあった。こうした状況において、「新平の子女」を教育しようとする春衛の志は、制度自体を変革しようとする態度であると言える。

　そもそも清子自身、教育を受けた身であり、「女教師あがり」でもあった。清子が実は「秋田様」の娘ではなく、実の父は高利貸しを生業としているということが世間の人々に知られるまでは、清子が部落民であると疑われた様子はなく、清子自身、思いもよらないことであった。「新平民を見て、異種劣族の感あるは」、「彼等異種劣族として自ら居りしな」るがゆえと考えられ[16]、「新平民」は「自然に智徳の発達を欠きしものある可し」と見なされ[17]、「彼等の道徳か著しく普通の人民よりも乱れ、彼等の智識か著しく普通の人民よりも少なく彼等の品格か著しく普通の人民よりも下[18]」であり、見た目に「新平民」と分かるという実状であった、このような時代にあって、清子は「平民」と何一つ変わるところなく、「平民」同様に育ち、人もまた清子を「平民」と信じて疑わなかった。このことの背景には、清子が一定の教育を十分に受けていたことが挙げられるだろう。そしてまた、教育を受けたがゆえに、清子が「平民主義を上もなき、真理と採」るような人間として成人したのだとすれば、移民学園という学校建設には、部落民の子弟が清子のように、「平民」としての所作（ハビトゥス）を身につけ、平民主義を信条とする人間として育っていくことが期待されていると言えるだろう。このことは、部落民の子弟に対し、教育によって「言葉」を与えることで、言葉によって構築される差別に対抗するための手段を与えることをも意味している。

先にも引用したテクスト冒頭部分においては、「是がそも人生の不幸かや」という述懐が、一人称「我」の独白のなかに、二度、繰り返して表れていた。テクストの語りはじめにおいて、そのあとの物語の進行を予告するかのような、意味ありげな「人生の不幸」という言葉が指し示していた範囲は、結局のところ、「穢多村」出身であるという清子の素性が明らかにされるところまでであり、春衛と清子が離婚をせず、夫婦ともに教育のため北海道に渡るということを報告する「下」の「＊＊＊」のあとの後日談は、「人生の不幸」に含まれるものではないだろう。テクストの冒頭部分で、ナレーションが意識している物語内容とは、「下」の「＊＊＊」の前までであり、清子の素性の暴露が、テクスト冒頭における語り手の主要な関心であったと言えるだろう。にもかかわらず、この小説の題名である「移民学園」は、「下」の「＊＊＊」のあとの後日談を受けたものとなっており、この小説は、題名と中身（物語の主要部分）とがズレている。しかし、語り手の当初の目論見とは裏腹に、あたかも付け足しであるかのように配置された最後部の後日談こそが、物語展開上の解決を示してカタルシスを産み出す効果を持つとともに、部落問題そのものに対する解決・判断を示したものとして読者の批評の対象となりうるものになっている。タイトルがこの部分から採られているのも、当然と言えるだろう。

この小説には、部落民自らが「異種劣族」として振る舞うことを習慣づけられていたような時代にあって、その差別が、浮遊する噂話や固定化される戸籍といった言葉によって、構築・再構築され、強化されていく状況に対抗するための「言葉」を、教育によって施そうという解決の方途が確かに描き込まれている。このような部落問題への向き合い方は、一部分に時代の限界を含みつつも、一定のラディカルさを有していると言えるだろう。小説「移民学園」のプロットに即して読み取ることのできる紫琴の批評性は、言葉によって構築される様々な差別が未だ消えない今日、改めて評価されてよいはずである。

注

(1) 研究史上、すでに定着している「清水紫琴」という署名は、本人自身が使用したことのない署名であるが、この署名の問題性については、高田知波による指摘がある(「解説　女権・婚姻・姓表示」、高田知波・中川成美・中山和子校注『新日本古典文学大系明治編23女性作家集』岩波書店、二〇〇二・三)。結婚によって姓の変更が余儀なくされてきた女性の、社会における名前ゆえの不安定さを如実に体現する紫琴の署名であるが、本稿では、「移民学園」発表時の署名に従って、ただ「紫琴」とのみ記すことにする。

(2) 梅沢利彦・山岸嵩・平野栄久『文学の中の被差別部落像　戦前篇』(明石書店、一九八〇・三)。

(3) 長尾真砂子「清水紫琴と『移民学園』」(部落解放研究所編『論集　近代部落問題』解放出版社、一九八六・一〇)。

(4) 藤目ゆき『性の歴史学』(不二出版、一九九七・三)。

(5) 川端俊英「『破戒』と先行部落問題文芸」(「同朋国文」14号、一九八一・三)。なお、『破戒』と「移民学園」との類似性を指摘したものに、笹渕友一「島崎藤村と自然主義―「破戒」を中心に―」(「東京女子大学附属比較文化研究所紀要」4、一九五七・一〇)、川端俊英「清水紫琴と『移民学園』―『破戒』先行作品として―」(「同胞国文」一五号、一九八二・三)、渡邊澄子『『移民学園』と『破戒』』(「人文科学」4号、一九九九・三)などがある。

(6) 渡部直己『日本近代文学と〈差別〉』(太田出版、一九九四・七)。

(7) 北川鉄夫編『部落問題文芸作品解題』(世界文庫、一九七二・六)、川端俊英、前掲論文。

(8) 藤目ゆき、前掲書。

(9) 北川鉄夫『部落問題をとりあげた百の小説』(部落問題研究所出版部、一九八五・五)。

(10) 北川鉄夫編、前掲書および前掲論文。

(11) 川端俊英、前掲論文。

(12) 民権運動家と北海道との関連という点から、春衛のモデルとして、紫琴が自由民権運動の盛んな時代に接点を持った中江兆民がすでに指摘されている。兆民は、本籍を高知から被差別部落のある大阪府渡辺村に移し、第一回衆議院総選挙において被差別部落民の支持を得て一位で当選するが、その後、辞任に追い込まれ、北海道の小樽で「北門新聞」を創刊して主筆を務めたほか、材木業や鉄道事業などにも手を広げた人物である。兆民のほかにも、高知県の民権運動家であり、衆議院議員でもあった武市安哉は、北海道を訪れた際に感銘を受け、キリスト教精神による理想的な新農村建設の構想を立て、この新天地に郷里の同志を移して聖なる理想郷をつくろうと考え、政界を去ったし、福岡県選出の衆議院議員でありながら、北海道に移住して農場を開いた民権運動家の岡田孤鹿もいる（田中彰・桑原真人『北海道開拓と移民』、吉川弘文館、一九九六・二）。自由民権運動を体験し、運動の衰頽した国会開設以降にも中央の政治・社会運動のなかで活躍し、兆民や大井憲太郎らと関わった柳内義之進（河西英通「北海民権家の軌跡―柳内義之進論―」、永井秀夫編『近代日本と北海道―「開拓」をめぐる虚像と実像―』一九九八・四、河出書房新社）、自由民権思想を持ち、プロテスタントとして神の下での人間の自由と平等を説き、農民の自主独立精神に基づく自作農の育成を目指して、北海道開拓思想を抱き活躍した坂本龍馬の甥の坂本直寛（金田隆一「北海道における坂本直寛の思想と行動」、永井秀夫編、前掲書）なども挙げられるだろう。なお、清子と春衛の関係のモデルとして、紫琴と、夫の古在由直の関係を指摘した最近の論考に、北田幸恵「古在由直と清水謙吉――『移民学園』とその周辺」（『書く女たち――江戸から明治のメディア・文学・ジェンダーを読む』學藝書林、二〇〇七・六）がある。

（13）安丸良夫「民衆運動における「近代」」（『日本近代思想大系21』岩波書店、一九八九・一一）。

（14）ひろたまさき校注『差別の諸相』（岩波書店、一九九〇・三）。

（15）柳瀬勁介『社会外の社会　穢多非人』（『部落問題資料文献叢書　第七巻』世界文庫、一九七〇・五）。

（16）島田三郎「序」（柳瀬勁介、前掲書）。

（17）近衛篤麿「序」（柳瀬勁介、前掲書）。

（18）柳瀬勁介、前掲書。

〈付記〉「移民学園」の引用に当たっては、初出により、読解に必要なふりがなを残した。なお、文中、現在では差別用語に当たる言葉を使用しているが、これは「移民学園」からの引用であり、全て「　」を付して使用した。明治期の小説テクストの歴史性を鑑みて、そのまま使用したことをお断りしたい。

「金色夜叉」上演と岡田八千代の劇評――〈本当らしさ〉という〈実〉の追求

井上理恵

岡田（小山内）八千代（一八八三・一二・三～一九六二・二・一〇）は、劇評・小説・戯曲のジャンルで新しい時代を切り開いた女性である。兄は小山内薫で、夫は東京美術学校教授の画家岡田三郎助であったから、当然のことながらそのことで〈利害・損得〉を得たこともあっただろう。母方の従兄弟に藤田嗣治（一八八六～一九六八）がいる。藤田はパリではエコール・ド・パリの代表的画家として最も有名な日本人画家だ。が、日本では知名度が低く、画壇で正当な評価を受けてこなかった。その大きな理由の一つに戦時中の戦争画がある。敗戦後の戦争責任論の大きな渦の中で、藤田は利用され、誤解され、悩み、その結果日本を棄てる。フランスに帰化して一九六八年一月二九日、彼の地に没した（レオナール・フジタ）。以来藤田の記憶は消されたといってよかった。ところが一九九九年にＮＨＫが藤田の特集を組み、彼の全貌が紹介されてから、藤田に関する評伝や画集（『藤田嗣治画集　素晴らしき乳白色』講談社）が上梓され、美術展（二〇〇六年）が開催されて藤田は今や時の人になった。ＮＨＫでは巡回する美術展のお知らせと藤田特集を何度も再放映している。世の扱いは恐ろしくかつ不可思議で気まぐれだ。

これに比して藤田と親しかった三歳年上の岡田八千代は、明治・大正・昭和という長い年月、小説・劇評・劇作でコンスタントに仕事をし、演劇界では知名度の高い劇評家だったが、今はほとんど忘れられている。わたくしは劇評家のパイオニアである八千代を正当に評価したく、これまで彼女の仕事を検討し、他方でその不可思議な行動の軌跡を探るべく、国内や海外を調査した。パリ在住時に八千代が住んだと推測される藤田の住居にも足を運んだ。しかしいまだ岡田八千代と言う女性の全貌をつかみ得ていないし、彼女も依然歴史の闇に埋もれたままだ(1)。

本論では、これまで検討しなかったジャンル〈劇評〉を取り上げる。八千代の劇評はわたくしの調査で明らかになっただけでも二百二十余ある（筆名　芹影）。最初は一九〇三年五月の真砂座の歌舞伎「浮世清玄廓夜桜」（うきょせいげんさとのよざくら、通称「浮世清玄」）評、最後は一九五五年七月の新派評である。紙幅もあり全てに言及することはできないからまず簡単に最初の劇評に触れ、次いで先学に取り上げられることのなかった明治期のベストセラー小説「金色夜叉」の劇評を、上演経過や他の批評と関連付けてみていきたい。

1　黙阿弥の「浮世清玄」

「浮世清玄」は、河竹黙阿弥が五世尾上菊五郎に書いた歌舞伎脚本で、初演は東京市村座だった（清玄　菊五郎、惣太　時蔵、一八八四年四月）。当時、菊五郎が「岩倉の宗玄を演たがつて居たが、宗玄は意気な此人の體には適るまいといふところから、黙阿弥が世話物に仕組んで、誓水寺の番僧の清玄にしたのだ」（三木竹二「芹影女史の劇評を見て」(2)）という。二〇年後の芹影・八千代評は、菊五郎が亡くなった直後の上演だった（一九〇三年二月一八日没）。まず簡単に筋にふれよう。

僧清玄が吉原の小桜に惚れこんで通い続けるが、彼女には吉田屋の松三郎という恋する男がいた。すげなくされ、店を追い出された清玄は生霊となって小桜を悩ます。小桜の兄惣太は丁稚殺しの現場を清玄に見られたため彼を惨殺。他方松三郎にはいいなずけお花がいた。捨てられた小桜は、死のうとすると清玄の亡霊が現れる。清玄は美男の俳諧師露夕に化けて小桜への思いを遂げる。露夕といる小桜が清玄に見えた兄の惣太は、彼女を殺す。その後惣太は清玄の下男に敵討ちされるという内容だ。

三木竹二は黙阿弥の脚本について先に引いた文章の中で「夫のある高家の姫君だから宗玄の心にしたがわぬのが聞えて居るし、又それが思ひきれぬといふのだから、宗玄の心中も哀れになるのだが、相手を売物買物の女郎にしては、従はぬといふ方も無法だし、何でも従はせねばならぬと追ひ廻す方も馬鹿げて居る（略）美男に化けて、初一念を遂げるといふのも、随分乱暴だ」と〈宗玄〉から〈清玄〉に変えたその筋立てに疑義を呈している。

鷗外の弟で劇評誌『歌舞伎』を主宰した三木竹二（森篤次郎、耳鼻科医）は、「我が国の演劇批評といふものの、科学的な態度を確立した意味で、忘れることの出来ぬ先覚である」（戸板康二）(3)と評される劇評家であった。たしかにこの「浮世清玄」評をみてもまさに西洋合理主義的な発想が基準に据えられているのがわかる。渡辺保は竹二の劇評の今日的意義について、「第一に、戯曲の批評を重視したこと、それまでの歌舞伎劇評は、役者の芸評を主として、そのついでに戯曲の批評に及んだ。その伝統は今日の劇評にさえ残っている。その順序を逆転させたのは竹二であった」（渡辺編三木竹二著『観劇偶評』解説五三九頁）(4)と指摘する。「戯曲の批評を重視」することはなかったから、それだけで劇評に近代が登場したことを意味する。さらに渡辺は竹二のこうした批評の姿勢について「批評に客観的な基準を打ち立てたいと思った」からだとも書く。劇評は現在でも俳優の演技評であったり、演出評であったりして戯曲に触れることは少なく、見ないものが舞台を推測できない評も多く、その客観的な基準が定まっていないといっていいだろう。

演劇改良会（明19〜21）が西洋流の戯曲の登場を期待し、合理的で知的な舞台を歌舞伎に求めたが、現実は空回りの連続で、新しい演劇はなかなか登場しなかった。しかし竹二の劇評はそうした現実の舞台に一石を投じるかのように一歩も二歩も先を歩いていたのだ。まさに竹二は近代化されない演劇界に劇評というジャンルで実践して近代化を急がせたといっていい。その竹二が女性劇評家の登場を待っていた。特に衣装や女形のしぐさなどに女性の批評家の意見を聞きたいといっている。もちろんこの指摘にはジェンダーバイアスが色濃く見出せるが、〈女形のしぐさ〉とことさら言うのには、芝居の写実志向、〈本当らしさ〉、〈虚〉から〈実〉への要求という〈時代の風〉

を感じとらざるを得ない。この竹二に八千代は評価された。それが竹二の女性劇評家という〈期待〉に副ったものであったとしても八千代は自立した劇評家の道を歩くことになる。

芹影・八千代が二〇歳で劇評に参入したとき、女性の劇評家は真如（竹二の妻久子）一人であった。八千代の評について竹二は「女性でなくては出来難い處のあるのを見て、如何にも面白く感じた。女史は國文に長じてその小品は雑誌萬年草に載つて居る。かくの如き素養ある女性が向後も劇団に向かつて、折々意見を述べられるのは、極めて興味あることだと思ふから、こゝでその喜びを記し、（以下略）」（前掲三十六号、六七頁）と書く。

さて、その八千代評はいかなるものであったのか、菊五郎の初演から二〇年後の〈芹影女　真砂座の浮世清玄〉評は、次のように記されている。（〇印で部分的引用、原文はルビつき。）

〇序幕清水屋の場で松江の女房おたき半襟が黒無地だつた故か茶屋の御内儀さんとは見えませんでした。訥美三の娘お花、島田の前の両方へ簪の房を（然かも色の違つた）下げたのは厭でした。而して此人一人で時代に振舞つてるので間怠こく思はれました。

〇廻つて廻し部屋の場、八百藏の清玄しなやかに両手を膝がしらに置いた形、惣太に詫びられて黙つてうなづく處、白を高い聲で云ふ處など、充分若くなれました、が、お納戸の帯は少しいきの様に思はれました。

〇源之助の小桜、頼んだ百両の金が出来ぬ上に、寺を追放されたと聞いて、何か云つてる兄の顔と、萎れてる清玄の顔とを右左に見比べ乍ら、段々に膝を立てゝ兄の方へよる處、薄情の性根が見えて何とも云はれず好い事でした。成太郎の牛島惣太、小桜の實の兄とは見えません、それに年も上の様には思はれませんでした。

〇二幕目清玄庵室。道具立も雨の音も大変好う御座いましたが、清玄が便所（はばかり）から出て来たので変な気持が致しました。それから経机の裏がま新しいのは不注意だと思ひました。八百藏の清玄、此場で一時に老けました。（略）失恋の為の病気でせうのに、この清玄は病気の為に失恋した様でした。（三十六号、六三～六六頁）

以上、部分を引いた。八千代評は非常に具体的で現実的な批評であることがわかる。衣装、鬘、演出、演技、装置など全てに目配りがなされていて独特で、おもしろい。現在では歌舞伎は古典という前提があるから、役によって俳優の見た目に年齢差が歴然で、不釣合いであってもそれは〈芝居の嘘〉として不問にふす。けれども八千代の評ではそれが批判されている。〈本当らしさ〉が要求されているのだ。歌舞伎がまさに同時代演劇であったこと、時代が〈本当らしさ〉を要求していたこと、つまり日常生活感覚でみていたことがわかる。同時代の人々が要求する合理的な現実味を知ることは、当時の舞台の具体的な像を知ることにもつながる。まさに新しい時代の劇評が登場したといっていいだろう。

八千代の初めての劇評が〈本当らしさ〉を要求していることを押さえて、次に明治期の大ベストセラー小説尾崎紅葉作「金色夜叉」の上演評を取り上げていくことにしたい。「金色夜叉」は何度も上演されていて時代の焦点であったし、比較的多くの劇評が残されているが、これまで検討されたことはなかった。著名な男性劇評家の舞台評と八千代評との比較も可能である。「金色夜叉」上演の全貌をさぐり、同時に新しく登場した新演劇を八千代がいかように捉えていたのか、男性劇評家と異なる視点があるとしたらそれはどんなところか……等々を明らかにできれば幸いと考えている。

2 「金色夜叉」の上演

「金色夜叉」は、尾崎紅葉（一八六七〈陰暦〉～一九〇三〈新暦〉）がその晩年に全精力を傾けた作品といわれている。読売新聞に一八九七（明治30）年から五年間断続的に掲載、『新小説』に一九〇三年から連載したが、その死で中絶、ついに完結しなかった長編小説である。明治生まれが増加し、同時代小説として受け入れられる基盤ができて新聞連載時爆発的な人気を呼んだのだろう。(5) 同時代に生きた人たちにとっては明治近代社会の仕組みとそこに生きる近代的な〈新人類〉が描き出されているこの小説は、身近な人々の話であると同時に一歩先を行く人たちの話として受け入れられたのかもしれない。その後巷間にはダイヤモンドに目がくらんだ宮と――今でも全世界の女性に好まれているが、当時は新たに出現した女性の装飾品で、誰もが手に出来るものではなかった――失恋して守銭奴になった寛一の話として流布し、高度成長期には熱海の海岸に〈寛一お宮の像〉まで建てられた。つまり〈女は金品に惹かれる〉〈打算的〉という負の評価を広めるのに大いに寄与したわけだ。しかし男性のそれに比すれば女の打算は比べるに値しないし、この世評には女はいかなる場合も純で、俗とは係わり合いのない存在であることを求める男性の一方的願望が横たわっている。その意味でもこの評価はジェンダーバイアスのかかったものであった。ところがフェミニズム的読みを導入すると、この小説はそんな単純な物語ではなく、男の持つ経済力や新しさに惹かれた女・宮が、良妻賢母という明治近代社会の作り出した女性像の〈妻の座〉に閉じ込められ、その抑圧の中で狂気――自己破壊にいたるという恐ろしい物語で、明治近代社会の理想的女性像の虚偽性・犯罪性を衝く小説でもあった。若い八千代が流行小説の劇化をどのように見たか、興味深いものがある。

上演と深いかかわりがあると推測されるから単行本の刊行年月を記しておく。前編は一八九八（明治31）年七月、中編は九九年一月、後編は一九〇〇年一月、続編は一九〇二年四月、続々編は一九〇三年六月、全部で五冊刊行された。

いわゆる文芸作品の劇化上演は、紅葉・鏡花の「滝の白糸」を川上音二郎一座（川上の村越欣也、藤澤浅二郎の白糸）が駒形の浅草座で一八九五（明治28）年一二月四日に初演したのに始まり、「金色夜叉」「己が罪」「無花果」「不如帰」「婦系図」等々が続けて上演され、ついには新演劇の重要なレパートリーになる。新演劇（のちの新派）はいわゆる明治の新聞連載家庭小説の脚色上演で不動の地位を築く。わたくしはこれを〈明治近代社会との蜜月演劇〉と名付けている。[6]

さて、「金色夜叉」の上演を簡単にあげよう。これまで初演をはじめとして「金色夜叉」の上演は演劇史上の記録が曖昧であった。八千代の劇評を調査することでこの不分明な状態を明らかにすることができた。本稿では紙幅の都合もあり触れることができないがこれらについては注1にあげた最新の拙稿を参照していただきたい。

初演　一八九八（明治31）年三月二五日～四月中旬、市村座、川上音二郎一座、藤沢浅二郎脚色。

初演の時期や俳優を確定できなかったのは、事前に宣伝されていた〈藤沢の寛一〉が、上演直前に〈川上の寛一〉にかわったからであった。この公演の後、川上音二郎は一座と共に洋行、初の海外巡業に出る。[7]

再演　一八九九年一一月、大阪梅田歌舞伎、岩崎舜花脚色。配役をあげると富山が高田、寛一が小織桂一郎、宮が河村。外題は「汝（おのれ）」。場割をみると小説とは異なる場があり、しかも寛一が洋行し、寛一とお宮は年老いてから結婚するという「世間受専一の演劇」と評されているから「金色夜叉」の名前を利用して上演された客受けのする舞台とみていい。[8]

再々演　一九〇二（明治35）年、浅草宮戸座、花房柳外脚色、寛一が中野信近、宮が小中村、富山が菊地など。

再々再演　一九〇二年六月、大阪朝日座、喜多村緑郎の宮、高田實の荒尾、秋月桂太郎の寛一、河村昶の満枝、山田如洋の富山。宮と富山の出会いの場となる「歌留多会の場」を抜いて上演し、荒尾と宮の出会いの場を作る。これは新派の見せ場になり、以後「金色夜叉」には必ず出る場となる。

第五回　一九〇三年六月　東京座　川上一座。**第六回**　一九〇五年六月　真砂座。**第七回**　一九〇五年七月　本郷座。

以後、何度も再演が続き、「金色夜叉」は「不如帰」とともに新演劇・新派の古典レパートリーへと定着していく。そしてレヴューやミュージカルでもこの芝居は上演されて、20世紀半ば過ぎまで生き残るのである。[9]

さて、上記の⑤⑥⑦の上演には八千代や紅葉、伊臣紫葉、三木竹二などが劇評を書いている。これについて検討していきたい。

3　一九〇三年六月の東京座公演評―『歌舞伎』三十八号から

『歌舞伎』三十八号（明治36年7月）には、尾崎紅葉「東京座の金色夜叉を見て」、伊臣紫葉「東京座の金色夜叉」、芹影「東京座の金色夜叉」、三木竹二「高田の荒尾譲助」、すの字「荒尾譲助に就手高田實の話」などが載った。

まず配役だが、佐藤歳三が富山、高田實が荒尾、中野信也が蒲田鉄也、藤川岩之助の風早蔵之助、高部幸次郎の遊佐良橘、守住月華の赤樫満枝、山田九州男の宮、藤沢浅二郎の寛一であった。この劇場は始めて書生芝居を上演したのであるが、初日から大入り、大当たりで、「書生芝居を余りやつた事の無い当座で初日から此大入りは、大骨折の効が見えて大当たり〳〵」と伊臣紫葉は書いている。「金色夜叉」の続々編がでたあとで、ほぼ内容が知れ渡っていたという原作の力と人気者高田の客が来たと考えていいのだと思われる。

作者の尾崎紅葉は「自分が場割をして、座付の岩崎舜花子が筆を執る」という約束だったのに、高田が大阪でやった筋を付けたために「蛇足が添つて、其の蛇足の為に本文の筋を傷け」「人物の性格をも害するやうな事」になったと批評の冒頭から怒っている。これは四谷見附闇撃の場をさしていて、役者が客受けを求めて筋を壊すのは「歌舞伎芝居にある通弊で、尤も厭ふべき事」「正劇を標榜するもの」が「悪弊を一洗する責任を忘れ」るとは何事かと書く。さらに道具が粗末であることをあげたあと、成功例として芝公園、上野停車場などをあげ、見せ場もないのに「全幅活動して、謂ふに言はれぬ趣味を感じ」「正劇派の理想とするのはあすこであろう。新演劇は渾てあの呼吸で行きたいと思ふ」と書く。

特に高田の荒尾が「一等のでき」と評価。藤沢の寛一は「大車輪ではあるが」「柄ではない」から「成功を望むのは無理」で主役の品格にかける。守住の満枝は「色気が乏しく、気合が乗らず、尤も不出来」、山田の宮にいたっては「言語道断」と不評。女形の山田は女優の山田五十鈴の父である。

紅葉の評で注目しなければならないのは「正劇派の理想」というところだろう。原作に忠実で勝手な筋を付け加えず、役者の見せ場がなくとも場を維持できる俳優の演技と舞台の構成を評価しているからだ。これは川上音二郎が主張する正劇（一九〇三年二月の「オセロ」公演）が、歌舞伎に対抗する演劇として見られていたことを物語っている。

伊臣評は鰐淵父子を出さないのが残念で、おまけに観客に筋を飲み込ませるために熱海街道の場なぞを加えたのはよくないと苦言を呈す。筋の加筆は紅葉が批判したところだ。演技については、高田の荒尾は「此人の外に此役を此位に仕こなす人はいない」と絶賛。守住の満枝は「何と云つても素養は争はれぬもので、身體の科しから寛一への色合、病院で五月蠅く付纏ふあたりは佳いが、塩原での嫉妬から殺さるゝ迄の仕草はチト気が乗らぬ様打（略）生意気な処が、此優では赤抜けがして、女役者の鉄火者らしく見ゆる」と。紅葉が批判した山田の宮は「容色が悪い」から他の娘と並んでいるとどれが宮だかわからない、「茶や女が素人風を装ふた」みたいで、これなら「仕出しに出て居る女優」にでもさせたほうが成功したとまで散々に言われているからよほどひどかったと推測される。山田は高田の弟子であったからこの役がついたと思われる。

ここに出演している「女優」とは何か。周知のとおり本格的な女優の養成所は六年後に出来る。この時期に女役者の守住は女優の養成をしていたというから、おそらくこの女優たちは守住一座の女性たちであったと推測される。守住は本所寿座で座頭女芝居の全盛時代を築き、女団洲とも呼ばれた実力派であった。舞踊が得意で女役が本領だったというから満枝役がミスキャストというわけではないだろう。紅葉や伊臣と八千代の評価を後で比較してみたい。

さて、寛一。やっと藤澤に回ってきた役だから研究を重ねたらしく「大いに見耐へがあった」と評価。興味深いのは、衣装への苦情で、一枚の肩掛けに宮と寛一が包まって歩くところ。肩掛けの下からすその長い女の足とズボンをはく男の足が出るのが面白いのに寛一が着物では大学生という寛一が表現できないと苦情。俳優のバランスと見場がここでも問題にされている。伊臣評は相変わらずの俳優評である。

八千代（芹影）の評はどうであろうか。かなり細部にわたる劇評で、二段組九頁に及んでいる。

番付の画は鏑木清方であったらしく、清方画伯の番付から批評が始まる。「誠に結構ではございますが、宮の羽織の紋が少し袖口の方へ寄り過ぎはいたしませんかと存じます。」

語り口はこんな調子で、やはり細部の〈本当らしさ〉が重視されている。以下、幕毎の批評。序幕、中野の蒲田は声の響く人ではないから歌留多会の読手にははまらない。山田の宮、風波を鎮める油程の勢力ある女王とまでには見えないが、女には確かになっていた、という指摘にはじまり、「束髪の格好と、帯を下へ締めた故か羽織を着た後姿の悪かつたのと、簪が赤かつたのとが物たり」ない、さらには「リボンの流行らない時ですから、『薄紫のリボン飾して』とはゆかずとも、せめて白い花にでもして貰ひたかつた」と当時の流行にまでおよぶ。

熱海の場、寛一の衣装を八千代も批判、「日曜（廿一日）に拝見いたしました時には着流しの裾の勝色が厭味でしたが、此日は袴がつきましたので大きに見なほしました。」これは長いショールに二人で包まって、寛一のズボンの足と宮の着物の裾の見えるところが絵になって〈新しい〉恋人同士のランデヴー表現であったのだろう。それが、ズボンでなくて着物であったから散々に批判される。八千代はセリフまで否定する。「『今度は宮さんと別れだぜ』と云はれて、『仕方がないねえ』なぞは、云はぬ方がさつぱりしてをりませう」と、まさにその通りだ。

佐藤の富山は品がない。九段坂や夜道は嫌味がなくてよかったが、「けれど月も無いのに能く寛一宮の来るのが見えましたのね」と、ここでも現実的な批判をする。山田の宮は一八歳には見えない。羽織の色合いが派手。ショールの柄も悪く、肩掛けの掛け方がへた。セリフもよくない、下品……等々、散々だ。本当にひどかったのだと推測される。山田は、当時二四歳であった。女形であるから体型や容色が悪いと一八歳には見えなかっただろうと思われる。〈本当らしさ〉を重視する合理的な批評がここにも見出される。

八千代はこの評で川上が上演したときと比較する。

「藤沢の寛一、宮との事に就いての話の為やうが餘り譯なしです。ずっと以前川上が致しました時には幾度も幾度も云い渋つてから漸つと申しましたが、其方が好うございました。まして此人ですから少し華美な位に振舞つてもよかつたでせう」、この評を見ると藤沢は地味な俳優で、川上は華のある俳優であったと推測される。「佐藤の富山、高田には適ひますまい　羽織の柄は悪くはありますまいが、着物が骨牌会の時のと同じ物だつたのは、外国では流行を喜ぶ人としては受けとれません様です。（略）藤沢の寛一、新聞を読む処も煙草の煙を掛ける処も川上流でしたが、後で新聞を破る事と、土を蹴る事とはいたしませんでした。これはおとなし様なものの、女にそむかれた丈で高利貸しになる位の男ですからその位の科はあつてもいいと存じます。『落花心あらば……』も力がたりませんでした。山田の宮、親の為に嫁ぐやうな事を云つてをりますがそうぢゃありますまい。ですから『深い仔細がある』など云はず、『屹度貴方の事を忘れない証拠を見せる』と云う方を採つたらよかつたでせう。」

「金色夜叉」は度々上演されているため、脚本もさまざまあり、宮をどのように位置づけるかで舞台が旧弊になるか、新しくなるか決まる。原作者の紅葉はもちろん、二〇歳の八千代も「金色夜叉」に新しさを求めていたように思える。寛一についても「女にそむかれた丈で高利貸しになる位の男」という八千代の評は、寛一批判だ。他方、宮は自分の選択で富山のところへ嫁に行き、そしてその失敗に気づく、そんな「金色夜叉」理解がここにはある。明治という過去の時代を一つに括って古い時代で切ってしまうことも可能だが、当時の現実は江戸に比べればずっと新しい、そんな理解があったことが垣間見られるように思う。〈親のために嫁ぐ娘〉では、旧弊で読者たち、おそらく教育を受けた娘たちと推測されるが、若者たちは読まなかっただろう。小説そのものもベストセラーにはならなかったはずだ。下層の貧しい農家の娘たちは親のため兄弟のためにその身を犠牲にしたが、中流の娘たちは自身の選択で行動が可能であったから、宮の選択は肯定された。ところがいかなる行動も根源的なところでは家父長制社会の枠内にとどまらざるをえないから、破綻する。そういう悲劇がここにはあった。もちろんそれを突き破る女たちもいた。しかし極めて少なく、大衆レベルに影響を与える思想はまだ獲得できていなかったのである。

「藤沢の寛一、熱心は熱心ですが、どうも長い白になりますと講談師めいて参ります。高低がつよいので少し遠くにをりますと急に聞ゑなくなる時があります。『一月十七日の月が曇ったならば』と云う処も只一度ぎりではあつけ無う御座いました。やはり此処は『来年の今月今夜、再来年の今月今夜、十年後の今月今夜……月が……月が……月が』と云ふ様に原作でいつて戴き度うございました。」「金色夜叉」の名セリフとして後々までも流布されたものだ。八千代は原作どおりの場面を期待している。

「（略）此場に出ます五人の法学士の中、誠に学士らしいのは高田の荒尾一人です。背が高いのに服の色が品が好いので誠に立派で御座いました。友に対する意見、恩人に向かってのこなし等、好うございました。」高田はこのとき三二歳、大阪から戻り俳優として人気が出てきたところだ。この荒尾役で当たって生涯の当たり役といわれるようになる。彼はこのあと本郷座で常打ち公演をするようになって、いわゆる俳優としての絶頂期が訪れるのだから、この頃の高田はかなり魅力的な舞台を見せていたと推察される。

興味深いのは女役者守住への評だ。八千代はその演技を褒める。「守住の満枝、（略）寛一を止めて〈まァ御掛け遊ばせなねえ〉の辺りの若々しさ驚いて終ひました。若くて新俳優のある者より、旧俳優であつた此人の方がよつぽど白が自然なのには私、敬服致しました」という。若い新俳優は山田だろう。女形の山田はこのとき二四歳、女役者守住は五七歳であった。守住の藝の力が、そして女性であるという現実が、八千代にこうした批評をさせたのだと思われる。これをとっても〈本当らしさ〉を重視する時代であったことがよくわかる。

興味深い事例がある。この頃活人画が流行していた。園遊会や歌舞伎座で活人画興行が盛んに行われた。活人画とは「イキテイルヒトヲソノママエノヤウニカザリヨソホウコト」（『新漢語辞林』一九〇四年）だ。つまり人を人形のように飾って見せることらしい。(13) こうしたことが流行するのは時代が〈本当らしさ〉を求めていたからである。劇評が〈本当らしさ〉を舞台に求めるのは当然であったろう。

4 一九〇五年六月真砂座の「金色夜叉」――『歌舞伎』六十三号

この公演は、紅葉の追悼公演であった（三回忌）。芹影の批評は二段組二〇頁にも及ぶ。伊臣紫葉は活字を落として二段組二頁、竹二も活字を落として二段組二頁弱であるから芹影評の扱いの大きさに驚かざるをえない。配役は、伊井蓉峰の寛一、河村の宮、福島の富山、村田の荒尾。紫葉によれば、数年前から伊井が寛一をやりたがっていたらしく、「各座が銘々其特色を以て演じて居るので、最後に演る當座の側になると観客の眼は肥て居るし数倍の骨が折れる事だ。（略）風葉氏に嘱して大團圓の結末迄見せた」という。夜興行は五時間で上演していたらしいが、更に一幕ふえたから上演時間を考慮したのか突然「海岸の寛一別れ」から始まった。観客は筋がわかっていても二人の「密の如き熱情の迸る處」を見せなければ宮に対する寛一の憤怒が伝わらない、と紫葉は批判する。他方、竹二は「風葉さんの今度の脚本で自分の感心したのは、あの長編中の挿話を一切除いて、単に寛一宮の性格の変化を示すに必要な場面だけを採られた処だ。紅葉君の腹案に基いた大詰も、小説と違つて劇で一幕に見せては少し物足りないが、短時間であれより以外に書現し方はあるまい」と今回の場割りを評価している。「性格の変化」という指摘は西洋流のドラマ概念から出ている。そうであれば、紫葉が批判したように初めに寛一と宮の想い合うところを入れなければ理解しにくい。やはり原作の筋をわかっている観客という前提があり、これは歌舞伎の上演方法と似るから、新演劇は段々と歌舞伎的な興行体系をとるようになったと見てもいいだろう。そうなると〈本当らしさ〉から遠くなるのは必然である。この筋と場面の展開について八千代は「今度の脚本は一體に淡白し過ぎてる様で御座い升」と書いている。

さて、八千代の批評が長いのは全ての場面と登場人物の装置・衣装・動き・セリフ・効果音・明かりなどに触れているからである。しかも八千代は原作と比較してセリフや動きを批判し、地の文まで引いて演技に注文をつけ、これまで以上に細かい批評になっている。こうした劇評が書かれるということが、合理的で科学的な近代が定着したことを表明する。

明治三十年代という時代の〈本当らしさ〉重視は、観客の「眼」がどこに向いていたかを物語る。そうなると次に来るのは「ほんもののおんな」だ。当然にも女優の登場が歓迎されるわけで、実際に女優の時代がこのあとすぐに来る。女優たちの登場も時代の必然であったことがわかるのである。そうしてみると、容貌の悪い本当らしくない女形がたたかれることになるのは、先の劇評で引いた山田の宮の例を見ても理解される。

何度も宮を演じた河村は、伊臣に次のように評されている。「河村の鴫澤お宮。浪に油の勢力ある女王とは見えない。服装がジミで島田が似合はない。（中日からは束髪に改めたさうだが）此俳優は容貌も美しいのに其醜く見江たのは化粧法が拙なのではあるまいか。（略）科白の度に小鼻から口元へかけて皺の寄るのが恐ろしく老けて見せたのであろう。（略）蹴飛されて赤い腰巻がベラ〳〵出るのは目障りで（略）」。

竹二は「河村の宮、此役の性格にはとても同情は出来ぬのだが、それにも関らず見物から同情せられるのも寛一が思ひ切れぬのも單に容貌の好いといふ点にあるのだから、容貌の好くない人に此役を振るのは振つた人の方が悪い。先づ今の処で此役の容貌に合格するのは舊俳優の芝翫位なものだが、それも明治式の女性に化し得られるかどうかは疑わしい。」と書く。旧俳優には演じられない近代人・宮、彼女が魅力的な美人であったから寛一は金色夜叉になり、宮をいつまでも諦めることが出来ない。それを演じる俳優は魅力的な美人でなければならない、そんな理解がここにはある。男が女の容貌を重視するのは女を〈美術品〉と見ているからだが、宮はそういう女の一人として位置づけられていたようだ。

竹二は歌舞伎評に近代を呼び込んだが、新演劇評では女形を女の代替とみて、女に対する評価で批評をしていたといっていい。

八千代は「「河村の宮、着付と羽織とはまア無事として、襦袢の半襟は何だか遠くから見ると古ぼけてゝ、夫に胸を開け加減に合してるのも可愛気がありません。島田髷も年が長け、白粉も白いばかりで顔に味がなく、富山の影を見て母親に『富山様が入らつしゃいました』と言うのも悪く、富山に話かけられる間も少しも極りが悪さうで無く、只面倒臭さうで、寛一が見えると松の陰へ隠れ升が、余り急に飛び込むので吃驚致しました」、次は海岸の場「羽織を脱いだのはまだ良いとして跣足で褄を取つて来るのは如何いふのでせう。まさか後に引張り廻される時履物があつては邪魔になるからと言ふのでも御座い升まい。せめて草履でも履いたら如何でしたらう。寛一に心を聞かして呉れと言はれると、蹲踞んで指先で沙《ママ》に何だか悪戯書をして升か可笑しくはあり升まいか、私宮という人物の科らしくないと存じました。而して泣き方も顔を真直ぐに、肩を窄めて下の方からハンケチを持つて涙のお迎ひにゆくので、ちつとも情なんか移りません。（略）揚句に引張り廻されて横飛びに転んで妙な聲を出して。なんだか気の毒らしくて見て居られない様な氣がしました」と評している。

荒尾が孤児院の生徒にお菓子を買ってやるところが、この公演では兵士にタバコを買ってやることに変わっていた。これは日露戦争の影響であろう。八千代は、やはり生徒にお菓子を買ってやるほうがいいと書いた。八千代は原作をよく読んで研究していてこの評では特に原作との比較が多い。これは時勢に流されて安易に脚本を変える俳優たちへの警鐘と受け取っていいだろう。歌舞伎とは異なる近代劇へのステップが戯曲重視のそれが、段々と批評家の側から要求され、いわゆる〈新劇〉へと移っていく流れが自然と出来始めていたのだ。

八千代の評は、劇の中の女性としてどのような行動をとるのかに力点が置かれていて、河村の容貌や宮の容貌を問題にしていない。男たちの視線は劇の中の女性ではなく、〈宮という女の美しさ〉に集っている。この発想が、いずれ女優が登場したときに容貌・姿態などの評価へと移行するのである。絵画の歴史が男たちのまなざしを満足させるためのものであったと同様に、新演劇の女形から女優への移行には、そうしたジェンダーバイアスが待ち受けていたのである。二十三歳になった八千代は、女性であるからこそ男性とは異なる批評ができた。「金色夜叉」というドラマに真正面から向き合って批評することができたのである。実はこれこそが現代にまで続く批評となる。その入り口に八千代はたっていたということが出来る。

5　一九〇五年七月本郷座――『歌舞伎』六十四号・六十五号

この公演は真砂座同様に風葉の脚本を用いたが、警視庁の恋愛劇取締により、熱海の海岸が上演されなかった。紙幅も残り少なくなり、場割りは省略するが川上のときの場を出したり、寛一の夢の場を出して終わりにするという荒唐無稽な舞台になった。寛一が藤澤、宮が木下、富山が佐藤、荒尾が高田、満枝が河合。三木竹二評を引く。

満枝と宮が争い、宮が満枝を殺し自分は谷川に身を投げる。その後「上手に倒れていた満枝が立ち上がり失恋の腹いせに世間の男を悩ましてやるというと、「虚空遥に音楽が聞え、上手岩の上に金色夜叉が現れた心で赤照を燃やし金色の三角な華を降らし、満枝は宙に引上げられる、寛一は宮を抱き寄せる見得で終になるのだが、現実的なる科白劇の大詰に夢幻的なる楽劇式のものを持込んだのは不調和千萬だ」と最後の場面を否定している。「金色夜叉」はたびたび上演されているために、名場面の定番というようなものが出来てきて、それを取り入れたりしているのがわかる。つまり「金色夜叉」は古典になってきているということだろう。紅葉が死んで三年もたたないうちに、「金色夜叉」は古典になる道を歩み始める。この竹二の批評は二〇頁におよび、俳優の演技評がこのあと続く（六十四号）。

竹二と同じ号に小栗風葉が「金色夜叉の脚本に就て」を寄せている。「何しろ〇〇〇の新方針とやらにて、同脚本も骨を削られ肉を殺がれ、無残のものに相成り候。第一序幕の熱海別れを『青年男女の恋愛の』どうやらとて全然相除かれ候へば恐らく今度の寛一は生れながらの高利貸のやうに相なるべくと存じ候。〇〇〇は何故演劇其物を社会から除いて了はぬかと怪み候。」（〇〇〇は警視庁と推測される。）

八千代はすでに三木先生が細かく批評されているが、「演り方」の違ったところがあったからと断って六十五号に「私の見た高田の荒尾」を書いた。高田の演技についての評で、「駄菓子を買ふ時、前號には蓖の箱から五十銭銀貨を出してとありましたが、私の見た日には揉くしやの半紙に包んだ銅貨を袂から出して其侭屋台店へ置き升と、磯野の亭主が其中から菓子の代丈取つて返したと覚えて居り升。五十銭も悪くございませんが、金包の侭出して中から勝手に取らせるのなども、如何にも此人らしくて好いではございませんか。」と演じ方を評価する。そしてお金を入れた包み紙が白紙であったのがよくなく、これは原稿の反古や上書きのしてある丈袋の方がいいとか、罫がある紙がいいとか、実に細かい。これはすでに芝居というものがどんなものであるかがよく判っているものの書きようだ。八千代はすでに新演劇の見巧者になっていた。

おわりに

岡田八千代の劇評をみた。長い紙面を与えられて、一場面ごとの批評は、現在では考えられないことである。けれどもそうした長い詳細な劇評が、当時の舞台の再現を可能にし、これは貴重な資料ともなった。男性劇評家と異なる八千代の劇評は、ジェンダーバイアスをそぎ落とすものであり、新しい時代を切り開く優れたものであった。時代の〈本当らしさ〉への希求が、必然的に舞台に女優を呼びこむ結果を生むことも理解された。女優が登場してからの八千代評が大いに期待される。

注

（1）岡田八千代に関する調査研究は、科学研究費基盤研究（C）の助成（平成13〜16年度「岡田八千代の資料調査に関する総合的研究」）を得ておこなった。これまでに①「岡田八千代のパリ」日本文学協会　新・フェミニズム批評の会　口頭発表　二〇〇二年一月一二日、②「パリの岡田八千代と藤田嗣治・薩摩次郎八」『国際社会学研究所紀要』10号　二〇〇二年三月、③「女性劇作家のパイオニア岡田八千代――その初期作品について」日本演劇学会全国大会口頭発表　二〇〇二年五月二六日　於共立女子大学、④「岡田八千代研究――蘆花作『灰燼』脚色の新しさ」『演劇学論叢』5号　大阪大学大学院演劇研究室紀要　二〇〇二年一二月、⑤「岡田八千代の著作年譜」『吉備国際大学社会学部研究紀要』15号　二〇〇五年三月、⑥「序論　日本の女性劇作家概観」『演劇学論集』日本演劇学会紀要43号　二〇〇五年一〇月、等々を発表した。わたくしは二〇〇〇年に八千代調査でパリへ行き、薩摩次郎八が建てたパリ日本館に滞在していたのでフジタの「欧人日本への渡来図」を間近で見ることができた。尚、本稿とあわせて関連する拙稿「川上音二郎の『金色夜叉』初演と海外巡業」（『演劇学論集』日本演劇学会紀要45号二〇〇七年一〇月所収）も参照されたい。

（2）『歌舞伎』第三十六号所収、一九〇三年（明治36）五月一日発行。八千代の劇評もこの号にある。以後この号からの引用は三十六号とのみ記す。

「浮世清玄」幕と場と登場人物

序幕　清水屋　茶屋の内儀、娘お花、やり手おつめ、吉田や松三郎、小桜、**まわし部屋**　清玄、惣太、小蝶、小桜、**小桜の部屋**　松三郎、小桜、おたき、清玄、**大戸外**　清玄、**二幕目　清玄庵室**　清玄、寺男六兵衛、古骨買七助、**小桜の部屋**　小桜、松三郎、清玄、**庵室**　清玄、古骨買七助、惣太、やり手お爪、**大切敵討ちの場**　惣太、その他。

（3）戸板康二「鷗外と竹二」『演劇の魅力』河出新書（一九五五年）、なお、これは渡辺保編『三木竹二著　観劇偶評』（岩波文庫二〇〇四年）の解説（五三八頁）から引いた。

（4）渡辺氏は岩波文庫の解説でさらに続けて次のように記した。（五三九〜五四二頁）

　第二に、竹二は批評の基準を「型」に求め、「型」を記録する仕事を劇評と並行して行った。「型」とは今風にいえば演出であるが、演出が戯曲を土台にしてそのテーマに沿って舞台全体の統一を図るのに対して、型は役者個人がしばしば自分の身体にあった見せ場、様式的な動きを作るものをいう。（略）第三に、竹二の批評は厳しい価値判断と同時に描写を主としている。（略）実際に舞台を見ない人間にも舞台のありさまを伝えたいという強い意志をもっていたからである。第四に、この描写力によって、私たちは今日、一世紀をへだてて団菊の面影を目の当たりにすることができるのである。

（5）主人公〈宮〉の名は、和達知男・清夫兄弟の姉宮子からとったと聞いている。久保栄研究途上で、元気象庁長官であった和達清夫氏と面談し、その折に伺った。拙著『久保栄の世界』（社会評論社　一九八九年）を参照されたい。また、和達氏の「金色夜叉の頃」（『文芸春秋』43巻2号　一九六五年二月号）には、当時の歌留多会の様子が母からの聞き書きというかたちで記されていて、当時の上流の優雅な生活ぶりがわかる。

（6）井上理恵「演劇の一〇〇年」『20世紀の戯曲　Ⅲ』所収　社会評論社　二〇〇五年。

（7）川上の海外公演については拙著『近代演劇の扉をあける』（一九九九年　社会評論社）中の「拒絶された青春　ロンドンの川上音二郎と貞奴」を参照されたい。

（8）四年後、『歌舞伎』三十八号で高田が「宮を寛一に配合すといふのを大団円にやりましたが、これは余り想像し過ぎて、紅葉先生に悪うございました。」と謝っている。

（9）モダンが流行の時代になるとレヴューやバラエティでも取り上げられた。有名なものに菊田一夫脚色の「歌ふ金色夜叉」がある。初演は「笑の王国」（一九三四年五月）で、その後東宝古川緑波一座が有楽座で上演した（三六年一二月）。ロッパの寛一、三益愛子の宮、オペラ歌手徳山蓮の荒尾で、流行歌でつなげたバラエティであった。

敗戦後の一九五八年、東京宝塚劇場で菊田は「金色夜叉」（越路吹雪・高島忠夫）を出すが、初日の二月一日に劇場で出火、公演は中止された。これについては『テアトロ』二〇〇七年六月号の拙稿「菊田一夫と東宝演劇　10」を参照されたい。

（10）京谷啓徳「明治36年の活人画―癸卯園遊会・歌舞伎座歴史活人画興行・東京美術学校記念美術際」による。私は現在、科学研究費研究「近代舞台美術に関する視覚文化的研究」基盤研究（B）の一員として共同研究に参加していて、その研究発表会で活人画についての発表を聞いた（二〇〇六年七月二日　於東京大学）。

「自伝」という戦略──福田英子『妾の半生涯』

岡野幸江

1　はじめに

『妾の半生涯』は一九〇四（明治37）年一〇月に初版が刊行された。著作兼発行者は福田英子、大売捌所は東京市の東京堂と大阪市の吉岡書店である。この書が書き始められたのは、同年二月一一日、日本がロシアに戦線布告し、日露戦争が始まった歴史的な日の翌日であるが、その日はまた、一五年前（一八八九（明治22）年）、大日本帝国憲法が発布され、その恩赦によって大阪事件に連座し投獄された英子ら政治犯が出獄となった記念日（実際に出獄となったのは二月一四日）にもあたっていた。

では英子は何故この時期、自らの半生を振り返る自伝執筆を行ったのだろうか。それはまた、日本の近代文学史の中で、とりわけ女性表現の歴史のなかでどのように位置付けることが可能なのだろうか。

これより一〇年ほど前の明治二〇年代後半から三〇年代にかけては、自伝が流行した。例えば内村鑑三『余は如何にして基督信徒となりし乎』（一八九五年）、福沢諭吉『福翁自伝』（一八九九年）、正岡子規『墨汁一滴』（一九〇一年）、宮崎滔天『三十三年之夢』（一九〇二年）などがあるが、この自伝の流行にはさまざまな要因があるだろう。二〇年代に流行したニーチェの影響、宗教的要求、そして倫理学による自我実現への要請などが考えられるが、それはまた当時の日本の国民国家成立の問題と大きくかかわっている。つまり憲法の発布、議会の開設などに代表されるそれまで進められてきた近代化路線が一応達成され、その過程に身を置いていた人々が、それまでの自己を振り返ってみたとき語るに足る自己を発見したということであろう。

ただし当然のことながら、この頃の自伝は男性の自伝であり、当時女性で自伝を書くことができたのは、この福田英子一人である。それは英子が、国民国家成立前の女性に僅かに許されていた政治の季節を女性としては最も突出した形で生き、女子教育や自由民権運動、その挫折としての獄中体験など、当時の男性であってもなかなか経験することのできない稀有な体験を持つ、まさに語るに足るだけの「大きな物語」を所有した存在だったためである。ちなみにこの『妾の半生涯』もわずか四ヶ月後の翌一九〇五（明治38）年二月には四版が出され、また七月には大売捌所が上田屋に、その後一九〇七（明治40）年一月には日高有倫堂に引き継がれて五版が出されるという、かなりの売れ行きであったことがわかる。

しかしそこにはおのずと男性筆者のものとは異なる要素が求められたと考えられる。それは女性作者としての独自の「語り」のスタンスであったが、これについては、佐伯彰一が『近代日本の自伝』(1)で次のように指摘しているのはよく知られている。

いわば否定形を通しての内的「苦悶」の余韻がすぐに裏側に響かせてある。一本調子の景気のいい呼びかけや宣言ではなくて、陰影とニュアンスをふくみつつ、新たな出発へと踏み切ろうとしている。この語りにおける二重性の影とひだは、すこぶる深く入り組んでいるといわねばなるまい。

従来、福田英子に関しては村田静子の先駆的で実証的な研究があり、それを抜きに語れないのはもちろんだが、『妾の半生涯』は英子の生涯の思想展開上から、社会主義思想への転換を示すものとして位置付けられ、テキストとしては充分読みこまれてこなかったといってよく、この佐伯の論及は『妾の半生涯』の表現を考える上で画期的であった。「懺悔」といういきわめて低位の姿勢から、新たな闘いを宣言していくこのスタイルは、私語りのリアリティに着目し、自伝ジャンルを文学として読みなおした佐伯彰一の研究によって初めて明らかにされたわけで、たしかに佐伯が指摘するごとくそれは「ドラマチィックな二重性」だといっていい。

しかし、そうした戦略としての「女語りの二重性」が浮き彫りにしていくのは、佐伯は指摘していないが、実は男性の自伝においては見ることのできない「世界の二重性（ダブル・スタンダード）」でもある。したがってここでは、女に許された自己語りとはどのようなものだったのか再度検証しながら、女の自伝が浮き彫りにしていく世界、女の自伝の意味などについて考えてみたい。

2　母から娘へ

『妾の半生涯』は、英子が八、九歳のときのことから、一九〇一（明治34）年の女子工芸学校、日本女子恒産会設立までが書かれている。章立てとしては、はしがき／第一　家庭／第二　上京／第三　渡韓の計画／第四　未決監／第五　既決監／第六　公判／第七　就役／第八　出獄／第九　重井との関係／第十　閑話三則／第十一　母となる／第十二　重井の変心／第十三　良人／第十四　大覚悟、となっている。

福田英子は周知のごとく、一八八五（明治18）年の大阪事件に連座し、女性でただ一人投獄された民権運動家であるが、その経歴について若干触れておこう。旧姓は景山英子で、一八六五（慶応元）年、備前岡山に生まれた。父確《かたし》は備前藩の下級武士（祐筆）で、母楳《うめ》子は六歳年上の、幼少の頃から漢詩を諳んじて人を驚かせるような才能を持つ女性であった。両親は私塾「柘榴社」を開いていたが、後に父は巡査となり、母は一八七二（明治5）年、岡山で初の女学校である女子教訓所が建てられると、そこの教師となった。英子は二男二女の三番目であるが、なかでも母が一番目をかけたのが英子であり、女学校には手を引いて通ったという。そして女に学問は不要とする夫を説き伏せて、英子を漢学塾に入塾させ、その後一八七六（明治9）年、英子は岡山県立研智小学校に入学、八一年には助教諭を命じられた。『妾の半生涯』は実質的にはこのあたりのことから書き始められている。

媒子は、所長と意見が合わず、教訓所を辞めて自宅に私塾を開き、一八八二（明治15）年に岡山市内に芸娼妓を教育する「女紅場」がつくられると、場長に迎えられた。この媒子という人は「貧しい人やいやしい身分の人たちにいささかも差別待遇などしない、人権を平等に尊重するという気風のある婦人であった。おそらく英子は、母のこの気質からつよい感化をうけたものとおもわれる(2)」といわれる。

当時は自由民権運動が盛り上がり、国会開設請願運動が展開されるなかで、岡山県下の有志による請願書起草と提出の委員が選ばれたとき、媒子は「大津絵節」を作って激励したが、英子はそのとき月琴の演奏を頼まれたという。一八八二（明治15）年五月、岡山で女性結社である女子懇親会が作られると、英子は役員として参加し、当時自由党の女弁士として名高かった岸田俊子を招いて発足の演説会を開いた。英子の成長は母媒子の存在を抜きにしては語ることができないし、この母娘関係を中心とした女性たちの繋がりこそ後の英子を形成する根源だったといえよう。

一八八三（明治16）年、英子は研智小学校の助教諭を辞め、母媒子、兄弘、友人小林真、竹内壽江、津下久米らと女子懇親会の協力のもと、私塾蒸紅学舎を設立、夜は勤労女性や貧家の子弟を教えた。この友人小林真の兄小林樟雄は自由党の闘士であり、英子と小林は親しくなり婚約を交わす。しかし、民権運動の集会に英子が参加したため当局ににらまれ、蒸紅学舎は閉鎖に追い込まれてしまう。政府の圧制に憤怒した英子は、一八八四（明治17）年一〇月、一人故郷を後にして大阪に向かった。英子は小林樟雄から板垣退助に紹介され、東京の『自由燈』新聞記者で民権家の坂崎紫瀾の元で築地の新栄女学校に通うこととなる。

おりしも朝鮮で甲申事変が起こる。清国を後盾とする事大党と日本が支持する独立党が衝突し、独立党が政権を執るも三日にして事大党にまき返されるという事件である。小林樟雄は大井憲太郎、磯山清兵衛と謀り、朝鮮の独立を期したクーデターを計画、英子は察知して詳細を聞きただしたが、計画内容は教えてもらえなかった。そこで英子は遊説して資金を集め、小林から計画を聞き出して参加することになるが、彼女に与えられたのは資金集めと爆発物の運搬、そして通信員という任務であった。英子はこの年（一八八五年）一〇月、大阪に行き、その後長崎に赴くが、一一月二三日、突然踏みこんできた警察によって逮捕されたのである。

英子は外患罪により軽禁錮一年六ヶ月となり、一八八九（明治22）年二月一一日、帝国憲法発布の恩赦令によって出獄となったわけである。女性ではただ一人だったため、英子は当時東洋のジャンヌ・ダルクと称えられ、出獄時には熱烈な歓迎を受けた。英子より六歳年下の吉岡弥生は法廷で気焔を上げた英子の記事に接し「女ながらも偉いものだ。自分も影山《ママ》女史のやうな女になつてみたい」[3]と考えたという。また、一一歳年下の相馬黒光も「夢みやすいとしごろの私は遥か彼方の霞の中に、景山英子の女丈夫姿を描き」「自分の成長がもどかしいやうな気」[4]がしたと書いているが、このように少女時代英子から影響を受けた女性たちは少なくなかった。

出獄後の英子は、大井憲太郎と行動をともにし、小林樟雄との関係を解消して大井との間に一子憲邦を設けたが、大井が清水紫琴と関係ができたことを知り、決別する。この間の経緯は『妾の半生涯』に詳しく、大井が紫琴に宛てた手紙を誤って英子に送ったため、英子がそれを読んで激怒したいわゆる「書面取違え事件」は有名であり、改めて説明するまでもないかもしれない。英子はこの後、東京神田で実業女学校を設立するが経営に失敗、その頃、大井の友人で『萬朝報』記者だった福田友作と知り合い、一八九三（明治26）年に結婚して、友作の郷里に行き長男哲郎を出産した。しかし生活は貧窮を極め、福田は朝鮮政府の法律顧問として一旦渡韓するが、郷里の両親によって阻まれてしまったため、二人は長男を祖父母の元に残して上京、英子は次男俠太を出産した。しかし友作は精神に異常をきたし一九〇〇（明治33）年に亡くなってしまう。そこで翌年、夫の一周忌を記念して、英子は角筈女子工芸学校を設立、半年後には日本女子恒産会をおこしたため、その事業の協力を仰ごうとして自伝出版にふみ切ったわけである。

3 私語りの二重性

この自伝は、先にも記した通り八、九歳のときから書き起こしているが、一八八五（明治17）年の「上京から出獄までの四年余りを七年間に延長して、注意深くつじつまを合わせ」るという「意図的な操作」が行われていると いう。それは「国事犯として投獄された民権運動時代の失敗を、若さゆえと弁解する」意図があったのではないかと指摘されている。(5) もちろんそこに「弁解」という意図があったとしても、それは英子が自らの半生涯を全否定するところから自伝を始めた姿勢と通底し、あえて当時女性の一人称呼称詞では一般的ではなくなっていた、しかもかつて自らが裁かれた法廷での陳述に使用した「妾」(6)を使用したこととも関わっていると思われる。このことは後にまた述べるが、当時のジェンダー規範から大きく逸脱した英子が、社会のなかにもう一度自らを定位しようとするとき、どうしてもとらなければならない戦術であったと思われる。

> 世に罪深き人を問はゞ、妾は実に其随一ならん、世に愚鈍なる人を求めば、また妾ほどのものはあらざるべし。（略）行ひし事として罪悪ならぬはなく、謀慮りし事として誤謬ならぬはなきぞかし。羞悪懺悔、次ぐに苦悶懊悩を以てす、（略）
>
> 苦悶は愈〻勝るのみ、されど妾強ちに之れを忘れんことを願はず、否昔し懐かしの想ひは、其一字に一行に苦悩と共に弥増すなり。懐かしや、吾が苦悶の回顧。

この「私語りの二重性」は、女性だからこそ強いられたものであることは論をまたない。かつて田沢稲舟が「月にうたふさんげのひとふし」（『読売新聞』一八九六年六月八日）という新体詩を書き、山田美妙との離婚直後、責任は自分にあると「懺悔」しながら自己再生を図ろうとしたことを想起させる。つまり、女性に強いられた規範コードを幾重にも侵犯しているという自覚があり、そうした存在が社会的に承認されるためには、一度自らを全否定せざるをえないわけだが、英子のような体験は決して男性においては問題化されるものではない。しかしそれゆえにこその「私語りの二重性」の裂け目から、意識的にあるいは無意識的に世界の「二重性」をも暴露してしまうものであったことも確かなのである。

たとえば、この語りで最も面白いのは、「自由民権」という近代思想の陥穽が照らし出されている点であろう。英子は渡韓を待つある日のことを、次ぎのように記している。

一日磯山より葉石の来阪を報じ来り急ぎ其旅寓に来れよとの事に、何事かと訝りつゝも行きて見れば、同志等今や酒宴の半ばにて、酌に侍せる妓のいと艶めかしうそうどき立ちたり。（略）定めて重要事件の打ち合せなるべしと思ひ測れるには似もやらず、痴呆の振舞、目にするだに汚はし、ア、日頃頼みをかけし人々さへ斯の如し、他の血気の壮士等が、遊廓通ひの外に余念なきこそ道理なれ、

英子は、この様をみて嘆かわしく、「いざ左らば帰るべしとて、思ふまゝに言ひ罵り、やをら畳を蹴立てゝ帰」ってしまった。磯山とは実名で磯山清兵衛、葉石とは婚約者小林樟雄のことであるが、それから数日していよいよ出発という前日に、磯山の所在がわからなくなる。だが磯山が遊郭に隠れているということがわかったため、英子が訪ねて行くと、同志が苦労して集めた資金を持ってすでに逃走した後であった。英子はこの磯山の逃亡に対し、「彼は此の志士が血の涙の金を私費して淫楽に耽り、公道正義を無視して、一遊妓の甘心を買ふ、何たる烏滸の白徒ぞ」と記している。

しかし再び資金を調達して計画は回復されるのだが、その後も相変わらず同志たちの振舞は改められなかった。そして自由党壮士らのていたらくが、英子の筆によって浮き彫りにされている。ちなみに重井は大井憲太郎、新井は新井章吾、稲垣は稲垣示のことである。

所謂喉元過ぎて、熱さを忘るゝの慣ひ、憂たてや血気の壮士は言ふも更なり、重井、葉石、新井、稲垣の諸氏までも、此の艱難を余所にして金が整へりと云ひては青楼に登り絃妓を擁しぬ。

一方、一九一〇年に刊行された板垣退助監修『自由党史』(7)では、大阪事件に関する件は次ぎのように記述されている。

是年五月以来、西駆東奔の結果、計画せられし対韓運動は今や漸く羽翼成り、高く飛んで対馬海峡を渡らんとするの時、端なくも実行隊の首謀磯山清兵衛の籌策を誤りて忽ち九仞の功を一簣に欠くに至れり。(略)小林樟雄は磯山の異心に驚き、急に大井を東京より、新井を長崎より招き、倶に善後を図らんとす。時に新井は先発隊を率いて十月二十七日長崎に達し、未だ三日を経ずして磯山が発せる陰謀発露の飛電に接し、怪異して已まず。即ち情況偵察の為めに久野、橋本を大阪に向はしむ。既にして磯山の脱匿を聞き、事の未だ露はれざるを知り、大阪に還つて小林等に会す。而して大井も亦た変報の何の意たるを知らず、稲垣示に托して大阪に入らしむ。稲垣即ち磯山の破盟を知り、且つ資金空乏の急を見て、石塚重平と倶に再び東帰し、俄に金策を求む。遂に其郷人尾崎某より中山道鉄道公債券千円を借り、山際七司(新潟県)に委ねて之を売り、金一千余円を得て、十一月十二日大井と相携へて大阪に入る。是に於て僅に一蹶、地に委せんとせし計画を恢復し、小林、大井、稲垣、新井、景山等数人中の島銀水楼に相会し、燭を跋して方略を密議す。

マスター・ストーリーである『自由党史』に、英子が記したような事件の裏面が記されるはずがないのは当然である。出獄後、事件の中心人物である大井憲太郎は東洋自由党を結成し第三回衆議院議員選挙で当選、一期衆議院議員を務め、小林樟雄は第一回選挙で当選、三期代議士を務めている。ちなみに新井章吾も一期から六期まで衆議院議員を連続務めて九期に再び返り咲き、稲垣示も第二回衆院選で初当選している。つまりこの事件で獄に下った中心メンバーほとんどが国会の開設と同時に代議士となり、近代国民国家に丸ごと回収されていったといってもいい。しかし、自由民権が目指した近代化が内包する矛盾については、そこからはみ出さざるを得なかった女性によって当時初めて可視化させることができたといえるのではないだろうか。

昔年唱へたりし主義も本領も失ひ果し、一念その身の栄耀に汲々として借金賄賂是れ本職たるの有様となりたれば、彼の時代の志士程、世に堕落したる者はなしなど世の人にも謡はるゝなり。（略）見よ彼等が家庭の紊乱せる有様を、数年間苦節を守りし最愛の妻をして、良人の出獄、やれ嬉しやと思ふ間もなく、却て入獄中の心配よりも一層の苦悶を覚えしめ、淫酒に耽り公徳を害して、わが儘の振舞いやが上に増長すると共に、細君も亦失望の余り、自暴自棄の心となりて、良人と同じく色に溺れ、果は其子にまで無限の苦痛を嘗めしむるもの比々として皆然りとかや、ア、斯るものを頼めるこそ過ちなりけれ。

一九〇〇（明治33）年九月、自由党の後身である憲政党は解党し、全党を挙げてかつての政敵である藩閥官僚の巨頭伊藤博文の率いる立憲政友会と合同するが、その解党臨時大会で『自由党史』編纂が決議され、その作業が進められていることをこのとき英子が知らなかったとも思えない。『自由党史』は、その後一〇年を費やして一九一〇（明治43）年三月、上下合わせて一四〇〇ページにも及ぶ大冊としてまとめあげられたが、これと比較するとき、英子の『妾の半生涯』には、まさに「マスター・ストーリー」には記述されることのなかった、いや敢えて切捨てられた世界が浮き彫りにされていることがわかるのである。

4　ジェンダー戦略との拮抗

ところで『妾の半生涯』でもう一つ注目すべきは、女性のセクシュアリティに関わる問題があえて公開されている点であろう。近代以降、性は人口管理の重要な鍵であり、消費経済のターゲットともなるところから、性にまつわる言説は一方では隠蔽されると同時にもう一方では過剰にかき立てられていくという現象が出現した。つまり「公」領域から排除された性は、家という「私」領域に封じ込められ、女性には処女性や貞潔、性の管理者としての役割などが要求されたが、一方ではその「私」領域からはみ出した性が、公娼制度によって保護されながら、最も下層の女性たちに担わされたわけである。そうした矛盾をはらみながら、とくに一般の女性にとって性は抑圧的に働きその表現が禁忌とされたことは、与謝野晶子『みだれ髪』（東京新詩社、一九〇一年八月）が女性の身体内部から沸き上がる情動をためらうことなく表現したとき、「猥行醜態を記したる」「春画に近い」ものと批判されたことなどにも端的に示されている。

しかし、英子はこの書の中で、少女期からの自らのセクシュアリティ体験についてはばかることなく語っている。

学校に通ふ途中、妾は常に蛮貊小僧等の為めに『マガヒ』が通る『マガヒ』が通ると罵られき。（略）今更恥かしき事ながら妾は其頃先生達に活発の子といはれし如く、起居振舞のお転婆なりしは言ふまでもなく、修業中は髪を結ふ暇だに惜き心地せられて、一向に書を読む事を好みければ、十六歳までは髪を剪りて前部を左右に分け、衣服まで悉く男生の如くに装ひ、加も学校へは女生と伴うて通ひにき。

キャロリン・ハイルブランは『女の書く自伝』(8)で「みずから慣習を超えた人生を描く女性、あるいは慣習的な期待を超えた人生を生きたと伝記作者が考える女性」は、「ふつう早くから、自分のなかに名づけることも定義することもできない特別な資質があるのを自覚」し、適切だとされている性的役割について不満を感じないではいられないため、少女時代に自らを「男性的」なものに同化させようとする傾向があることを指摘しているが、まさに英子の場合にもあてはまっている。英子はまた、その後獄中で初潮を迎えたときのことについて次ぎのように記している。

　爰に又一つ記し付くべき事あり。斯る事は仮令真実なりとも、忌むべく憚るべきことゝして、大方の人の黙して止むべき所なるべけれど、一つは生理学及び生理と心理との関係を究むる人々の為めに、一つは当時の妾が、女とよりは寧ろ男らしかりしことの証しにもならんかとて、敢て身の羞恥をば打明くるなり。(略)扨て記すべき事とは何にぞ、其は妾の身体の普通ならずして、牢獄にありし二十二歳の当時まで、女にはあるべき月のものを知らざりし事なり。(略)然るに今獄中にありて或日突然其事あり、

　この他にも獄中で同性愛を疑われたこと、婚約者小林樟雄との関係を破棄し大井憲太郎と関係して婚外子を産んだこと、そしてその後結婚したことなど、複数の男性体験についても記述している。このようなプライベートなことまであえて公開したのは、それまで英子が「男性」として生きてきたことの「弁解」としてであったかもしれないが、こうしたことを告白することのリスクもまた当然あった。『婦女新聞』(9)の書評では、彼女を「変りものなり、生理的にも尋常の女とやゝ異なる点ありしなり」とし、この書が「通常の女が如何なる場合にも恥しがりていふ能はざる事をも大胆に白状したる」歴史で、英子その人を「功名心の結塊」としている。

当時の反響を見てみると、平民社の堺利彦は逸早く『平民新聞』で「世は彼の閲歴と性情とを如何に記憶して居るか。大阪事件の名花として記臆すると同時に、放縦にして検束なき女壮士として伝唱して居たでは無いか。彼は此書に於いて、彼の事情を明白に語つて居る。人が彼の面前に於て語るを憚り、又親しく彼に問ふを憚るの事を、彼は大胆に自ら語り出だして居る。其の自ら語る所に依れば、彼は世に伝唱せらるゝ所よりも遙かに潔白な人である」(10)とこれを評している。堺はまた「明治年間に於て稍畸形の発達を遂げたる一婦人の生涯に於て、其境遇運命の跡を察するは何人に取つても趣味あり且つ利益ある事であらうと思ふ」とも記している。「家庭の新風味」(一九〇一年)で家族制度を否定する斬新な論を展開した堺であり、「大阪事件の裏面真相」が少ないことに不満を表明しつつも平民社の協力者であり隣家に住んでいた英子に敬意を表し、その大胆な告白を歓迎している点は、『婦女新聞』記者とは対照的だが、英子を「畸形」としている点は同様であった。

しかし、「懺悔」とは罪深ければ罪深いほど救いが用意されているものである。ちなみに『大阪朝日新聞』にも「新刊紹介」(11)が載せられ、「全編に散見する妻として又は母として女史の面目に至りては、実に今の時の婦人が取つて以て亀鑑と為す可きものすら少しとせざる也」とある。『家庭』では、「女史の生涯は失敗に、苦悶に、段々之を重ぬるに従つて、漸く真面目となり、当に宗教に入るべき機運を熟せしめたるか。希くは今後の半生涯を宗教の裡に送り、苦悶を楽化して、人生を安慰の中に過ごさんことを」(12)と評している。実は『妾の半生涯』の最後に示されているような「生死の岸頭に立つて人の執るべき道は唯だ一、誠を尽して天命を待つのみ」というその「真面目」さが、当時、盛り上がってきた宗教的欲求と合致し、受け入れられたという面もあったのではないかと思われる。

時代が要求する女性像からはみ出した自身をはばかることなく暴露し、懺悔すること、それは社会の中に自身を定位するためにはやむをえない戦術だった。そしてメディアはそれを歓迎し、一面では英子の潔癖さ、真面目さを評価し、女性が「妻として又母として」「亀鑑」とすべき存在へと英子を祭り上げようとしていたことも見てとれよう。

5　時代の変化と評価の変遷

ではこの『妾の半生涯』は当時のジェンダー戦略のなかで、その強化のために機能してしまったのだろうか。確かに彼女のイメージは、国民国家の形成過程で大きく変化している。明治二〇年代初めの彼女は、独善狂夫（清水太吉）編『自由の犠牲女権の拡張　景山英女之伝』[13]が伝えるように、「東洋のジャンヌ・ダルク」「女傑」として高く評価されていた。

其所為の如何は元より其策も亦編者一も取る所なく人も亦称する所なかるべしと雖も死を決し事に従ふの勇気と大胆に至つては実に驚かざるを得ず其情や真に憐れむべく惜むべきものなり若シヤン、デ、アークを九泉に喚起し来らは千歳の知己と曰ふならんか英子も亦一流の女傑なる哉噫

出獄して郷里に帰ると彼女を「某地の有志家吾学校の生徒及び其父兄等約数百名」が出迎え、「親戚故旧を招きて」の「一大盛宴」、「有志者及び新聞記者諸氏の発起にかゝる慰労会」と連日宴会が開かれ、「三歳の童子すらも、尚ほ景山英の名を口にせざるはなかりし」（『妾の半生涯』）という状況で、いわば英雄扱いだったといえる。多くの少女たちにとっても憧れの存在だったことは先にも記したとおりだ。しかしその後、英子は『門司新報』で「影山英女の成の果」[14]という九回にわたる連載記事で揶揄され、中傷されている。

斯る困苦の中に沈みたるひで子が貧に似げなき粋な浮名を流したるぞ可笑しき。色は思案の外と云へば無理ならぬことなれども、之れ畢竟ひで子の為めには貧が取り持つ恋にやあらん。（略）我こそ一枝手折らんと心

を砕く浮れ男には例の小林を始めとして植木枝盛、花香恭三郎なんど其他当時の志士中、其数頗る多かりし。されば是迄云ひ囃されたる女壮士の名は次第に消え失せて、あるかあらぬか浮名は善悪なき京童の口より口へと伝はりぬ。（略）

（授産会は――筆者注）其汚名を蔽うて人目を避けん方便にとて企てたるものなり、されば素より有名無実にして其振はぬが固よりなるが、世間にては此所をさして魔窟となん云ひあへる。（略）（ひで子は）世の浮れ男の生擒にかゝりしが流石魔王のお手際に其術中に陥りしもの少なからず。

これは時期的に見て、先にも記した一九〇〇年九月の憲政党の解党大会に照準を合わせて、旧自由党への批判として利用されたと考えられる。もちろん国民国家成立後のジェンダー戦略は、女性を家庭内に押し込め、「良妻賢母」の育成へと向けられていったわけだが、とくに民法の施行や女子教育の基盤整備など法制度が固められた三〇年代初頭に、英子の評価が一八〇度転換していったのも、時代の反映に他ならなかったといえるかもしれない。そして日露戦争下、「資本の独占に抗して、不幸なる貧者の救済」のために立ち上がろうとした英子は、「懺悔」し、いわば禊したことで、「妻として又母として」再生するというジェンダー戦略にからめとられかねなかったことも事実である。それまで英子が発表した女性解放論も、男女分業論に基づく保守的な面が否定できないものであり、過去の逸脱を過剰に修正しようとしたためか、ジェンダーイデオロギーを意識的に（あるいは無意識的に）内面化させたところから生じる古臭さ、限界を感じさせる。

また、先にも記した「書面取違え事件」での英子が豊子に発している「口汚い侮蔑」[15]は、「豊子もまた後悔し苦悩し被害者であったことが全く理解できていない点において」「汚点」となっているという指摘や、獄中の記述などでは「英子は衆人環視のなかで『先生』と呼ばれることに慣れきり、しだいに他者の眼差しのなかの自分しか見えなくなっていく」[16]という指摘もあるように、この『妾の半生涯』は矛盾や弱点を内包していることも否定できない。

ハイルブランは『女の書く自伝』冒頭でナンシー・ミラーの「書くことによって正統から外れた人生を正当化しようとするのは、もともとの逸脱行為を思い起こさせ、再度男の縄張りを犯すことになる」という言葉を引用している。確かに英子の人生は自身の女性解放論からはるかにはみだし、それを越えてしまっていたし、「懺悔」という形でそれを記述する行為のなかで、はからずもその逸脱を再び繰り返しているわけである。清水紫琴（豊子）に対する「口汚い侮辱」を行ったという「汚点」にしても、結局は大井憲太郎の破廉恥な姿を浮き彫りにさせてしまうのである。

6　おわりに

三〇年代に流行した男性の自伝は精神的成功から引き出される「個人的満足」を語り、「立身出世」への欲望や「宗教的欲求」を掻き立てていくものであった。女の自伝である『妾の半生涯』は女性たちをジェンダー規範の内部へ囲い込むことに利用されかねない側面があったことも事実であるが、強いられた「語りの二重性」が、より強い自己否定とそのためにありのままの自己をさらけ出すことを要求し、それが秘匿されてきた女の内面を可視化させ、ひいては「世界の二重性」をも暴露していかざるを得ないのである。そしてそうした女の内面への探求と告白が、書くことを封じられていた女性たちを書き手へと押し上げていったといえる。

水田宗子は『物語と反物語の風景』(17)で、自伝というジャンルが女性表現にもたらした意味をこう言っている。

すでに小説を中心とする多くの古典と、ジャンルの規範となるキャノン（作品群）を持ち、作家と批評家によるサークル（文壇）がつくられていた文学の分野で、これまで十分な扱いを受けてこなかった自伝は、自己表現の方法の〈隙間〉として、女性には格好な、そしてまた入りやすくもあるジャンルとなった。自伝は、女性という文学上の〈素人〉も書いてよいものとなり、同時にまた、女性の自伝は、従来文学において無視されてきた女の内面を正当なテーマとして扱うことを可能にしたのである（略）従来、男性の幻想によって書かれる〈客体〉とだけされてきた女性は、自伝という方法に、自由な自己表現のチャネルを見つけたのである。

もちろんここで指摘されているのは一九六〇年代以降のアメリカでの女性の自伝の流行ということを踏まえてのことである。しかし、二〇世紀の初頭、このように女性自らの体験や禁忌とされてきた事項を吐露し記述するという英子の先駆的な行為は、女性表現の歴史を新たに切り拓くものとなったことは確かだろう。つまりそれは、女性たちに語るにたる自己を意識させることになったであろうし、『女学世界』のような投稿雑誌が出現し、ようやく自画像のレッスンを始めた女性たちに、自身を語り記述することを促したと思われる。さらにこうした「私語り」がその頃確立した「家族国家観」を支えるジェンダーイデオロギーを揺さぶり、日露戦後の女性たちの多声的な語りを醸成する役割を果したとも考えられる。とりわけ『青鞜』における数多くの告白体小説などにも、それは継承されていったといえるのではないだろうか。

注

（1）講談社、一九八一年五月。
（2）絲屋壽雄「解説」（岩波文庫『妾の半生涯』一九五八年四月）。
（3）『吉岡弥生伝』（吉岡弥生伝伝記刊行会、一九六七年）。
（4）『広瀬川の畔』（女性時代社、一九三九年一一月）。
（5）岡山女性史研究会編『近代岡山の女たち』（三省堂、一九八七年八月）。
（6）妾という字はもともと辛（針）が女の上にあって、女奴隷という意味があり、女性一人称のへりくだった言い方である。

(7) 五車楼、一九一〇年三月。
(8) 『女の書く自伝』(大社淑子訳、みすず書房、一九九二年七月)。
(9) 一記者「『妾の半生涯』を読む」(『婦女新聞』一九〇四年一一月七日)。
(10) 枯川「『妾の半生涯』を読む」(『平民新聞』一九〇四年一〇月三〇日)。
(11) 「新刊紹介」(『大阪朝日新聞』一一月六日)。
(12) 三舟「『妾の半生涯』を読む」(『家庭』一九〇五年一・三月号)。
(13) 独善狂夫編『自由之犠牲女権之拡張　景山英女之伝』(栄泉堂、一八八七年)。
(14) 一九〇〇年九月一一日～二三日まで九回連載。
(15) 大木基子「解題」(『福田英子集』不二出版、一九九八年二月)。
(16) 関礼子「福田英子『妾の半生涯』の語り」(『日本近代文学』三一集、一九八四年)。
(17) 『物語と反物語の風景』(田畑書店、一九九三年一二月)。

〈付記〉本文の引用は『福田英子集』(不二出版、一九九八年二月)に拠った。

〈女性作家〉としてのマニフェスト——野上弥生子「明暗」論

中島佐和子

1　はじめに

私の『明暗』は先生に見事に落第点をつけられたのです。（中略）それで、思想的なことなどはまだ書けないのだから、対象を忠実に描くというふうなことから始めたら、という先生のお手紙の言葉もあったので、純写生文ふうの『縁』を書いたわけです。[1]

野上弥生子は、〈処女作〉[2]「明暗」を夫豊一郎を通じてその師夏目漱石に送り、批判を仰いだ。漱石は数日のうちに読了して、丁寧な批評を記した長大な書簡を返している。

「大なる作者は大なる眼と高き立脚地あり。（中略）明暗の作者は人世のある色の外は識別し得ざる若き人なり。才の足らざるにあらず、識の足らざるにあらず。思索総合の哲学と年が（ママ）足らぬなり」「明暗の著作者もし文学者たらんと欲せば漫然として年をとるべからず文学者として年をとるべし」と、小説作法や小説家としてのあり方を説いたこの書簡は、後進に与えた漱石の暖かな助言の一つとしてよく知られている。漱石の批評は「実に克明で感動的」[3]であり、「明暗」を語る際の強力な枠組みとして作用することになる。

漱石の言葉を受けて「明暗」は棄却され、作者本人も「どういうことを書いたのか、まるで覚えがないので、この手紙を見て、ああ、そんなことが書いてあったの」かと思い出す状態だったという。(4) 以後、原稿は所在不明となったが、約八〇年後、野上弥生子の死後三年が経過した一九八八年に、野上家の家屋解体に際して発見され、『世界』四月号に発表された。

このような経緯からか、「明暗」は作品そのものよりも漱石の批評が広く流布し、習作の域を出ないと評価されがちである。しかし、今日の視点から、ジェンダーという座標軸を加えて再読すれば、漱石とは別の読み方ができるのではないだろうか。ここでは、執筆時の時代状況を参照しながら作品を詳細に分析して、「明暗」再評価を試みたいと思う。

2　洋画家としての活躍

漱石は「明暗」を「非常に苦心の作なり」としながらも、「散文中に無暗に詩的な形容を使ふ。然も入らぬ処へ無理矢理に使ふ。スキ間なく象嵌を施したる文机の如し。全体の地は隠れて仕舞ふ」と批判している。確かに「明暗」の文章には、きらびやかな修辞が並んで読者の目を奪う。(5) しかし、「象嵌」に目をくらまされずに物語を丹念に読めば、この作品には時代の情報が周到に書き込まれていることが分かるだろう。現代小説として設定されているこの物語の時間は、執筆時と同時代と考えてよいだろう。執筆年月を特定することは難しいが、次作「縁」を推奨する漱石の高浜虚子宛書簡の日付は一九〇七（明治40）年一月一八日である。技巧を凝らした「苦心の作」が短期間に書かれたとは思われないので、執筆は前年に遡ると推定される。(6)

ヒロイン幸子は二四歳、(7) 洋画研究会唯一の「閨秀画家」で、「其天賦の画才と容色の美を以て、評判」が高く、生涯独身を通して絵画の道に専念すると公言している。「九州出の知事上がり」の父と「公卿華族のお姫様」だった母は既に亡いが、兄との芸術談義を楽しみ、描いた絵は展覧会に出品して評判になるという日々を送っていた。

絵画は七ツ八ツ時分すでに嗜みとして心得た母が、遊び半分に教へた蘭の葉竹の葉菊の花に、母を驚かせたと云ふ画才があつた。其筆を高等学校に入つて外国文学を専修しやうと決心した嗣男の忠告で油画の刷毛に変へた。夫と共に画に対しての新らしい意義深い理想と云ふ様な者が分つて来る。幸子は珍しい新天地を窺いたのである。さあ興はますく高くなる腕はめき〳〵上つて来る……

幸子は「外国文学」を学ぶ兄の忠告によって、日本画から洋画へ転じた。家父長制度下の女性が一生涯絵を描き続けることの困難について、小勝禮子は、「その際に、日本画ではなく洋画を選択することは、さらに大きな非難を呼んだ。日本画は上流家庭の子女の嗜みであり、教養の一つと考えられたが、油絵は男のする事とみなされたのである」と指摘している。[8] 伝統的な技法で伝統的な画題を描く「嗜みとして」の日本画に対して、洋画は事物の観察と写実、描写主体の個の発現を重視する。幸子の理解した「新らしい意義深い理想」の一つは、画を描くことを通しての自己実現であろう[9]。

幸子は従妹の幾代をモデルに「京風俗の華美な姿」を描き、「此春の展覧会の出品画」とする。その絵は、幾代と共に来宅していた幾代の母である「京都の叔母様」が急遽帰郷するのに預けて、「叔父様へのお土産」となった。叔母様は「全く活きてるねえ、今にも口を聞《ママ》きそうだ」と熱心に見入っている。この半身像は、兄の友人で医学士の岡本が、「先月上野の展覧会で是非欲しいのがあつたけれども、皆非売品で手が出せな」かったと語ったその絵であろう。彼は六年前、幸子への求婚をあきらめて九州に去り、留学に際して再度上京していた。岡本は「彼方でも評判は聞いて居たが、全くどうも素晴らしい腕になつたもんだ」と、幸子の現在の技量に「心から感心」しているのである。

3　兄の婚約の意味

幸子の煩悶は、兄が幾代と婚約したことから始まった。このプロットについて漱石は、「兄が嫁を貰ふのを聴いてうらめしく思ふのはよし。此うらめしさを読者に感ぜしむる為めにはあらかじめ伏線を設けて兄と妹の中のよき所、よさ加減を読者に知らしめざるべからず。然らざれば是又突然にて器械的也。作者一人が承知してゐる様に思はれる」と批判している。しかし何よりも、幸子は兄の指導によって洋画の道を選んだ。幸子が写生から帰ると、兄は絵の批評や美学の講義をし、二人は「夜の更くるもしらず語り興ずるが常」であった。幸子にとって兄は師であり、「親とも」「恋人とも」思う人なのである。その兄の婚約によって幸子の立場がどのように変化するかは、次のように語られる。

其第三者（引用者注：幾代）は今に二年とたゝぬうちに、兄の妻とよばれ寺井家の主婦とたてられて、兄の関《ママ》した一切の生活と寺井家に就いての凡ての支配を自分の手から奪ひ去ると共に、兄妹の従来の深い〳〵友情を悉くさいてしまふのである。自分は其女の命令の許に、肩をせばめ頸をちゞめて、あらずも哉の寄生木や、居候の様になつて行かねばならぬのかと思ふと、幸子は堪えがたい苦悩を感ずる。国を奪はれ位を追はれて高き九重の雲の上から、絶海の孤島に流謫せられた帝王の胸の様な、屈辱と激昂の痛みである。

ここには美文のうちにも、幸子の現状認識が的確に語られている。家父長制社会にあって、女は結婚して妻となり母となることを期待されている。幸子がいくら「画を生命画を良人にして生涯を独身で居ると誓」っていても、結婚制度の外で女が画家として自立することは至難であろう。そもそも専門的な画家になるには長い期間の修行が必要である。西洋でも日本でも、家庭内での役割を振り当てられていた女性が長期の訓練を経て画家として活躍する条件はただ一つ、父親が画家である場合のみだったという。(10) 画家の家以外の娘が画の道を志すには多くの障害があり、少なくとも家長の許可と修行を可能にする財力が必須であろう。幸子の父はすでに亡く、家の主人は幸子に理解のある兄の嗣男で、家計に不安はなさそうである。しかし、生涯にわたって画業を続けて行くことが出来るかどうか、それはまた別の問題である。日頃は仲の良い兄妹であっても、家父長制度の中では厳然とした立場の違いがある。幸子の最大の理解者だった嗣男は、婚約と同時に抑圧者に変わってしまう。「兄が嫁を貰ふのを聴いてうらめしく思ふ」のは、単に漱石が言う「兄と妹の中のよき」ためだけではない。結婚とは、まさに個人を体制に組み込む制度であるということが、幸子の苦悶を通してこのテクストに明記されているのだ。

それでは、兄の婚約者幾代とは、どのような人物なのか。

女学校にあげると袴をつけさせるので、腰が締らなくなつて不恰好だからと、死んだお祖母様になる人が不承知を云つたとかで、稚児輪で小学校を卒業すると共に、読書作文の師を家庭にむかへて、蒔絵の机で香を焚いて、振袖で勉強させて、琴と茶の湯と活花とで、今年十八の春までを送らせたと云ふ、しほらしい花の様な京少女……

幾代は幸子よりも六歳年下の一八歳、物語現在を一九〇六年とすれば、一八八八年生まれということになる。ここに、幾代と同年代の一八八九年生まれ、京都西本願寺法主大谷光尊の二女で、美貌と歌才を謳われた九条武子がいる。武子のベストセラーとなった詩文集『無憂華』には、「髪は大きな輪の稚児髷に上げて、友禅縮緬のながい袂に、袴だけは東京から取りよせてはかされ」て小学校へ通い、以後は家庭で諸芸・学問を学んだという回想が、当時の写真と共に記載されている。(11) 同じような少女時代を送った幾代は、九条武子にも匹敵する深窓の令嬢であろうか。また、幾代の父は「急な用事で朝鮮に行く様になつた」という。叔母様の急な京都への帰郷は、その準備のためであった。一九〇六（明治39）年といえば、前年十一月に第二次日韓協約が調印され、同一二月に設置された韓国統監府が二月に開庁されている。日本は、韓国政府から司法権・軍事権・警察権を奪ったのである。同月には農民一揆が勃発し、五月一九日には日韓協約反対を唱える閔宗植らが洪州城を占拠して、三一日に日本軍に奪回されている。(12) この不穏な情勢の中、物語現在の五月に急遽朝鮮に向かうことになった幾代の父は、要職にある官吏か軍人であろうか。幸子の地位を脅かす幾代の背後には、制度内の大きな力が存在していることになる。

物語の中で重要な位置を占める幾代は、実は殆ど言葉を発していない。唯一の科白は、「ほんまに、どないにまあ……」という感動詞のような発語である。描写される行為も、「無言つて眼を湿ませて居る」「涙を出しながら赤く成つた」と消極的なものばかりである。婚約のいきさつは、「叔母の一生の希望として、媼やの大賛成と嗣男の微笑の中に、幾代は永く寺井家の人となる事になつた」とあって、幾代の心情は語られない。これは、婚約にとって、そもそも幾代の意志や感情は問題にされず、当人にとっても疑いなく受け入れることの出来る事柄だったからであろう。このような幾代を媼やは、「真個に彼方は当節のお嬢様方には珍らしい程、内輪な方で入らつしやいますからねえ」と評する。それに対して幸子は、「そうねえ、だけれども彼地方の女は、こう様子だの言葉だのゝ調子で、一体に気弱そうな、大きな声も出来ない風に見えるけれども、それで中々お腹の中は確乎してるのねえ、幾さんなんぞでもお母様にわかれるんだつて、平気に淋しい顔一つしないんだもの、私意外だつたわ。」と答えている。言葉や行動は奪われているが、幾代に懊悩はなさそうである。それどころか幾代は、遠からず「寺井家の主婦」となって、幸子から家庭内の位置と「閨秀画家」としての未来を奪うことになるのだ。伝統・規範の枠内に自足出来る者は社会の中の強者である。「死んだお祖母様」の意向をしっかりと継承させられた幾代は、制度内に強固な位置を占めている。逆に言うならば、制度内で強者であるためには、女は言葉と意志とを奪われなければならないと、この物語は告げているのである。

4 「明」と「暗」……ジェンダーからの逸脱

恋は迷宮である。（略）幾万里、幾億里、其明い廊と暗い廊とは、合ふて別れて、別れて合ふて、天に行きかけた人も地におつることがある。地におちかけた人も天に上ることがある。明と暗と、暗と明とは、相入り相乱れて、終の運命に達するのである。

六年前、岡本は幸子を想う心を告白して去った。このテクストのタイトル「明暗」とは、ひとまず、恋愛の成就と破綻の明暗両面だろう。六年前に「暗」の側に立ったのは岡本である。幸子は突然の求愛に心をかき乱されはしたが、最後は「壁の油画に視線がこつて、夫が誇りがな笑みの光と」なった。しかし、兄の婚約によって自身の位置の危うさを自覚させられた現在、六年前の出来事は新たな様相を帯びて幸子の心に蘇った。岡本の再来によって結婚という選択肢が出現し、幸子にもう一つの煩悶を加えたのである。気分転換をかねて写生に出かけた先で、幸子は幻覚を見る。

天もない地もない暗の底に、我一人立てりと思ふ思のみが動く。（中略）幸子は凝と眼を閉ぢて落着かうとすると、一閃光あつて暗の空を切る。光と共に丈の高い男の姿がツッと幻に立つて消えた。
「岡本……!」と幸子は思はず口走る。途端にふら〳〵と眩暈がして、あやうく倒れそうな身を木の幹にさゝゆる。暗の中には又光りが飛ぶ。（中略）光の走る時、後に一すぢの明るき道が残つて、兄が見ゆる、幾代が見ゆる、岡本が見ゆる。六年前の一夜が見ゆる。

六年前とは逆に、ここで「暗」の側に立つのは幸子である。光の中には、兄と幾代と岡本が幻視される。「暗」とは規範を逸脱して生きていこうとする幸子の不安であり、「一すぢの明るき道」とは、兄・幾代・岡本のように、制度内に生きる人々の朗らかな場所である。その明暗の対比こそが、「明暗」というタイトルの真に意味するところなのだ。

己の立場を思い知った幸子は自宅に帰り、それまで描き上げた自慢の画がことごとく醜く変貌しているのを知る。兄の愛と画の実力と、両方を失ったと感じる幸子を、語り手は、

> 今まで「驕慢」の広い翼の下に押えつけられて、乳房のかげに小うなつてかくれて居た「女性の羞恥」が、そつと被衣から美しいかほを窺ける。（中略）女は終にもろき涙の、幸子は始めて優しく泣く。女らしい涙にしづむだ。

と描写する。この一節には「女らし」さについての言説が過剰とも思える程に盛り込まれている。語り手は「女」であることを幾度も強調して、女性の立場の弱さと、幸子の苦悩がジェンダーの自覚と共に生じたことを告げているのである。

翌日、岡本が来訪した。心を閉ざしていた幸子だが、兄の説得により岡本に会うことを決意する。兄を退け、きりりと身支度を整えて幸子は岡本に相対する。岡本は恩師の娘との結婚話が進んでいる事を打ち明け、「圧制を免れ得る」ために幸子に結婚の許諾を求める。幸子は「もし否！　だと申しましたら？」「死ねますか？」と問いかけるが、岡本は答えることができない[13]。幸子は「淋しく微笑」み、ひそかに涙を落とすところで物語は終わる。

前途は依然として「暗」い。幸子の最後の態度は、苦渋の選択だったと言うべきだろう。しかし、求婚を拒絶したのは意地や誇りからだけではなく、自分の道を貫き通すためであった。岡本との対決に際して、「化粧部屋には

等身の姿見もかゝつて居るのであるが、幸子は其所へは行かぬ」とあるように、心を決めた幸子にとって、他者の眼差しへの配慮は、もはや必要ないのである。

注意すべきは、幸子が岡本に対して恋愛感情を抱いたことは一度もなかったということである。幸子に恋心があったとすれば、それは前述したように兄の嗣男に向けられていた。岡本への感情は、あくまで現状を打開するための結婚という選択肢に関わるものなのである。恋愛とは、女が父の支配から夫の支配へと移行するための爆発的なエネルギーであり、「女の側における〈恋愛〉観念の内面化は、近代家父長制の成立のための必要条件」[14]であるとすれば、恋愛から結婚に至るロマンティック・ラブを志向しない幸子のような女は、制度にとっての異分子であろう。求婚を退けた幸子の「まあ、そんなお話はよしにして、お茶でも入れかへて参りませう、ねえ。而して彼地での其お嬢様の恋物語でも聞かせて頂きませう！」という最後の科白には、痛烈なアイロニーがある。

ナポレオンを崇拝し、「鬚も出来てをれば髪の櫛目も美しい。一体の男らしい引き締つた顔が一層立派になつて、天晴れ医学士の威厳を見せて」いる岡本は、男性ジェンダーの理想的な形といえるだろう。六年前のある日、嗣男は元気のない岡本を気遣って、校庭に誘い出した。そこで岡本が語った手術台に横たわるジョセフィンの夢は、見られるものとしての女の存在を示す。しかも岡本は手にメスを持って一隅に立っていたという。女の心を開こうとするのは言葉ではなく刃物なのである。また岡本は、遙かに見える杉の木の下を幸子のアトリエだと指さすが、嗣男はそれは隣の車夫部屋だと笑う。しかし岡本は「僕が君の家として想像してる分には、矢張り君の家に相違ないんだ、少しも差支へはない」と「妙な強情を張り通」す。男が女の思惑にかかわりなく一方的に意志を通すことが当然とされる社会での典型的なあり方として、岡本は造形されている。その岡本の求婚を幸子がきっぱりと断り、前途は暗くとも自分の道を選ぶこと――そこにこの物語の主眼がある。[15]

5　おわりに

ここまで検討してきたように、明治三十年代末に書かれたこの作品では、社会的に構築された性役割としてのジェンダーがはっきりと認識されている。そもそも冒頭から、幸子の兄は「主人の嗣男」と紹介されている。兄妹二人きりの寺井家で、まだ大学生であっても嗣男は立派な「主人」なのだ。そして「嗣男」という名は、家を嗣ぐべき男というあからさまな記号である。他にも、岡本は「猛」という男性性を強く打ち出した勇ましい名前であり、寺井家の主婦となるのは、揺るぎない位置を示す「幾代」である。

明治三〇年代は、帝国憲法発布（一八八九年）をはじめとする法制度の整備が進み、義務教育制度が完成するなど、日本の近代国家体制が確立した時期であり、国家の基礎となる「国民」を生み育てる場としての〈家庭〉が称揚された。女性の地位は、封建的家制度における忍従の場から、〈家政〉を司る家庭の主役へと向上し（もちろんそれは性別役割分担を固定化し、女性を家に閉じ込めることにもなるのだが）、明治二〇年代後半から使われ始めた〈主婦〉という呼称はその象徴であった。(16)『女学雑誌』(17)は家事・家政に関する実用記事を数多く掲載して、家庭の改良とそれを実行する主婦の育成に力を尽くしている。明治女学校を一九〇六（明治39）年三月に卒業した野上は、その思潮のただ中にあった。

「明暗」の主人公は、〈主婦〉を中心とする新しい家庭の理想が提唱されていた時代にあって、しかしそのイデオロギーに抗ったことになる。女ながらも洋画家の道を志し、前途不安なままに岡本の求婚を拒絶した幸子は、プライドを持って困難な道を選んだ「暗」の側の人物である。そのような女性の名に、あえて〈幸〉の字を用いた作者の意図は明らかであろう。「女としての幸子が当然踏まねばならぬ運命の第一階」（「明暗」）、つまり結婚問題に直面した「幸子」の選択は、文学活動の「第一階」に立った作者野上の選択でもあったはずである。

一方、漱石には、当時の女が置かれている状況は理解できなかったに違いない。[18]「画の為めに一身を献身的に過ごす」「妙齢の美人」である幸子は「変な女」であり、「変人なる故普通の人と心理状態の異なる所以を自づから説明せざるべからず」と批判している。[19]漱石の指摘した伏線の不足=構成の不備は、これまで検討してきたように充分に書き込まれていると理解できる。「明暗」という作品の運命は、時代に先駆けて女が自己表現しようとする時、権威を持つ男性の助言が、それが善意であったとしても規制的に作用する一例だったと思われる。

漱石の批評を受けて野上は、「純写生文ふう」の「縁」(一九〇七・二)を書き上げた。この作品では「明暗」の過剰な装飾性は払拭され、結婚制度に自ら順応して見せた母と結婚に憧れる娘という明快なテーマを打ち出している。続く「七夕さま」(一九〇七・六)では、幼い少女の視点から語られることにより、結婚を間近にした姉の悲恋が美しく朧化されている。語りの背後にはいくつもの物語が隠されており、[20]七夕の伝説を中心に重層的に構成された、情趣豊かな作品である。

漱石の助言によって書き上げたこれら後続の作品で、野上は明治期における一つの達成を見せている。また、「作家としての基礎固めの時期に写生文時代をもったことで、『海神丸』や『秀吉と利休』のたくましいリアリズムも可能となった」[21]という指摘もある。しかし、女性の自我の伸展という観点に立つなら、以後の野上は、制度の価値観に沿う方向にテーマを後退させたと言わざるを得ない。[22]「縁」は、「どこから見ても女の書いたものであります。しかも明治の才媛が未だ嘗て描き出し得なかつた嬉しい情趣をあらはして居ます」という漱石の推奨の言葉と共に、『ホトトギス』明治四〇年二月号に発表された。以後、続けて『ホトトギス』や『中央公論』などに作品を発表し、野上は〈閨秀作家〉としての地位を確かなものにしていく。それら初期作品の中で、女の自己実現の願いは、ロマンティック・ラブ・イデオロギーに沿いつつ、体制内の嘆きとして描かれるのである。

注

（1）野上弥生子「夏目漱石」（初出『海』一九七七・一、『野上弥生子全集』第23巻、岩波書店）二七三頁。
（2）野上弥生子「処女作が二つある話」（一九八四年版『漱石全集』内容見本／『世界』一九六三・四）。
（3）渡邊澄子『野上弥生子研究』（八木書店、一九六九・一二）八四頁。
（4）野上弥生子「夏目先生の思い出─漱石生誕百年記念講演─」（一九六六・五・一、『野上弥生子全集』第22巻）三九二頁。
（5）「明暗」の文体について本論文では言及出来なかった。稿を改めて考察したい。
（6）渡邊澄子『野上弥生子の文学』（桜楓社、一九八四・五）年譜は、漱石山房に出入りする豊一郎からの文学的雰囲気に触発されて一九〇六（明治39）年に「明暗」を書いたと記載している。二二六頁。
（7）二十四歳は結婚適齢期上限ともいえる微妙な年齢である。「明暗」以後、漱石の作品では『虞美人草』（一九〇七）の藤尾、『三四郎』（一九〇八）の美禰子、野上の作品では『真知子』（一九三一）の真知子と、二十四歳のヒロインが結婚問題に直面することになる。
（8）小勝禮子「近代日本における女性画家をめぐる制度─戦前・戦後の洋画家を中心に」（『奔る女たち　女性画家の戦前・戦後1930-1950年代』栃木美術館、二〇〇一）。
（9）日比嘉高「〈自画像の時代〉への行程─東京美術学校『交友会月報』と卒業制作制度から─」（筑波大学近代文学研究会編『明治期雑誌メディアにみる〈文学〉』筑波大学近代文学研究会、二〇〇〇・六）は「画家の人格が作品の上に現れる」・「作品から画家の人格を読み取ろうとする」という「絵画の〈読み〉の慣習」が一九〇〇年代に浸透し、日露戦後には「芸術の生産・受容の場における〈自己〉という概念の前景化」が顕著になったと指摘している。二一二─二一四頁。
（10）若桑みどり『女性画家列伝』（岩波新書、一九八五・一〇）・パトリシア・フィスター『近世の女性画家たち　美術とジェンダー』（思文閣出版、一九九四・一一）参照。「明暗」と同時代に画家として大成した吉田ふじを（一八八七〜一九八五）と亀倉文子（一八八八〜一九七六）は、共に父親が画家で家業として画を学び、同業の男性と結婚している。（神戸新聞学芸部編『わが心の自叙伝（一）』のじぎく文庫、一九六七・一〇）。
（11）九条武子『無憂華』（実業の日本社、一九二六・二）一六二頁。
（12）岩波書店編集部『近代日本総合年表』（岩波書店、一九六八・一一）一八六頁。
（13）後に野上は「柿羊羹」（一九〇八・一）で恋愛に殉じるヒロインを描くことになる。

(14) 上野千鶴子『近代家族の成立と終焉』(岩波書店、一九九四・三)八八頁。
(15) 同一人物から二度求婚されるヒロインとして、野上は後に『真知子』(一九三一)を書いている。『真知子』はジェイン・オースティンの『高慢と偏見』(一八一三)からの影響を指摘されているが、両作品ともに、ヒロインは最終的に二度目の求婚を受け入れ、結婚制度に回収されて行く。それらと比べて「明暗」の結末の〈急進性〉は際だっている。
(16) 牟田和恵『戦略としての家族 近代日本の国民国家形成と女性』(新曜社、一九九六・七)六六・一八一頁。
(17) 岩堀容子「明治中期欧化主義思想にみる主婦理想像の形成 『女学雑誌』の生活思想について」(脇田晴子・S・B・ハンレー編『ジェンダーの日本 下―主体と表現 仕事と生活―』東京大学出版会、一九九五・一)四八〇頁。
(18) 当時の漱石は、『吾輩は猫である』第11章(一九〇六・八)で迷亭に、「あらゆる生存者が悉く個性を主張し出し」た二〇世紀に対して、危惧の念を語らせている(『漱石全集』第1巻 岩波書店、一九九三・一二、五四六頁)。私見では、女性の閉塞的状況への漱石の理解が深まるのは『三四郎』(一九〇八)以降の作品である。
(19) 安達美代子「野上弥生子の『明暗』と夏目漱石のその批評をめぐる覚書」(『國學院雑誌』第99巻第8号、一九九八・八)は、漱石が「明暗」を退けた理由を、結婚や求愛を拒否する女性への嫌悪からとしている。
(20) 高良留美子「悲恋のかくし味―野上弥生子『七夕さま』をめぐって」(『城西文学』一九九一・三)・戸塚隆子「野上弥生子『七夕さま』を読む」(『富士フェニックス論叢』第2号 一九九四・三)は、作品の奥に隠された物語を掘り起こしている。
(21) 注6に同じ。渡邊澄子『野上弥生子の文学』(桜楓社、一九八四・五)。四〇―四一頁。
(22) 佐々木亜紀子「野上弥生子『明暗』の行方―漱石の批評を軸に―」(『愛知淑徳大学国語国文』第22号 一九九九・三)は、「明暗」には「新しい時代の潮流を描こうとする姿勢」が胚胎していたが、漱石の指導以後、発表の場『ホトトギス』向きの作品を書いたとし、それとの離脱を『父親と三人の娘』後半「テレジヤのかなしみ」(『中央公論』一九一二・八)からとしている。

〈付記〉「明暗」本文は『野上弥生子全集』第II期第28巻(岩波書店、一九九一・六)・漱石書簡は『漱石全集』第23巻(岩波書店、一九九六・九)による。ルビは省略し旧字体は新字体に改めた。

社会性を孕む叙情──石上露子

松田秀子

1　はじめに

明星派の歌人として知られる石上露子《いそのかみつゆこ》（本名杉山タカ〔孝〕）は、一八八二（明治15）年、大阪南河内の富田林の旧家に生まれた。一時期文学史の上で忘れ去られた存在だったが、長谷川時雨が『美人伝』[1]に取り上げ、その詩「小板橋」とともに紹介したことで、多くの愛好家を生むことになった。しかし、そこに描かれた、自らの詩を誦しながら琴を奏でる「秀麗《うつく》しき女《ひと》」、「其歌の風情《ふぜい》と、姿の趣をあはせて、白菊の花にたとへられ」た「今の代の女《ひと》めかぬ」というイメージは、露子本人の実像を離れ、拡大されていった感は否めない。石上露子研究に先鞭をつけた松村緑自身も「小学生の頃『美人伝』を読ん[2]」だと述べているが、その氏の研究が「いかにも古風な日本的女性らしい影像を読者の心に描かせる石上露子が、内実は確乎たる自我に目さ《ママ》めた近代女性であったことを証明[3]」することから始まったことは押えておく必要があるだろう。

とりわけここ十数年は、石上露子に関する著作が相次いで刊行され[4]、その存在がいっきに脚光を浴びた感がある。ただ、それらの研究の方向が、「才色双絶の歌人石上露子の数奇な生涯[5]」というように、得てして伝記に傾きがちで、作品自体の研究はまだ十分とは言えないのが現状であろう。

本稿では、これまでの露子研究の達成をふまえ、伝記的なことよりも、多様な形態の作品を、できるだけ表現に即して読むことに主眼においた。その作業を通じて、叙情的でありながら社会性を失わなかった、石上露子の文学の特質を検証することができればと思う。なお、露子作品の引用は特に注記した場合を除き、大谷渡編『石上露子全集』（東方出版、一九九八年六月、以下『全集』と記す）によった。

2　「小板橋」を読む

石上露子の文章は、散文といっても香り高い散文詩のような趣のあるものも多いが、現存する詩作品は、次にあげる「小板橋」一編のみである。

小板橋　　　　ゆふちどり

ゆきずりのわが小板橋《こいたばし》
しらしらとひと枝のうばら
いづこより流れか寄りし。
君まつと踏みし夕に
いひしらず沁みて匂ひき。

今はとて思ひ痛みて
君が名も夢も捨てんと

なげきつつ夕わたれば、
あゝうばら、あともとどめず、
小板橋ひとりゆらめく。

（『全集』二八頁）

この詩は、一九〇七（明治40）年『明星』誌上に発表されたが、長谷川時雨の『美人伝』に紹介されたことにより多くの人々の知るところとなり、感動を与えてきたのは前述したとおりである。五七調の韻律に乗せて、小川に流れ寄せられた「うばら」（野いばら）のようにはかなく消えていった悲恋が、情感豊かに歌い上げられている。ところで、ここに歌われた恋の相手については、松本和男が「〝初恋〟に捧げた一生」(6)で明らかにして以来、露子の家庭教師であった神山薫の縁者の長田正平であるとの見方が定着している。双方ともに旧家の跡継ぎという立場にあって、明治民法下では結婚は許されない。それならば独り身を通したいと望んだ露子であったが、抗しきれず、この年の一二月には継母の縁者、片山荘平を迎えて結婚している。「小板橋」が発表されたのはその直前、婚約が整ってからのことだと思われる。失われた恋とともに、青春への決別の詩と読むことも可能だが、伝記的要素を知らないまま読んでも、十分に心打たれる。真の意味での叙情詩の名に値する佳品と言えよう。

3　短歌――『明星』掲載歌を中心に

『全集』によれば、露子の短歌作品は一八九四年にまで遡ることができるが、本格的な創作活動は新詩社に入社した一九〇三（明治36）年秋頃から始まる。まず、入社と同時に『明星』に発表された短歌三首を見てみよう。

君が門《かど》をわれとおそれに追はれきて姿さびしう野にまよふ日や

蝶ならば袂あげても撲たむもの幸なう消えし恋の花夢
世にそひてつくれる媚のわびしさもよりて泣くべき母はいまさぬ

（『全集』一一頁）

一首目の歌は、わざわざ訪ねていった「君」の家を訪いもせず、追われるように逃げてきて、行き所もなくさまよう姿を詠んだものと言えよう。注目すべきは、恋する人のもとへ踏み出すことを「おそれ」る心弱さと、「われ」に「追われ」るに見える強い自制心とが共存していることである。上の句の切迫した調子と、下の句の目的を失い茫然とした風情の対照も効果的に表現されている。

二首目も、悲恋を詠んだ歌である。明星調の「蝶」「花」「夢」といった言葉を並べながらも、上滑りに陥らず、切ない心情を歌って、情趣深い作品となっている。

三首目は、複雑な構造を持った歌である。まず、自分は世渡りのために「媚び」を作っているのだという意識が示され、一方で、それを「わびし」いと感じる自分も確認されている。理知的な思考が、感情の高揚と綯い交ぜになって、寄りすがって「泣」きたいという、離別した母を慕う想いへとつながっていく。母を恋う歌の基底に、強い自意識が潜んでいることが読みとれる。

次に、一九〇四（明治37）年七月の「あこがれ」と題された連作の中から、一首取り上げる。

みいくさにこよひ誰が死ぬさびしみと髪ふく風の行方見まもる

（『全集』二二頁）

この歌については、平出露花（修）が、同年八月の『明星』に掲載された「最近の短歌」の中で、「戦争を謡って斯の如く真摯に斯の如く悽愴なるもの、他に其比を見ざる処、我はほこりかに世に示して文学の本旨なるものを説明して見たい」と、絶賛している。最近では、碓田のぼるが「戦争の不条理に対する、おちついて理知的ではあるが、抑えられた抗議と、人間の死に対する痛惜の思いとがこめられ」た「反戦歌」(7)と、これも高く評価しているが、同感である。その上で、最初の二句に示唆された、戦争とは誰かが死ぬもの、言い換えれば戦場にいる誰もが命を奪われる可能性があるとの認識に注目しておきたい。それが、決して理屈っぽくならず、「み」の音の重ねられた美しい調べの中に読み込まれていることに、露子の歌人としての力量を思うのである。

大谷渡によれば、露子が生まれ育った「富田林町から出征した若者の戦死の悲報に触発されて詠まれた」(8)ものだということだが、知人の死を悼むにとどまらず、そこから戦争のむごたらしさにまで思いを致すところに作者の社会性が窺えよう。他に、「みいくさに在るはかしこしさはいへど別れし君ぞわれの泣かるる」(『全集』二六頁)という歌も詠んでいる。

しかし、露子の作歌活動は長くは続かなかった。その終局近く、一九〇七年一一月号に発表された九首中の二首を引いてみる。

秋の空馬の千鞍《ちくら》に花かざり我れを奪《と》る子は山越えて来ぬ
玉柱《たまぢ》おき千すじの琴と高鳴《たかな》らむわが黒髪に指なふれそね
(『全集』二七～二八頁)

結婚直前の心境を歌って、これほど悲痛な響きを持つものは少ない。意に染まぬ結婚の相手を「我れを奪る子」と言い、「指なふれそね」と強い調子で拒否する自我の強さ。その露子をもってしても、独り身を貫くことはできなかったのである。一二月の「小板橋」を挟んで、翌一九〇八年一月の次の五首を最後に、露子は『明星』誌上から姿を消す。

たまゆらに八とせは過ぎぬあゝ心常世《とこよ》の君をしのび泣きつつ

目も盲《し》ひよ髪も落ち散れ何ばかり少女に広き春の光ぞ
この刹那あゝさは云へど目とづればかへりみせよと片心《かたごゝろ》泣く
わが涙玉とし貫きて裳にかざりさかしき道へ咀われて行く
かがるべき色絲《いろいと》しらず小手毬《こでまり》の白さに足れる春のままし児《ご》

（『全集』二九頁）

一首目の歌では、遠い異国の「君」を偲びながら、またたく間に過ぎた八年間が回想されている。一首目の哀調とうってかわって、二首目では、捨て鉢と言いたいほどの激情をもって我が身を嘆いている。三首目の「この刹那」は「これまでの思いを、ここで、きれいさっぱりと断ち切ろうと決意(9)」する瞬間とする碓田のぼるの解釈に従っておくが、それでも捨てきれない過去を歌って哀れである。四首目もただならぬ内容の歌である。「裳」とは婚礼の衣裳を指すのだろうが、それを「涙」で飾るという由々しさのみならず、「咀われて行く」という認識は、救いようのない絶望感の表明と言えよう。そしてある意味では落ち着いたトーンの五首目からは、「色絲」＝夫に染まりたくないという思いと同時に、継子故の境遇と、継母らの「策動(10)」に抗しきれなかった諦念をも読み取れはしまいか。

さて、夫の反対で新詩社を脱退せざるを得なかった露子が、再び短歌を公にするのは、二三年後の一九三一（昭和6）年、『明星』の後身として発刊された『冬柏』誌上である。この年は、露子にとっては「忍従」でしかなかった夫との生活に終止符を打ち、京都で二人の息子とともに暮らし始めた年であり、夫との別居が作歌活動再開の契機となっているのは確かであろう。『冬柏』に発表された歌を見ると、歳月を経てもなお、『明星』時代のまま失われた恋を嘆き続ける歌が多く、いかに結婚生活が不如意であったか想像に難くないが、紙数の関係もあり、今回は検討の対象としなかった。

4　小説「兵士」について

石上露子の作品の中で、反戦思想の顕現したものとして近年評価が高まっているのが、次に掲げる掌編小説「兵士」である。「兵士」は、日露戦争開戦の二か月後、一九〇四（明治37）年四月一一日、『婦女新聞』に発表された。「をば」に昨夜見た夢を語るという形で、戦場に赴く兵士とそれを止めようとする妻とのやりとりを描いた小説である。少々長くなるが、『婦女新聞』の表記に従って、全文引用しておく。

兵士

夕ちどり

朝餉《あさげ》の卓《たく》にいつもわがすさびの夢《ゆめ》ものがたり、けふもいざとやなをば上《うへ》。笑《わら》はせ給《たま》ふな、

いづらとしもなき魂《たま》のまよひの、よべわがあくがれの野《の》は西部亜細亜《あじあ》。ふりける世《よ》のおもかげなり。

カルデアの王の兵士《つはもの》ひとり、いまし、もの勇しう惨憺《さんたん》たるいくさの場《には》に出《い》で立ヽむとするさまのそれにて、ひるのほど、心《こゝろ》大方ならず興来覚《きやうらいおぼ》えて読《よ》みたる古史《こし》のゆくりなくも、夜《よ》につかの間《ま》のわが夢《ゆめ》ぢに通《かよ》ひしもをかしや。

そはうち渡《わた》す目《め》ぢのかぎり、みどりはしげる山《やま》もあらず丘もあらざる大野の直中《たゞなか》、たゞ一《ひと》すじの小川静《しづ》かに流《なが》れてものむせびゆく調《しら》べの音《ね》は、わが村《むら》のそれにいとよう似《に》たり。

一隊《いつたい》の兵士《つはもの》、見《み》もなれざるあやしのもの、具取《ぐと》りよろうてこの小川の水上《みなかみ》かち渡《わた》るとするに、いづくよりか

いま、みめ美《うつく》しきひとりのをみなの、みどり子《ご》のいとほしげなるをかき抱《いだ》きもてあはたゞしう走《は》せよるなりき。

「またせたまへ、わが背《せ》よしばし」

泣く音《ね》かぎりに打《うち》さけぶあはれのなげき、あな堪《た》へずとて、わがおほひにし袖《そで》のひまだにあらせず、一隊の中《うち》にまじれるそが背《せ》を、をみなは狂乱《きようらん》の目《ま》ざしはやうも見いでつ。

「わが背《せ》よしばし、わが背《せ》は行《ゆ》きて残《のこ》るこのをさな児《ご》を抱《いだ》きつ、飢《う》ゑに泣《な》くべきあすは思《おも》ふもつらし、わが背《せ》よ、とくこの児を取《と》りて給《たま》へ、身《み》はひとりもの、心安《こゝろやす》う父母《ちゝはゝ》が故里《ふるさと》にこそ帰《かへ》らめ、いざとくわが背《せ》よ」

唯《ただ》みどり児を兵士《つはもの》のほことる手《て》に強《し》ひむとて、香《か》たかき髪《かみ》さへ長《なが》うふり乱《みだ》したる喪心《そうしん》のをみながさま、あゝ、狂《くる》ひてはかくあさましき魔相《まそう》も現《げん》じぬるものかや、

このひとゝき、

憤怒面《ふんぬおもて》に激《げき》してつとよりたる父《ちゝ》なる兵士《つはもの》の、そが手《て》にかなし児奪《うば》ふもはやう、高《たか》くさゝげてなげ入れけるは打《うち》よする大波《おほなみ》のたゞなか、

小川の水《みづ》たちまちにひろごりて怒号《どがう》昇天《しようてん》に起りつ、大野は強《つよ》く悲しきうれたみの風《かぜ》たゞ吹《ふ》きに吹き吹《ふ》く。

としも見て、かくてよべまた例《れい》のわが身《み》わびしきねざめをしつ。

あゝをば上。

こはわが夢《ゆめ》のまぼろし、たゞはかなき夜半《よは》のそれながら、こゝに世は戦国《せんごく》の春《はる》を示《しめ》して、われらまた醜《みにく》き魔《ま》障《しやう》のそれのをみなの身《み》なるを思《おも》ひたまはずや、

あゝをば上。

「兵士」についての言及は、早くも『婦女新聞』の同じ号に掲載された下中芳岳「夕ちどりに与ふ」の中に見ることができる。露子の文章には「一葉の文のおもかげの存せる」と絶賛した上で、「夫を亡ひし妻、父に別れたる

子」を慰藉するために、「女流文学者として世に立」つことを希望するというものである。しかし芳岳の論は、戦争の悲惨な面を視野に入れつつも、あくまでも日露戦争を肯定した上でのもので、夫の出征を厭い、狂うまで嘆き悲しむ「をみな」に描出された反戦思想を読みとることはできていない。

それから七〇余年の後、中山敦子[11]が忘れ去られていた「兵士」を紹介し、与謝野晶子の「君死にたまふこと勿れ」と比較しながら、その真価を問うた。「兵士」には「戦争＝軍隊、国家＝男の論理（女＝人間の完全なる否定）への激情的なプロテスト」があることを見出し、石上露子の再評価の必要性が提起されたのだった。続いて、大谷渡も『菅野スガと石上露子』の中で、「『君死にたまふこと勿れ』にまさるとも劣らないすぐれた反戦の作品[12]」と評価し、やはり露子作品の読み直しが図られた。

一方、松本和男のようにその先駆性を認めながらも、「表現が稚拙で、イデオロギーが露呈し、構えが過ぎて大袈裟」で「成功作とは思われない[13]」という、否定的な評価も出てきているので、ここでもう少し表現に即して考察を加えたい。

この作品は、表現上は二重三重にフィクションであることが強調されているが、発表された時期や、「わが村」に似ている小川の調べといった表現から、日露戦争を想定して読むべく設定されている。「兵士」の登場と同時に彼の赴く先が「惨憺たるいくさの場《には》」と明記されており、戦場が悲惨なものであるとの認識の下にこの物語が展開されることを示している。だからこそ「またせたまへ、わが背よしばし」と叫ぶ妻の嘆きが、真に迫ったものとなって心を打つ。特に、狂気を呈しながらも「わが背は行きて残るこのをさな児を抱きつゝ飢ゑに泣くべきあすは思ふもつらし」と、夫の出征後に自分が直面するであろう事態を的確に見据えている点に注目しておきたい。いや、その絶望的な事態への予測が、「をみな」を狂気に追いやったと読むのが妥当かもしれない。

その後、「をみな」は子どもを夫に託そうとするが、「喪心」状態の彼女には、自分の行動が受け入れられないとの見通しが立たない。「あさましき魔相」を見せながらも、他になすすべもない。対する「兵士」は「憤怒」の形相をもって子を奪うやいなや、川の中に投げ入れる。「兵士」という存在と化した彼は、すでに個人を超えており、夫として、父としての生身の人間性を喪失してしまっているのだ。この名を持たぬ「兵士」には、戦争・軍隊というものの残虐性が象徴されていると言えよう。

最後は、夢から覚めた後の語り手が「醜き魔障のをみな」の身を思いやって閉じられる。〝夢〟の内容が劇的なのに比べ、その後に置かれた「をば」への語りかけは抑えたトーンながら、「をみな」への切々とした共感にあふれていて、読む者の心を打つ。

もちろん、「あ、」という感動詞の多用、大仰な表現等、作品に欠点がないわけではない。しかし、この作品には、戦争を厭う露子の気持ちがストレートに描かれており、その表現によって戦争の悲惨さを伝えるという、文学を通しての反戦思想が表明されているのである。そうした思想性は感動を呼びこそすれ、決して、「イデオロギーが露呈し」ていると切り捨てられる性質のものではないと考える。

5　自伝「落葉のくに」について

現在、作者自身によって「落葉のくに」と名付けられ、読み継がれてきた「自伝」については、かつて家永三郎が「その文体や随筆的な表現形式に応じて『石上露子日記』と名づけるのが、最もふさはしいのではあるまいか」[14]と提唱したことがあった。呼称は定着しなかったものの、家永の指摘は、自伝と言うよりは王朝日記を想起させる、文学性の強い「落葉のくに」の本質をついていると思われる。執筆時期は、露子の晩年であろうことは容易に想像がつき[15]、その意味では明治文学の範疇には入らないが、回想されている内容の大部分が明治時代に属すものであること、「落葉のくに」自体が露子の文学を考察する上で欠くことができない性質のものであることから、ここで取り上げることにした。

る。「落葉のくに」は、二、三歳の記憶から始まるが、少女期の記述の中で印象に残ったのは、次のような文章である。

四つ辻をまがる長い袂のふりから真白いゴムまりがころげ落ちた。
それをゆきずりのみにくい男の子がひらつてゆく。
私はまりになりたくない。

（『全集』二三六頁）

おおきくなつたら　およめさんにもらふ
あの子が云ふ　この子も云ふ
それでも少しきまり悪るげに
そんな言葉をきくたび　ぷりぷりする私

（『全集』二三七頁）

散文詩のような、あるいは童話の一場面のような趣があるが、語られているのは、幼い頃から、男の子のものになることを嫌悪し、およめさんにもらわれることを不快に思った記憶である。はっきりと自覚されたものではないが、ここには強烈な自我を持ち、この時代の女の置かれている状況をおぼろげながら見ている露子がいる。今、まさに、私達が問題にしているジェンダー意識の萌芽が見られて、その感性の確かさに驚くのである。

十代から二十代にかけての、ただでさえ多感な時期に、露子は母との別離、継祖母・継母との不和に加え、旧家の跡取りである自分をめぐる絶え間ない争いを経験する。「何かが私の身辺にある。私をめぐる争闘はどちらが、誰れが勝利を得たのやら」（『全集』二四二頁）と、突き放した調子ながら、露子は自分のおかれた位置をしっかりと見据えていた。この時期、唯一露子が「うれしい」と表現したのは、家庭教師神山薫との出会いであるが、それも数年後継母によって解消されている。そして、前述した長田正平との悲恋もあった。

石川の河原にさゞれをふんでちどりの声にほゝ笑んだあの夜は、もちづきのまどかなかげのもと。相ともに云ひえねば、かたりえねば、其まゝに、まつよひぐさのおもひをのみ胸にひめて。

やがてながいながい東都よりのたより、ついでふと手にした誌の中にみ名を見出でて、それとおもひあたる詩の心のさびしさ。

若うして百三十里のへだたりは、互いに因習の家の子なればか、こゝろ弱きがためなればか、そゞろにもえゆかぬ明治の世代、はかない宿世をたゞ呪ふ。

(『全集』二四四頁)

ここに引用した部分の前半に描かれているのは、ほとんど「小板橋」に歌われたような叙情的な世界である。それが、最後の二行になると、文体も切迫したものとなり、結ばれなかった原因の追求となる。まず立ちふさがったのは跡継ぎ同士の結婚を認めない家制度であるが、数十年を経てみれば、若い頃の自分がもっと強かったらと後悔する気持ちも出てこよう。結局、明治時代に生まれた自分の宿命を呪うしかないとあるのだが、ここから自分の意志を全うし得なかった無念さを読み取るのは容易であろう。恋を失うことで、露子は自己を実現することの意味を考え続けたのではないだろうか。

ところで、前述した論文で家永が問題にしたのは「―明星派歌人と社会主義思想との交渉―」という副題が示すように、「明星派の文芸運動に参加することだけで満足せず、平民新聞を購読し、あまつさへ平民社の人々と通信を交はすまでに至つた」露子の思想であった。確かに「落葉のくに」(16)には、いたるところに社会のありようを問題視する表現が見られる。たとえば、「日露の役」と題された文章を見てみよう。

またまけたか八聯隊などいやな小唄がながれる四師団下の部内に戦死者が続出。郡長夫人と私は愛国婦人会の記章、さては日赤のそれなどを胸に、日毎の様に村々の葬儀に参列する。……中略……またある寒村、よゝと泣き入る母親に戦死すればこそおまへ達一生見ることも出来ない地主のお嬢様にかうして葬式を送つてゐたゞけるのだ、とものものしげなる説得を、女も男もおとなしうなづく素朴さ。私の胸はたゞ暗う重い。

（『全集』二四六頁）

毎日のように戦死者の報に接し、地主の娘として葬儀に参列する露子の様子が描かれているが、この文章の特異性は、死者を弔う場面にあっても、歴然と存在する階層格差を自覚してしまう露子の目にある。居丈だけな村長や、その「説得」を「おとなし」く受け入れる村民は、何の疑問も持たずに地主のお嬢様をありがたがる。露子はその時の心境を「たゞ暗う重い」と述懐しているが、こういった弱者を思いやって心を痛める誠実さは、年貢の取り立てについて述べた文章等にも現れていて、共感を呼ぶのである。

「落葉のくに」は父、息子、夫らを送ったことを記して閉じられる。長文ではないが、並々ならぬ人生を送った露子が回顧する事柄は多岐にわたり、簡単に論じられるものではない。そこにある文学性の評価は今後の課題と言えよう。

6　おわりに

最後に一九〇七年四月一五日付『婦人世界』に掲載された「開き文」の一部を紹介して、この論考を終えることにしたい。

あきらめてゆくも、あきらめでゆくも、何れは女性《によしやう》にて候ふ、世に呪はれたる弱きものに候ふ。されどあくまで自己を忘れず奮進したまふべきに候ふ、自己は生命なり、自己を没したる人は生存《せいそん》するも無意義なり、人の妻となり、人の母となるのみが婦人の天職にても候ふまじくや、……

（『全集』一四三頁）

家政塾を卒業する後輩へ贈った言葉であるが、ここには性役割を超えて「自己」を全うすべきであるというフェミニズムの根幹に触れる思想がある。自分を見つめ、自己実現を図ろうとする時、それを阻もうとする社会と向き合うことになるのは、今も変わらない。露子の社会を見る目は、強烈な自我が培ったものではないかと想像させる文章である。そして、繰り返しになるが、その社会性（思想性）が叙情的な文章の中に表現されているところに、露子文学の特質があると思うのである。

注

（1）東京社、一九一八年。（初出は『読売新聞』一九一三年七月三日年に掲載された「明治美人伝」第九回）。
（2）松村緑編『石上露子集』（中公文庫、一九九四年二月）の解説。
（3）「石上露子実伝」（『国語と国文学』一九五二年七月）。
（4）大谷渡『管野スガと石上露子』（東方出版、一九八九年二月）、碓田のぼる『夕ちどり』（ルック、一九九八年一〇月）、松本和男『評伝　石上露子』（中央公論新社、二〇〇〇年一一月）。
（5）（4）の『評伝　石上露子』の帯より。
（6）『日本経済新聞』（一九八五年八月二七日）。
（7）（4）の『夕ちどり』二〇頁。
（8）「石上露子余聞」（『歴史と神戸』第一五九号、一九九〇年四月）、（4）の『管野スガと石上露子』二〇五頁にも、同趣旨の言及がある。

（9）（4）の『夕ちどり』四六頁。
（10）露子は後述の「落ち葉のくに」の中で「私をめぐるさまぐ〵な策動の絶えないそのいく春秋」（『全集』二四三頁）と書き、自分の処遇をめぐっての周囲の画策を感じ　取っていたことを示している。5章で詳述。
（11）中山敦子「石上露子の『兵士』について」（『歴史と神戸』第八九号、一九七八年五月）。
（12）（4）の『菅野スガと石上露子』二一〇頁。
（13）（1）の『評伝　石上露子』一一五頁。
（14）「『石上露子日記』について」（『明治大正文学研究』第一五号、一九五五年二月）。
（15）佐々木幹郎は『河内望郷歌』（五柳書院、一九八九年一〇月）の中で「娘時代の日記を取り出してそれを編纂しながら書き綴られたものらし」いと述べている（一三九頁）。
（16）（4）の『菅野スガと石上露子』二一九〜二二一頁で、大谷渡は、露子が読んでいた『平民新聞』が、週刊でなく日刊であったことを明らかにしている。

〈弱者〉のまなざし——山川登美子の晩年の歌

小林とし子

1　序

山川登美子は一九〇〇（明治33）年四月創刊の『明星』第二号（同年五月）から出詠、第三号からは社友として参加、一九〇八（明治41）年一一月の終刊の直前まで歌を掲載し続け、その翌年四月に病没した、まさに、『明星』とともに生き、『明星』の終焉とともに世を去った歌人と言える。その短歌の業績・生涯も明星派として、また同期に活躍した与謝野晶子とともに論じられることが多い。たしかに、登美子の歌は晶子の歌とともに明星調と称される歌風に大きく貢献している。

しかし、歌人としての評価は、登美子が早くに世を去ったこともあって、晶子に比べると低く、そのスケールの小ささ、語彙の少なさが指摘されることもある。晶子がその後鉄幹と結婚し、歌人としての大きな仕事をなし、また古典の研究や女性の視点からの評論の執筆など社会的にも大きな業績を残したその人生と比べると、早世した登美子の歌人としてのその存在は小さいと言わざるをえない。

ただ、その存在は小さいとは言うものの、現在、その短歌特に晩年の作品を、明星や鉄幹・晶子との関連からではなく、むしろそこから脱し、さらに飛躍したものとして評価する新しい見方が出ている。

山川登美子の本格的な評価の歴史は浅い。その全集が出たのは一九七二年になってからであり、晩年の状況も近年になって明らかにされつつあるのが現状である。このような研究史の中で注目されるのは、竹西寛子の『山川登美子』（一九八五年刊行）である。その冒頭文「登美子は挽歌を詠むために生まれてきたような歌人である」は、華麗な明星派の登美子ではなく、人生を詠む孤独の歌人山川登美子の映像を鮮明に浮き上がらせた。それがきっかけとなり、山川登美子再評価が起こりつつあると言ってもよい。

竹西寛子の「挽歌を詠むための歌人」は、登美子の歌人としての新しい視点の提示であり、『明星』初期の登美子評価から登美子の晩年の歌への評価へと評価軸を切り換える研究として重要である。

本稿では、登美子評価の新しい部分である晩年の作品のもつ意味について、登美子短歌の基底に存在するもの、また登美子の「挽歌」がもつ社会的問題を中心に考察し、あわせて現代短歌における登美子短歌が拓いたものの意義について考えたい。

2　晩年の歌

一九〇九（明治42）年四月に満二九歳で亡くなった山川登美子が最後に『明星』に出詠したのは、一九〇八（明治41）年四月号「雪の日」一八首、および五月号「日蔭草」一四首である。「雪の日」はその年一月に亡くなった父山川貞蔵への哀悼歌一〇首を含み、それは「父への挽歌」として名高い。また、それ以外の歌も登美子が晩年に至って到達した歌の世界を示すものとして注目されている。これらの歌は、明星派の「空疎、空想的な、（読点は小林が補った。以下同じ）日常性からはかけ離れた傾向」から脱却したものと捉えられ、「心の真実」(1)を詠んだものとして現在評価されている。しかし、登美子のこれらの短歌ははたして明星派の「空想的な、日常性からかけ離れた傾向」と、それほど違っているのであろうか。

ゆらゆらと消えがての火ぞにほひたるあらうらがなし我のたぐひぞ
ながらへばさびしいたまし千斤のくさりにからみ海に沈まむ
胸たたき死ねと苛む嘴ぶとの鉛の鳥ぞ空掩ひ来る
海に投ぐもろき我世の夢の屑朽木の色を引きて流れぬ
おつとせい氷に眠るさいはひを我も今知るおもしろきかな
（「雪の日」18首の内5首）

一首目の「ゆらゆらと消えがての火」は「我」の心のあるいは存在の喩となっており、また二首目「千斤のくさりにからみ海に沈」むという絶望のイメージ、三首目の「鉛の鳥」また四首目の「おつとせい」の映像のもつ幻想性は『明星』のロマンチシズムの系譜に連なり、〈死〉の心象風景となりえている。あきらかにここには幻想性が著しく存在し、また写実主義の短歌には使われない比喩がふんだんに使われている。これはイメージ豊かな明星派の特徴である。これは、明星派とはかけ離れているというよりは、明星派の歌の象徴主義的な手法がもっともよく生かされた作と言うべきである。さらに言えば、その明星調を突き詰め、かつそれを突き抜けたものが生まれているのである。

ところで、短歌が自然主義との出会いによって表現の形を変えるのは、明治四〇年代に入ってからである。一九〇九（明治42）年に亡くなった登美子に、はたしてその影響は及んでいただろうか。この時期、一九一〇（明治43）年に刊行された、若山牧水『別離』、前田夕暮『収穫』、石川啄木『一握の砂』には、自然主義の影響が認められる。登美子の遺品・書簡(2)から登美子が当時の問題作であった泉鏡花や小杉天外、また紅葉の作品を読んでいたことが確認できるが、小説における自然主義の始まりとされる一九〇五（明治38）年三月刊行の島崎藤村『破戒』、一九〇七（明治40）年刊行の田山花袋の『蒲団』を読んだという確証はない。そして、私見では、登美子の晩年の歌には自然主義の影響は見られないことからすると、おそらく登美子と自然主義は関わりを持たなかったものと思われる。

一九〇〇（明治33）年から一九〇八（明治41）年まで続いた『明星』は王朝的な美学や恋愛などをテクニカル的に詠むのが中心であり、登美子の晩年の歌もその美意識の中で詠まれている。しかし、登美子の初期の青春時代の短歌と決定的に異なっている点がある。それは晩年の歌が自己の内面の表出であるという点である。自己の内面、それを〈たましい〉と呼んでもいいと思うが、内面の不安・恨み・嫌悪・自虐・悲嘆・嫉妬・妄想などが表されている点が登美子の後半生の短歌、特に晩年の作品の特徴である。このモチーフを見るといかにも自然主義のように感じられるが、登美子はその表現を、自然主義、写実主義の影響とは無関係に、明星派で培った手法で成し遂げているのである。それを可能にしたものが、比喩を使った象徴的な手法であり、それは『明星』の空想性、幻想性、ロマンチシズムおよび王朝和歌の美意識であった。

夫との死別、病気、数々の挫折から生れたと思われる登美子の内面は、ストレートにではなく象徴的手法による幻想的な映像で描かれることではじめて表現できうるものではなかったか。さらに登美子の晩年の〈内面〉とは、彼女の直面した具体的でぬきさしならぬ人生から浮上してきたものであった。

おつとせい氷に眠るさいはひを我も今知るおもしろきかな　（「雪の日」18首の内1首　一九〇八（明治41）年四月号）

後世は猶今生だにも願はざるわがふところにさくら来てちる
矢のごとく地獄におつる躓きの石とも知らず拾ひ見しかな
わが柩まもる人なく行く野辺のさびしさ見えつ霞たなびく　（「日蔭草」14首の内3首　一九〇八（明治41）年五月号）

一首目について、塚本邦雄は「このふてぶてしい居直りに似た口吻、よくもここまで歌ひおほせたと、心は冷えつつ、拍手を送る」(3)と賛辞をおくる。ただ、この歌は「世をすねたポーズの歌」(4)、「やすらかな境地」ではあるものの「心身の苦痛に耐え兼ねている弱き一つの魂」(5)の表現と取るなど歌の読みが分かれる。

二首目は、登美子の代表作とされることが多い。「後の世はもちろんのこと、現世さえも何も願わない」という絶望が詠まれているのだが、これは常套的な仏教の観点からすれば「後世」と「今生」の位置が逆である。なにも願わないというのは、救いの否定である。その否定を従来の仏教的な見方から言うとすれば「現世はもちろんのこと、後の世さえも望まない」となるのが普通であろう。後の世とは本来願うべきはずのものだからである。つまり、この歌は仏教的な救いはなから無視し、さらに常識的な死の美学を消しているのである。救いは存在しない代わり、下の句にあるように「さくら来てちる」という現象だけがある。この歌は、断念や絶望などという境地を超えて、「おつとせい」の歌に見られる、自分の心さえも突放す認識と響きあっている。さらにこれらの歌には、登美子の初期の歌に見られた神への憧憬はない。つまり、神が消えてしまった世界、それが登美子の晩年の世界であった。

これらの歌が詠まれた時、つまり登美子晩年の状況については、登美子の弟亮三の手記によって明らかになっている。(6) 父貞蔵の死後、家庭内における登美子は不遇であった。後継者的位置にある次兄とその家族から「厄介者」扱いをされたのである。その背景には〈家〉の崩壊があった。

登美子の生家山川家は小浜藩酒井家の家臣であり、その格式は高く、登美子の父貞蔵は明治期は第二十五銀行の頭取という役職に就いていた。しかし、一九〇七（明治40）年の株の大暴落によって莫大にあったはずの財産がほぼ消失するという事態が起こり、その直後に父は死去している。父死後の家庭内の不協和音のただなかでこれらの〈死〉の歌は詠まれたことになる。

このとき、登美子は家庭内での「厄介者」、いわば〈家〉という制度内での〈弱者〉の位置に立たされている。「おつとせい」の歌に見られる「ふてぶてしさ」、「後世は猶」の歌に見られる救いの無視、それは白けているともニヒルとも取れるものだが、それは、〈弱者〉であるがゆえの反抗の精神の表われと考えられる。つまり、怒りや反抗の精神が籠められているのである。

しかも現実生活から生じる内面の苦衷や怒りを、その後の自然主義における告白の手法や自己語りの方法を取らず、あくまで象徴主義的な手法で表している。その、内面が象徴主義的手法で詠まれることが、現在の視点からはきわめて斬新であり、注目に値する。

3 〈負〉のまなざし

次に、登美子のこのような〈死〉の歌に到るまでのプロセスを一九〇〇・一九〇一（明治33・34）年の明星初期の歌から見ていきたい。登美子のその内面の表出を可能にしたものが、その出発点においてすでに見られるからである。

こととはに覚むなと蝶のささやきし花野の夢のなつかしきかな
（『明星』第三号　一九〇〇（明治33）年六月）

登美子が社友として本格的に明星に出詠し始めた第三号の「新詩社詠草欄」に載った歌である。「蝶のささやき」「花野の夢」というロマンチシズムに支えられた明星らしい歌である。秋山佐和子は、この歌と讃美歌四九六番「うるわしの白百合」との語彙や表現の類似性をあげ、さらに讃美歌ではキリストの復活を白百合に託して歌っているのに対して、登美子の歌は「こととはに覚むな」と〈死〉をイメージ化している点を指摘している。(7)

去年の春蝶を埋めし桃の根に菫もえいでて花さきにけり
新星の露ににほへる百合の花を胸におしあててうたおもふ君
手を合せ泣ける少女をにらまへて煙わに吹く船人の長
（第三号「新詩社詠草」一九〇〇（明治33）年六月）

君よ手をあてても見ませこの胸にくしき響きのあるは何なる
髻ゆひてさへと云ひし白ばらも残らずちりぬ病める枕に
筆をりて歌反古やきてたちのぼる煙にのりてひとりいなばや

（第四号「新詩社詠草」 9首中3首 一九〇〇（明治33）年七月）

一首目の「蝶を埋めし」、五首目の「白ばらも残らず散りぬ病める枕に」、六首目の「たちのぼる煙にのりてひとりいなばや」には〈死〉あるいは〈死の希求〉が見られる。また、二首目には「百合の花を胸におしあて」という意味ありげな悲嘆のポーズがあり、三首目には「手を合せ泣ける少女」というような物語性あり、さらに六首目には「筆をりて歌反古やきて」という断念がある。そして、これらの要素が合わさって、他の『明星』の女性歌人には見られない、いわば〈負〉の側から詠むという登美子の特質が表されている。

この〈負〉の側から詠むという方法によって、なにか切羽詰まったような昂揚感が歌に表われるのだが、特に〈死〉からの視点、さらに断念の視点から詠む歌は、求めるものが至高の存在でありさらには手に入らぬ不可能の存在だということも表すことになる。つまり、求めるものの理想性が強調されるのである。登美子の、時には過剰とも取れる高調子はこの〈負〉の方法から生じている。

このような登美子の歌には、初期からまるでその後の自分の運命を予感するかのような〈死〉をイメージした表現が多いのである。馬場あき子が「否定的、あるいは禁止的な、抑止的な歌が三三年から三四年にかけてずっと出てくるでしょう」(8)と述べるように、これは始めからの登美子の特徴である。さらに、登美子の歌の特徴としてあげられる「清楚な中にも奔放熱烈な感情を内に秘め」(9)「奔放熱烈なる感情」(10)も、このような〈死〉あるいは〈死〉を思わせるような否定性によって高められている。

ところで、同時期の晶子の歌には、この断念や〈死〉の想念は見られない。次は登美子と同じく「蝶」を素材にした晶子の短歌である。

春の野の小草になるる蝶見ても涙さしぐむ我身なりけり　（第二号　一九〇〇（明33）年五月）
木下闇わか葉の露か身にしみてしづくかかりぬ二人組む手に
花にそむきダビデの歌を誦せんにはあまりに若き我身とぞ思ふ
大御油ひいなの殿にまゐらする我が前髪に桃の花ちる　（第三号）

一首目では、青春のやわらかな感傷的な抒情が詠まれ、また二首目、三首目では「二人組む手」「あまりに若き我身」「我が前髪に桃の花」のような若さに対する讃美が見られる。そこには、自己に対する否定的、抑制的なものは見られない。

この両者の資質の差は、号を追い、鉄幹との関係が具体的に発展するにつれてさらに明らかとなる。登美子の歌、「指の輪を土になげうちほほゑみし涙の面のうつくしきかな」（傍線、小林、以下同じ）「利鎌もて苅らるるもよし君が背の小草の数にせむて匂はむ」（以上第6号）には「指輪を投げる」という恋の断念がある。また「あたらしくひらきましたる歌の道に君が名よびて死なんとぞ思ふ」（第7号）には〈死を賭けても歌の道に突進する〉かのような表現が見られる。これらの短歌は、鉄幹に対する断念の短歌として有名な「それとなく紅き花みな友にゆづりそむきて泣きてわすれ草つむ」にそのまま結びついている。

一方、晶子の短歌ではその身体的な表現がますます大胆になっていく。

病みませるうなじに細きかひなまきて熱にかわける御口を吸はむ　（第六号　一九〇〇（明33）年九月）
ゆあみして泉を出でしわがはだにふるるはつらき人の世のきぬ

おにあざみ摘みて前歯にかみくだくにくき東の空ながめやる
今ここにかへりみすれば我なさけ闇を恐れめしひと云はむ
ただならぬ君がなさけを聞くものか火焔のなかに今死なん時
（第七号　一九〇〇（明33）年一〇月）

一首目のセクシュアル性、二首目の「わがはだ」の耽美性、三首目の「前歯にかみくだく」というそれまでにはない荒っぽい表現、四、五首目の恋愛感情に対する躊躇のない突進ぶりには、晶子の抑制的ではない自己肯定の方向が見て取れる。また、憧れを現実のものとして実現していこうという行動性に富んでいる。このような晶子の歌は、和歌の伝統を継ぎながらも、実はそれを壊していっているのである。

それに対して、登美子の断念に立つ歌は、竹西寛子も述べているように[11]式子内親王を連想させ、さらに不可能な恋というモチーフは王朝の和歌や物語の系譜にあると言える。

このように登美子が『明星』の初期から見せていた断念に立つ歌、つまり〈負〉の要素は、その後の登美子の境遇の変化、不幸・不遇へと展開するなかで現実のものとなってゆくことになる。親の強制による結婚、二年後の夫との死別、さらに自身の不治の病と死を迎えるまでの数年間は、それまでの観念であった〈死〉や〈負〉が現実のものとなった時期である。ゆえに短歌はいきおいその現実を凝視したものとなった。そして同時に、登美子の歌は〈内面〉を獲得するのであるが、その登美子の〈内面〉の表現を可能にしたものが、〈負〉に立脚するという、ある意味では伝統的ともいえる方法だった。

4　〈家〉制度の中で――夫と父への哀悼の歌

夫、そして父との死別を題材として詠んだ登美子の歌は、竹西寛子によって「挽歌」として意味付けられて有名である。登美子は一九〇二（明治35）年一二月夫山川駐三郎の死に会い、翌年一月一三日に生家に復籍する。夫との死別の歌は、『明星』一九〇三（明治36）年七月号に「夢うつつ」の題で「去年よりひとり地にいきながらへて」という詞書が添えられ、一〇首掲載された。

また、父山川貞蔵の死は一九〇八（明治41）年一月二四日、登美子の死の前年である。その父への哀悼の歌は『明星』一九〇八（明治41）年四月号「雪の日」一八首のうち「父君の喪にこもりて」という詞書の添えられた一〇首として発表された。

この「雪の日」一八首のうち三首は、歌友玉野花子の死に対する哀悼の歌になっている。

ところで、肉親では、夫や父以外に一九〇三（明治36）年には長兄久太郎、一九〇四（明治37）年には姉のいよ、一九〇八（明治41）年にはその姉いよの娘のいくがそれぞれ亡くなっている。しかし、それに対して登美子はまった歌を残していない。その理由として考えられるのは、死別の哀しみという心情の問題ではなく、夫・父の死と他の家族の死とはその死の及ぼす意味が登美子にとって異なるからではないか。竹西寛子は、登美子を〈夫・父、そして自らの挽歌を詠んだ歌人〉として問題を提起したが、〈自らの挽歌〉は別にして、〈挽歌〉の対象がなぜ〈夫〉であり〈父〉であるかを、ここでは問題としたい。

夫・父の死は登美子の生のありようを大きく左右するものであった。夫・父とは系譜で言えば「男系」であり、それは家父長制度に関わるものである。ジェンダーの視点で言えば、明治という時代に、家父長制度のなかで夫・父を喪うということは、ひとりの女性の生きる場が喪われてゆくことを意味している。すなわち登美子の存在証明がかかっていたのである。

明治民法では、家督を継ぐのは男子、それも長男であり、それ以外の女子、次男・三男以下は無産者とされた。その代わりに、夫や父は妻子や弟妹を扶養することが定められている。

夫も父も家父長制度の中核であり、登美子は夫の〈妻〉であり、父に対しては〈娘〉という属性で、その制度上存在が規定されていた。また妻や子は、制度によって守られているとも言える一方、その夫と父の非在は妻・子の制度上の存在が大きく揺らぐことになる。事実、「夢うつつ」の歌に対する同時代批評にある「うらわかい有髪の尼の境遇と成られて」という鉄幹の言葉(12)が示すように、夫を亡くすことは制度外の存在である「尼」同様と見做されることになる。さらに父が亡くなったあとは、後継者の兄の庇護下に置かれることになるが、それは〈家〉の中で厄介者、よけい者としての存在でしかない。〈出戻り〉であり、加えて感染を恐れられた結核患者でもあった。夫や父を離れて兄の傘下にある登美子の存在証明と安心感はありうるのかという問題が登美子には起こっているのである。ゆえに夫と父に対する歌は「挽歌」であることに加えて、そのような境遇に到った自己を捉えた歌となっている。

登美子は夫の死後一九〇四(明治37)年上京して日本女子大学に入学する。将来、教師として自立することが目的であったという。同時に、『明星』での活動も再開し、晶子、増田雅子との共著『恋衣』を出版する。この時には父も健在であり、経済的には父からの援助の下にあったから、あくまで〈家〉に属する姫君的生活と言えるが、登美子の東京での生活は〈家〉に属さず女性が個人としていかに存在しうるかの問題に関わっている。

一九〇四(明治37)年七月号『明星』発表の「夢うつつ」は次の一〇首である。

いかならむ遠きむくいかにくしみか生れて幸に折らむ指なき
地にひとり泉は涸れて花はちりてすさぶ園生に何まもる吾
虹もまた消えゆくものか我ためにこの地この空恋は残るに
君は空にさらば磯回の潮とならむ月に干て往ぬ道もあるべし
待つにあらず待たぬにあらず夕かげに人のみくるま唯なつかしき
今のわれ世なく神なくほとけなし運命するどき斧ふるひ来よ

帰りこむ御魂ときかば凍る夜の千夜も御墓の石いだかまし
おもひ出づな恨に死なむ鞭の傷秘めよと袖の女に長き
おもへ君柴折戸さむき里の月けづる木音は経のする具よ
夕庭のいづこに立ちてたづぬべき葡萄つむ手に歌ありし君

（一九〇四（明治37）年七月）

この中で、夫への挽歌として読めるのは七首目だけであろう。他は自らの悲運と失意をテーマとしており、その失意を貫いているものは〈恋〉であり、その恋は失われたが故にさらに振り仰ぐような憧憬の対象となっている。この〈恋〉を鉄幹への慕情であるとする解釈も多いが(13)、その実体については確証はない。ただ、結婚前の明星における登美子・晶子・鉄幹の三つ巴のような恋歌の唱和によって生まれた〈物語〉がここに波及していることは否めない。しかし、その恋の物語は鉄幹という具体を超えて、制度から自由にはばたく理想の象徴であると考えられる。というのも、登美子は現在そのような理想的な〈恋〉とは対極にある〈未亡人〉〈有髪の尼〉である。先に指摘したように〈未亡人〉〈尼〉とは家族制度からははずれた一種のよけい者である。だから、これらの歌に詠まれた〈恋〉とは、そのよけい者による失われた理想の〈恋〉なのである。

そして登美子の境遇は、父の死によってさらに厳しいものとなるのである。父への哀悼の歌は次のように詠まれた。

ほと息し涙わすれて夢みつと母に語らむ覚めよ哀み
雲居にぞ待ちませ父よこの子をも神は召します共に往なまし
神よりも哀しなつかし青樫にしらゆふかけて清めまつれば
わが胸も白木にひしと釘づけよ御柩とづる真夜中のおと

御輿舁く白きころもの丁たち藁靴はきぬいかがとどめむ
山うづめ雪ぞ降りくるかがり火を百千執らせて御墓まもらむ
垂氷するゆふべの谷に泣きからし呼ばば御声をふとか聞くべき
あらがねの斧の嘴もつ夜がらすよ陰府の戸くだけ奪ひ帰らむ
鐘たたき国の境に凍え死ぬ日もあれ八たび父尋ね来む
たのもしき病の熱よまぼろしに父を仄見て喚ばぬ日も無し

（「雪の日」18首の内　「父君の喪にこもりて」）

父貞蔵が亡くなったのは一九〇八（明治41）年一月二四日。登美子自身も病に臥しており、また死に向っている時でもある。これらの歌群は間もなく死ぬという自覚のもとに詠まれた歌であろう。父に対する親愛、いとおしみの情に加えて、神のごとき〈父〉と、父に仕える巫女のごとき〈娘〉という構図がある。もっともこれは『明星』の初期の〈神〉への崇拝、憧れの構造がここではそのまま〈父〉に置き換えられていると見ることができるが、死者である父に対する崇敬、憧憬の思いが切実である。

二首目の「共に往なまし」という父と我との連帯意識、六首目の「御墓まもらむ」という意志は、〈娘〉として、それも一族を統率する父に対する愛娘としての詠みぶりと考えらる。初期の歌からの特徴でもあるその高調子は、ここでは深さと重さを加えて、効果的である。その効果によってその連帯感、共同体意識が強められている。このような連作からは、古代の氏族共同体のヒメが一族を代表して死者を悼むというような、一種の誇らかな女の歌いぶりすら感じ取れるのである。

5　登美子の歌の現代的意味

登美子は本来画家志望であったという。(14) それは父によって断念させられ、さらに歌人として生きることも〈家〉によって阻まれる。これらの自己実現の挫折に加えて、庇護者たる父の死、家産の破綻、病気によって登美子は〈弱者〉としての女の位置へと追いやられていった。登美子はその〈家〉の制度の枠のなかで、〈弱者〉として、よけい者として、さらには厄介者としてしか結局生きることが出来なかった。その枠は、登美子にとって、不変の宿命のようなものであったに違いない。しかし、その枠との葛藤が生じるところに登美子の歌が生まれた。葛藤は登美子の自意識であり、誇りであり、自虐であり、怒り、妄想でもあった。その内面の葛藤を、告白という生《なま》の方法ではなく、空想や幻想、比喩を使って象徴的に表した。それは、明星派のもつ美学を基盤にしながらも、それを突き抜けた手法である。それは与謝野晶子も到達しなかった手法であり、現代の短歌の方法に繋がる手法でもある。登美子は歌人としてぎりぎりのところまで自己と表現を追い詰めてゆき、〈内面〉を象徴的に表現していった。それは、中条ふみ子や葛原妙子をはじめとして前衛短歌を拓いていった現代歌人たちの手法を先取りしているとさえ言える。そこに、登美子晩年の歌の価値と、現代における意義があると言える。

注

（1）白崎昭一郎『山川登美子と明治歌壇』（106頁）（吉川弘文館　平成8年）。
（2）『山川登美子全集』下巻（187頁）。
（3）塚本邦雄「氷獣微笑　山川登美子論」（『短歌』平成2年10月号）。
（4）中皓「山川登美子論」（『同志社女子大学学術研究年報』22号　昭和46年）。

（5）『山川登美子全集』下巻（186頁）。

（6）登美子晩年の状況については福井大学図書館所蔵の山川亮の手記を参照された白崎昭一郎『山川登美子と明治歌壇』に詳しい。

本論はそれに基づいた。

（7）秋山佐和子「とことはの眠り」（『短歌』平成2年10月号）。

（8）『短歌』〈座談〉（平成2年10月号）。

（9）『山川登美子全集』下巻（238頁）。

（10）与謝野鉄幹「故山川登美子女史の歌」（『女子文壇』明治42年6月）。

（11）竹西寛子『山川登美子　明星の歌人』（209頁）。

（12）「短詩合評」（『明星』明治36年8月号）。

（13）直木孝次郎『山川登美子と与謝野晶子』、白崎昭一郎『山川登美子と明治歌壇』ではこの解釈をとる。

（14）青木生子「此望みを失ひ候へば―山川登美子に関する新資料」（『短歌』昭和51年12月号）。

生まれしままに――岡本かの子の初期短歌

沼沢和子

1　はじめに

岡本かの子（一八八九・三・一～一九三九・二・一七　明治22～昭和14）は、戯曲や小説のねばり強い習作期を経て「鶴は病みき」（昭和11）で文壇デビューを果たしてからその死まで、三年足らずの短期間に多彩な小説作品を産出した。かの子はついに小説家として開花し、死んだのである。しかし、早くから文学に目ざめた彼女の創作活動は短歌から始まっている。そして、新たな表現形式を求めて歌に別れる決意を表明した後も、終生歌を詠まずには居られなかった。個人歌集に『かろきねたみ』（大正1）、『愛のなやみ』（大正7）、『浴身』（大正14）、『わが最終歌集』（昭和4）と死後夫の岡本一平が編んだ『深見草』（昭和15）があり、生涯の歌数四千数百首。私たちは『岡本かの子全集』（冬樹社、昭和49・3～53・3　以下『全集』と略記）の第八巻及び補巻によってそれらを通読することができる。

熊坂敦子「岡本かの子研究史」(1)は、かの子在世中の歌壇は「恵まれた素質を認めはしたが、調べが低調であるゆえにそれ以上の評価ではなかった」とし、戦後も「小説に比し短歌の低調さを批判する傾向」が定着したと述べている。しかし『全集』刊行から十年を経た頃から、かの子の小説についてフェミニズム批評を始めとする新視角からの研究が盛んになるのと時を同じくして、主に女性歌人の間にかの子短歌再評価の気運がおきた。短歌総合雑誌

『短歌』は一九九〇（平成2）年一二月号で「特集・岡本かの子の世界」を組む。男女の執筆陣による各論と、馬場あき子・永畑道子・尾崎左永子の鼎談「歌と小説に同時に出会えた熱狂的な時代—岡本かの子の魅力を求めて—」、馬場あき子選による「岡本かの子百首選」という構成である。「百首選」冒頭で馬場あき子は「かの子の歌がもつ精神の翳りの深さと、光の中に溶明しかねない豊饒な明るさは、紛れもない近代の光と影を揺曳しながらも、よりいっそう純真無垢な、豊かな素直さを感受させ、偽りなく生きようとする心の哀しみがにじんでいる。」と記した。

この鼎談でかの子の自己陶酔や「肉体の女という感じ」に違和感を表明した尾崎左永子は、その後、歌人かの子の「混沌と華やぎ」を深く追及した評伝『かの子歌の子』(2)をまとめた。また『青鞜』の共同研究に参加した阿木津英は、『青鞜』の女性歌人の中でも際立つかの子短歌の新しさを評価している。(3)

以上のように短歌の実作者としての鍛錬を経た人々によって論じられつつあるかの子の歌は、専門歌人の目から見て「日常的な感情のはけ口」や「素人の述志の歌」の域を出ないものが多々あるとしても、それだけ卒直に、時代の枠組みの中で偽りなく生きようとした女性の喜びや哀しみや苦悩を表現しているといえるのではないだろうか。私はそれを短歌には素人の一読者として素直に感受しようと思う。与えられた課題はかの子の初期短歌を読むことである。この時期には『明星』『スバル』『青鞜』を主な発表の場とし、歌集『かろきねたみ』がある。引用歌ごとに初出誌と刊行年月を示し、『かろきねたみ』収録歌には㋕と付記することにする。

2 さびしみの手にまかれ

『全集』別巻二所載の熊坂敦子作成「年譜」（以下「年譜」と略記）によれば、かの子は一八八九（明治22）年三月一日、東京市赤坂区青山南町の大貫家大和屋寮（別邸）で生まれた。大貫家は天正年間以来神奈川県橘樹《たちばな》郡高津村二子に居住する大地主で、大和屋と号した。かの子が自らの歌歴を記そうと試みた文章「集のうしろに—『現代短歌全集』第十七巻」（昭和4）は、父については「儀礼に正しきのみの凡庸なる一才子」の一文で片附け、母に対する敬愛を隠さないアンバランスが印象的である。かの子は内向的で神経質な父と無邪気で活力に満ち情熱的で愛情深い母の相矛盾する血を共に受け継いだが、心情的には深く母を愛しその理解と保護に頼った。女の人生の折々に母を懐しんで詠んだかの子の歌は、女同志の共感で結ばれた場合の母と娘のありようを示している。

腺病質の神経過敏だったかの子は、五歳の時両親に別れて二子に戻り、教養豊かな近親の未亡人を養育母として本邸内別寮に住む。最初の小説「かやの生い立ち」（大正8）には親戚の老人と使用人しかいない古い大きな家で「ばあや」に付き添われた幼女の寂し気な生活が描かれている。養育母は万葉集や古今和歌集を読み聞かせ源氏物語中の歌を手習の手本にさせた。この早教育によって歌のリズムが幼いかの子の内に根づき、後年歌を詠むこと自在に湧くが如くだったという素地が作られたのだろう。八歳の頃、養育母に抱かれて風呂に浸って居て詠んだ初めての歌の内容は次のような情景だった。

（略）うすら冷たく青み渡つた夕空の景に朱線を曳いた夕焼雲がいもりの腹のやうにくつきりと固着して居たその色は実に淋しいはてしない遠い色であつて、この世の外の幾重彼方の世界のものの様でもあり乍ら直ぐ眼の前に迫つて来る気味悪いほど現実の寂寥も幼い私の眼に沁ませるのであつた。（「集のうしろに」）

この追想に見られる寂寥感と色彩感覚は、かの子の釈教歌の傑作として知られる「うつし世を夢幻とおもへども百合あかあかと咲きにけるかな」（『散華抄』昭和4）に通うようで印象的である。それにしても、年少にして世外のはるか彼方を想う寂寥感はどこから来るのか。生来の弱い体質や感受性、文学的早教育による早熟な想像力、学齢前の二年間を両親と別れて生活した欠落感などが考えられるが、後に一平がかの子に惹かれた最大の理由もまた、華やかで「濃情」な娘歌人の中にある「哀愁」と「寂しみ」だった。

『全集』収録歌の最初期のものは、跡見女学校校友誌『汲泉』に載った一六首である。『明星』亜流の稚い浪漫調にまじって

あゝかくてこのさびしみの手にまかれ行かばうれしきわが世はあらむ　（『汲泉』明治38・11）

が一六歳の心を伝える述志の歌になっている。

3　轍が轢ける花のかずかず

かの子が兄雪之助と与謝野家を訪れ新詩社同人となったのは一九〇六（明治39）年、一七歳の七月だった。二歳上の雪之助が谷崎潤一郎と第二次『新思潮』に参加しながら早世した大貫晶川であり、かの子の文学的自覚の先導者だったことはよく知られている。『明星』には二年後の終刊号まで八回出詠。明らかに晶子の模倣を感じさせる歌から始まるが、

われめぐり物ことごとく死にてあり心冷えたる夕に見れば　（『明星』明治39・9）

君よばむ闇の谷間のしるべにはわが黒髪を焔にはして　（『明星』明治39・11）

など「死」「闇」といった負の言葉を効かせた表現も出て来ており、遊戯的恋愛を斥けてか

はし鷹も鷲も来て食め蜂も螫《さ》せ巧《よ》き言《こと》をいふみやびをの口　（『明星』明治40・1）

という痛烈でいてどこか男性に対する余裕の見える歌もある。そんなかの子に深刻な恋愛体験が見舞った。「年譜」によれば一九〇七（明治40）年三月、女学校卒業の頃東京帝国大学法科大学生と恋愛し、青年は強度の神経衰弱の果て急逝したというのである。小説「ある時代の青年作家」（昭和9）には、兄を介さずにその青年との交際が始まったいきさつと、兄の嫉妬に苦しめられた思い出が書きこまれている。その時妹は、気難しい兄の愛情の桎梏に堪えていた鬱憤から珍しく反抗し、母に訴える。母は「悪いところばかり似て」と呟き息子に抗議するのだが、その意気ごみに妹がまず笑い出し、その場は和やかに納まる。母は恐らく、次代の家長である息子の中に、愛情からする嫉妬をも男性の権力として表現する夫に似たものを感じとり、娘をかばったのだ。この「恋愛」に触発されたと見られる歌は、恋の歓びではなく青年の死の衝撃からのみ生まれている。

　裂かれたる杉の素肌に脂《やに》ながるあゝいたましきわが胸に似て　（『明星』明治40・9）

かの子の心は引き裂かれ、自己呵責と悲しみの病に倒れ、二子に帰る。

　あゝ悪夢とらむとすれば君が御手しら刃となりて闇にかかれる　（『明星』明治40・10）
　すさまじき出水《でみず》に煙《けぶ》る火あかりに牛もむれきぬ人にまじりて　（〃）
　森ゆけば君が棺《ひつぎ》にわれ成ろと木ごとに声す秋のささやき　（〃）
　あゝ十九げにもいみじき難は来ぬしら刃に似たる憂き恋をもて　（〃）
　眼も盲《し》ひよ君と面《おも》似る人にだに再び逢はむことを怖るる　（〃）

危険な死のイメージの「白刃」は後の「桜」連作（『浴身』所収）に再び現れることになる。白刃に似た憂き恋は青春の入り口に待ち設けていた「いみじき難」として反芻され、多摩河畔の自然も鬱々として暗い。

青年の死との前後関係ははっきりしないが、かの子はこの年の六月、新詩社主宰で開講された「閨秀文学講座」（講師は与謝野晶子、馬場孤蝶、上田敏、森田草平、生田長江ら）を三カ月聴講し、解散後も孤蝶宅での西欧文学講義に参加、平塚らいてう達を知り、後に『青鞜』に加わる機縁を得た。この頃、「女の道」に背いて嫁がず、箏曲で身を立てるため音楽学校選科に入学するつもりだと告げる、妹キン宛書簡が残されている。親の意に従って大人しく良妻賢母への道を歩むのが「女の道」だった時代に、自分で選んだ相手と恋愛結婚するか、結婚しない人生を選択するかが女の自立解放の第一歩だとする女性たちが出現していた。

瀬戸内晴美は、家庭の中でタイラントとして成長したかの子は、外見は無口で内気な娘だが男友達の間では必ずしも内気なだけではなく、男をじらしたりいじめたりする傾向が現れ、東大生急逝の事態を招いたと推定している。[4]しかし、時代思潮を背景に置いてみるならば、ジェンダーの枠組みにとらわれたままの男と我知らずはみ出そうとしている女とのギャップが生んだ悲劇、とも考えられるのである。平塚らいてうが文学士森田草平を一方的にふりまわしたとして世間の好奇の目にさらされた「『煤煙』事件」は、翌一九〇八（明治41）年三月におきたのだった。そしてかの子は「『煤煙』事件」の年の夏頃、馬場孤蝶宅で知り合った小説家志望の伏屋武竜と恋に落ちる。だが大貫家伏屋家双方の反対に会い、翌春二人は駆け落ちまでするが引戻され、破恋に終る。「年譜」に「ヒステリー性の憂鬱症に陥る」とある。

ああかくてさまよふは憂し手引せよ奈落につづく道なるもよし　（『明星』明治41・11終刊号）

しろたへの夜床設けよ処女子のきよき真玉の身にふさふべく　（〃）

母の知る我はよく泣く娘の子君が知る我はいばらの少女　（〃）

おもひでの悲しき路にくろがねの轍が轢ける花のかずかず　（〃）

4　若き日かたむく

『明星』終刊二月後の一九〇九（明治42）年一月、新詩社の若い世代が森鷗外の援助を得て『スバル』を創刊した。かの子はようやく一〇月号に登場し二八首を出詠している。無感動状態の心を悲しむ歌などが並び、最後に旅に出ての九首がある。その中の二首。

肩あげて男の猛き歎きする浅間の山をとぶらひにきぬ　（『スバル』明治42・10）

山に来て二十日経ぬれどあたたかく我をば抱く一樹だになし　（〃　㋕）

前者には秋山佐和子が注目し「浅間の山容を、肩を怒らせて猛々しく嘆く男の姿にとらえ、それをとぶらひに来た、と能動的に歌」い、すでに「男を跪かせる女」の萌芽がみえると評している。(6) 後者は『かろきねたみ』に「旧作のうちより」として選ばれ、小説『母子叙情』（昭和12）にも「我をいたわる」と一部形を変えて使われており、作者の愛着の深いものと思われる。五島美代子は「女身の身の体温を持ち、あたたかく波うつ胸のあるじである一人の生きた人間が、大きい自然のなかに触れてゆくような歌」と評した。(7)『母子叙情』では、息子の面影を宿す青年と武蔵野を散策する「かの女」が、「娘時代の寂しくも熱苦しかった悶え」の記憶につながる自作の歌として思い起している。この二首は、「家」の名によって引き裂かれた恋を自ら弔い過去のものにしようとする意志にもかかわらず、大自然に癒しを求めてなお憧れわたるものを身内に覚える、青春の歎きの歌である。

わが暗きかなしき胸をみたすべき大残逆は行れずや（『スバル』明治42・11）
わたつみも野山も人もひと時に泣きわめくべき禍事《まがごと》の来よ（『スバル』明治43・1）

恋の傷心は歎きから転じて鬱憤の表出となり、かの子の激しさが漲っている。大逆事件前の時代の暗さも無関係とはいい切れまい。この頃、女に生まれた我が身を見つめ直そうとする歌がある。

わが祖母《おばば》はたわが母もよくしつる糸をつむがば思なからん（『スバル』明治42・11）
むら杉のなかにくねれるひとつ松そのごと屋から我を思へる（〃）
はかなくも我が若き日のかたむくと暗き病の獄《ひとや》より見る（『スバル』明治42・12）

性別役割を背負って従順勤勉に生きる気になれない自分は、むら杉に一本だけ混じるくねり松のような変り者かもしれないと、古い屋の内から外界をのぞき見つつ思うのである。これらの歌は、かの子の十年後輩である宮本百合子の『伸子』を想起させる。伸子は田舎の祖母の家の古い時計が時を刻む下で、夜なべをする女たちに混じって思い耽る。「若き日かたむく」のを惜しむかの子の思いは「生活を惜しむ心が髪の毛の端にまで満ちた」という伸子につながる。伸子が囚われたのは恋愛結婚イデオロギーに賭けて我からとびこんだ結婚制度の罠だったが、かの子の破恋と同じく日本的家族制度とジェンダーに深くかかわっている。恋に破れたかの子は「暗き病の獄」にあり、離婚を決意した伸子は「自分は誰からも愛して貰えないほど、度はずれな女なのであろうか」と声もなくすすり泣く。意欲的に生きようとする女ほど「くねり松」や「度はずれな女」として受ける傷も深かった日本の近代において、かの子の初期短歌と『伸子』は、十余年を経て同じ血脈につらなると考えられてくるのである。

5　結婚

画学生岡本一平が娘歌人かの子に惹かれしゃにむに結婚する次第は、彼の『へぼ胡瓜』『どぜう地獄』に詳しい。それらは「予」の一人称文体の小説仕立てで、一九一九（大正8）年から雑誌に断続掲載された。かの子の所謂「魔の時代」を経て夫婦で結婚生活を建て直しつつある頃で、二人の運命的出会いを確かめる方向で書き進められている。

看板書きや名刺書きで家族を養う「町の書家」である父の意向で、食うためばかりに絵描きの道に進ませられて来た「予」は、煩悶の末洋画に転じ、上野美術学校に入学する。特異な暗い絵を描く彼はパレットから黒を排除する指導に納得できず、いっそう虚無的懐疑的になり、ビリから二番の成績で卒業する。「予」が「娘」を初めて見る場面は、画家の眼と感受性が魅せられたその時を伝えている。

一方かの子には、一平と交際していた頃を回想する随筆『桃のある風景』（昭和12）がある。「肉体的とも精神的ともつきとめにくいあこがれ」を「うつら〳〵持て扱つてゐた」その頃、「自分が人と変わつてゐるのにとき〴〵は死にたくなつた。しかし、かういふ身の中の持ちものを、せめて文章ででも仕末しないうちは死に切れないと思つた」（『桃のある風景』に着目し自著[8]の冒頭に引用した宮内淳子は、このあこがれは終生かの子から離れず、「文章」への執心もまた放さずにかの子は生きたと述べている）。そして、毎日のように訪ねて来ては河岸に画架を立てる画学生を「かなり好いてはゐた。けれども、自分の当時の欲求に照して、彼は一部分の対象でしかないのが、彼に対して憐れに気の毒であつた。」と記している。それでも結局かの子は一平を受け入れた。しかし燃え上る恋愛感情はついに無かったのか、恋の歌は残されていない。

一九一〇（明治43）年秋、一平の師和田英作の媒酌で結婚、京橋区南鞘町の岡本家に同居する。多摩川の向こうの豪家で大どかに育った花嫁にとって、きりりと下町風の姑や小姑たちの目にさらされるだけでも容易ならぬ環境の激変だったはずで、歌も半年ほど途絶えた後、ともかくも幸せな、しかし翳りの見える新婚の歌が詠まれる。

ゆるされてやや寂しきはしのび逢ふ深きあはれを失ひしこと　（『スバル』明治43・12㋕）
美くしく我もなるらん美くしき君にとられてぬる夜積らば　（『スバル』明治43・12）
心みな君にささげぬ然れども古き歎きはわれ独持つ　（〃）
時にふと愁もまじるわが恋は秋立つ頃に成りし故かも　（〃）

翌年二月、二子の実家で長男太郎を出産。一平の父が建ててくれた青山北町のアトリエ付二階屋で親子三人の生活に入る。青山は大貫家別邸で生まれたかの子には馴染みの町であり、二子からは大山街道の一本道でつながる。実家の母は弟妹を訪ねさせたり届け物をしたりと心を配った。(9)

歌筆かみ大前髪の妻が座す山の手の家の長火鉢かな　（『創作』明治44・4）
苦きこと歌ふはくるしさらばとて歌はであるはいや切なかり　（〃）
武蔵野の林のごとき静けさを都の君になどて求めむ　（〃）
ものおもふことの苦しさ絶え間なく箒木持たなむ衣そゝぎなむ　（〃）

歌筆をかんで妻の座に着いた自分の姿をまず歌ってみるが、かの子の場合、日常生活にある「苦きこと」は歌にならない。歌わないことの切なさ、ものおもうことの苦しさを訴えるばかりである。語るに足る相手として思いおこすのは武蔵野の林の如く静かな兄であり、正統派洋画に違和感をもち鬱勃たる野心を秘めて方向を探っている一平との生活的芸術的肌合いの違いが露わになってくる気配である。兄に向かって「とにかくこの二人、この兄妹はどふしても人並み以上なすぐれた者にならなくてはなりませむ。」（明治44・9・26　大貫雪之助宛書簡）と、文学による自己実現の熱望を書き送っている。一二月、平塚らいてうの誘いに応じてかの子は「青鞜社」に入社する。

6　『かろきねたみ』と人妻の恋

一九一二（明治45）年三月号『青鞜』に、かの子は「我が扉」五首を発表した。

折々はとざせる我の扉をばゆるめて君の入るにまかする　（『青鞜』明治45・3）
悉く君に我をば投げたりと思へるあとにまた我のたつ　（〃）
人妻をとり得る程の強さをば持たる男のあらば奪られむ　（〃㋕）
東京の街の憂ひの流るゝや隅田の水は灰色に行く　（〃㋕）
水はみな紺青色に描かれし広重の画のかたくなをめづ　（〃㋕）

同月『スバル』に発表した一〇首中に「我が心またかく閉じてしばし寝むなどおもひつつ夜の窓を閉づ」があるが、「我が扉」二首の方が格段に引き緊り、日常の断片的想念が自我意識の歌に昇華している。第三首は結婚生活にあきたりない思いの大胆で強い表白であり、第四、五首は下町の家に嫁ぎ「町絵師の女房」になろうと努力した日々の記念ではなかろうか。いずれも含みこまれた思いの分厚い粒揃いである。阿木津英は冒頭の二首は「ゆったりとした言葉はこびだが、言葉の質が重ぼったく、そらぞらしくも軽々しくもない」し、「奪られむ」にも「かたくなをめづ」にも能動的な意志が躍動していると評した。(10)

自己実現を望む女性が、最も身近な他者である夫に対して譲れない我を意識し始める。そこにフェミニズムの一端緒があるが、かの子もその典型的な一人として『青鞜』に登場したといえよう。以後主な発表の場を『スバル』から『青鞜』に移すのである。但し、一一月からほぼ毎号『青鞜』に登場するまで半年間の沈黙がある。その間に早稲田大学生堀切茂雄との恋の始まりがあった。福島県出身で一歳下の美貌の文学青年と三年余の恋愛のいきさつは、瀬戸内晴美「堀切茂雄ノート」[11]に詳しい。半年後に発表した「汗ばむ頬」一二首はこの恋を大胆に歌っていた。

たそがれの風に吹かれて来し人のうすら冷たき頬をくちづけぬ　（『青鞜』大正1・11）
大人びて薄く髭など目立ち来し男かはゆし初秋の風　（〃）
やはらかく拭ふ男のかたはらにあるに甘ゆる涙なるかも　（〃）

尾崎左永子は、「男」という言葉を現代短歌にとり入れた先行者である与謝野晶子に比較すると、かの子の「男」は「詩に昇華する以前の青臭さを脱していない」と評している[12]。しかしここに挙げた歌などは、阿木津英が指摘するように北原白秋らの同時代的刺戟を女の側からとり入れた感覚的官能的表現が新鮮で[13]、恋愛による歌心の昂揚が顕著である。

「汗ばむ頬」発表の翌月、かの子の第一歌集『かろきねたみ』が一平の勧めと尽力で、青鞜叢書のトップを切って刊行された。翌年二月号『青鞜』巻末には、自筆木版手刷純日本式装幀の小型美本『歌双紙第一編かろきねたみ』の一頁広告が載り、「かろくやさしく、なつかしき女史の気持ちは、頃合ひの年数を経た桜の板につゝましく彫られて、稍々にじみ勝に刷り出された薄墨の色に、その情緒の顫へを窺ふことが出来る。」とある。収録歌数七〇首。小題の下に七首ずつに区切って全一〇章とし、手作りの様式美を強く意識した作りである。「旧作のうちより」七首は別として、初出が判明しているのは一九一一（明治44）年二月から翌年すなわち刊行年の五月までの一三首。残り五〇首は初出未詳で未発表を含む「近作」と見てよいと思われる。

ともすればかろきねたみのきざし来る日かなかなしくものなど縫はん
君のみを咎め暮せしこの日頃かへりみてふと淋しくなりぬ
悲しさをじっと堪えてかたはらの燈をばみつめてもだせるふたり

など、夫婦の歴史の浅い日々、語りあう相手もない妻の心にふと揺らぐ情念や自問自答、声もなく対座する夫婦のとまどいなどを抑制のきいたリズムで歌って、今も私たちに訴えかけるものがある。しかし、この小さな歌集は、若妻のささやかな哀歓を「かろくやさしく」抒情的に歌っただけのものではない。巻頭「女なればか」の最初の三首。

力など望まで弱く美しく生れしまゝの男にてあれ
甲斐なしや強げにものを言ふ眼より涙落つるも女なればか
血の色の爪に浮くまで押へたる我が三味線の意地強き音
（『創作』明治44・2）

岡本太郎によれば、美男の一平は若い頃から世智に鋭い苦労人型だったというから、[14] 家父長制社会の成員として「力」を望んで生きる「男らしさ」は十分身につけていたろう。女性の美と生命力を賛美する『明星』的フェミニズムを経て『青鞜』に参加したかの子は、ここでおそらくは超理論的に自分の好みとして、「男らしさ」を自己に課さない「弱く美しく生れしまゝの男」であれと挑発的に歌う。ジェンダーに規制されない生まれしままの対等な男と女の一対であろうとしている。だが、そうあろうとして強げにものを言いながら涙を落してしまうのも私が

「女」だからだろうか、というのである。最終章「みづのこころ」は、

多摩川の清く冷くやはらかき水のこころを誰に語らむ

の他、水に托して自由を憧れるような二首と『青鞜』初出の前掲「我が扉」第四、五首を並べた後、

人妻をうばはむほどの強さをば持てる男のあらば奪《と》られむ
偉《おほい》なる力のごとく避けがたき美しさもて君せまり来ぬ
（『青鞜』明治45・3）

でしめくくる。「我が扉」第三首の「人妻を」の歌は「とり得る」を「うばはむ」と強め整えているが、さらに重要なのは、この歌が呼びこんだかのような堀切茂雄との恋を歌った「汗ばむ頰」の採録を避けた歌集の最後にこの歌を据えた点である。結婚生活の憂いと塵労の街東京での孤立感を誰に語る当てもなく、水のように自由な境地を憧れる「みづのこころ」は、最後の二首を加えることによって、巻頭の「女なればか」と呼応して歌集全体をしめくくる章になっている。生活の新たな展開を渇望する人妻の前に「生れしままの」「美しさ」をもって近づいてくる避け難い運命的な恋の予感で『かろきねたみ』は完結する。

しかし、以上のように読みとれる構成にもかかわらず、巻頭第三首に早くも現れている「三味線」を始め「元結」「黒繻子」「寝白粉」など江戸的下町情緒をかもし出す言葉をちりばめた全巻の印象は、その装幀にふさわしい情緒的なもので、生活の現実に発する切迫した訴えは伝わってこない。それは当時のかの子の現実把握と気分の反映でもあろう。また「汗ばむ頰」排除は強い構成意志というよりは、歌集刊行を勧めてくれる夫への配慮だったかもしれない。それならば、堀切茂雄の小説『冬』『血』(15)の主人公が「男らしさ」から脱落しつつある「弱い」男性

であることを知る読者にとって、夫一平に対する呼びかけがモチーフであるべき巻頭歌から美青年堀切茂雄の面影が浮かび、歌集中のあちこちに「忍ぶ恋」の影がちらついて、最後の二首の持つべき迫力が弱まるのもやむを得ない結果といわなければならない。

7　かの子よ子守歌せよ

『かろきねたみ』刊行の翌一九一三（大正2）年、かの子の実生活は惨憺たるものがあった。前年八月朝日新聞社に入社した一平はコマ絵を連載して好評を博し、収入増と共に放蕩が始まっていた。前年一一月兄雪之助急逝、この年一月母アイ死去と続く不幸の中で、実家の大貫家は銀行破産の責を負う悲運にあり、かの子は精神的にも経済的にも頼る所を失った。八月長女豊子を出産するが産後の肥立ちが思わしくなく、妹キンから堀切茂雄との恋の告白と「威嚇」を受けたのが直接の原因で心身を病み、翌春まで入院。二年近い休詠期に入ることになる。妹の「威嚇」の核心はおそらく「人妻の恋」を責めるところにあったろう。夫が告訴すれば姦通罪に問われる時代であった。茂雄の小説『血』には、恋に落ちたことを悩み、寛容な夫へのすまなさを口走って心身を衰弱させ、狂気に瀕してゆく女の姿がありありと描かれている。

この年発表された多くの歌を通して、人妻の恋の起伏や恋人と夫の間で揺れる心を追うことができるが、恋の始めの「たそがれの風に吹かれて来し人の」を超える新鮮な魅力は認め難い。生まれしままの男と女の恋は所詮幻影だったということだろうか。私はそれよりもかの子が「母」になってゆく過程のうかがえる歌に興味をひかれた。すでに紙幅を失った今、初期短歌における「母性」を論じる余裕はないのだが、どうしてもそれらの歌にふれて稿を閉じたい。

ともすれば空どけのする黒襦子の帯もどかしやみごもれる春　（『青鞜』大正2・6）
身ごもれる身はやるせなや卓などに倚りて男をおとなしく待つ　（〃）
男をば恋ふるこゝろのふと逸れてひたすら亡母《はは》を憶ふ夜かな　（『青鞜』大正2・9）
かの子よ汝が枇杷の実のごと明るき瞳《め》このごろやせて何かなげける　（〃）
かの子かの子はや泣きやめて淋しげに添ひ臥す雛に子守歌せよ　（『青鞜』大正2・11）
やふやくになだめここまでつれて来ぬかの子よまたもふりかへらざれ　（〃）

妊娠によって生理的感覚のほどけた状態でひたすら恋人を待つ歌は、母性愛神話とは無縁である。この時かの子は二四歳。すでに二歳の太郎の母だったが、詩『稚き母』（大正15）で回顧しているように、まだ「母から離れがたない」稚い母だった。若く美男の夫は家庭を顧みず、頼りない年下の恋人を恋う心がふとそれて、ひたすら亡母を憶う夜もあるのだった。そういう歌に続いて「なげき」一六首があり、その冒頭に並ぶのが「かの子よ」の歌である。

自分の名をよみこんだ歌にナルシシズムの強烈さをいう評もあるが、私はそうは思わない。『かろきねたみ』中、唯一母としての自分を歌ったらしい「なまめかし胸おしろいを濃く見せて子に乳をやる若き人妻」は、男性の視線を想定した一幅の絵に過ぎない。それに比べると「かの子よ」の歌には、尾崎左永子が指摘するように(16)、愛されかしずかれて育ったかの子が生まれてはじめて孤立無援の状態に陥って自己との対話を始めた切実さがある。「添ひ臥す雛」は幼い太郎と生まれたばかりの赤ん坊だろうか。自分が愛し守らなければならないいとけない命を抱えたかの子をもう一人のかの子が励まし、自ら選んで歩いて来た道をもう振り返ることなく進むしかないと自己確認するのである。

岡本太郎は、母かの子が家事育児には恐るべきほどうとく、幼いやんちゃな太郎を紐で結わえてタンスにつなぎ読書や書きものに耽ったことを、くり返し回想している。雛を守り育てるのは自分しかないと自覚した後も、良妻賢母イデオロギーが要求するような「母」にはついにならず、幼い息子を対等な一人格と見立てて歎きや憧れを語りかけてやまない、破天荒な母だったらしい。しかし文筆による自己実現の望みも恋愛への憧れも捨て切れないまま、もはや引き返すことのできない地点に佇む若きかの子に、かの子伝説や母性神話に包まれる以前の、生まれしままに偽りなく生きようとした先達の一人を見出して、私は限りない親愛を覚えるのである。

注

（1）熊坂敦子編『岡本かの子の世界』冬樹社、一九七六年一一月。
（2）尾崎左永子著『かの子歌の子』集英社、一九九七年一二月。
（3）阿木津英「『個人』への覚醒と『女』とのはざまで」（新フェミニズム批評の会編『「青鞜」を読む』學藝書林、一九九八年一一月）。
（4）瀬戸内晴美『かの子撩乱』講談社、一九六五年五月。
（5）注（2）に同じ。
（6）『〈同時代〉としての女性短歌』河出書房新社、一九九二年九月。
（7）五島美代子「岡本かの子の歌」（『岡本かの子全集』別巻二）。
（8）宮内淳子著『岡本かの子無常の海へ』武蔵野書房、一九九四年一〇月。
（9）大貫鈴子「叔母かの子と父晶川」（『岡本かの子全集』月報）。
（10）注（3）に同じ。
（11）瀬戸内晴美著『かの子撩乱その後』冬樹社、一九七八年七月。
（12）注（2）に同じ。
（13）注（3）に同じ。
（14）岡本太郎「かの子文学の鍵」（『岡本かの子全集』別巻二）。
（15）堀切茂雄『血』『冬』（『早稲田文学』一九一五年二月、七月。『岡本かの子全集』別巻一所収）。
（16）注（2）に同じ。

Ⅳ

多様な開花

●明治四〇年代

日露戦後の物語——国木田治子「破産」

菅井かをる

1　はじめに

「破産」は、明治四一年八月一八日から九月三〇日まで『萬朝報』に連載され、のちに独歩との共著『黄金の林』（日高有倫堂、明治四二・一二）の中に収められたもので、『小夜千鳥』（東京岡村書店、大正三・三）とともに国木田治子の代表作とされる。

周知のとおり、夫であった国木田独歩は、明治四一年六月二三日、結核の療養先である茅ヶ崎の南湖院で亡くなった。当時、治子は、四人目の子である哲二（二男）を妊っていた。独歩の死後間もなく、治子は、『新潮』（七月）および『中央公論』（八月）に「家庭に於ける独歩」を寄稿するが、「破産」はこれらに続く発表ということになる。文壇的には好評であった。内容は、「桜田社」をめぐる破産の顚末記である。主人公「岡村正夫」がかつて世話になった「先生」から出版事業を預かることになり、なんとか資金を調達して桜田社の創業にこぎつける。しかし、月六百円はあると聞いていた利益が実際には千円以上もの前借まであり、ついに事業は失敗して雑誌の発行権を返還するというあらすじである。これは、独歩が、矢野龍渓から近事画報社を引き継いで明治三九年八月二四日に独歩社（芝区桜田本郷町）を創設し、そしてその約八ヶ月後、明治四〇年四月に経営に行き詰まり破産するまでの実際の出来事を素材にしている。言わば、独歩社を内側からルポルタージュしたものであり、「記録体小説で、むしろ記録といつた方が適当であるかもしれない」[1]作品である。後年、治子自身はこの「破産」について、次のように言及している。

独歩社は矢野さんからお話があって、やったのです。経営にも関係しました。会計には島田さんと、もう一人寄こして下さいまして一緒にやってましたが「一ヶ月辛抱すればお金が入る」と言ってましたがだめでした。騙されたんですよ。矢野さんご自身も騙されたのです。貰えるお金が貸しがあるとか言って貰えませんでした。（中略）私が書いた「破産」は、独歩社を引受けてから破産するまでを書いて「万朝報」にのせたのです。国木田が湊（註25）にいた頃書いて、亡くなってから「万朝」にのったのです。よく読んで下さる人があったと有難く思っています。みんな可哀そうだと思って下さったのでしょうね。

（「国木田治子未亡人聞書」[2]）

この「聞書」の「註」には、独歩が茨城県の湊で静養していたのは、「明治四十年九月から約二ヶ月」とあるので、「破産」を書き始めた時期は独歩の死後ではなく、独歩社破産のほぼ半年後、つまり亡くなる半年ほど前であったことが判る。また、この「聞書」を読むと、治子には独歩が矢野龍渓から近事画報社を引き受ける際に「騙された」という強い思いのあったことも確認できる。「破産」には、「常子は不図此んな事を心に思つた、六百円利益が有るなんて、偽かも知れない、先生が何人かに瞞着されて、そして先生は偽とは知らず、夫に此の事業を引受させなさつたのじや無いか知らんと思つた」（「金の調達」）という一節があるが、少々穿った見方をすれば、この「騙された」という認識こそが「破産」執筆の動機になっていたかもしれない。「聞書」には、「みんな可哀そうだと思って下さったのでしょうね」という言葉もあるが、「騙された」という治子の認識は、「同情」という意識と表裏をなして、あたかも通奏低音のように小説全体を重く流れている。

ところで、中島礼子は「破産」の表現方法に触れて、「治子は、「私」という一人称による語りの方法を採らなかったために、感情的な激昂から救われた。ともすれば、自分の身に起こったことのために、一人よがりの叙述に陥りがちな素材を常子という三人称で語ることによって、常子にそいつつ叙述することができた。しかも、「破産」においても、これまでの作品とおなじく、会話の多用によって作品を成り立たせている。」と指摘している。(3) 治子の作品の特徴である「会話の多用」は、中島の指摘のとおり、三人称の選択と連関しているが、表現としては演劇的な効果を生んでいよう。前掲の「聞書」には、「祖父はやかましい人でしたので、私はあまり外へでませんでしたが、小さい時から芝居などには連れていってもらったことはあります。」という治子の言葉があるが、「会話の多用」は、治子が芝居に親しんだことと無縁ではないかもしれない。いずれにしても、我々は、「会話の多用」によってあたかも芝居を見る観客の如く、あるいは戯曲の読者となって、作者の設けた舞台に登場する人物たちのやりとりを楽しむことになる。周囲を巻き込んだ独歩晩年の破産騒動は、治子によって舞台にのせられ、しかも新聞連載という形でその一場一場が続き物として提供されるのであるから、我々はドラマの進展に引きずり込まれていくことになる。そしてさらに、「貞ちゃん」(『婦人界』明治三六・一)以来少しずつキャリアを積んできた作家としての国木田治子の筆の確かさは実に巧妙に読者を誘導する。つまり、独歩をなぞる「岡村」のあきれ果てるほどのいい加減さと無責任さに怒りにも似た感情を覚える読者は、しかし一方で、関係者の辛辣な言葉や「常子」の冷ややかな応答を通過してその昂ぶった感情は鎮められ、いつのまにか、「浮世の浪深く、巻き込まれて仕舞つた」という岡村に対する同情へと導かれてしまう。結果として、「会話の多用」は、作品に劇的な臨場感を与えるとともに、観点の相対化を促すことによって読者の感情までもコントロールする装置となっている。また、さらに確認しておかなければならないのは、「破産」は、前述したように、独歩社誕生から消滅までの「記録」であるが、しかしそれはあくまでも「小説」として構築された世界であるということである。独歩社をめぐる様々な真相や人物像が正直に語られているようでありながら、むろんすべてが再現されているわけでもない。一例を挙げるならば、独歩の父専八の付き添い看護婦で独歩晩年の「六年」（但し、前掲「聞書」「註」には「明治三十七年から四十一年」とある。）を妻妾同居のようにして暮らした奥井君子の存在は「破産」に描かれることはなかった。言うまでもなく、「破産」は、国木田治子によって「事実」が取捨選択され創出された「物語」である。

2　「返品」――日露戦後のジャーナリズム界

明治四〇年四月に起きた独歩社の破産は、日露戦争（明治三七〜三八）後の象徴的な出来事であった。だから、それを素材とする「破産」も、そして、その時代のうねりに呑み込まれていく「岡村」と「常子」の夫婦も「日露戦後の物語」である。しかしながら、「破産」において、日露戦後ということがあたかも自明であるかのようにこれまで触れられることはなかった。しかし、「桜田社」の破産が、単に「一つの会社組織の成立と破壊とを取扱ったもの」(4)というだけではなく、我々は、まず、その背後に日露戦争後のジャーナリズム界全体の衰退があったことを思い起こさなくてはいけないだろう。

山室信一によれば、日露戦争は、メディア戦略が成否を決する広報戦争として展開され、日本においても戦意昂揚のためにメディアが駆使されたという(5)。日清戦争を経て発展成熟したジャーナリズム界にあって、例えば、都市の中・下流層に人気を博していた『萬朝報』は非戦論、開戦論を展開して戦争ナショナリズム形成に一役買った。さらに、開戦に至っては、各マス・メディアがこぞって従軍記者を派遣し号外合戦を展開するなどして、国民を戦意昂揚へと扇動する。その軌跡を新聞の発行部数で辿れば、例えば、従軍記事に力を入れていた『国民新聞』は開戦時の四倍増の七万三〜五〇〇〇部へと発行部数を伸ばし、『報知新聞』も九万部から戦後には公称三四万部に達して日本最大の発行部数となっている。また、雑誌・出版界では、近事画報社をはじめとして、『太陽』を刊行していた博文館や冨山房の隆盛があった。独歩が、日露戦争に際して「画報」という形で読者の視覚に訴える手法を用いて『戦時画報』を編集し、営業成績を飛躍的に上げたことはすでに我々のよく知るところである。治子自身、「人間らしい生活をしたのは、「近事画報」[6]の頃だけですよ」（前掲「聞書」）と述懐している。「破産」の中にも、「桜田本郷町の家と言ふのは（中略）其頃は岡村が一人の助手を使つて遣つて居たのが、日露戦争に成つてからは、社員が増たので、十畳一室では狭くつて仕様がないので、直ぐ近処の兼房町の広い家に転居のだ」（「屋根裏会議」）というくだりがあり、日露戦時下の好景気の一端を伺うことができる。

　しかし、このような熱狂のなかで戦争の実態を知らされずにいて、しかも消耗戦の果てに戦死・戦病死者八万四〇〇〇人、戦傷者約一四万三〇〇〇人という多大な犠牲を払ったにもかかわらず、政府が屈辱的ともいえる日露講和条件をのんだのであるから、そのことを知った国民の不満は怒りとなって戦意昂揚を煽ったマス・メディアへと向かうことになる。桂太郎内閣の「御用新聞」とまで非難され、かつ講和条約に賛成していた国民新聞社などがその標的となって群衆の焼打ちをうけた。発行部数も半分に減らしている。日比谷焼打事件は民衆暴動の最たるものであったが、もちろん、戦争の事実が報道されなかったのはメディアだけの責任というよりは、すでに開戦の前年、明治三六年一〇月から戦争関連記事の検閲が強化され始めていたからである。政府には、所謂「黄禍論」への対抗策として対外的に文明国をアピールする必要があり、報道の自由はある程度は容認されていたのだという。しかし、国民の意識を左右しかねないほど徐々に巨大化していくメディアへの懸念から言論の指導や統制が強められていく。具体的には、政府の国債政策を批判した秋山定輔の『二六新報』が、明治三七年四月に廃刊に追い込まれ、一貫して非戦論を掲げていた『平民新聞』も相次ぐ発禁処分の果てに翌年一月に廃刊となっている。また、平民社と連動していた社会主義協会も日露戦争中に解散を命じられている。こうしたメディアへの統制の強化は、日露戦後の国家主義的観念喪失への危惧と相まって、やがて大逆事件へとエスカレートしていくことになる。

　以上のような日露戦後のジャーナリズム界全体の衰退期にあって独歩社もまた破産への軌跡を辿るが、次のような岡落葉の回想は、『近事画報』をめぐる譲渡の経緯をより詳しく知る上で参考になろう。

「近事画報」は矢野龍渓氏の発案で出来上ったもので、独歩には大分前から話があつたらしいが、容易に決心がつかなかつた。こんな話があるんだが、といふ相談を受けたから、それは是非おやりになつたらいゝでせう、と云つて勧めたら、お前が半分引受けてくれゝばやつてもいゝ、これから矢野さんの処へ行つて来る、といふ調子で、直ぐ大磯へ出かけて行つた。当時矢野氏は前に云つた小栗貞雄氏の別荘に居つたのである。話は即決して、卅六年の三月に「戦時画報」の前身である「近事画報」の第一号が発行された。／／この時矢野さんに出資したのが小川印刷所の主人であつた。丸ノ内の何とかいふ倶楽部で発会式をやり、日露戦争がはじまると同時に「戦時画報」と改題し、非常に盛な勢であつたのは、所謂槿花一朝の栄で、戦争が了る頃から売行が落ちてしまつた。画報が売れなくなつたのみならず、一方では出版の間口を無辺際に拡げるのだから、どうにも締りがつかない。編輯会議は度々開かれたが、結局金主も手を引き、矢野さんもやめた。独歩は六万円ばかりあつた借金を皆背負ふ覚悟で、独歩社といふものを桜田本郷町に起した。

（「国木田独歩の身辺」）(7)

「槿花一朝の栄」という言葉で言い尽くされてしまうが、戦争の実態が少しずつ明らかになるにつれ、人々の戦意は消沈し「幻滅の悲哀」という言葉が広がる。経済も大きく疲弊する。庶民は、およそ二〇万人にものぼる戦死・戦傷者を出し、働き手を失った家族は生活に窮した。都市は不況に覆われ、農村では基幹労働力を失い、さらに凶作にも苦しんだ。加えて、明治四〇～四一年にかけては日露戦後恐慌が起きている。したがって、借金を抱えたままの『近事画報』を引き継いだ独歩社の経営的な行き詰まりは必定のなりゆきであった。関係者の一人でもある矢野龍渓は、当時のメディアにおける画報の衰退と写真版技術の発達に言及しながら、「決して国木田君の戦の罪ばかりでなく、全く時勢の然らしむるものがあつた」(8)と回想しているが、まさに、日露戦後にあっては独歩の辣腕編集長ぶりをもってしても破産という事態は免れない状況にあったといえよう。

こうしてみると、日露戦後のなかで「破産」の、例えば次のような章段「返品」の一節を読むとき、我々は、出したばかりの雑誌が売れることなくそのまますぐに返品されてくる事情が容易に理解できよう。

店の前に車が止まつて、バタン、と箱車の蓋をする音がした。台所事をして居た常子は、『亦返品が来たのだよ』と呟いて嫌な顔をした。『君、此れは今月の雑誌じやアないか』と近造の大きな声がきこえる。『だつて広告が出ないから、今迄のやうには売れないんだもの』と返品に来た本屋の小僧は言ふ。『だつて店に置いておけば自然に売らアね、今月の品を今から返して来るなんてひどいや』『だつて返して来いと旦那が言つたのだもの、左様なら』と本屋の小僧はさツさと帰つて行つた。

言論統制が強まりメディア自身も迷走するなかで、まして戦争ナショナリズムを煽られた挙げ句、戦争に費やした犠牲に見合うだけの戦勝気分にも浸れず日々の生活に喘ぐ人々にとって、すでに雑誌を購入する余裕など残されてはいなかった。それればかりか、不況が慢性化して流通そのものが崩壊してしまっていた。常子の「一体大阪の売捌きは無情のですよ、品物が着くと庫の中へ積むで置いて地方から注文の来次第に一冊、二冊と送つて遣るので、売捌き方を広めてなどは決して呉ないのですつて、それならば始から少し注文すれば好いのに、ウンと取りよせて支払ひも思ふやうにしないで、其の上とんでもない時分に残品を返して遣すなんて、酷いわね」という愚痴も重い意味を帯びてくる。

こうして、桜田社の破産は日露戦後のジャーナリズム界の衰退と軌を一にし、さらには、疲弊する日露戦後の経済・社会の当然の帰結でもあった。そして、岡村や常子ばかりでなく、桜田社に集い、また離反していく人物たちもそれぞれ時代のうねりに呑まれて喘ぐ人々の姿を映し出しており、その意味でも「破産」は日露戦後の物語を幾重にも織りなしている。

3 「決心」――夢を生きる夫

次に、「岡村」と「常子」に焦点を当ててみよう。

そもそも新聞小説である「破産」は二三の章段に分かれて構成されている。冒頭章段は、言わばトピック・センテンスであり、小説の骨子となる様々な情報が提示されている。同時に、小説全体のフレームワークにもなっている。テクストは、常子が広告料の返済について相談するため某通信社へ出向くところから始まる。「物語」は現在進行形で展開する。しかし、次の章段からは、「一年前の六月の末」という過去の時点から回想の形で語り出されていき、そして、いつの間にか冒頭章段の話を通り越して、ひたすら最終章段へと進んでいく構造になっている。作品内時間は明示されていないが、前述したように「日露戦争になつてからは」云々と思い起こされるくだりもあり、「日露戦後」である。

さて、常子が出かけていく通信社には、よき相談者でもある副社長の西尾が社長の田中とともに待機している。肝心の岡村はあちこちにできた借金の総額「一万二三千円」を抱えたままとうとう病に臥せってしまい来社できない。「一年も立たん内に如何して、そんなに損をしたのだらう」と訝る田中に、西尾は次のように説明する。

『何しろ岡村君が彼んな事を始めるのが、間違つて居るのだ、殿様が商売を始たやうなもんなのだよ、何も彼も番頭さんに委つきりなんだもの、其の又番頭さんと言ふのが、横から見ても縦から見ても、何処に一ツ信用の置けるやうな人ぢやないのを、馬鹿に信用してしまつて、周囲が見兼て忠告しても、世の中に悪党なんていふものは決して無い、と岡村君が自覚して居る、自論で押し通して、只くうに千円たりない、二千円たりないと言はれる度に、岡村君は一生懸命に金を造へる方ばかりに、奔走して居たのだ、仕舞ひには金の出処が無くなつて仕舞ふ、整理は付いて居ず、とてもお話しにはならないのだよ』（「代理」）

「殿様が商売を始たやうなもんなのだよ」という、この言わば第三者による人物評は以後の岡村の人となりを大きく既定するが、白米一〇キログラムが一円五十六銭の時代であるから、「一万二三千円」の借金を拵えてしまった岡村の経営者としての無能さは際立ってみえる。ちなみに、明治四〇年三月、破格の待遇で夏目漱石が東京朝日新聞社に入社した時の月給は二百円であった。巡査の初任給十二円、大工手間賃が一日あたり一円、国会議員の報酬年額二千円超、総理大臣の年俸一万二千円である。奇しくも、岡村は総理大臣の年俸とほぼ同じ額の借金を抱えたわけである。総合雑誌が十二～二十銭くらいであるから、完済するのは気の遠くなりそうな話である。そればかりか、岡村は、「周囲が見兼て忠告しても、世の中に悪党なんていふものは決して無い」と自覚している。このような岡村の殿様商売ぶりは、次のような常子との会話においても顕著である。

『と、僕も信ずるのだ、処が社では六百円位利益が有つても、色々の都合上仕様がないのだ、だから先生は社の整理の付く間、我の社の画報や雑誌を預つて、出版して呉る人は無いだらうか、と僕に相談が有つたのだ、其れから心当りへ相談した処が話しが纏らない、預かり手が無いと定まると先生が大変困るのだ、僕も今迄随分先生にはお世話に成つて居るから、ぢや僕が預かりましやうと言つたのさ』『マア、貴方も随分向不見ずですね――』『何故』『だつて、六百円利益が有るなんて事は、貴方が遣つて御覧に成つた上でなきや、実際の事は解らないぢや、有りませんか』『さうさ、第一僕は利益の事などは思つちや居ない、僕等を始、編輯の諸君が飯を喰つて居られさいすりや、可いと思つて居るのだもの、其れも先生は半年ばかりの間だと仰しやるのだから、沢山間違つた処が僕が五六千円も借金を背負て引下がる位が落だらう』（「決心」）

「第一僕は利益の事などは思つちや居ない」という岡村は、「先生」への義理のために敢えて犠牲になることも厭わないというのであるが、そこには商売人としての計算はまるでなく、そればかりか一家を構える主としての自覚もない。岡村の事業計画は雲の上を歩くようなものである。常子は岡村の話に疑念や不安を抱くが、それはことごとくはね返さる。このような岡村の思慮の足りない態度は終始一貫している。例えば、「竹原」については、「此の人を知つて居る限りの人で、此の人の事を悪くこそ言へ、決して可く言ふ人は一人もなかつた。岡村も竹原の為人を可く知つて居るくせに、何時も一生懸命に庇護ふのを常子は心配して。（中略）幾度常子が心付けても、其度に。『女が何にを知るものか』と叱られるばかり昨夜も此度の事業に竹原も入つて居ると夫に聞いた常子は、亦今更の様に驚いた。」（「屋根裏会議」）といった具合である。事務を任せていた「尾田」についても、「尾田の無責任を怒つて、岡村に厳く詰責しろと迫つた人も有つたけれど、『一体何にも彼も尾田一人に委せて置たのが僕の失策で尾田一人を責るのは可愛相だ』」（「苦戦悪闘」）と言い、紙屋の主人とのやり取りに至っては、「『小切手の日付を貴方が何月の何日には確に払へると、思つた日に書き入れて下さるのです』『若しも其時払へなかつたら、如何するのだへ君』『銀行が首に成りまさア』（中略）『ぢや仕方が無い書くがね、けれど手形だの小切手だのと調法なものが有るんだね』と岡村は感心する。」（「先の日の小切手」）という具合で、商売のいろはも知らない様子である。さらに、年末の支払いを心配する常子に対して、「此の事業を始てから丁度今月で半年だから、皆なが待つて呉なければ破産して仕舞ふまでさ、そして発行権を先生にお返し仕やう」（「アイス」）と開き直りとも思える返答をする。そして、高利貸しの「大沢」がやってきた時には、「『利息が高いよ、二割』『年にかへ』『笑談ぢやアない、三月でさ』『高利んだね』『暮の金だ、それで可ければ貸さう、金は用意して有るから、何時でも連帯者と一緒に来玉へ、だが大丈夫かな返金さないと真実に困るよ』」という具合である。『金色夜叉』（『読売新聞』明治三〇〜三五）にも登場する「アイス」と隠語される高利貸しに手を付ければ、たとえ元本は少額であっても莫大な借金に膨れあがることは古今東西を問わず承知の話なのだが、岡村は依然として呑気に構えている。弟や内弟子の梅子の父までも巻き込んでなんとか桜田社を創業させたものの、岡村の商いぶりは一事が万事このような調子であるから、結局、「岡村の家の目星い物品を皆な無くして仕舞つて、やつと銀行の首をつないだ。」（「留守居役」）ということになる。

ところで、岡村は「破産」ということを口にしているが、破産とは、「ある者が経済的に破綻して、その総財産をもってしては、弁済期にある債務を一般的に弁済できなくなった状態またはこのような状態におちいった債務者の総財産を強制的に管理換価して、総債権者に公平な金銭的満足を与えることを目的とする裁判上の手続きをいう」（平凡社『世界大百科事典』）ものである。当時施行されていたのは、明治二三年に公布された旧商法第三編「破産」で、フランス商法典の規定を継承し、商人破産主義を採っていた。「それでも明日銀行から、解約を申込んで来た」（「留守居役」）とあるので、裁判所に申立てするだけの破産原因は整ったことになる。後日、取引先が集まって債権者会議を開き桜田社の再建が図られるが、債権者の一人が訴訟を起こしたために、最終的には「裁判に負訴て破産しやうと岡村一家は決心した」（「訴訟」）という結末を迎える。「破産」を口にする岡村に、「製版所の茨城」は「破産をすると公民権も無くなれば、今後何にかに付いて御不利益ですぜ」と忠告するが、「僕は文学者だから、公民権なんて不用いのだ」と答えている。裁判所から破産が認められれば法的には債権者の取り立てからは逃れられるが、公民権停止はおろか、今後借金もできなくなる。茨城の言うように「何にかに付いて御不利益」なのであるが、すでに岡村にはその分別はない。

こうしてみてくると、岡村の心中には「始は少も無いと言つた大売捌きの前借が千円以上も有つたのを僕に払はせて、其の上に利益処か損ばかりして居るのに如何して画報社へ金が納められるものかね」（「債権者会議」）という恨みがあるにせよ、借金を踏み倒される人々のその後を思うと、「殿様が商売を始たやうなもん」という岡村の評価だけでは片付けられない。高い理想は掲げるものの現実の見えない似而非理想主義者にすぎないであろう。

4 「代理」――翻弄される妻

常子は、岡村の言動に対していつも冷ややかである。

冒頭章段は、「時計を見ると十一時半、『最早そろ〳〵夫のが熱の出る時分で、嘸苦しんで居るだらう』と常子は思ふと、熱い涙が自然と目に浮ぶ、『ア、、遂々夫のは浮世の浪深く、巻き込まれて仕舞つたのだ』と常子は思はず絶望の吐息をついた。」と結ばれている。義理人情にかられて夢を生きる夫の無謀さに巻き込まれ自らもたいへんな状況にあるにもかかわらず、常子は、夫の病状に思いを馳せて涙を流す。しかし、注意深く読むなら「遂々夫のは」云々という言い方には夫から我が身を引き離して眺める観があろう。夫へのこの距離感が常子の特徴である。換言すれば、「絶望の吐息」をつく常子は、この距離感があればこそ自己本位な岡村という一人の人間に対しても「浮世の浪深く、巻き込まれて仕舞つたのだ」という憐れみを寄せることができるのではないだろうか。それは、次のような場面でも確かめることができる。

『先生の為に犠牲になるやうなものですわね』『ウン、犠牲――、けれど犠牲と言ふ事は悪い事ぢや無いと、思ふな』と、主人は手酌で浪々杯に酒をついで、一息に飲む。『そりや、悪い処か大変可い事だと私は思ひますが、私は此の間から此様な事を思つて居たのですよ、皆様のお話に社が永持は仕無いと言ふ事ですから、戦争時分から貴方は一生懸命画報の為に心配をなさつたのだから、此れを機に郊外に引込んで、昔の呑気な文士生活に帰らう、貴方に其れをお進め仕様、さうでも仕なければ、貴方のお体だつて耐らないと、思つて居ましたに』と常子はしみぐ〳〵、残り惜し相に言ふ。『僕もさう思つて居たのだ、が、可いぢやないか、又新しい方面で、浮世と戦ふのも面白いぜ、それで僕が体を悪くして死んだつて、定まる運命だ仕方がない』　（「決心」）

先もわからないような事業に乗り出して風任せの生き方をしようとする岡村に対し、常子は、「何んだか、心細いのですねエ」と応えている。これは、「定まる運命だ仕方がない」と捉える夫に対して、諦めに近い冷ややかな相槌でもあろう。このような常子の夫への距離感はどうして生じているのだろうか。

『と、其れは比喩だ、箪笥を二時間も座敷中を持つて歩かれて耐るものか、女つて情ないものだ、物の比喩がわからないのだからな――。だから僕は女子は』と夫の女子禽獣論が出さうに成つて来たので。『私、お隣に行つて此夜の留守居を頼んで来ます』と常子は下へ行つて仕舞つた。（「転居」）

始終「女子禽獣論」(9)を振りかざすという夫は妻を一人の人間とは考えないであろう。だから、現実が見える妻の言葉にも決して耳を貸そうとはしない。たとえ一家の運命を決定するような場合であっても、夫は自らの心づもりを知らせるだけで妻と話し合って進退を決めることはしない。それはいつも夫からの妻への一方的な通告になる。それどころか、夫の身を案じる妻を叱りつけるばかりだ。

ところが、このような夫と妻の関係性ではあっても、常子は、「梅子」が岡村の創業資金をととのえるために帰省する際には、「水引の掛った反物と菓子の折」を持たせる気遣いを忘れない。この梅子は、「伊豫の生れで、父は中々の遣手で一代のうちに相当の資産を造つた、其家の梅子は一人娘。（中略）十八歳の時東京に出て写真術を研究した、気性がさう言ふ風なので技術を覚えるのも人より早く、十九歳の春の末、岡村が編輯して居る画報に聘されて、画報社の写真部を一人で担当して居た」（「梅ちゃん」）という女性で、岡村の家に世話になっている。常子は、日常の細々としたことだけでなく、こうして「内助の功」を発揮するのであるが、岡村から常子に与えられるのは「片腕」になることではなく、いつも夫の「代理」であり「尻ぬぐいの役」なのである。

冒頭章段を思い出してみよう。病床の夫に代わり通信社に出向いた常子は、桜田社の借金の嵩んだ理由が岡村の遊蕩にあるという噂に対して、「世間の噂は仕方が御坐いませんが、御迷惑を掛けたお二人様だけでもせめて疑念を晴して戴かないと夫のが気の毒で御坐います、（中略）仕舞ひには皆様が俸給なしに働いて下さいましたのですもの、其内で如何して夫のが遊ぶなんて、そんな事が出来ましやう」と必死に弁明に努めている。また、先にも触れた「尾田」という杜撰な会計係が辞めたあとは、岡村が会計をやることになったのだが、「始めの内は手伝せて居たが、仕舞ひには常子に任せつきり」という始末であった。

こうして常子は、この桜田社の会計の件はもちろんのこと、事務所の留守居役もこなし借金取りの撃退もする。さらに病に臥せってしまった岡村の代理となって弁護士をおとない訴訟にも備える。常子に息つく暇もない。債権者たちの追求をかわし、訴訟裁判に敢えて負けて桜田社の破産処理をし、家族を連れて郊外に転居する。そしてついに、まさに疫病神のような雑誌の発行権を「先生」に返還するのである。岡本と常子、それは共依存さへ疑わせるほどに、ダメな夫と健気な妻である。常子は、夢を生きる夫に翻弄される妻であった。しかし同時に、生活破綻を来す夫の「代理」以上に実務をこなして一家を支える能動的な女性であったといえよう。

5　おわりに

これまで見てきたように、日露戦争は人々に大きな犠牲を強いる戦争であった。日清戦争に比べて出征兵士の数も戦死者も増大し、残された家族の貧困や寡婦の問題は大きな社会問題となっていた。明治三十年代以降、愛国婦人会の設立（明治三四）に代表される国家主義的要素も加味されながら良妻賢母思想が強化され、社会や国家における女性の力が様々な形で期待されていく。そのようななか、特に日露戦争後は、いざという時には食べて行けるよう手に職をということから女性の職業意識が高まり、女子職業学校や女医学校への入学希望者が急増する。女性の就業も増え職域も拡大する。従来の例えば、女工や小学校教員、産婆、速記者、看護婦、電話交換手、婦人記者などの職種に加えて、歯医者、銀行・保険会社などの事務員、デパートの店員、薬剤師、写真師、タイピスト、音楽教師、ウェイトレスなどが、登場する。[10] 先にも触れた「梅子」は充分に描かれてはいないが、画報社の写真師となって活躍しており、専門職に就く彼女はまさしくこの時代の先端をいく一人であったろう。日露戦争を挟んで女性雑誌が次々と発行されるが、近事画報社からは明治三八年に『婦人画報』が創刊されている。これは女性向けのグラビア誌としては初めてのものであったが、「紫の袴をはいて写真機を肩に掛けて出掛ける」梅子のような女性写真家の活躍できる場もできたことが推しはかれる。同様に、桜田社の会計を担う常子も主婦の域をはるかに越えて働いており、言わば職業を持つ女性といえる。その意味では、日清・日露戦争を経て、戦後を生きる女性の典型を映し出していよう。

「破産」は、日露戦後のジャーナリズム界の衰退を背景にした桜田社をめぐる物語であったが、時代のうねりに呑まれて喘ぐ経営者の岡村や常子ばかりでなく、桜田社に集い、また離反していく人々の姿もかいま見え、日露戦後の物語を幾重にも織りなしている。作者の国木田治子は、常子を通して生活者の視点をけっして失うことなく、リアリズム的手法をもって同時代を生きる人間や時代を描き出した。殊に、実務能力を発揮する常子や、専門職でもって新しい分野に活躍し、しかも難しい資金調達にも大きな役目を果す梅子を描くことによって、「女子禽獣論」を振りかざす岡村が実際にはこれら女性たちの力で救われていることをも示唆した。そしてそのことによって、「破産」が単に独歩社の「記録」にとどまることなく、むしろ独歩という偶像をも相対化する作品となり得ているのであるが、何よりも「破産」は日露戦後の女性の動向をも的確に捉えており、女性の力を大いに見せつける小説となっているといえるのではないだろうか。

注

（1）塩田良平「解題」（『明治文学全集82　明治女流文学集㈡』（筑摩書房、昭和四〇・一二）。
（2）川田浩「国木田治子未亡人聞書―独歩の思い出を中心に―」（『立教大学日本文学』第九号、昭和三七・一一・二〇）。
（3）中島礼子「国木田治子論」（『国士舘短期大学紀要』第九号、昭和五九・三・一）。
（4）注（1）に同じ。
（5）山室信一『日露戦争の世紀』（岩波新書、二〇〇五・七）。
なお、日露戦争関連の参考文献として、横山源之助『日本の下層社会』（岩波文庫、一九四九・五）、伊藤整『日本文壇史8　日露戦争の時代』（講談社文芸文庫、一九九六・二）、大濱徹也『明治の墓標　庶民のみた日清・日露戦争』（河出書房新社、一九九〇・四）、石井寛治『日本の産業革命』（朝日選書、一九九七・八）、小森陽一・成田龍一編『日露戦争スタディーズ』（紀伊國屋書店、二〇〇四・二）、横手慎二『日露戦争史』（中公新書、二〇〇五・四）、黒岩比佐子『日露戦争　勝利のあとの誤算』（文春新書、二〇〇五・一〇）、原田敬一『日清・日露戦争』（岩波新書、二〇〇七・二）ほかを参照した。
（6）注（2）に同じ。「註」に、「明治三十五年から三十八年」とある。
（7）岡落葉「国木田独歩の身辺」（『日本古書通信』二十巻八号、昭和三〇・八・一五）。
独歩が矢野龍渓から『近事画報』を引き受ける際に背負った借金が「六万円ばかり」とあり、「破産」の「千円」と金額が大きく異なっている。
（8）矢野龍渓「余と国木田独歩」（『新潮』国木田独歩追悼号、明治四一・七・一五）。
（9）国木田独歩の死後に刊行された『病牀録』「第三　恋愛観」の中には、「女は禽獣なり、人間の真似をして活く。女を人類に分類せるは旧き動物学者の謬見なり。」という一節があり、興味深い。
（10）『日本女性史』（吉川弘文館、昭和六二・八）。
〈付記〉テクストの引用は、『明治文学全集82　明治女流文学集㈡』（筑摩書房、昭和四〇・一二）所収「破産」による。但し、旧字体は新字体に改め、ルビは省略した。

反家庭小説の試み——大塚楠緒子『空薫』『そら炷 続編』

岩淵宏子

大塚楠緒子の『空薫』は、『東京朝日新聞』に明治四一（一九〇八）年四月二七日から五月三一日まで連載され、作者インフルエンザのため休載の後、『そら炷 続編』が、明治四二（一九〇九）年五月一八日から六月二六日まで連載され完結をみた。

『空薫』『そら炷 続編』の主人公は、二六歳の美貌の才媛松戸雛江である。彼女は五〇歳を越えた貴族院議員の北内輝隆の後妻となるが、まもなく輝隆は胃癌に冒される。輝隆の死後北内家を離れた雛江には、夫の親友清村伯爵との再婚や二人による女学校創設の噂が流されるところで、物語は閉じられている。雛江の結婚生活の特異性は、二三歳の義理の息子輝一への恋情である。亡くなった雛江の恋人益夫に酷似していることから一方的に思いを募らせるが、輝一には泉子という恋人がいて思いが適わないどころか強く嫌悪される。泉子は清村伯の婚外子だが、夫の療養中に清村と深い関係に陥った雛江は、輝一の母が清村によるレイプを苦に服毒自殺したことを知る。輝一への思いを拒絶された雛江は、この事実を彼に伝えることで、二人の仲を引き裂くのであった。

先行研究(1)は従来、漱石との影響関係やモデル論に終始し、小説そのものの読解は立ち遅れていた。しかし近年、佐伯順子は「結婚を女ならではの〝立身出世〟の契機としてのしあがってゆく、ヒロインのしたたかな迫力(2)」に着目し、さらに、「『空薫』は一見先行の『虞美人草』の模倣のごとき体裁を取りながら、内実は『虞美人草』とは全く対照的な女性像を打ち出し、その価値観を無化する世界観を表現している」[3]と高く評価した。

たしかに雛江は、佐伯順子が位置づけるように「男性知識人が構築した明治の恋愛や結婚をめぐる規範と幻想の双方を相対化するラディカル」[4]な存在である。大塚楠緒子は、明治四〇年代のはじめに、なぜこのようなヒロインを形象化したのだろうか。本稿では、点在する東西の文学や同時代文化を読み解き、雛江の結婚と恋の実態を明らかにすることにより、『空薫』『そら炷 続編』創出の意味を探りたい。

1　雛江の閲歴・規範への抵抗

はじめに、作品内時間にふれておきたい。第一に、北内輝隆は明治初年に外国を漫遊し、その時一三歳だった輝一が現在二三歳とあることから、下限は明治一九（一八八六）年となる。第二に、北内輝隆は第一回では貴族院議員、第八回では衆議院議員となっていることから、上限は国会が開設された明治二三（一八九〇）年となり、先の明治一九年という下限とは明らかに矛盾する。第三に、雛江と北内は熱海に新婚旅行に出かけているが、東海道線が開通するのが明治二二（一八八九）年なので、この点からは上限は明治二二年といえよう。なお、新婚旅行が一般化するのは、明治二〇年代から三〇年代といわれている。第四に、雛江は「女学雑誌」の記者をやっていたとあるが、実在した『女学雑誌』の刊行時期は、明治一八（一八八五）年から三六（一九〇三）年までである。第五に、前編の最後に地震が描かれるが、明治期のもっとも大きな地震は、明治二七（一八九四）年のものである。以上の他にも年代を推定できる叙述が散見できるにも拘らず、いずれも相矛盾していて厳密な作品内時間は特定できないのだが、多くの条件に合致する明治二〇年代半ばから三〇年頃という想定で分析を進めたいと思う。

作品内時間をそのように想定すると、まず押さえておきたいのは、明治三〇年代に確立した良妻賢母思想[5]である。この頃、家庭教育の問題が初めて関心を引き、とりわけ賢母論が登場してくる。賢母になるためには、女は教育を受けなければならないとされ、日清戦後の女子教育論や家庭教育論の隆盛を招く。しかも賢母となるためには、単に教育を受けるだけでなく、教師の経験をすることも必要だという意見さえあったといわれている。雛江が、教育を受けていること、教師としての経験もあることなど当時の賢母としての条件を備えているにも拘らず、なぜ輝一は、父と雛江との再婚に難色を示したのであろうか。それは、雛江が父にとって不相応に若い後妻であること、自身は三歳しか歳の違わない義理の母を持つことになるからである。後編の最終回では、母寛子の死がレイプを苦にした自害であったことを知った輝一が、母を傷むどころか「母として懐かしむ、子らしい無垢の感情を以て見ることは出来ぬ」として母の肖像画を破り捨てるのは、良妻賢母規範に悖り姦通罪を犯した母を許せなかったからであろう。

一方雛江は何故美貌と才気を備えているうえ、賢母としての条件を備えているにも拘らず、二六歳まで結婚をしなかったのか。また、何故北内の後妻という道を選んだのだろうか。

雛江は旗本の家の出身だが、両親に早く死に別れ、あちこちの親戚の世話になりながら成長する。いじけたところはなく、物事を大胆に「すぱ〲と決断の善いことは男子《をとこ》も及ばぬやうな性質」に育つ。仙台の高等女学校を卒業後、上京し、専門の師について和漢洋の学を広く学ぶ。雑誌の寄稿家となり、認められるようになり、婦人会の書記、「女学雑誌」の記者、華族の家庭教師（続編に「国語の教師を一年ばかり為た」とあるのが、同じことかどうか不明）などをして、貴族社会にまで交際が広がるにつれ、「希望」も「理想」も高くなり、名誉心も高まったとある。

こうした経歴の雛江であるが、後妻となるまで結婚しなかった最大の要因は、婚約者の死という不幸にあった。雛江が一七歳のとき、婚約者の益夫が二〇歳で死亡し、益夫を深く愛していた雛江の痛手は大きく、以後、異性を愛さなくなる。「益夫さんの死ぬと共に我恋も死んだ筈」と心を閉ざし、熱心な求愛者が出てきても、「可笑《おか》しく」、「面白」く、「得意」となるだけであった。そんな雛江は、北内との結婚の前日、しきりに益夫のことを思い出すのである。

　また、雛江には妻をめぐる規範に強い抵抗感があった。「妻となるには広い世界から箱の中に入る心懸でゐねばならぬ」ため、「なるべくは独身の生活を長く続けるつもり」でいたからである。ここから雛江が、良妻賢母思想、すなわち女性を家内に閉じ込める性別役割分業の規範に批判的であったことが明らかであろう。

　では、なぜ五〇歳を越えた北内との結婚に踏み切ったのか。それは、独身でいることの不如意と結婚による利益ゆえである。「女教師と呼捨てにされてゐた袴姿」、「讃められても侮辱を受けるやうな気ばかりして居た老嬢《オールドミス》の境涯」という表現から窺える屈辱感や、「或頃より夜毎にたとしへない孤独の寂寞を感じて、終に結婚に意を決した」とある寂寥感に耐えられなくなっていた。そんな状況から、「頓《やが》ては爵位をも得る人」との結婚によって得られる「地位と名望」への打算が生まれ、単なる名流婦人をめざすのではなく、社交界に勢力を張り、社会から注目を浴びて活躍をすることを欲していたのである。「箱の中」のような妻の境涯も、「媚《チヤーム》」により、広い世界に出られると考えていた。はたして現実の結婚生活はどうであったのか。

2　雛江の結婚

　雛江は、結婚の儀式の最中に「我新郎」を盗み見て、失望と満足を同時に味わう。「若し我父親が存《ながら》へて居たらば是程の年輩と思ふと、瞬間《ちよつと》なさけない気もしたが、齢こそ吾れには不相応に老け過ぎたれ、何となく威のある風彩に争はれぬ品位が備わってゐる、夫として侍くに何の不足があらう」と。しかし、夫への複雑な思い以上に衝撃的だったのは、北内の一人息子輝一が益夫に酷似していたことである。雛江は、次のように思う。

　燃えさしの榾《ほだ》には蛍火程の火の気が燃え移つても、直様《すぐさま》火花を散らして燃え始めやう、昔の恋が此儘尋常に潜むであらうか、自分は北内輝隆其人に恋して嫁いで来たのでは決して無い、嗚呼《ああ》この結婚は過失であつたか知らぬ、といつて、結婚の席上でその結婚を後悔する新婦が何処にあらう。

だが翌日には、「再び生々として常の雛江に返つて、良人輝隆の機嫌を損はじと務めん覚悟」をし直し、新婚旅行に出かける時には、シャツのボタンをかけてやったり、ズボンをはかせたりと、新妻らしいまめまめしい世話をする。けれど、そのように自己を励まし務めてみても、夫の「老年《としより》じみた総ての挙動」への失望は覆い隠す術がなく、虚無感が胸に巣くっていったのであった。

他方、政治家を「学者なんぞは豪《えら》いと言つたつて、本箱へ首を突つ込んで只理屈を言ふ許りぢや御座いませんか、政治家は何しろ、世界の人の見て居る前で檜舞台を踏んで働くのですもの、仕事に栄《はえ》が有ります、」と考える雛江の思惑通り、「朝野に知られて居る」北内輝隆令夫人となった彼女には、夫の威光により明治婦人会から副会頭就任の要請が来る。明治婦人会とは、「慈善を目的とした会で、婦人会中の最も基礎の固い盛大な会」で、会頭は飾りものだが、副会頭が万事を切ってまわしているので、「交際界に勢力を張る余地は充分ある」と内心胸を躍らせる。

明治婦人会は、明治一七（一八八四）年から二五（一八九二）年にかけて行われた鹿鳴館の婦人慈善会をモデルにしていると思われる。この頃、第一次資本主義恐慌を背景として貧民暴動が多発し、資産家が次々と貧民救済に乗り出して未曾有の慈善事業ブームが到来した。そうした動きと連動するように、慈善家の欺瞞性というものも論議されていた時代である(6)。しかし、雛江にはそうした時代動向への関心や知識は皆無であった。文筆に携わってきた経歴の持ち主であるにも拘らず、こうした批判力のなさや体制順応の姿勢は見逃せないだろう。

家庭内でも雛江は、次第に勢力を発揮する。まず、居間にかけてあった前妻寛子の肖像画を夫に取りはずさせ、その面影を消すことを要求する。さらに、文明開化により輸入された外国文化を次々と取り入れることで、北内家の「質朴な家風」を変えていく。「華美好《はでずき》」な雛江は、「紅寳石《こうほうせき》と金剛石《だいやもんど》」の指輪をはめ、従来めったに使用しなかった母屋の西洋間に暖炉を焚かせ、「やたらに」客を通し、紅茶などで接待をする。新年には、婚礼以来使用しなかった馬車に新しく白馬を購って付けさせ、輝隆と同乗して年始の廻礼をしたことは「交際界の一時の評判」にまでなる。そんな雛江の振る舞いを、夫の輝隆が「唯珍らしげに傍観して、強いては口を挟ま」ないのは、輝隆にとっても「雛江の若さと美しさとは、恰《あたか》も魔力あるが如くに内にも外にも人を惹き付けて、社交の上にも良人に利益を与ふる事少からず、その我儘に挙動《ふるま》ふ欠点をも補ふて余りある」からである。しかし、輝隆の従兄弟の未亡人で前妻寛子亡き後の北村家の世話をしていた廣林庫子は「遠退いて眉を顰め」、乳母の伊豫は「近く見て居て気を揉」み、輝一は「睨んでのみ日を暮らす」のであった。

良妻賢母思想が女性を束縛する時代のなかで、規範に従って夫にかしずくのではなく、逆に思う様操縦し、家の内外で存分に勢力を伸長していった雛江だが、こうして得たものに満足しただろうか。否である。結婚前には想像だにしなかった「寂寞な栄華に過ぎぬ」という感慨さえ持つようになるのだ。それは、「相思の若い男女を見ると嫉妬が胸の底から沸き上」り、とりわけ輝一と泉子を見るにつけ、「自分は真夏の日のヂリ〳〵と照り付ける様な情に飢る、あゝ、最う一度恋に浸りたい」と痛感したからである。そして「輝一が益夫に似ても似つかぬ醜男《しこお》であつて、不容標《ぶきりよう》な女と睦まじいを見ても、やっぱり嫉妬に燃えるであらう」ことを自覚するのであった。

このように結婚後の雛江は、「箱の中」のような妻の境涯ではなく、家でも社会でも、権勢を誇ることに成功する。しかしながら、虚栄心と野望だけでは内的充足を得ることができないことを、身をもって知ることになる。さらに、元々愛情からの結婚ではなかったが、新婚間もなく輝隆が体調を崩し、胃癌ではないかと恐れおののく事態が発生すると、雛江はそんな夫を励ますどころか看護婦をつけることを提案する。輝隆は、「病に対する一方ならぬ恐怖と、良人を安々と人手に委さうとする妻の心事とを疑ふ念が苦しい程高ま」り、闘病生活に入ってからの雛江の家を空けてのほしいままな振る舞いは妻への信頼感を失わせ、遺言書に「若干の分配をして」「疾《と》く北内家から籍を抜」くようにという文言を書かせることになる。

3　雛江の恋

では、雛江の求めた恋は、どのような展開をみせたのだろうか。

義理の息子輝一は、文科大学生で、文学士になる目的で大学に通っている。彼は「背の高い眉目秀麗な美男」である点こそ益夫に似ているが、その価値観などは、ことごとく雛江とは対照的で、義理の関係がなくとも、この恋は成就しなかったに相違ない。

輝一は、雛江をどのように評価していたのか。父との再婚以前に才色兼備の誉れ高い雛江を偶然見かけた折、「容貌《きりよう》を鼻にかけた高慢な女」という印象を友人の平尾に伝えている。義母となった雛江に対しては、その「笑顔」を、「媚《チヤーム》」ではなく「媚《こび》」と捉え、夢に現れた雛江が「貴郎《あなた》は泉子さんを何故然《さ》うお慕ひなさる、私と言ふものが此處に……」と言うのを疎ましく思う。さらに「平生《ふだん》、彼《あ》の切れの長い艶やかな眼で見据ゑられると慄《ぞつ》とするほど、厭な感じ」を持っていて、露ほども好感を抱いていない。

義理の息子に言い寄るという破天荒な行動を起こす以前から、輝一にこのような悪感情を持たれているのは何故か。それは、父との平穏な生活を乱されたという恨みや嫉妬からだけでなく、次のような彼の理想の女性像と雛江が大きくかけ離れていたからだろう。

「沙翁《しやをう》の書いた女性《によしやう》に付いての話が出た時、誰かはポーシャが理想の女だと言ったが、僕は何処迄もオフエリアが好きだ、女は可憐でなければならぬ」

ポーシャは、シェークスピアの『ベニスの商人』、オフィーリアは、『ハムレット』に登場する女性である。ポーシャは、借金の証文通りアントニオの肉一ポンドを切り取ろうとするユダヤ人の金貸しシャイロックに対し、機知ある裁きで見事に撃退する男装の才媛。一方オフィーリアは、デンマークの王子ハムレットの恋人。叔父に父王を毒殺され、母とも結婚したことに不信を抱いたハムレットは、復讐を果たすが、自らも命を落とす。その過程で、ハムレットはオフィーリアの父で宰相ボローニアスを刺殺するが、父の死とハムレットの心変わりを知ったオフィーリアは、発狂し水死する。対照的な二人の女性像への嗜好から、輝一の保守的な女性観が窺われる。と同時に、ポーシャ的である雛江が嫌われる所以も明らかであろう。

輝一はまた、彼女の書籍箱をみて、「この書物の十分の一も読んだか読まぬか、この頃の女は指輪や襟留《ブローチ》の他に、虚栄書物も要るのと見える」と心中で冷笑するように、才色兼備の誉れ高い雛江の教養さえ信じていない。

しかし、学問より政治に重きをおく雛江ではあるが、『湖月抄』を読む箇所に注目したい。『湖月抄』は、延宝元（一六七三）年に完成し、同三年に刊行された北村季吟による『源氏物語』の古注集成である。明治二三（一八八九）年に『訂正首書源氏物語湖月抄八巻（小田清雄）』が出、同年から二四年に渡って『訂正増註源氏物語湖月抄八巻（猪熊夏樹）』が出された。これによって、江戸期はもとより明治・大正・昭和期にわたる流布本として普及するに至ったことは、『源氏物語』享受史の上で大きな役割を果たしたといわれている。(7) 明治三〇年前後に、『湖月抄』がどれほど読まれていたか定かではないが、雛江の教養は、輝一が侮るよりは高いとみてよいのではないだろうか。

ところで雛江は、『湖月抄』の「帚木の巻」を読んで「クサ〳〵」しているが、それは何故だろう。同巻には、年老いた紀伊守の父伊予介の若い後妻になっている空蝉が登場する。方違《かたたが》えに訪れた源氏と関係を持ち、源氏に心ひかれるのだが、自身の境遇を顧み、二度と源氏に会おうとはしない。空蝉は夫の死後、継子の懸想を避けて出家するが、その後、源氏のもとに引き取られ、二条東院で仏道に専心するという展開となる。年老いた男の後妻になる点では同じでも、学問・芸術などあらゆる才に恵まれ、理想的な貴公子として描かれている光源氏と関係を持ち、さらに継子からも懸想される空蝉は、今や恋に焦がれている雛江にとって、羨望の的であったからに違いない。

では、輝一の恋する清村泉子とは、どのような女性か。「彼女《かれ》は貴族の家庭に貴族の女《むすめ》らしう慎ましく育てられて、室《むろ》に咲いた色《はな》の様な処女《をとめ》」である。おもに廣林庫子が、母の無い家庭の泉子の家庭教師となって生け花や茶を教えるかたわら、「武士道的女徳」といったようなことを説いて聞かせるため、「風姿《なり》や嗜好《このみ》こそ当世の流行を追ふてはゐるが、存外考へは古風に養われて居る」と語られる。「古風」な「考へ」とは良妻賢母規範に合致する姿勢とみてよいであろう。

また、輝一は、「性欲は恋の最期《さいご》の堕落ではないか」、「我恋を永久《とこしへ》に生かすには、結婚を避けた方が好いかも知れぬ、永久に我が泉子を我が胸に生かしたい」と、プラトニック・ラブを理想としている点でも、婚約者益夫と肉体関係があった雛江の恋愛観とは相容れない。

しかし、泉子は古風なだけの女性ではない。輝一に宛てた手紙のなかに、温室より菫の花一輪取って「君と思ひて接吻」したものを同封するという情熱的な一面を表す。これは輝一の手に渡らないで雛江に破り捨てられてしまうのだが、紫は明治の流行色であり、星菫派と呼ばれた明星派のシンボル・カラーにもなり、紫を恋愛の暗示とする傾向は明治文学中枚挙に暇がないと指摘されている。[8] 菫に託された泉子の高貴さと恋のイメージは、輝一の「薄紫の菖蒲《あやめ》のやうに美しい女《ひと》だ」という恋心とも相呼応しているといえよう。

こうした女性観・恋愛観をもつ輝一に対し、雛江はあろうことか、誘惑を試みるのである。夫は外出し、乳母も倅の宿元へ宿入したある晩、前妻寛子の姪で家事手伝いのお喜多と女中に暇をやり、雛江は輝一と二人きりになる機会をつくり、雑誌の口絵に掲載されているウォッツの絵の意味について、輝一に尋ねるという戦略に出る。

それは、ダンテの『神曲』[9] 地獄編の第五歌に登場するフランチェスカ・ダ・リミニと義弟パオロ・マラテスタを描いた絵である。フランチェスカはラブェンナの君主ボレンタの娘であったが、ボレンタ家とマラテスタ家の和睦を計るため、マラテスタの息子ジョバンニに嫁することになる。武勇の誉れ高かったジョバンニは醜男であったので、美貌の弟パオロを身代わりに立てる。婚姻後に真相を知ったフランチェスカは悲観し、そのうち彼女は真剣にパオロを愛するようになり、不義を重ねたため、両人ともジョバンニに殺されるという物語である。

おそらく雛江は、この絵が不義の恋をテーマにしていることを知っていて、わざと輝一に説明を求めたに違いない。「良人を忘れて他の男を慕ふ、若しそれが切ない真実の恋であつたら、可憐さうぢやありませんか。恋は理性の命令通に従ふものではありません、」と訴える雛江に対し、輝一は「恋は恋でも、不倫は不倫です、」と言下に否定する。それにも怯まず雛江は、「私は、輝一さん、切ない恋を感じて見たい、感じた事はあるんですけれど、今も感じて居るんですけれど、」と強引にも輝一の手に触れる。まさにその瞬間地震が起こり、雛江は輝一の肩に手を纏つて、その胸に黒髪を投げかけようとするが、力まかせに突き飛ばされ、洗い髪に差していた櫛が落ちて、二つに折れるのであった。輝一は、継母としてあるまじき挙動に出た雛江の浅ましさ、忌まわしさ、厭わしさに、爾後、「淫婦」「妖婦」と全面否定するようになるのである。

4　雛江の新たな選択

功利的目的だけで結婚した夫は余命幾許も無く、義理の息子からも蔑まれることとなった雛江は、次の目的に照準を合わせてゆく。それは夫の親友清村伯爵との再婚である。その関係は、ともに女学校を設立し、学監になってほしいという次の誘いから始まる。

「(略)今の女子教育は西洋流の学問、それも上滑りのするやうな学び方で、一向ヅツシリと魂の入いつた女子《をなご》は出来んぢやないか、近頃男子の方に武士道を説く者があるが、女子も夫《そ》れぢや、女子も日本風の魂が無うては不可《いか》ん、貴女等《あなたら》に言はせたら、ちつと保守過ぎると言はれるか知らんが、俺《わたし》らの考へは然うぢや、西洋流の理想、理想と、理想に許り走らんやうに、現実に役に立つ、愉快に活動する女子が欲しい、(略)」

「結構なお考へで御座います、」と答える雛江に対し、「その、学監と言ふ位地について下さつて、一つ骨を折つてお貰ひ申したいのぢやが、何《ど》うぢやろ、」「篠澤君などは、切《しき》りに斯ういふことを言ふ、女生徒の上に立つて監督する女子《をなご》は、容貌も醜うては不可《いか》んといふのぢや、醜い女子は兎角に他人の美を妬む癖があつて、根性が僻《ひが》んじよつて不可んといふ、其点から言ふても、奥さんでなければ成らんと言ふのぢや、」と美貌を褒めそやしつつ口説かれ、口では「迚《とて》も私などには及びません、経験も何も一向ないので御座いますから、」と答えるが、「その面白さうな名誉ある職には願うてもついて見たいと、腹には思」うのである。

明治の女子教育の変遷[10]を辿ってみると、明治一七（一八八四）年から始まる鹿鳴館時代に代表される欧化主義の時代には、女大学式の伝統的な女子教育が否定され、女子教育改良が叫ばれた。この動向に呼応して、華族女学校・明治女学校・普連土女学校・香蘭女学校などが次々に新設された。ナショナリズムが高揚していった明治二二（一八八九）年前後には、家を守る貞節な女性を育成することを理想とする儒教色の強い女子教育が盛んに唱えられるようになる。家政科が中心に据えられ、家庭内の教育や裁縫塾で充分であるために女学校は軒並み衰退していった。さらに日清戦争前後になると、国力増強と関連させて女子教育を論ずる国家主義的な風潮が生まれ、女性も国家に奉仕するために家庭の中で妻として母として本分を尽くさなければならないという良妻賢母思想として結実していく。この思想が女子教育の大きな柱となっていった。

以上のような変遷を辿ってみると、清村たちの動きは、おそらく日清戦争前後の女子教育論の流れの中に位置づけられよう。その設立の趣旨に対し、何らの意見もなく、ただ「名誉ある職」に就くことだけを願う雛江は、知的活動に携わってきた女性としてはあまりに見識がなさすぎるのではないだろうか。「妻となるには広い世界から箱の中に入る心懸でゐねばならぬ」と、良妻賢母規範に抗して「老壌の境涯」に甘んじ独身を貫いてきた女性とも思われない。自身の地位や名誉には敏感であるが、女性全体を取り巻くジェンダー規範にはきわめて鈍感であるといえる。
この折雛江は、「冗談が嵩じると、彼様《あゝ》いふ事を遣るは、俺の悪い癖での、あの女子一人にも限らんに、死んだのは彼の細君一人ぢや、」と、清村の口から前妻寛子の死の秘密を知らされる。それまでの雛江は輝一と泉子との仲を裂くために、泉子の母親が清村家の小間遣で鍛冶屋の娘であることを楯に異を唱えていたが、輝一にこの事実を告げる事により、二人の仲を決定的に決裂させるのである。男性による性暴力が日常的だった時代とはいえ、寛子の痛ましい死を知ってもなお、清村に縋っていこうとする雛江の浅薄さ、それを利用して恋人同士の仲を裂くことの卑劣さはいうまでもないが、泉子の氏素性を云々する姿勢も、階級や身分差に囚われている雛江の古さを露呈しているといえよう。

この事を知った輝一は、清村を岳父に頂くことは断じてできないと、懊悩の末泉子との別れを決断する。輝隆の他界後、雛江は夫の棺の前で輝一に、「朝に晩に、貴郎を見るに付けて、昔の恋は燃え立つて、切な」かったと告白し、輝一から「恐ろしい女」、「此様な女が自分を恋ふといふさへ気味が悪い」とまで蔑まれる。汚れを払うために輝一が薫べた練香の煙を、雛江は「さえ〴〵した眼をして、室《へや》の中に自在に広がる薫物《たきもの》の煙の行迹《ゆくへ》を眺め」るのであるが、輝隆の容体が日増しに悪化していった頃、同じように空薫の煙をみながら、清村に縋ることにより「日陰から日向へ浮かび出ねばならぬ」と思う場面がある。

> 人の行く道には處々に垣が在る、垣を越えても走りたい處へ走りたいのが我が希望《のぞみ》である、（略）香炉から空薫の煙が上る、只一筋の細い〳〵、蚕の口から吐き出す糸そのまゝの細い煙であるが、縦横自在に心ゆく限り虚空に広がつては、咎むる事も出来ぬ、捉むことも出来ぬ、面白いではないか。

煙は、雛江にとっては捉われない自在な生き方の表象であるが、輝一にとっては、雛江によってもたらされた汚れを払うために薫べたものであり、空薫は両者の価値観の非対象性を担っている。何もかも告白・暴露した雛江は、籍を抜かれるまでもなく、北内家を出る決意でいることの表明なのか、洗い髪という異様な髪形で葬式に従うのであった。しかし、愛なき結婚の「寂寞な栄華」を知ったうえでの新たな選択に、明るい未来が約束されているはずはあるまい。

5　反家庭小説の試み

雛江の結婚と恋を読み解いてみると、その新しさと限界が明らかである。結婚前の雛江は、何の後ろ盾もなく、著述活動を展開し、才媛の名前をほしいままにする活躍ぶりであった。結婚の前日も、自身の論文が巻頭に掲載された雑誌に目を通していることから、結婚の間際まで著述活動をしていたことがわかる。妻の地位にも自覚的で、性役割に囚われまいと考え、独身を貫いていた。「毒婦的」(11)といわれるが、亡くなった婚約者への深い思いも窺われる。こうした雛江の新しさを端的に表象しているのが、「空薫」に託した自由な生き方への憧憬であろう。

しかしながら、世間からは女であり独身であるがために故ない侮辱を受け、女性が置かれていた社会的地位の低さに抗うように、虚栄心を高め、打算的な結婚に踏み切ったところから、男性中心社会の体制に巻き込まれてゆく。慈善事業や女子教育に対する見識のなさ、男性による性暴力への批判力のなさは、見てきたとおりである。

良妻賢母思想に抗い、真っ向から対立する生き方を貫く反面、男性中心社会の価値観を相対化する眼をもてない弱点を持ち、それゆえ権勢を誇る男を利用して野望を遂げようとする点では、歴史的限界を持つリアルなヒロインである。古来からの「悪女」(12)の系譜に位置する女性といってもよいだろう。明治四〇年代に、このようなヒロインを形象化した意味はどこにあるのだろうか。

それはおそらく、明治三〇年代前半から四〇年代はじめにかけて、新聞小説を舞台に隆盛をきわめた家庭小説と深い関係があると思われる。代表的なものに、徳富蘆花『不如帰』(『国民新聞』明治三一～三二)、菊池幽芳『己が罪』(『大阪毎日新聞』明治三二～三三)、『乳姉妹』(『大阪毎日新聞』明治三六) などが挙げられる。

この家庭小説が流行した時代背景を押さえておきたい。牟田和恵は『戦略としての家族』[13]において、「近代とは、それまで人を社会に編入する役割を果たしてきた地域共同体や職能共同体が背後に退き、「家族」が特権化する時代」であり、「日本においても、法やさまざまな社会制度、教育システムが全国的に、また階層横断的に均質的に普及浸透して、国家の「監視」の視線があまねく行き渡るなかで、家族はそれに棹さし促進していく役割を担っていた。(略) その主たるエージェントになったのが新しく現れた「家庭」という新しい要素を備えた家族であり、そこで働いたのがいわば〈「家庭」のイデオロギー〉ではなかっただろうか」と説き、〈「家庭」のイデオロギー〉普及の役割を担ったのが、ジャーナリズム・教育論・家庭小説であると位置づけている。

家庭小説は、家庭生活を題材として、家庭内で読める小説を指し、道徳の守り手としての家庭、国家の礎としての家族を描き出し、近代国家・社会にふさわしい生活習慣や規範を家族の日常を通じて醸成していくためのイデオロギーを担っていたといわれ、光明小説ともいわれる。家庭における道徳を実現しているモデルとして、「中産階級、あるいは華族の家族が描かれ、そこで繰り広げられるのは、俗悪さや猥褻さからは完全に脱した、清浄で光明あふれる家族の物語」[14]である。女性はその主役であり、良妻賢母規範に則り、自己犠牲と献身をすることで、その主役としての幸せを獲得できるというイデオロギーが成立している。しかし、こうしたイデオロギーが、如何に欺瞞的で現実を反映していないか、女性が能力と欲求を発現して自由に生き生きと生きることを妨げてきたかは、いうまでもないだろう。

家庭小説のこうした背景や役割からみると、『空薫』『そら炷 続編』は、まさに正反対の内容であることがわかる。ここに描かれた二つの家庭、北内家と清村家は、俗悪で猥褻そのものである。北内家の妻・母であるヒロイン雛江は、性役割をはたすどころか夫を裏切り、義理の関係とはいえ息子に懸想をする女性である。華族である清村家の主人は、「でぶ〳〵と肥た五体」で猥褻行為を繰りかえす不道徳家である。しかし、ある意味では、同時代の家庭の実態を前景化させる一方、良妻賢母規範にがんじがらめになっていた女性たちの自由な生き方への憧憬および限界をもリアルに描出した小説であろう。

翻って、家庭小説でなくとも、従来比較されてきた同時代の漱石『虞美人草』（明治四〇）はむろんのこと、有島武郎『或る女』（明治四四～大正八）なども、自我に目覚めたヒロインを必ず死をもって断じているのに対し、雛江はしたたかに生き抜いていくところに、女性作家ならではのエールが感じられる。雛江の新しさの特徴は、愛と性の自由および社会的自己実現を希求する点にあり、その意味では、明治四四（一九一一）年九月に刊行された『青鞜』の「新しい女」たちの先駆けともいえよう。このようにみてくると、『空薫』『そら炷 続編』は、反家庭小説の試みと位置づけてよいのではないか。家庭小説を通して女性たちを良妻賢母規範に閉じ込めようとした時代の流れに抗した、すぐれてフェミニスティックな小説と評価したい。

注

（1）主要先行研究は左の通りである。
塩田良平『明治女流作家論』（寧楽書房、昭和四〇・六）。
小坂普「ある相聞歌――漱石と大塚楠緒子――」（『文学』昭和四七・七）／「大塚楠緒子」（『女流文芸研究』所収、南窓社、昭和四八・三）。
岡林清水「大塚楠緒子「空薫」研究」（『徳島文理大学　文学論叢』第七号、平成二・三）。
（2）「「愛」への懐疑――女性作家たち」（『「色」と「愛」の比較文化史』岩波書店、平成一〇・一）。
（3）「夏目漱石と女性作家――大塚楠緒子『空薫』と夏目漱石『虞美人草』をめぐって」（国文学解釈と鑑賞別冊『女性作家《現在》』至文堂、平成一六・三）。
（4）注（3）に同じ。
（5）小山静子『良妻賢母という規範』（勁草書房、平成三・一〇）参照。

（6）三和一男「明治時代の慈善事業」（『明治文化の研究』大鐙閣、大正一〇・一〇）参照。
（7）重松信弘『源氏物語研究叢書Ⅱ　増補新改源氏物語研究史』（風間書房、昭和五五・一〇）参照。
（8）木股知史『〈イメージ〉の近代文学誌』（双文社出版、昭和六三・五）参照。
（9）『神曲』という訳名は、明治三五年に森鷗外によって翻訳された『即興詩人』（春陽堂、明治三五・九）のなかで紹介された。
（10）日本女子大学女子教育研究所編『明治の女子教育』（厚徳社、昭和四二・二）、片山清一『近大日本の女子教育』（建帛社、昭和五九・三）参照。
（11）注（1）の塩田研究書に同じ。
（12）田中貴子『〈悪女〉論』（紀伊國屋書店、平成四・六）参照。
（13）新曜社、平成八・七
（14）注（13）の牟田和恵『戦略としての家族』に同じ。
〈付記〉本文引用は、明治文学全集81『明治女流文学集（一）』（筑摩書房、昭和四一・八）に拠る。ルビは適宜省略し、旧字体は新字体に改めた。

水野仙子の原点――『徒労』『四十餘日』を軸として

溝部優実子

1　はじめに

水野仙子が郷里福島県須賀川町を後にし、田山花袋の門をくぐったのは、一九〇九（明治42）年四月、二一歳のときである。歌人服部躬治を兄にもつ影響もあって、一五歳のときから『少女界』に投稿をはじめていた仙子は、『女子文壇』や『文章世界』でめきめきと頭角をあらわし、小栗風葉や田山花袋の賛辞を受けて、すでに別格の扱いを受けていた。

しかし、東京で彼女を待っていたのは、師田山花袋に背く結婚、夫川浪道三の闘病生活、そして自らの肋膜炎の発病だった。三年間にわたる闘病生活の末、ついに一九一九（大正8）年五月三一日、三〇歳の若さでその生を終える。晩年のほとんどは病との闘いに費やされたのだから、彼女に与えられた作家としての時間はあまりに短いものであったことになる。

だが、有島武郎が、『水野仙子集』（叢文閣、一九二〇年）の跋文「水野仙子氏の作品について」で、その文学を三期に分けて概説してみせたように、その文学世界は思いのほか多様な様相をもつ。有島によると、「自分の実生活を核心にして、その周囲を実着に――年若き女性の殉情的傾向なしにではなく――描写した」第一期、結婚によって花袋から離れ「自己の生活をバック・グラウンドに追ひやつて」「作家の哲学をほのめかさうとした」第二期、闘病生活に入り「再び厳密に自己に立還つて」「自己を通しての人の心の働きを的確に表現しようと試み」た第三期となる。いずれにせよ、水野仙子が己の実人生と切り結ぶ形で、最期まで文学と関わり続け変容していったことは明らかであろう。

第一期の代表作として、有島は『十六になつたお京』・『陶の土』・『娘』・『四十餘日』を挙げ、その本質を次のように記している。

少女から処女の境界に移つて行く時の不安、懐疑、驚異、煩悶、つぎ〳〵に心内に開けてゆく見も知らぬ世界、而して遂には生活の渦中に溶けこんで何んの不思議でもなくなつて行くそれ等の不思議な変化、さうしたものが僅かな皮肉に包まれたやみがたい女性の執着によつて表現されてゐる。（「水野仙子氏の作品について」）

この指摘にあるように、第一期の仙子は、少女から〈女〉となっていく情況をつぶさに描いている。その中で浮き彫りにしてみせたのは、女だけに課された〈妊娠―出産〉の問題であった。特にこの問題を正面からとりあげているのが『徒労』（『文章世界』明治42・2）、『四十餘日』（『趣味』明治43・5）である。本稿ではこれらの作品を軸に、水野仙子の作家としての原点を見極めてみたい。

2　〈心傷《トラウマ》〉の所産―『徒労』

明治四一年七月、その実力を認められ、『女子文壇』の寄稿家として遇されることとなった仙子は、翌四二年二月、『文章世界』に『徒労』を寄せた。この作品は、異常分娩の有様をリアルに描き出す衝撃作である。苦痛の呻きと子を生かそうとする絶望的な叫びが全編を貫く。

「あ痛っつ……むゝ……いんや生きてる！　……生きてる……生きてるつてば！　あたゝゝあゝあ」

二人は顔を見合した。そしてまた目を落した。抉ぐられるやうに胸が苦しい。居ても起つても居られぬとはこの事だと思ふ。呻吟が叫びとなり、叫んでは呻吟き、今は絶え間なく、人も忘れ身も忘れ、叫んで居る、呻吟いて居る。

二日にわたる悶絶の末、結局母体を守るために胎児の命は絶たれ、白い布の被された小さな棺は、そっと埋葬場へと送り出される。

ここまでリアルで苦痛に満ちた出産の場面は他に類をみないだろう。二〇歳に過ぎない仙子がこれを描き出すことができたのは、これが彼女の知る事実であったからだ。

仙子の長姉セツは先天的に骨盤が狭小で、正常な分娩をすることができなかった。二度の死産を経験し死地をさ迷ったといわれている。[1] 仙子が目撃した光景は、あまりに直截に〈産むこと〉の酷さをつきつけたと思われる。次姉ケサが女医を目指した動機にも、この事件が関わっていると推測されており、その影響の大きさは図り知れないものがあろう。

上京後に生活を共にしたことのある今井邦子は、「女と妊娠の問題」が「お貞さんの心にある女としての重大な問題」であり、「其事はお貞さんと交際のあつた人はよく知つてゐる」と明かして、次のように語る。

> 女として妊娠といふ特別な約束に結ばれる自然の現象に対して、怒つてよいか、憐んでよいか、笑つてよいか、泣いてよいか解らぬといふやうに考へて、もしかすると其いづれもであつたかもしれない心の感慨を、書

いても書いても書き尽せぬといふやうに思つてゐたらしい。(2)

姉の死産の経験は、仙子の内に深く刻みこまれ、いわゆる〈心傷《トラウマ》〉となっていたのではなかったか。そうであるならば仙子が敢えて『徒労』を描ききったことは、重く受け止められねばならないだろう。〈心傷《トラウマ》〉にメスを入れ、身内の不幸を素材とするのは並大抵の覚悟でできることではない。この決断の背景には、仙子が人生の岐路に立たされていた事情があったと思われる。

高等小学校を卒業した後、裁縫学校へ二年通学してさらに裁縫の私塾に通っていた仙子は、「十八十九時分までそれでも自分は店屋のおかみさんにならなければならないものと思ひ込んで居」たという。(3)兄服部躬治にかわり、婿をとって家を継いだ長姉夫婦に子供がなく、彼女が婿養子でもしなければならない事情が控えてもいた。いわばモラトリアムを過ごす仙子は、服部家にとって、家を存続させるための格好の補償的存在と目されていたことになる。予定されている未来―結婚を目前にして、才ある仙子が投稿によってあがくように自己存在を確認しようとしていくのは、むしろ自然な流れであろう。

それが一年〳〵慰みの筆がほんものになつて来て、どうかして小説家になりたいなど〻僭越な望みを抱くやうになりました、今度はそれが嵩じて東京に出たくなる。家では初めどうしても許して呉れなかつたのでとう〳〵家出を覚悟しました。それが二十一の時だつたらうと思います。(4)

上京に駆られていくのは、文才を認められたことが根底にあるだろうが、いわゆる適齢期のいいしれぬ圧力を感じ取っていたからでもあったろう。

作家への道を切実に模索するなかで、舞い込んだのが『文章世界』からの依頼である。編集余録(『文章世界』明治42・2）によると、「特にわれらがわが文章世界投書者の中から五氏を選んで」与えられた好機だった。人生の突破口を切り拓くために、ギリギリの自己存在をかけて選んだ素材が、姉の異常分娩であったのではないだろうか。多くの自然主義作家たちが、己の実人生を暴き出して、その文学世界を構築していこうとしたのに重なる姿勢を、ここに見て取ることも不可能ではないだろう。

誤解を恐れずにいうならば、『徒労』は極めて戦略的なものであるといえるのである。出産の〈現場〉を描出することは、それだけでも十分に衝撃的で希少なものであるからだ。男性作家の作品においては、それは点描されるにすぎず、大概において形式的ステレオタイプを出るものではない。考えてみれば無理もない。出産を〈ケガレ〉として女の領域に囲い込む文化的コードは明治近代化によってさらに推し進められ、男性が〈現場〉に立ち入ることはタブー視されていたからだ。分断によって、その〈現場〉は暗黙のうちに不可侵のものとなるか、関心の外に置き去りにされる。結果、想像を絶する痛みと出血を伴う現実は描かれることはない。まして、異常分娩であればなおさらであろう。だからこそ、オブラートにつつまれた出産の〈現場〉を白日の下にさらすことは、仙子の切迫した心理とその先鋭性を語るものである。

仙子は、このような素材を、一四歳の少女を視点人物に設定することで描ききった。『徒労』の冷徹なまでの描写を可能にしたのは、まぎれもなくこの少女お紋の存在であろう。

「お紋ちゃん！　ない（ねえ）一生！　嫁になんぞなるもんでねえない！」
あげたお紋の顔に、お菊の目の涙が写った。
「えゝ！」
お紋はまだ子供である。けれども其答へには力が籠つた。女の果敢なさ！　それよりもお紋の胸には、恐ろしさが先づ浸み込んだのであらう。

お菊の言葉は、結婚—妊娠—出産につながれた〈女〉への呪詛をはらんでいたはずなのだが、お紋はその本当の重さを理解することはなく、ただ本能的な恐れを抱いたにすぎない。お紋は、『四十餘日』のお芳が一七歳で初潮を迎え、「男と女がどう違ふものか」を知ったとされていることから考えれば、初潮前であると考えられる。やがては性規範にのみこまれていく未来を持ちながら、いまだ十全にその意味を認識し得ない存在なのだ。翻って、無知であるからこそ、彼女は〈女〉をめぐる過剰な意味性から免れて、姉の異常分娩を〈現象〉として見つめることができたといえるだろう。このような彼女の視点を通じてこそ、仙子は乾いた緊密な筆致で、この素材を作品化することができたと考えられる。果たして『徒労』は、投書家五人のうちで首位となり、田山花袋氏の激賞を受け、文壇に水野仙子の名を知らしめるものとなった。文字通り身を切る努力は実ったといえよう。

3　まなざしの深化——『四十餘日』

『徒労』を契機として、仙子は〈産むこと〉にこだわり続け、お産の軽重や死と隣り合わせの危険性を書きしるしていった。例えば、『まくらもと』（『女子文壇』明治42・11）の姑の言葉——「お産てものも怖ろしいもんさね、棺桶に足を片方入れとくやうなものだつていふから…まあうちのお曾恵なんかは軽くつて大仕合せ、私が八か間しく言つて働かせときましたからね」はその一例である。

さらに、度重なる出産によって精神を病んで行く女の悲劇を、『お波』（『中央公論』明治43・2）に描いている。一度目の出産で、「産が重くて、そのあがりとほんとしたやうになり、妙なことを走る《ママ》やうなことがあつた」お波は、ついに第四子の出産によって狂う。この作品では、女だけに背負わされる〈産むこと〉への呪詛が、それを理解しない男への憎悪へと変換されていくのを見ることが出来る。

お波はいつも男は暢気だと思つて、それが妬ましく口惜しく憎らしくなる。欲しいとも生まうとも思つて居ないところへ子供が生れる。育つ、また生れる。（中略）生んだ以上はそつちのものと言はぬばかりの顔つきする男、少くとも子供といふものを余外になし得る男、女ばかりが知る直接の苦痛に没交渉な男、その男といふものがむちやに腹立たしい。

産む権利にも絡んで、出産が及ぼす女体への影響の大きさをつきつける問題作といえるだろう。

そして、明治四三年五月、『徒労』の直接の変奏ともいうべき『四十餘日』が書かれた。上京を果たし、花袋宅で本格的に作家修行に入って一年後のことである。

作品は、姉の異常分娩がすでに終わった時点から描き出され、この事件を後景として錯綜する人間関係が抉りだされていく。

絶えず立て通しの屏風に、今見れば字の跡を散らして血の跟見たいなものが附着して居る。凝乎と見て、お芳は恐ろしい〱いつかの夜の有様を思つた。女といふものが思はれ、子といふものが思はれ、続いて種々な家庭といふものが思はれた。

死産を経験した跡継ぎ娘である姉勝は、一家の主婦として重い責務を担う存在である。彼女の日常は、病床での思いによくあらわれている。

盲目の父、かうして横つてつく〲見れば、今初めて白髪に驚かれる母、二人の妹、とそれらが重く重く自分の肩に頼りかゝつてゐた。何事も何事も自分を相談相手にしてゐた夫は、さぞ歳暮の忙しさに手廻りかねてゐるであらう、店の者達の仕着せもまだ整へてなかつた。先刻薬罐を持つてはいつて来た清治の足袋から、親指の先が赤く覗いてゐた……あゝ、あゝ糞！　生きなければならぬ！……

このような姉の代役とならねばならないのは、もはや年老いた母ではなく妹のお芳である。お勝が病床に伏すまで、お芳は気楽な町屋の娘として「考へなしに生きて来た」。一九歳となったときも、「十九といふ年が不思議な可笑しなものに耳に響いた」彼女は、「子供だ。子供だといはれるのが」「寧ろ得意な位」な幼さをもっている。彼女の生活の重心は、町家の多くの娘のように裁縫の私塾にあるが、これが格好の花嫁修業の場であったことは疑いない。

特に明治二十三年十月三十日「教育勅語」の渙発にのっとり、国民精神の涵養に重点を置き、さらに徳性の発揚と意図する教育を進展させた。裁縫教育も単に実学上の技芸のみではなく、女子としての諸徳目に養成をも兼ねる教科として、江戸時代における儒教的精神を取り入れていっそう婦徳との関係において重要視されるに至ったのである。（中略）殊のほか他教科に比べて裁縫科の時間を増し、かなり裁縫に重きがみられたのであった。(5)

このような趨勢のなかで裁縫塾はいわば良妻賢母教育の機関といえるのだが、彼女たちにとって、そこはモラトリアムを享受する処女の領域なのである。その独特な暢気な空気を、仙子は「山茶花」（「文章世界」明治43・5）に伝えている。

真実にお裁縫が好きつていふ女はめつたにないでせうね。…そのくせ私も別段不平もいはずに三年ばかりお裁縫に通つてましたわ。町屋の習慣で小学校を卒へると必と何処にかお裁縫の稽古にやられるんです。…今考へてみると、あの頃はまるで遊びに行つてたやうなものですわね。…さて、一日の仕事はツていへば、裏表の袖を縫つたのが関の山位なんです。さうでせうたわいもない話をしては体を揺すつて笑つたりなんかばかりしているのですもの、手の方はどうしたつておろそかになります。

彼女らは、裁縫塾に属すことで、母や姉の労力の恩恵の下に期限付きで過重な労働から無縁なのである。あかぎれなどの労働の跡に、同輩が違和感を覚えるのはそのためである。

「働くだつて、芳ちやんが……」
「そんなことといふなら見なんしよ、これでも随分稼ぐんだからない」とお芳はつと目の前に握つた手を出した。手の甲はがさ〴〵と荒れて皸が一ぱいに切れて居た。
「まア……」と其友達は顔を見て、活発で無邪気で文章が上手で、先生達に可愛がられて居たその人が……といふやうな顔をした。

そのような処女の領域にかくまわれていることもあるが、お芳がことさら「子供」でありつづけようとする背後には、成熟を拒む特別な事情がある。

赤児が無いと肥立が悪い、それに並はづれて骨を折つたのだものと、母親はひどく産後を気づかつた。それも無理はなかつた、一年ばかり置いて前に一度同じやうな産の苦しみをして、二月ばかり床をはなれることが出来なかつたのだ。

この記述により、以前の姉の死産は、お芳が初潮を迎えた一七歳の年であったことがわかる。一九歳が、世間のいう結婚適齢期に入る時期であることを考えると、お芳の〈女〉としての変節期に、いずれも姉の死産が重なっていることを見逃してはなるまい。つまり、初潮を迎えた時点（妊娠の可能性を持った時）、適齢期になった時点（結婚の現実性が高くなった時）において、〈産むこと〉の酷さが突きつけられていることになる。〈結婚—出産〉という未来像は、苦痛への恐怖とあいまって、忌避すべきものと感じられるのは自然なことであろう。この恐怖は、成熟を認めまいとする心理の核になっていると考えられる。

そのような精神性を抱えながら、姉の病により労働の場へと強制的に組み込まれたお芳は、徐々に〈女〉の現実を認識していく。「女—嫁—一家の主婦などゝいふようなことが考えられうやうに」なり、「やらなければならぬと思へば、家の中のいろいろなことに気が付く」ようになる。こまめに働くお芳の順応ぶりは、皮肉にもお芳の内にすでに強固な性規範が内面化されている事実を明かしていよう。目覚めさせられた眼は、錯綜した人間関係の機微をもとらえていく。

　盲目の老父には勿論、母親にも気の付かないことだが、お芳はいろ〳〵なことに気を配つて一人ではらはらして居た。

　かりそめの咳一つでも、相方の索り合ふやうな心には大きな態度となつて見えた。宗三郎の顔色も母親には何でもなく解釈させるやうにと苦心して、老人夫婦が小声に話して居る時には、お芳は必と余外ごとの口を入れた。魚の煮付一切でも、都合の悪い時にはいゝ方を宗三郎の膳にのせた。

入り婿の義兄は、男でありながら家父長的役割を剝奪されている。いわば家を存続させるための道具として家に入った彼は、姉が子供を産まない限り、いつまでも不安定なままである。山崎家での中途半端な存在は、ある意味でお芳に重なるところがある。彼女が義兄の心理を敏感に察知することができた所以であろう。やがて、彼女の思いは、家の中での自らの位置づけを反照し、姉の命が失われた場合に起こる顚末を想定することに及ぶのだ。

宗三郎兄さんは婿に来た人である。親身の娘といふ鎖が切れて、舅姑と婿の間には間隙が出来ずには居らぬ、新らしい嫁、それを外から持つて来て押しつけたとて、益々其間隙が大きくなつて行くのに決定つて居るのだ、世間によくある奴、若しも私でも押し付けられたならば…

厭だ厭だ、身慄ひする程いやだ！　其時には、其時こそ私こそ死んでしまふ、いや〲死ぬにも当たらない。其時こそ憧憬れて居る東京に出られる機会なのかも知れない——。

お芳は書くことを知ってそれを雑誌などに投書することを覚え、高じては常に其道に憧憬れて居た。女といふ名に縛られて、所詮許されさうもない望み、ほんとに神様といふものがあるならば、私を殺して姉さんを助けて下さい。

姉の様態の急変によって追いつめられ、おそらくはじめて、お芳がいままで逃れていた現実に対峙する場面である。彼女が見た近未来の自己像は、夢を諦め、家の存続と平安を維持する道具となる姿であった。その動揺のなかで、お芳はそこからの脱出口——死によって、時を止めること、家から脱出し自立することによって、次姉のように〈女〉にあてがわれたレールを打破すること——を模索する。

東京の医学校へ通っている次姉君は、往時にあって別格の存在であったといえるだろう。彼女が在学していたのは、吉岡弥生が創設した私立東京女子医専と目されるが、日露戦争期に女医志願者が急激に増加し、戦争直後の明治三九年には志願者が殺到したというから[(6)]、君は何倍もの難関を突破して、医学に専心する身であったはずだ。

「病気だと知したら試験前だといふのに心配するからと思つて」という母の言葉に明らかなように、彼女は一人、山崎家の喧騒から自由である。その専門性と特殊性によって、家の論理から免れたところに位置づけられていたからに他ならない。作家の夢を抱くお芳にとって、憧れる存在であったと同時に、実家に埋もれていこうとする我が身を反照する存在であったはずだ。

もし、このまま時をすごした場合、お芳は母や姉のように生きねばならない。姉は、家にがんじがらめにしばられている人である。二度にわたって命とひきかえにしなくてはならないほどの苦しみを凌ぐ背景に、子を産み家の存続をはからねばならない思いがあるのは明白だろう。一方、三人の娘を産み育て、婿をとることによって家の継続をはかった母は、弱体化した家長に代わる存在である。母は、労働に疲れたお芳や病に弱ったお勝に、時として横暴ですらある。だからこそ、お芳は自らを圧する空気を母を通じて感じるのだ。

そゝけた白髪が穢く見える。眠を貪るやうにそこ〳〵と行火に伏した丸い背が、影一ぱいに壁にうつつた。
水を吸ひ切つた床の間の南天が、塵垢に塗れて勢ひなく掛軸に影を置いた。
お芳はつく〴〵と頭を押へるやうな部屋の空気を感じた。

お芳のぎりぎりの選択を抱え込んだまま、『四十餘日』はいたって平穏な一文によって、閉じられる。

お勝は此間、床あげをするやうになつたら、看護婦や澤田さんや友達をみんな呼んで、一日歌留多取りをするやうに言つたので、お芳は今からそれを楽しみにして居る。

歌留多が催される日―それはお芳が労働から解放される時を意味するだろう。そして、彼女は裁縫塾というモラトリアムの空間へ回帰することができるはずである。しかし、歌留多が一日しか催されないように、彼女に残された時間もつかの間に過ぎない。何よりも、彼女はもはや以前のお芳ではないのである。「男のものまで洗つたり着せたり、それが女の運命なのか」と思い、婿をとった姉の立場も理解した彼女は、もはや無自覚にモラトリアムを漂うことはできないだろう。永続的に〈女〉に縛られる時は、じりじりと迫りつつある。その幼さをからかって「ぼんちゃん」というあだ名で呼んできた、「伊勢屋」の息子が「お婿さんになる」ように、いつまでも「子供」にとどまることはできない。現に、「二番目の息子があつて、もう嫁を取る時分になつてゐる」「加納やのをばさん」は、お芳の働きぶりに目をつけているのである。お芳は結婚の土俵へすでに追い立てられているのだ。だからこそ、ここに記されるお芳の喜びは、手からすべりおちていく時を慈しむ気配を帯びてはかなく響く。

これまで見てきたように、『徒労』と『四十餘日』は、仙子の体験を素材として、その〈心傷《トラウマ》〉の核心に迫るものである。とりわけ『四十餘日』が『徒労』以上に、彼女の実人生と深く切り結ぶのは、視点人物が一九歳であるという点に由来する。作品内時間は、お芳が「其の頃評判だつた「其面影」のやうなものを買つて貰つた」、「病人に「吾輩は猫である」なぞを読んでやつた。」という記述から、明治四十年の暮れから正月までと推測されるので、そのまま仙子の実年齢と同じ設定ということになるからだ。お芳は、『徒労』のお紋と違い、〈女〉を取り囲む状況を十分把握できる立場にある。彼女の視点によって、〈妊娠―出産〉の問題はより切実に描かれ、仙子の等身大の内実に肉迫しているといえるだろう。

4　おわりに

『四十餘日』以降、仙子が直接に〈産むこと〉を主題としたのは、管見では『女医の話』（『青鞜』第二巻第九号、大正元・9）が最後である。「女を診察するには、どんな場合にでも妊娠と云ふことを頭に置いてかゝらなければいけない」という女医の経験を描いたこの作品は、不如意な妊娠に右往左往する人間模様を描いて新鮮である。

しかし、これを最後に仙子は〈妊娠―出産〉の問題をとりあげることはなくなった。その背景には、夫の発病、自らも蝕まれた肋膜炎によって創作の時間を奪われていったこともあろう。仙子の関心は、やがて夫婦の心理的相克へ向けられ、最期には生と死の問題をみつめるに至った。

その原点で、水野仙子の目は確かに〈産むこと〉に開かれていた。だからこそより深く〈女〉の問題をまなざす可能性をもっていたといえる。『青鞜』創刊時からの会員であってみれば、なおさらであろう。一九一四（大正３）年九月以降、『青鞜』では貞操論争をはじめとして、堕胎・避妊論争が盛んに繰り広げられていった。しかし、この問題に対する仙子の反応を見い出すことはできない。むしろ逆に、『青鞜』の活動に対して批判的であったことは知られていることである。

あなた方はほんたうに、愛すまいとしても愛せずには居られないやうなものを持つていらつしやいます。深く、強く、真摯にものを愛することが出来るといふのは、なんといふまあ仕合せなことでせう！　それだのにあなた方は、いつも自分一人が子持ちになどなつて割がわるいのだといふやうな顔をしていらしやるほんたうに罰があたりますよ。

（「冬を迎へようとして」、『新潮』大正３・12）

これは、『青鞜』誌上でいわゆる貞操論争が口火を切った時期に書かれたものだ。その原点での問題意識を考えると、ギャップに驚きを隠せない。その理由として、彼女に子供がなく育てる経験を欠いていたことを挙げるのはたやすい。しかしこの保守的な思考は、その原点からすでに胚胎されていたものであるように思われてならない。

それは、〈女〉への意識の目覚めが、他でもない死産によって導かれたことにある。お産の軽重にこだわることからもわかるように、仙子は、〈産むこと〉が身体的な個人差―〈宿命〉と呼ばざるを得ないものに左右されるものであることを、何よりも先につきつけられている。生理的苦痛への恐怖とあいまって、出産行為を主体性の及ばない自然の摂理としてとらえ、これに対する底知れぬ畏怖が抱え込まれるのは無理もない。時として、仙子が無事に産み母子ともに健康であることに対して、人並み以上の幸せを見ようとするのはそのためである。いわば、〈産むこと〉に恐怖感を抱くからこその反作用といえるだろう。

さらに、このような身体的個人差―〈宿命〉の視点にとらわれると、主体性の問題が埒外におかれてしまうことに注意しなければならない。端的にいえば、産めない身体的〈宿命〉を抱える身からすれば、「産む／産まない」という論議は無に帰してしまうからである。このような身体的宿命感は、仙子が病に侵されるとともに一層深くなったように思われる。

〈産むこと〉を焦点として、〈女〉の問題に目を向けながら、一方で身体的な〈宿命〉観を内在させている―水野仙子という作家の原点には、思いのほか深い偏光が用意されていたといえるだろう。

注

（1）武田房子『水野仙子―理知の母親なる私の心』（ドメス出版、一九九五年）。
（2）今井邦子「水野仙子さんの思ひ出」（『明日香』第八巻第三号、一九四三年三月）。
（3）水野仙子「上京前と上京後」（『サンデー』一九一三年七月）。
（4）注（3）に同じ。
（5）関口富左『女子教育における裁縫の教育史的研究』（家政教育社、一九八〇年）。
（6）村上信彦『明治女性史　中巻後編』（理論社、一九七一年）。

〈付記〉水野仙子の文章引用は初出に拠った。その際漢字は適宜現行の字体に改め、ルビは省略した。

夫婦の寝室――森しげ「波瀾」「あだ花」のセクシュアリティ

藤木直実

1　はじめに

鷗外の二度目の妻である森しげ(1)は、確認されている限りで、一九〇九（明治42）年秋からの三年間を作家として活動し、二四作品を発表している(2)。第一作「写真」が『スバル』に掲載されたのは一九〇九年一一月、早くも翌年二月には弘学館書店主・江藤邦松によって単行本出版が持ちかけられている(3)。六月、七作品を収めた『あだ花』(4)を弘学館より刊行。売捌所の大倉書店は全国の大都市および大連にまで販路を備える。「鷗外夫人」の執筆活動は文壇ジャーナリズムに格好の話題として度々取り沙汰され、木下尚江の『火宅』と並べられた『あだ花』の広告(5)には「現代思想の代表作」「覚め来れる新婦人の大胆なる自己描写を見よ」などの惹句が踊った。「修業時代」も「売出期間」も持たない作家活動が鷗外の妻という特権的立場に出来することは事実であるが、他方で、この時期までの女性としては少なくない数の作品を残していること、有力な男性作家を圧する量産ぶりを見せた時期があったこともまた事実である。同時代の月旦評のたぐいを一瞥すれば、「彼女が当時一定の水準を満たした女性作家のひとりとして遇されていた事情(6)」を、容易に窺い知ることができる。与謝野晶子らと並んで、『青鞜』に賛助員(7)として迎えられたことも、彼女の位置を示していよう。

しかしながら、作家としての彼女の業績は、今日ではほとんど忘却されている。[8] 息子の類が、しげ没後四十余年を経てなお、「母が怒るとヒステリックになったのは事実であるが日本女性を代表して後の世に名を残すほどの悪妻ではなかった[9]」と擁護しなければならなかったほどに、一般にはむしろ「悪妻」として有名だろう。鷗外最初の本格口語体小説「半日」（『スバル』一九〇九・三）は、唯一の「私小説」とも言われる。姑をめぐる夫婦の諍いの物語は作家の家庭の内実として受容され、作中の「奥さん」と目されたしげはゴシップの標的となった。鷗外は、「自分で自分を天下に訴える方法として」しげに執筆を勧めたと伝えられる。[10] ところで、一般に女性作家は、その作品よりも容姿や恋愛遍歴といった実人生を取り沙汰されることが多い。つまり、作品を創造する主体としてではなく客体《オブジェ》として扱われる傾向がある。さらにしげの場合は、夫の作品のモデルとしての喧伝が今日まで続くことで、自身の作品の創造主体としての彼女が覆い隠されてしまっているのだ。

鷗外の文壇復帰の契機作となった「半日」は、ペンや発表媒体などの「力」を持った夫と、当時は家庭内にあって一方的に書かれるばかりだった妻とのジェンダー配置を前提として成立している。別言すれば、「モデル問題」すなわち語られる側の人権に抵触する一面を内包する。したがって、「半日」が初出ののち戦後までいっさいの単行本や全集に収められてこなかったことは、プライバシー保護の観点に照らせば、一定の妥当性を伴う措置であったと言ってよい。しかし、「半日」をめぐる言説史はおよそ異なった見地から展開されていくことになる。しげの死後ただちに口火を切った佐藤春夫は、「半日」の再公表がしげの意向で「阻止」されてきたことを伝える。[11] 中野重治[12]はこれを「世俗的権力の行使」として糾弾し、しげを「芸術と実生活」を混同する「非文学者」であると断じた。仮にしげが「半日」の再公表を拒んだのが事実であるとして、そのことを根拠に作家としての彼女の存在までもが否定されたのだった。

佐藤春夫は、しげの執筆活動についても、これが鷗外の勧めによるものであり、その作品には鷗外の「鄭重」な「入朱」が施されていると伝えていた。しげの文章については、「おそらく鷗外自身の手でも入つてゐはしないかと思はれるほど鷗外的」という塩田良平の指摘[13]も早くに存在するが、さらに中野はこれを鷗外の「亜種、変種」と見なし、しげを独自の文体を持たない二流の文学者であるとした。続いて平野謙[14]は「題材の選択にも鷗外の誘導が働いていたに相違ない」とし、しげの執筆活動を「ヒステリイの対症療法」と総括した。鷗外日記に妻の作への「校閲」の記述が散見される事実も加わり、かくして作家としての彼女の主体性はほとんど抹消されるに至ったのである。

批評家たちの発言はいずれも具体的な指摘や分析を欠いており、印象批評の水準を超えるものではない。また、推敲過程の原稿の所在は今日まで明らかでなく、鷗外の「校閲」の具体相も未詳のままである。しげの作家活動をめぐる言説は、充分な根拠を伴わない偏向したものであり、すなわち事態は「テクスチュアル・ハラスメント[15]」であると言ってよい。「テクスチュアル・ハラスメント」とは、女性の書き物をめぐる誹謗中傷的言語行為を意味する術語である。言い換えれば、女性作家を沈黙に向かわせ、彼女の書き物を葬り去ろうとする暴力の装置である。男の領域を侵犯する「書く女」への排除の構造、および、書き物の評価における男性中心主義を背景とする。有名な夫を持つ女へのハラスメントは原理的に激化の傾向を見せることになるのに加えて、しげの場合は、言ってみれば鷗外の作品を「弾圧」した「悪妻」に対する制裁として、その死後に「筆誅」が下されたのだという見方もできよう。

2　避妊をめぐる葛藤——「波瀾」

森しげの作家活動期にわずかに先立つ明治四〇年前後は、飯田祐子によれば、「文学」が制度的に自立し、それに伴って男性化したとされる時期である[16]。「その中心に男同士の同性社会性が、周縁あるいはその外側に、女同士の同性社会性が発生している」という飯田の分析は、「文学」をめぐって、「書くこと」が男に「読むこと」が女にジェンダー配置されたとも、あるいは、「書くこと」をめぐって、プロが男にアマチュアが女に配置されたとも言い換えられよう。こうした見取り図のもとに置くとき、鷗外の妻であるがゆえに修業時代を経ずに文壇に登場し得た森しげの特権は、「女流」というカテゴリー内での周辺的位置付けにも転化する両義性を帯びる。たとえば、各執筆者の人物史の蓄積とともに進展してきた側面を持つ『青鞜』研究の領域において、あまり言及の対象となってこなかったことも、女性作家としての彼女の単独性を示していよう。

このことと関連して、森しげに関する先行言説が「波瀾」（一九〇九・一二）「あだ花」（一九一〇・一）の二作品に集中していることにも触れておきたい。前者は鷗外との新婚生活を、後者は彼女の最初の結婚の経緯を素材とする。これらはしげの全作品の中でも比較的長く結構を備えた作であるから、代表作としての扱いには妥当性があると一応は言える。しかしながら、「「半日」の裏がえし」[17]という評言が論者の関心の所在を端的に物語っているように、しげの書き物は、鷗外の作品や年譜の周辺資料としての範囲で取り上げられてきたのだと言うほうが実情に近い。

数少ない例外のひとつに、青田寿美による「波瀾」論がある。[18]精緻な読解により構造化された「テクストの戦略」は、以下の三点ほどに纏められる。(1)夫大野への愛情を深化させていく富子の姿を繰り返し描出することで、大野の表層の「〈優しさ〉」の空虚さ、および、その基底に潜む妻の容色への偏愛を逆照射する。(2)「容色の衰へ」を理由に密かに避妊を講じるほどに「深く西洋化」した「〈新しい男〉」大野に、「東洋風の道徳」[19]に泥む「〈新しくない女〉」富子を対置することで、所有物・愛玩物として妻を囲い込もうとする大野のエゴイズムを浮き彫りにする。(3)あえて鷗外とその作品に寄り添い、読者の好奇の視線に曝されることを肯んじたうえで、「〈新しくない女〉」としての妻の視線から夫の内実を穿つことで、夫の視線から妻を新しい「時代の特有の産物」と規定し裁断しようとした「半日」を相対化する。以上、青田論は、しげのテクストを鷗外に従属し補完するものと見るのではなく、鷗外テクストを批評し交渉するものとして読み解いている点でも示唆に富むと言えよう。

大野の行った避妊法について、テクストの叙述は、富子が「何か変わつた事」すなわち避妊の形跡を「発見した」という暗示的表現に留まっている。検閲の目を慮ったとされる省筆[20]は具体的にどのように読まれたか。「件の描写は、事後処理を怠ったが故の避妊具「発見」現場へと、読者の想像を誘うことも可能となる」という見解、すなわち端的には「コンドーム（もしくはその包装用品等）の「発見」」という読解を示す青田は、「波瀾」のコンテクストを、鷗外としげの結婚という一九〇二（明治35）年の事実に求めるのではなく、作品発表時、すなわち国産コンドーム第一号が発売され、生殖テクノロジーをめぐる広告が新聞雑誌等で喧伝されていた、一九〇九（明治42）年当時の言説に求めている。さて、ここで改めて問題の場面を富子の心情に寄り添ってたどってみたい。

　富子は島（引用註、「女中」の名）一人になつたので、大野を送り出して、「島、今日は働くよ」と云つて元気好く箒とはたきを持つた。そして二階へ駈け上がつて、自分達の床を上げ掛けた。その時富子は何か変つた事を発見したらしい様子で、急に真蒼《まつさお》になつて、しばらくは身動きもしなかつた。（傍線引用者、以下同じ。）

傍線部に見られるように、「発見」直後の富子を襲ったのが、まず、身体のレベルでの衝撃であったことに留意したい。次いで、「富子の目からは冷い涙が翻れた」という、これも身体的反応が続く。富子が、事態を言葉によって分節化するのは、ようやくその後のことである。「どんな女が男を思ふのでも、自分が大野を懐しく思ふより以上に思ひ様はあるまいと思ふ程、自分は夫を慕つてゐる。（中略）併《しか》し夫のは可哀いから可哀がるのではなくて、義務で可哀がるのではあるまいか」と、自分の愛情の深さを根拠として反照的に大野の愛情への疑念を抱き、次いで以下のように夫婦関係を振り返る。

　共浮かれのうかうかと罪もなく喜ばせられてゐる時、ふと夫は自分をおもちやにする、一時の慰みにするといふ風に思われることがある。そう云ふことはこれ迄もあつたが、それはふと起る感じに過ぎなかつた。それが今こそは夫の心持を確めることが出来たのである。

引用部については、夫による所有物・愛玩物扱いへの気づきという意味合いが従来指摘されてきた。ここでは「おもちや」および「慰み」という語をめぐってさらに二点のことを確認しておく。一点目は、性をめぐる文脈に置かれたとき、通常これらは「貞操をもてあそぶ」という含意として機能する語であるということ。加えて二点目、これらの語の持つ「玩弄」「愚弄」あるいは「侮り」といったニュアンスを重視したい。続く「これでは全く自分は死の宣告を受けたに等しい。併し此體《このからだ》を無駄なものにしてしまふのは厭だ。自然に背いたことをしてゐるのは恐ろしい。」という心情を併せ見れば、富子のセクシュアリティのありようのおおよそを知ることが出来る。それは同時に、彼女が事態から受けた衝撃の根拠を知ることでもある。

富子は、明治末期の二〇歳の女性で、新婚の妻であるという歴史的存在として造型されている。テクストの記述に見る限り、その歴史性において構成され、社会が要請する性役割に合致する形で構築されたセクシュアリティが、富子には付与されている。すなわち、産むことを「自然」と前提する富子にとって、避妊行為は、「此體」の生殖能力を、あるいは産む性を備えた「此體」そのものを、「無駄なものにしてしまふ」こととして感受される非常事態である。避妊の事実を知った直後は「真蒼になつて、しばらくは身動きも」できなかったほどに、富子のセクシュアリティは深く身体化されている。「死の宣告」は、衝撃の大きさの表徴として読み取れよう。

「夫は自分をおもちやにする、一時の慰みにする」という富子の感懐に立ち戻り、年齢の離れた夫に後妻として嫁し、かつ、自身も破婚の経験を持つと設定されている彼女の当事者性を測定しつつ、さらに検討を加えたい。コンドームは、日本においては、避妊具のほかに性病予防具、さらには遊具（性具）としての前史を持っている。これに、夫が「今迄多くの女に関繫《かんけい》した」のではないかという疑念、あるいは、「芸者の方がみんな夫を嫌ふにも限らない」という懸念を併せれば、「おもちや」にされたという富子の述懐は、いわゆる「玄人」女性と同様に扱われたことへの異議申し立てという文脈を引き寄せる。それは、「玄人」への蔑視に基づくというよりは、若い新妻である彼女の、夫がそれまでかかわった（かもしれない）女たちからの自己差異化の欲望が傷つけられたがゆえの怒りであると、まずは解するべきであろう。

ここで、「おもちゃ」「慰み」のもつ「貞操をもてあそぶ」という含意を思い出したい。本来「貞操」とは、家父長制が妻の子供を独占するためのロジックである。その権利主体は男性に属し、女性は「貞操」の保管を強要されている存在である。その限りでは女性にとっての抑圧でしかない「貞操」は、しかし、妻の権利を一定程度保護するツールとして、戦略的に流用することが可能な概念でもある。すなわち、避妊を「妻を妻と思つてゐない、家庭といふものを尊重しない」行為と認識する富子の憤懣は、性交と生殖の直結を妻の特権と見なし、かつ、それが傷つけられたところに由来している。加えて、「子供がなくつては、若しあなたに見棄てられてしまひました時、わたくしはひとりぼつちになつてしまひますわねえ。」という嘆息を併せ見れば、大野との結びつきを固めるためのいわゆる「鎹《かすがい》」として、一度結婚に破れた彼女であればなおさら、子供を持つことを望んでいたという前提が成り立つ。さらに「おもちゃ」「慰み」の含みもつ「愚弄」「侮り」という語義を勘案すれば、富子の主訴は、夫の子供を産む権利すなわち「貞操」が、妻である自分の知らぬ間に、当の夫によって侵害されたことへの異議申し立てであったと捉えられよう。富子の「煩悶」は、生殖の自己決定の問題系に繋がっている。

さて、避妊をめぐる夫婦の葛藤を「西洋」と「東洋」の対立にズラし、「東洋風の道徳」に依拠することで夫への対抗の論理を構築していく富子のアイデンティティ戦略については、それを「〈新しくない女〉の戦略」と名付けた青田論の分析に譲り、ここでは、避妊をめぐる富子の心情の記述と、「波瀾」から五年ののちに「貞操」をめぐって展開された「新しい女」たちの言説との、共通点について付言しておきたい。

『青鞜』の社員たちを中心とした性と生殖の自己決定をめぐる三論争の嚆矢、一九一四（大正三）年のいわゆる「貞操論争」が、生田花世の「食べることと貞操と」（『反響』一九一四・九）に発端することは周知の通りである。弟を扶養する生活の安定を求めて孤軍奮闘していた花世が、職場の上司に迫られて性交渉を持ったという体験の告白文であり、すなわち、女には財産権もなく職業を得ることも難しい当時にあって、「自活をめざす女性はみずからの性を犠牲にするしかない苛酷な状況を、雇用における性差別であるセクシュアル・ハラスメントを通して告発した論である」[21]。これに最初に反応した安田皐月が、「貞操」を「人間の全部がそれでなければならない」「懸換《かけが》へのない尊い宝」と規定し、換言すれば性は人格であるという倫理および価値を提唱して、花世の行為を「売春」であると激しく非難した[22]こともよく知られている。

この論争をめぐって、二人の立場や主張の違いよりも、むしろ二人が強固に共有している「身体観」に着目する山家悠平の指摘は興味深い[23]。「自分と弟と二人で食べるといふ事が第一義的要求であつて、自分一箇の操の事は第二義的な要求であつた。」と言い切る花世は、しかしその選択によって「今私は死ぬのであると思つた」と述べている。山家の指摘するごとく、こうした感受性あるいは観念性は、「貞操」を人格のすべてであるとする皐月の倫理観と隔たるものではない。二人の「貞操」観は連続している。花世の告白を読んで自身の「血の濁りを感じた」という皐月も、「操」を失うことを「死ぬ」ことと感受した花世も、ともどもに「貞操」を深く身体化している。

さて「波瀾」の富子に戻れば、彼女が避妊の事実をまずその身体性において受け止め、「死の宣告」と換言し、「此體を無駄なものにしてしまふのは厭だ」と感じていたことはすでに見た通りである。性と生殖の問題系をめぐり、花世や皐月にわずかに先んじて、富子は、彼女たちと共通する「身体観」を表象している。富子の身体は、セクシュアリティをめぐる同時代のパラダイムの中にある。

3　頓挫する初夜――「あだ花」

以上のように「波瀾」は、「閨房の秘事[24]」、すなわち、夫婦の寝室という閉鎖空間における私的な出来事を、妻の視点において捉え、公共の言説空間の明るみに引き出す。避妊方法の叙述の「省筆」は、それそのものをモチーフとすることよりも、避妊をめぐって対立する夫婦の思惑をそれぞれ俎上に乗せること、その上で妻の当事者性を描出することにテクストの力点が置かれていたためでもあるだろう。さて、「波瀾」の翌月に発表された「あだ花」は、女学校を退学して美貌の銀行家橋尾達三郎に嫁いだ旧姓井上富子の、わずか一五日間で破綻した結婚の顚末を描く。(25) 単行本化の際は表題作として、またテクスト内時間の順列に従って巻頭に置かれた「あだ花」は、次女杏奴の証言(26)との符合などからも、しげの最初の結婚に取材したとされる。ここではごく限定的に、「波瀾」と共通するモチーフに焦点を絞って言及したい。特に注目されるのは、結婚式から一夜明けた朝の、以下のような富子の述懐である。

ああ此顔。此顔がどうして昨夕《ゆうべ》は恐ろしくなつたのだらう。（中略）美しい美しいと思つてゐた人の顔が忽然《こつぜん》異様に醜くなつたので、はつと驚く。もしや病気かと慌てて枕元にあつた湯冷ましを勧める。正直な看護婦の心である。

初夜の新床で欲情を顕わにした夫を、富子は病気と取り違えて真面目に介抱している。引用部に続く記述では、実家から従えた女中の花を呼び入れて待機させたまま朝を迎えたとある。富子は無垢のままである。二夜目も夫婦関係は不首尾に終わり、不満を覚えた達三郎は、早くも三日目には、以前から深い仲だった芸者お金の元へと入り浸るようになった。程なく富子は「頭痛」――後述するように、月経の暗示と読める――で寝込み、性的関係は成立しないままに日が過ぎる。達三郎の連夜の外出は、橋尾家では嫁への不審を招き、また富子の実父の憤慨を呼んだ。突然現れた叔父に伴われ、富子が実家に連れ戻されるところで「あだ花」一篇は閉じられる。

この作品もまた、「閨房の秘事」をめぐってすれ違う一組の夫婦を描く。引用部に見る限り、またその後の展開に照らす限り、富子には、性生活というものについての知識がまったくないようである。あるいは、あったとしても、それと自身を取り巻く出来事とが結びついていない。結婚一箇月ほど前の富子について、「男の顔を気を附けて見る様にはなつてゐるが、只美しいと思つて、絵を見る様な心持になつて見るのである」という記述がある。発達段階を測定するかのようなナラティブに留意したい。男性への関心は芽ばえているものの、富子はいまだ「恋愛」を知らない。一六、七歳と推定される富子は、新郎の妹で小学生の玉ちゃんとおもちゃで遊ぶことがまだまだ楽しいほどに、ほんの子供なのである。美しい達三郎の表情や声に「うつとり」とはしても、それは美しい絵をみる「快感」と変わらない。したがって、お金の存在にも「嫉妬」を感じない。まして性愛にまで富子の関心が届くはずもない。その意味でも暗示的なのが、富子の「頭痛」についての記述である。毎月周期的に一定期間悩まされていること、「これは婚礼の時に避けなくてはならない日」とあることから、月経に伴う愁訴、および月経の朧化表現と判断できる。婚礼から程なく富子が月経を迎えたことは、テクストの展開上は夫婦の媾合の障害として機能する。のみならず、「その間は病人の様である」という寝込むほどに重い月経困難症の記述は、富子の身体がいまだ性的に成熟していないことの徴として読むことができよう。[27]

　達三郎の目には、そんな富子が「無神経」にしか映らない。「男に目の肥えてゐる、黒うとのお金が命掛で惚れてゐる己《おれ》ではないか。その己を亭主に持つて別段有難いとも思つてゐない様だ。貧乏士族の娘の癖に余り好い気になつてゐる。ああ、詰まらない」という述懐から、達三郎の心の動態を析出してみよう。すなわち、自分に体を許さない富子に色男の自負を傷つけられた彼は、「お金が命掛で惚れてゐる」ことを根拠に自己を立て直し、富子の振る舞いをいわゆる「士族の矜持」といったハビトゥスに由来するものと読み替え、かつ「貧乏士族の娘の癖に」として劣位に置くことで、自尊心を補塡しようとしている。加えて、この「貧乏士族の娘の癖に」という感懐は、性的自我の危機に瀕した達三郎が、それと連動して、自身の階級および銀行家という虚業視されがちな職業に伴うコンプレックスをも刺激されていることの表白であると見なされよう。達三郎の心はお金に傾く。

かくして達三郎は、新婚三日目にしてお金との密会に及び、以降は連日深夜まで、あるいは翌朝までの「夜遊」に耽るわけだが、一方で、彼なりに富子の関心を自分に向けようとさまざまな努力をしてもいる。しかしながら、「競争者のあるのを知らせて女を刺戟するとか、口説の種を蒔くとかといふ手段」、すなわち情理に通じた花柳界の女性たちには効果的でもあるだろう手練手管は、「世慣れない娘」である富子にはまるで意味をなさない。お金からの艶書をわざと目につくように袂に残しておいても、それを達三郎の「無頓着か物忘かのやうに思つてゐる」。あるいは、達三郎が風呂上がりの「猿股一つ」の姿を誇示しても、富子には「極まりが悪い」ばかりである。若い妻のセクシュアリティに洞察や配慮が及んでいない点で、達三郎もまた未熟な夫であったのだ。

達三郎の連夜の行状を案じた橋尾の両親は、息子に夫婦仲を問い質してもみたが、達三郎は「明白な答を避ける」。重ねて追及されれば「なに、嫌つてるのは向うですよ」と言うしかない。「富子は達三郎を嫌つた覚えはない」。「何の心に疚《やま》しい事もな」いから、「そんな事はございませんわ」と「平気」で答えるのみである。ふたりが「ちやんと夫婦になつて」いないことを、親族も仲人も知らない。「只あつけに取られたやうな心持」で実家に連れ戻された富子はもとより、達三郎もまた事態の真相から疎外されている。「破綻する結婚という文学的にはまことにありふれた題材を扱つ[28]」た「あだ花」が、にもかかわらず非常にユニークなテクストであり得ている一因として、この、登場人物のすべてが破婚に至る真の経緯を掌握していないという設定を挙げることができよう。

このことと関連して、「あだ花」に漂う不思議な明るさ、あるいは「ユーモアの感覚[29]」に言及したい。端的にそれは、事態と記述との距離に由来する。典型的な箇所として、先に引いた初夜の出来事をめぐるナラティブを見よう。「美しい美しいと思つてゐた人の顔が忽然異様に醜くなつたので、はつと驚く。もしや病気かと慌てて枕元にあつた湯冷ましを勧める」。あえて事態を把握できない富子の視点から出来事を記述する。超越的な審級に立って解説することをしない。ここまででもすでにユーモラスだが、続く「正直な看護婦の心である」はさらに注目される。ここで語りはメタレベルに移行するが、事態と富子の認識とのズレが止揚されることはついにない。むしろメタレベルから富子の認識の貫徹に助力することで、「初夜の失敗」という事態に対抗するものであると言えよう。かくして、事態は笑いのうちに相対化され、無化される。「あだ花」は、破婚というありふれた悲劇を描きながら、悲劇から隔絶する。(30)

4　おわりに

さて、ここまで「波瀾」「あだ花」の二作品を、「夫婦の寝室の出来事」というモチーフ上の共通点を特に前景化して論じてきた。閉鎖空間の私的な出来事は、夫婦の親密さの遂行に与する一方で、夫婦のそれぞれに独力でパートナーと対峙することを強いる。そこが証言者も助言者もいない密室であることを、富子の破婚の経緯を通じて「あだ花」は物語っている。あるいは、夫婦がその身体性において接する親密圏で、片方の当事者が出来事への違和感を言葉にしようとすれば、その語りはおのずと吃音に似るだろう。夫が密かに避妊を講じていたことを知った「波瀾」の富子が、その衝撃をにわかには言葉になし得ず、大野への異議申し立てのためにあえて「手紙」を書かなければならなかった所以である。以上のように見るとき、森しげの二度の結婚の事実それぞれと直結して語られがちな個々のテクストが、連続しかつ独立した構成意識にもとづいていることの一端が明らかとなろう。

富子を主人公とするテクストには他に、最初の出産を描く「産」、流産をモチーフとする「友達の結婚」、パックの大臣、流産」などがある。またその他の短篇で扱われる題材を列挙すれば、悪阻、妊娠中毒症、死産、産後の鬱病などがあり、これらに「波瀾」「あだ花」における性交、避妊、月経を加えれば、生殖期にある女性のセクシュアリティの諸相のほぼすべてが出揃う。また、主人公と母・姉妹・女中・乳母・義母・義姉妹などとの交情、女学校という同性集団、ライフコースの移行による同性集団からの離脱、およびそれに伴う喪失感、あるいは女性から女性へのエロス的まなざしなど、女性同士の関係性にまつわる題材も注目されるものである。つとに塩田良平は、

「婦人の生理を描いた点」に森しげの特色と「自然主義的傾向」を指摘している[31]。そのとおりであるとして、女性作家が女性の性という主題を書くことの意味は、さらに繊細に議論されねばならない。

森しげが作家活動をした一九一〇年前後を、セクシュアリティが「社会や家族-家庭内の倫理の問題として論じられるようにな」った「〝性家族〟誕生の時代」とした川村邦光は、「蒲団」に代表される自然主義文学の隆盛がセクシュアリティの文学化および社会化に与ったと述べる[32]。あるいは斎藤美奈子は、この時期を「第一次妊娠小説ブーム」と命名し、小栗風葉「青春」・長塚節「土」・徳田秋声「黴」・鈴木三重吉「子猫」などに共通する「望まない妊娠」というモチーフを指摘した。また、これら堕胎を扱う小説群の出現に、罰則強化によるいわゆる「堕胎罪」の完成との関連を指摘している[33]。後の指摘を重視するなら、婚姻外や貧困家庭における妊娠によりヤミ堕胎を試み(ようとす)る登場人物を描くこれら一群の小説に、生殖を管理統制する法制度に抵触する批評性を見出すことも可能だろう。ただしこれらがあくまで男性にとっての「望まない妊娠」であったことは、斎藤がその出世作『妊娠小説』でラディカルに分析したとおりである。

以上を踏まえて当時の女性作家のテクストを見わたせば、与謝野晶子、茅野雅子、水野仙子、そして森しげ、やや遅れて野上弥生子など、女性作家の多くが、妊娠にまつわる題材を当事者の立場で描いていることに気づかされる。性規範における性差を反映して、それらはいずれも婚姻内の妊娠を扱う。すなわち、女性作家の描く「妊娠小説」はジェンダー化されている。なかで森しげの卓越性を見出すとすれば、先に述べたような対象のバラエティの豊富さ、それらをユーモラスに描く筆致、および、即物的あるいは科学的態度に徹して描こうとする傾向などを挙げることができる[34]。塩田良平は森しげについて、「在来の女流作家が描きえなかった部分に新しく筆を染め」「芸術の対象になれそうもなかったあけすけな問題に、容赦なく筆を突込んで描いてゐる」点を評価している[35]。「小説を書く女性とは、自分のプライヴァシーを自分で生産しつつ、自分をポルノグラフィーの対象とすることで主体となる存在だ」という村山敏勝の定義[36]は、あえて鷗外と自身とを連想させる登場人物を造型し、読者の好奇のまなざしのもとに妻のセクシュアリティを示した森しげにおいて、まさに当てはまるものである。

鷗外テクストとの関連にさらに言及すれば、しげのテクストにおいては、鷗外の同時期の短篇と連続した設定および登場人物の共有、あるいは鷗外の作品名の引用など、ひそかに、また、あからさまに「鷗外」の参照が示唆される。大野豊と富子夫妻の新婚生活を扱う「波瀾」が発表された翌月、同じく『スバル』に、再婚直前の大野を描いた鷗外の「独身」、および富子の最初の結婚を描くしげの「あだ花」が同時に掲載されていることは特に著名の事柄である。竹盛天雄に「作品を通じた愛の交歓」[37]という発言があるが、それぞれの創作意識はそのような水準に留まるものではあるまい。ところで、鷗外が一九〇九年に『スバル』誌上に発表した「半日」「仮面」「魔睡」「ヰタ・セクスアリス」「金毘羅」を、「同じ社会に属し、相互に親しい関係にある人物をひとりひとり主人公として取り上げながら、各人各様の問題を担わせつつ追究しようとした連作」と見なす小倉斉は、「『スバル』の読者は、一連の作品の中から、個々の主人公に関する重要な予備知識をさりげなく与えられ、連作を読み終えた時、当代の知識人の置かれた知的・生活的状況を真正面から見据えることになる」と述べている。すなわち小倉は、これら「学者小説群」が、読者に相互参照的読書行為を要請するものであることを指摘している。こうした視点は、しげのテクスト群をも対象として有効であるだろう。しげが鷗外から学んだという前提があまりにも自明視されてきた一方で、鷗外がしげの創作から刺激や影響を受けた可能性は最近までほとんど言及されてこなかった。従来は鷗外テクストへの従属の指標と見なされてきた諸特徴は、しげのテクスト戦略、あるいは二作家の間テクスト性および相互参照性の枠組みからつぶさに検討される必要がある。課題は豊かに残されている。ひとまずここで稿を了えたい。

注

（1）一八八〇（明治13）年五月三日生、大審院判事荒木博臣長女。華族女学校に学ぶ。一七歳で明石屋治右衛門商店（後の渡辺財閥）の三男渡辺勝三郎と結婚するも程なく離婚、一九〇二（明治35）年一月、鷗外と再婚する。一九三六（昭和11）年四月一八日没。生涯については、福家幸子編「年譜」（『明治文学全集82　明治女流文学集（二）』筑摩書房、一九六五・一二）、森まゆみ「二つの家　しげのこと」（『鷗外の坂』新潮社、一九九七・一〇）を参照。

（2）松原純一「作家としての森しげ女」（『近代文学鑑賞講座第四巻　森鷗外』月報15、角川書店、一九六〇・一）には、二一作品の梗概が紹介されている。それぞれの初出は前掲福家編「年譜」を参照。瀬崎圭二の近年の調査によってさらに三作品の所在が明らかになった（「三越刊行雑誌文芸作品目録―ＰＲ誌「時好」「三越」の中の〈文学〉―」『同志社国文学』五一　二〇〇〇・一）。

（3）鷗外「明治四十三年日記」二月一五日、二三日の記述を参照。

（4）『スバル』誌上に既発表の八作品のうち「宵闇」を除いたこと、および、発表順とは異なる配列に、構成意識が窺われる。『鷗外全集　第三十八巻』（岩波書店、一九七五・五）「参考編」には『あだ花』の全編が収録されている。

（5）『スバル』二―七、一九一〇・七。

（6）林廣親「〈作家〉森しげ女論―小説「あだ花」の読みをつうじて―」（『日本文学』四一―二、一九九二・二）。

（7）創刊期の『青鞜』が、既存のメディアに伍して流通することを企図し、自己卓越化のために採用した戦略のひとつに、賛助員制がある。拙稿「『青鞜』のメディア戦略」（新・フェミニズム批評の会編『『青鞜』を読む』學藝書林、一九九八・一一）を参照されたい。

（8）本格的な作品論としては、前掲の林廣親論文および後掲する青田寿美論文のほか、古郡康人「森しげ女「波瀾」をめぐって」（『紀要』二六、静岡英和女学院短期大学、一九九四・一）などを挙げ得るに留まる。

（9）森類『鷗外の子供たち』（筑摩書房、一九九五・六）。

（10）佐藤春夫「「半日」のことなど　附「魔睡」、「一夜」、」（『鷗外研究』一九三六・六）。

（11）佐藤春夫前掲。また、「半日」には「一夜」という続編が存在したが、しげの要求により破棄されたという。夫と姑への態度の改善が交換条件であったとされる。「一夜」については、鷗外の長男於菟にも言及がある（森於菟『父親としての森鷗外』筑摩書房、一九六九・一二）。

（12）中野重治『鷗外　その側面』（筑摩書房、一九五二・六）。

（13）塩田良平『明治女流作家』（青梧堂、一九四二・七）。

（14）平野謙『芸術と実生活』（講談社、一九五八・二）。

(15) 小谷真理編訳、ジョアナ・ラス著『テクスチュアル・ハラスメント』(インスクリプト／河出書房新社、二〇〇一・二)を参照。また、森しげの事例については、拙稿「作家の妻が書くとき―森しげをめぐるテクスチュアル・ハラスメントの構図―」(『日本文学』二〇〇五・一)を参照されたい。
(16) 飯田祐子『彼らの物語―日本近代文学とジェンダー―』(名古屋大学出版会、一九九八・六)。
(17) 長谷川泉『写真作家伝　森鷗外』(明治書院、一九六五・四)。
(18) 青田寿美「森志げ「波瀾」論―〈新しくない女〉の戦略―」(『神女大国文』一四、二〇〇三・三)。
(19) この点についてはつとに渡邊澄子による指摘がある。『女々しい漱石、雄々しい鷗外』(世界思想社、一九九六・一)を参照。
(20) 長谷川泉前掲、渋川驍「森しげ女の「あだ花」」(『鷗外』一、一九六五・一〇)などを参照。
(21) 岩淵宏子「セクシュアリティの政治学への挑戦―貞操・堕胎・廃娼論争―」(前掲『『青鞜』を読む』所収)。
(22) 安田皐月「生きることと貞操と―反響九月号「食べることと貞操と」を読んで」(『青鞜』四-一一、一九一四・一二)。
(23) 山家悠平「貞操論争にみる安田皐月の身体観」(京都精華大学二〇〇〇年度卒業論文「廃娼論争における青山菊栄の思想について」)。
(24) 青田寿美前掲。
(25) 林廣親前掲論文に、「三月十五日結婚、そして二十日に実家に連れ戻されるという日程で事件が進行する。実質的な結婚生活はわずかに五日間」という記述がある。しかしながら管見では、初出以下諸本はいずれも、挙式が「三月五日」、富子が実家に戻されるのが「三月二十日」であった。なおこの点については、稿者が二〇〇五年度に日本女子大学において担当した「近代文学演習II」の受講生・渡邉朋美による報告を、一部取り入れている。
(26) 小堀杏奴「母から聞いた話」(『晩年の父』岩波書店、一九三六・三)
(27) 「頭痛」に先立つ富子の「眠さう」な記述の反復は、月経前症候群(PMS)の徴候と見ることも可能であろう。「大胆な素材」を扱うとはしげ作品についてしばしば言われたきたことだが、テクストのこうした微細な記述が評者の視野に入っていたかは疑わしい。なお、「あだ花」から抽出し得る「富子(=しげ女)は無垢のまま鷗外と再婚したというメッセージ」を指摘した林廣親(前掲論後註)は、富子の「頭痛」を「生理的な事情」と見抜いている。ただし、テクストが「メッセージ」のコード化にどこまで意識的だったかについて、あるいはその宛先について、さらに同時代の読者がとりわけ月経に関連する記述をどの程度読解したかについては、当時の性言説の位相の中で測定されねばならない。その際は、巷間流布する似非性科学言説から、衛生学者を夫に持つしげが接し得たであろう先端的学説までを、視野に入れる必要がある。

(28) 林廣親前掲。ありふれた悲劇からの「あだ花」の隔絶性を指摘している。ただし、その要因をもっぱら「富子の性格設定の特異さ」に求めている点で、本稿とはやや見解を異にする。

(29) 林廣親前掲。

(30) 悲劇を描いて情念に傾斜しない、こうしたいわば非情のユーモアは、夏目漱石がその評論「写生文」で言う「写生文家の人事に対する態度」に共通する。「大人が子供を視るの態度」に徹し、泣いている子供に同情はあっても、それを描きながら子供と一緒に泣いたりはしないという「作者の心的状態」を、柄谷行人はフロイトを援用して「ヒューモア」と呼んでいる。柄谷行人「漱石論」（『群像』四七-六、一九九二・五〈五月臨増「柄谷行人&高橋源一郎」〉）を参照。

(31) 塩田良平前掲。

(32) 川村邦光『セクシュアリティの近代』（講談社、一九九六・九）。

(33) 斎藤美奈子『妊娠小説』（筑摩書房、一九九四・六）。

(34) 森しげを含む一九一〇年前後の女性作家の「妊娠」を描いたテクスト群の分析の詳細は、拙稿「孕む身体―女性作家の描いた〈妊娠〉の近代―」（『イメージ&ジェンダー』四、彩樹社、二〇〇三・一二〈特集・拠点としての身体／表象〉）を参照されたい。

(35) 塩田良平前掲。

(36) 村山敏勝「わたしは作文を引き裂いた―『ヴィレット』と語る女性の私的領域」（『現代思想』二八-二、二〇〇〇・二）。

(37) 竹盛天雄「『静』その他について」（『鷗外　その紋様』小沢書店、一九八四・九）。

(38) 小倉斉「明治四二年の鷗外一面―小説の方法への模索―」（『森鷗外『スバル』の時代』双文社出版、一九九七・一〇）。

(39) 出原隆俊は、鷗外およびしげのテクストに共に見出される「〈書き癖〉」を指摘し、「しげが鷗外の作に学んだ」可能性と並べて「しげの記述を鷗外が気に入って自分の作品に取り込んだ」可能性に言及する（「作家の妻という問題―〈森しげ〉の作品を中心に―」『女性作家《現在》』至文堂、二〇〇四・三）。同様に酒井敏は、「添削による相互影響」という観点から、「しげの作品を添削する営みによって、鷗外が自らの創作のモチーフに影響を受けた痕跡」を指摘する（「漱石と鷗外―〈子ども〉を描く―」『國文學』五一-三、二〇〇六・三〈特集・漱石―世界文明と漱石〉）。また、一九一〇年に鷗外が発表した小品における男性像が、「女を見つくしその内面を代弁する存在」から「女の語りを引き出す存在」に変化し移行していると見られることについては、拙稿「漱石と鷗外」（『解釈と鑑賞』七〇-六、二〇〇五・六〈特集・ジェンダーで読む夏目漱石〉）を参照されたい。

〈付記〉「波瀾」「あだ花」の引用は『鷗外全集　第三十八巻』による。漢字は現行の字体に改め、読みやすさを考慮してルビを補った箇所がある。他の引用資料についても同様に表記した。なお、本稿は社団法人日本女子大学教育文化振興桜楓会奨学金による研究成果の一部である。

「職業作家」という選択——尾島菊子論

小林裕子

1 はじめに

尾嶋菊子は、自然主義的作家として文壇デビューを果たし、作家として登録された。それと同時に、『青鞜』の女性解放の主張と共感する認識を持っていた菊子は、その主張を新しい文体を用いて表現していった。さらに職業作家として商業雑誌にも次々と書いていき、家族の生活を支えると共に、自分の直面する問題（つきつめればジェンダー差別に行きつく問題）を作品の中で追究していった。

自然主義的表現と、『青鞜』で試みた表現とは菊子の中で地続きのものとしてあった。と同時に菊子の作家活動の厳然とした目的の一つはつねに、「食うこと」であった。

菊子は自分が女であるという概念規定と、プロフェッショナルな作家であるという概念規定をリンクさせ、職業作家として自活しながら、ジェンダーにおける悩みを掘り下げていこうとした。メディアのニーズに応えるべく、純文学と中間読物とを書きわけながら、メディアに受入れられる形で自身に近い女性像をヒロインに造型していった。こういうヒロインに自分の悩みや喜びを語らせ、女性作家としての立場から、現実に即した形でジェンダーの問題へと垂鉛する。

つまり、「職業作家」とは、菊子にとって、「食う」ことと書くことを実践することで、ジェンダー世界を追究するセルフイメージなのである。

尾島菊子は大正期を代表する女性作家として、田村俊子、水野仙子と並び称された存在である。大阪朝日新聞の懸賞募集に応募して次席となり、一九一一（明治44）年まで、同紙に連載された「父の罪」（三月二二日〜六月一〇日）は、当選に輝いた田村俊子の「あきらめ」のような濃厚な色彩感に溢れた鮮烈な官能描写には及ばない。が、この後も菊子は若い女性の身体に潜む異性への欲望や微妙な感覚的反応、あるいは自由と解放を求める精神的渇望の書き手として、たびたび俊子と並んで文芸誌に登場することになる。(1)

ところで、尾島菊子は「父の罪」の応募以前から、すでに文壇で認められた作家であった。一八七九年（明治12）八月七日、富山市旅籠町一二番地に薬屋を営む尾島英慶、ヒロの二女として生まれた菊子は、一七歳で上京、従姉樽井ふさとその夫藤吉宅に起居し女学校に通ったが、樽井家の経済的事情のため中退した。その後ふさが離婚したため、樽井家を出て、郷里から母と弟妹を迎えて一家の家計を背負うようになる。タイピストや代用教員をして生活を支える傍ら、文学で世に立つ志を抱き、そのための勉学を続けていた。

生活のために『少女界』に次々と少女小説を書いていた菊子は、一九〇八年三月、『趣味』に発表した「妹の縁」が『閨秀小説十二篇』に収録され、新進の女性作家として認められた。翌年五月には「新装」（『女子文壇』）を、一九一〇年には「餓ゑたる女」（『読売新聞』2月6・8日）、「菖蒲園」（『婦人画報』7月）を発表し、『文子の涙』（金港堂4月）が刊行されるなど、活発な執筆活動が始まる。なかでも「餓ゑたる女」は菊子が『青鞜』に参加したのも当然と思わせる、女性の自我解放を大胆率直な表現で訴えた小説である。ここには、女性の腕で一家を支える困難さゆえに貧窮からの脱出を求め、しかもなお打算的な結婚では到底満足できず、情熱的な恋愛の陶酔を求める、そんな主人公の矛盾に満ちた精神的飢餓感が熱情的に訴えられている。さらにまた恋の「歓楽の夢は極めて短く」「覚め易いもの」であり、その後には「忽ち襲ひ来る一種の悲哀」と述べられているように、ここには現実主義的認識と諦観に基づく妥協的人生観も語られている。女が負わされる社会と家族からの抑圧に憤りながらも、恋愛幻想に陶酔し切ることも出来ないという菊子の不徹底さ。しばしば指摘されるこの不徹底さが、(2)この小説の語りの中にも示されている。同じ年に菊子は、「赤坂」(『中央公論』12月)で男性作家たちの好評を得て、文壇的地位を確立した。

一九一一年は「父の罪」が発表された年であるが、この年『青鞜』の創刊とともに社員となった。そして、女性の性的欲望の大胆な表現や、自由恋愛への憧れと家族制度の重圧からの解放を求める「ある夜」(10月)「夜汽車」(12月)を同誌に発表している。同誌には翌年も老年の男の孤独や疎外感を写実的に描いた「老」(4月)を発表、さらに、子に経済的負担を強いる親孝行という美徳の欺瞞性を痛烈に批判し、〝旅〟をメタファーとして自由への渇望を描いた「旅に行く」(10月)を書いている。「老」が『青鞜小説集』に収録されるなど同誌の初期を代表する作家として注目された。しかし、次第に急進的女性解放思想を掲げる『青鞜』の主張と、商業雑誌を発表舞台とする職業的作家という立場との矛盾が明白になったためか、一九一三年(大正2)以降は同誌に執筆しなくなる。翌年、菊子は新進画家小寺健吉と結婚し、以後は『青鞜』的主張を小説の中で顕在化させることを避けるようになった。

本稿では主として一九一〇年代頃までの菊子の作家活動を概観し、彼女の文学的特色とその推移の様相、さらにその原因とを明らかにしようと思う。

2　尾島文学のパースペクティヴ

尾島菊子の小説の傾向を大別すると、主題的には大きく四つに分けられる。①はほとんど主観を混えず、主として外面描写によって人間社会の悲惨・醜悪面を再現したもので、自伝的題材に基づいて、刑に服した父と家族の困窮、働き手を失い、家計の負担を背負った娘の苦闘、期待をかけた弟の病気とその死などが描かれる。娘時代の体験に基づく「父の罪」や、「河原の対面」(『文章世界』一九一五・四)、子を産まぬ女の不幸と、子を育てる女の不幸を冷徹に描いた「百日紅の蔭」（『中央公論』一九一三・七）、寺という制度の偽善性を突いた「朱蠟燭の灯影」（『早稲田文学』一九一三・一二）、病弟ものともいうべき「青い灯」（『文芸倶楽部』一九一六・七）「逝く者」（『文章世界』一九一六・一二）などがこれに含まれる。

②は『青鞜』的自我の解放を主情的に訴えたもので、手法としては一人称小説あるいは書簡体小説が多い。これはさらに細かく内容的にaからdまでに分けられる。a、娘の立場から提出された、儒教道徳に支えられた家族制度への反発と自主独立への願望。b、文筆活動への夢と自分の才能への自負。c、妻の立場から描いたジェンダーの自覚に基づく反抗（良妻賢母規範への疑問）。d、女性の肉体と精神に潜む異性への関心と欲望などである。aには『青鞜』に発表した「旅に行く」、「ある夜」および「古疵」（『早稲田文学』一九一四・一〇）などが含まれる。自伝的小説「死の幻影」（『婦人画報』一九二〇・九）、「娘時代」（『美しき人生』所収）にはaとbが共に見られる。cには「蟻地獄」（『婦人画報』一九一四・九）などがある。dには「餓ゑたる女」「夜汽車」「薫」（『新小説』一九一三・二）、「青白い焔」（『太陽』一九一九・一〇）、「旅路」（『三田文学』一九一三・一）、「あの二人」（『新公論』一九一三・四）などがある。

③は社会的秩序や道徳、あるいは習俗との鋭利な対立を避け、これらとの妥協を図りつつ自己の可能性の伸展を図るもので、「赤坂」がここにふくまれよう。

さらに④として「新しい女」批判とも言うべきテーマをここに加えておきたい。恋愛の自由を謳歌し、それを同性にも鼓吹する女性が、いったん嫉妬に狂った時、同性に対しどれほど残酷になるか。そうした批判をモチーフにしたのが「毒紅」（『文芸倶楽部』一九一六・一一）である。

『青鞜』の社員となり、多くの小説を発表した菊子が、なぜ、「新しい女」批判を書くに至ったのか、実に興味深い問題である。本論ではそれを充分解明する用意はないが一、二推察してみると、一つは『青鞜』に集った女性達の多くが日本女子大学校の出身者を中心に、いわば当時の高学歴者が多かったこと、平塚らいてうをはじめ、多くは有産階級の娘であり、生活を支えるために必死で働かざるを得なかった菊子とは、生活感情に隔たりがあったであろうこと。女性の探訪記者として、社会の種々の階層を観察してきた菊子にとって、『青鞜』の女性達の議論が、社会の実態に疎い、選ばれたる階層による偏向に満ちたものに見えたであろうこと。このような事が推察される。私見によれば「赤坂」でヒロインの口を借りてなされる「誇り顔に役所の中を歩き、得々として往来に平凡な女を嘲笑つた上級の女役人」という辛らつな批評の中にも、「新しい女」への反感が示されている。(3)

3 尾島文学の文体

『青鞜』に影響を受け、後に当時としては珍しい女性の職業作家として長く活躍した尾島菊子の作品傾向を概観すると、顕著な特色が二つある。一つは『青鞜』的な女性解放理念に覚醒させられつつも、「新しい女」にはなりきれず、仕事と恋愛との間で逡巡し、動揺し、悩み、あるいは男性優位の社会との妥協を図ろうとする。そのような当代の職業女性の迷いと揺らぎを形象化していることである。先述の主題の分類に従えば、②、③、④のテーマは、女性解放という理念に共感する女、反発する女、基本的に賛成だが留保をつける女などそれぞれ異なる女性像を前景化している。菊子はそうすることで、その同一理念をめぐる悩み、逡巡、動揺などを、違った側面から照射し、問題化しているとも言える。

もう一つは、菊子が表現方法に於いて極めて意識的であることだ。さまざまな文体上の試みを行って、それがかなりな程度成功しているのである。

この二つは互いに関連するものである。複雑に絡み合う重層的な、時には矛盾する志向性を作者が抱え込んでいるためか、前景化されるヒロインの内面の揺らぎ、あるいは変化の相を描くにあたり、さまざまな文体の使い分けが必要だったのであろう。

まず「新しい女」になりきれぬ悩みと揺らぎについて、「赤坂」と「ある夜」とを比較しながら見てみよう。「赤坂」のヒロインはこんなふうに語る。「男に喰べさせて貰つて」「屈従して」いる「平凡な女を嘲笑つた上級の女役人」に反発し、自分が同じ勤めを退職したことに深い満足を感じている。彼女は恋人の「Sさん」の「温い情緒に触れてから」「楽しい活き活きとした明るいことばかりを考へてゐる」。さらに「時計を持たなきやならない女を見る程不快なものはない」という「Sさん」の言葉に「十年の悪夢を破るやうに」彼女の意識は決定的に変えられてしまう。男から愛されることだけを求めて、装い、化粧し、笑みを見せる、「芸者」のような存在を過去に於いては蔑んできたのに、今はそれが愛らしく美しく「暢気で」いいというように変わってしまう。

「世の凡ての男と云ふ男を残らず敵のやうに呪つて」結婚もせず、「女役人」になった彼女が、恋人好みに自分を変えることに喜びを感じ、自立などを求めず、男性の共感を得る女になろうとする。そうした女性の変化が、暖かな幸福感をもって描かれている。この描き方に照応して、女役人としての過去の自分の生活は「何等の潤ひもない冷やかな」ものだったと全否定されているのだ。

職業作家である尾島菊子は、むろんこのヒロインとは別の存在である。が、こうしたヒロインを描くことで、菊子は何を表現したかったのだろうか。明らかに見られるのは恋愛幻想であり、さらに「新しい女」への反発、あるいは警戒心であるが、ヒロインがかつてはその仲間だったことを自認しているように、学歴もあり、向上心もある当代の女性にとって「新しい女」の主張が心を摑むに足る魅力的なものであることも、認めている。自立した生活と男の愛とを天秤にかけて、このヒロインは愛を選んだわけだが、そこに至るまでには十年の年月を要したのであり、その間様々な迷いや動揺や逡巡があったであろうことも作品から想像できる。いわば動揺と模索の果てに得た幸福をヒロインは嚙みしめているので、逆にいえば「新しい女」の主張はそれだけ強力な影響力を持ったともいえる。

では、菊子は『青鞜』的な主張をどのように造型していたのだろうか。そこで、「ある夜」、「旅に行く」の作品世界に分け入ってみよう。

「ある夜」の語り手は女に要請される道徳として世間の親達がのぞむ結婚というものが、世俗的打算にしか過ぎないと、痛烈に批判している。女にとってそれは生きる喜びとは程遠い束縛と労働の日々であり、真実の愛など望むべくもないという認識に立っているのである。「世間の夫は妻と苦楽を共にしようなんて云ふけれど大の偽、苦は妻にばかり、楽は自分ひとりさ。」「世の中に貞女になる位つまらないことはないわ」というふうに世間一般の結婚への呪詛が語られる。そして女友達と「粋な商売」でも始めようかと相談したことなどが回想される。ここでは結婚は「女の踏むべき道」で、「粋な商売」は正道をはずれた生き方と見る社会通念が覆され、結婚のもつ道徳的価値が冷笑的に否定されている。「正義や、道徳を重んじたとて、結局それが何れだけ自分を益してゐるだらう。第一正義だの道徳だのつて、人間が勝手につけた理屈に、何の標準があるか?」と社会秩序への根本的批判まで、この主人公はぶつけている。

その一方で恋愛結婚への憧憬は根強く、「恋人を捨てて、親友と別れて、そして何処かの知らぬ人の許へ行く……それで淋しくも何ともないのだらうか?」と問いかけ、さらに「ひとり! ひとり! ひとりに限る。仮令心を一つにした恋人があらうが、夫があらうが、結局自分は遂に自分でひとりのものである。恋人と云ひ夫と云ひ、或範囲を乗り越して自分を奪ふことは絶対に出来ぬ。」と絶対的自我の尊厳にまで彼女の意識は届いているのである。しかし、結局恋人もなく、友達にも裏切られ、親とも信頼し合えないこのヒロインは、孤独の状態でのみ自己の尊厳を守るしかないのであって、「赤坂」に描かれたような「楽しい活き活きとした明るいこと」「満足と安心」とは全く無縁である。そのためか、彼女は、夫に死なれて自活の道を求めに来た女友達に、それまでの彼女の主張とは正反対に「勤めなんてつまらないからお止しなさい」「早くお嫁附《かたづ》きなさいな」「幾ら威張つてゐたつて、女は遂に弱者よ」とたたみかけて説き伏せようとする。彼女の持論とは矛盾するこうした意見を、彼女は自分自身を切り刻むような皮肉と自棄的響きをこめて投げつけているように見える。この矛盾に満ちた言動、言葉と認識との落差の大きさ、その皮肉と自嘲の痛み、それらの屈折した表現を通して、菊子は目覚めた女の動揺と、女性に対する抑圧の強大さを、裏側から照射しているのだ。

「赤坂」の「私」はジェンダー差別を許容し、男性から愛される女に転身しようとしている女性。「ある夜」のヒロイン「つぎ子」は男性優位の社会構造を呪詛し、社会を支える道徳の欺瞞性を突き、結婚制度を否定して、女性同士の連帯を信じようとした女性。しかしいずれも同性への幻滅によって動揺し、自信を失って従来の自分を保てなくなった点では共通しており、二人はネガとポジの関係にあるとも言える。前者は後者の後日談ともなりうるかもしれない。「私」は変化しつつある存在、「つぎ子」は変化を孕む存在である。二人に共通するのは、男性社会の強大な支配力を前にして自分の非力さを自覚していること、にもかかわらず恋愛幻想が強烈なことである。

つぎに表現方法について。尾島菊子は告白体、書簡体、あるいは客観的な叙述、内面描写、外面描写など様々な文体を意識的に使い分ける技量を持つが、「夜汽車」と「旅に行く」とは文体に於いて対照的である。「夜汽車」はもっぱら外面描写、「旅に行く」は告白体によって語られているのだ。

「夜汽車」は、菊子の官能的描写の特質がよく現れた作品である。一人旅をする若い女性が夜汽車に乗り合わせた若い男に身体的接触を受け、お互いにそのことを意識しつつ、眠ったふりをして一晩を過ごす。男は汽車を降りるとき「失礼いたしました」と言って「美しい別れの微笑」を残した、という挿話を語ったものである。


「魔！　魔!!」／女は心に叫んだ。自分ながら不安に堪へない中から、引きつけられるやうな或物に心をそゝられるので、眠りもやらず、覚めもせず。

女はかすかな抵抗を示すが、強く撥ねつけることはせず、そのまま受け入れている。しかも「引きつけられる」「心をそゝられる」という表現から男の行為による刺激をひそかに楽しんでいるようである。さらに男の別れの言葉と微笑には「感謝の意味が含まれて」いたと感じ取り、「女の顔には抑え切れぬ誇りの色が動いた」とある。にもかかわらず、男の別れの挨拶に対して女は「相手を侮辱するかのやうに険しい眼を送つた。」のであり、「誇りの色が動いた」のは、男の後姿を見送った後なのである。ここには危険を避けようとする自己保身と、女のナルシシズム、プライドの高さによる自己抑制などが表現されている。これらの要素は菊子の多くの小説に散見されるものである。

この小説では、ほぼ徹底して外面描写によって内面の表現がなされる。「前から二つ目の三等室の隅つこに、淋しさうな独り旅の女がゐる」『失礼な男だ。』と云つたやうに女は細い眼をあけて、男の横顔から頸のあたりをながめた。」というふうに、あくまでも外側からの観察によって、どう見えたかが描かれ、その描写が自ずと語られる人物の内面を推察させるものになっている。

ただし一個所だけ、外面描写が崩れるところがある。汽車を降りる際、この男の残した別れの微笑には「感謝の意味が含まれていた。」「若い血汐を騒ぎ立たして楽しい半夜を過ごした仮初の夢を謝したのでもあらうか。」というコンテクストである。ここで語り手がせりふを語ってしまった結果、外面描写の統一が明らかに崩れているが、ともあれ、ここまでほぼ徹底して外面描写で押してきている。それは何故だろうか。最大の理由は、女主人公と語り手とを切り離すことによって、作者と女主人公との混同を避けたことであろう。たとえ、作者の体験に基づくものであったとしても、この描写方法ならば、読者には完璧にフィクションだと受け取ってもらえる。「夜汽車」という密室空間を巧みに利用して、女性の性欲と異性への支配欲を肯定する内容であるだけに、作者の実体験と受取られることは避けたかったように見える。

「旅に行く」は頑迷な親の圧制に反発し、儒教道徳に支えられた家族制度の圧迫からの解放を求めるヒロインの肉声が響く作品である。「親の権力！　親の圧制！」「親に孝行をすると云ふことは、親から強ひられてはじめてするのではなく、子の方から励んで為すべき人間の義務で」あるが、強制されると「嫌気がさして来るものである。」と主人公は訴える。先述の結婚制度批判とは異なり、親孝行という道徳はまだ彼女の中で充分拘束力を持っていることが示され、その道徳的価値はこの小説で最後まで否定されることはない。とはいえ家計の責任を負わされながら、ここまで親に服従を強制される不合理を主人公は訴えているのだ。その意味では社会秩序への根本的批判ではない。しかしこうした服従は、女だからこそ強制されるもので、男だったらけっして求められることはないというジェンダーの本質的矛盾に、彼女は気付いている。しかし、そこまでに留まってしまい、それ以上突き詰められることはない。それは、彼女が困窮の中で自活しつつ、家族を扶養してきた体験から来る現実主義的性格のためであろう。

この小説の文体は、徹底して告白体である。「私」という女主人公兼語り手によってのみ作品世界は構築され、周囲の情景描写などはほとんど皆無である。「私」は親の過重な経済的要求や過干渉に反撥するか、自分がいかに旅を必要とするかについて自問自答し、詠嘆したり、宣言したりするか、いずれかである。

ユニークなのは場面の変わり目ごとに（というのは「私」の内面風景の場面が変わる、つまり思惟の内容が変わるということだが）、一行ずつブランクが設定されている点だ。頻繁にブランクが置かれた結果、叙述は何の前置きも脈絡もなく、別の思惟内容に変わる。思惟の転換、飛躍をそのまま表現した当時としては新しい方法である。思考が途切れ、別の想念が沸いてくる、その頭の中の風景が、あたかもすばやい舞台転換のように、ブランクによって瞬時に入れ替わるのである。センテンスは尾島菊子の他の作品と比べても、極めて短いものが多い。畳み掛けるように短いセンテンスを重ねることで、思考内容の変化が継起的に行われることを表している。また感情と思考のない交ぜになった独白的文体で、自我を押し通そうとする自分と、それを抑制し、あるいは後悔する自分との分裂が露わになるのだ。

ここに表れているのは、あくまでも自分自身の思考と感情のみであり、他者の思考と感情は排除されている。他者の目に映じた自分の姿もない。したがって外部と自分自身とは切断されているわけである。『青鞜』には初心者の表現方法に共通する告白体の小説が極めて多いが、それにしてもこの文体は尾島菊子独得のものである。

これらの短編からは、主題と文体との結合にきわめて意識的だった作者の創作態度がうかがわれる。『青鞜』に発表された「ある夜」「旅に行く」などは抑圧からの女性解放、あるいは女性の主体性の尊重というこの雑誌の主張と一致するテーマで、表現方法もそれにふさわしい告白体が選ばれるか、あるいは客観描写であっても随所に主観的訴えがちりばめられるか、どちらにしても作者と語り手と主人公がたぶんに重なり合う存在と想像されるものが多い。しかし、菊子がこのテーマをこの表現方法で描いた小説は、一九一三年以降ほとんど見られなくなる。（唯一例外は「ある一夜」（『新日本』一九一五・三）、「蟻地獄」であるがこれについては後で詳述する）。それに代わって男女の恋愛、特に年下の男への恋着・未練を微細な心理分析でつづり、若い女への嫉妬や仕事を持つ女性としての自負心、社会的地位を得ている女性としての世間への見栄や自己保身、恋愛関係の終末を予想するが故の理性的自己抑制などが描かれる。「薫」や「その朝」（『新潮』一九一三・一）、「あの二人」（目次では「ある二人」）などがこうした作品である。そして一九一四（大正3）年に菊子は小寺健吉と結婚し、作風の上でも一つの区切りを示すのである。

4 転換する作風――創作集『百日紅の蔭』を基軸として

翌年一〇月刊行された『百日紅の蔭』（実業之世界社）は『青鞜』の尾島菊子とは別人のようである。これには作者の周囲に生きる惨めな女の生態を描いた「百日紅の蔭」、「朱蠟燭の灯影」「郷愁」（『新潮』一九一四・二）、「河原の対面」、また病苦や離婚、生活上の不如意に悩む家族との関係を描いた「拍子木の音」（『スバル』一九一三・二）、「黒き影」（『早稲田文学』一九一五・四）などが収められている。これらはすべて悲惨醜悪な生の実相を、淡々とした客観描写によって描いた自然主義的傾向の作品である。

さらにこの短篇集では、女性に対する社会的抑圧を、被害者意識に基づく独白体で訴えた「古疵」が際立っている。この小説は、悪質な中傷記事を書かれた女がその憤激をぶちまけた体のものである。さんざん女から金を巻き上げた挙句、愛想をつかされた男が、その恨みで自分との過去の関係を歪曲して新聞記事に書かせたものらしい、と分かり、現在は文筆で世に立つ女は弁護士に相談する。だが、ついに「自分の不名誉の上塗りをするのがいやだ」と告訴を取りやめる話である。告訴を「不名誉の上塗り」とみる女の認識は、この小説全体の表現によっても肯定されている。したがってこの小説では、女がこうむった痛手を女自身の責任でもあると認めたに等しいことになる。この男の身勝手な言動による女主人公の痛手が、現実の社会で女全体が負わされた不幸の一端であるという認識は、まったく皆無である。言い換えれば、男の不徳義は激烈な表現で指弾されているが、この女の不幸が、ジェンダー差別に基づく男社会の構造から生じたものであることは、見抜かれていない。したがって激烈な言葉で語られる女の訴えも、たまたま悪い男にだまされた身の不運としか表現されなくて、ジェンダー差別の核心を突くものにはなっていない。だからこそ、この作品集に収録されたとも言える。いわば、ジェンダー差別によって構築された男社会を真っ向から揺さぶるものではなく、さして危険思想とは見なされなかったわけであろう。

　この短編集には『青鞜』発表作は一切収録されていない。それらはまさに身体的表現で女性の解放を訴えるいかにも『青鞜』らしい小説だったが故に、収録されなかったのだろう。成熟した女の身体に潜む異性への関心と欲望とを表現した「夜汽車」などは、ジェンダー差別によって構築された男社会を真っ向から批判するものとは言えないが、この当時女に強制された性道徳を逸脱するものであったことは確かである。当時の『青鞜』バッシングのすさまじさを思えば、発表誌が『青鞜』というだけでも収録を見合わせる理由になったのかもしれない。

　同じく収録作の「ある一夜」（「ある夜」とは別作品）は、家計の負担をめぐる母と夫の確執に悩み、師匠格に当たる文筆家の「S」に相談したり、母のいる自宅にはどうしても帰る気がせず、夫婦で一晩家を空け、木賃宿のような旅館に泊まる話である。この小説はテーマの掘り下げ方が足りず、表面的に現象を追いかける描写に留まっているのが弱点である。主人公の懊悩や親への不快の念、また夫への遠慮や愛情は身体的表現によって濃密に伝わってくるが、そうした心理の因って来る深い原因にまで自己省察が届いていない憾みがある。徳田秋声はこの小説に触れて、親を支配しきるか、または啓発するか、どちらにも徹底できないところに主人公の不幸の原因があり、彼女の妥協性に問題の根があると評している。(4) たしかに彼女は、観念に陶酔できない覚めた現実主義者であるため、一つの生き方に徹底できず、他人の評価も気になり、人生の局面で其のつど妥協せざるを得なかったのではないかと思う。

『青鞜』以後の小説では、男社会の秩序と抵触する自我を自覚しながらも、秩序と妥協せざるを得ぬ状況がしばしば描かれる。妥協する要因は様々である。①は男に対する恋愛感情 ②は親子、兄弟の情、③は同性との連帯の断念である。恋愛も友情も捨て、愛のない結婚をする親友（「或る夜」）の話、叔母の嫉妬によるいじめなど身近な同性への失望（「破滅」『中外』一九一八・二）、など同性との連帯に絶望的になる要素が、しばしば菊子の小説には登場する。④は男性への不信である。打算、自己保身、好色などが男性の通有性として描かれる。「古疵」の別れた男や、「父の罪」の主人公雪江の婚約者や恋人敏三などがその典型的な例で、作者の男性不信の根深さを示している。

5 尾島文学が投げかけるもの

尾島菊子は文学的出発にあたり、人生と人間の醜悪悲惨な側面を暴き出す自然主義文学の影響を得たことは間違いない。どちらかといえば人間の美よりも醜を描くときに筆が冴えるようだ。題材的には弟の病篤い状態を描いた「青い灯」や、彼の死の前後を激越な感情や感傷を交えず、冷徹な筆で描いた「逝く者」がそうである。また、「蔭の女」（『新小説』一九一一・一二）「薫」「旅路」などで芸娼妓の淫猥、野卑、不潔な様を活写し、「毒紅」では女同士の友情など容易に覆す嫉妬のすさまじさ、「破滅」では心変わりした年下の男への妄執や若い娘への嫉妬、お手伝いの少女への冷酷さなどが、執拗に、ややあくどい筆で再現される。

先述のように、「新しい女」、目覚めた女に対する批判は芸娼妓の醜悪さの表現とは方法が異なり、自然主義的で冷徹な観照ではなく、もっと主観的、激情的である。『読売新聞』の「文芸に現はれたる好きな女性、嫌ひな女性」というアンケート（一九一二・五・一五）では、好きな女性は「心中天網島」のおさん、嫌いな女性は「人形の家」のノラと答えている。封建制度の中で生きる女の、夫への愛と自己犠牲を体現するおさんと並べてみると、菊子の「目覚めた女」への反撥がうかがえる。

では、『青鞜』を離れた後、もはや菊子は「ある夜」のような結婚制度批判や、恋愛幻想、また「旅に行く」のような芸術を求める精神の自由への渇望、あるいは「夜汽車」のような独身の女の性的感受性の鋭さ、こうしたものを描かなくなったのだろうか。決してそうではない。「ある一夜」に見られるような、実家の家族を扶養する義務と夫との愛情を育てていく結婚生活との矛盾は、恋愛結婚幻想を実現したいという欲求が、突き当たった厚い壁である。いわば「ある一夜」は「ある夜」の延長線上にある作品なのだ。

同様に「蟻地獄」も「ある夜」の延長線上にある作品である。ここには、文筆を持って立つ女の仕事と結婚生活との矛盾、結婚しつつ自分の母親の経済的援助もしなければならない困難さ、などが私小説的表現で丹念に、且叙情的に描かれている。家事の責任を負う立場にあるため、女は自由に自分の時間と空間とを使えない不満があり、そのため思うように仕事が進まない苛立ちを感じている。彼女の陥った逃げ場のない精神的な袋小路が「蟻地獄」に喩えられ、底に落ち込んで苦しむ蟻を、眺めるだけで助けようともしない夫は「蟻地獄」の主に喩えられている。仕事に集中する時間をもてない妻にひきかえ、夫は庭いじりをしたり、蟻地獄をのんびりと見て妻の眼には呑気に遊んでいるとしか見えない。女は次第に荒んだ気持になり、苛々した気分のはけ口を外出に求めて、実家の母の許へ出かける。主婦の立場を一時はなれた女は、精神的安息を得て苛立ちを解消し、帰宅するという話である。

旅や気まぐれの外泊に一時的心の避難場所を求めるという菊子の多くの小説のヒロインと同じく、此処では逆に女は母親に避難場所を求めているのだが、この場合母のいる実家は、日常生活で主婦としての責任を負わずにすむ場所、あるいは娘時代とは異なり、もはや母の支配を受けずにすむ場所であるという点が、「ある一夜」の場合とは異なっている。女は既に母ではなく夫の支配下に置かれているのだ。だからこそ、夫の家では重苦しく、解放感をもてないのである。しかし夫は男の特権を当然のように享受して、それがジェンダー差別に基づく特権だという意識はまるで持っていない。そして妻の苛立ちに不機嫌になり「下らない女め、自分の仕事が出来ないからとて、何を人にまであたつているのだ」という「嘲りの色」さえ女には予想される。夫と妻では、時間と空間の使い方がまったく不平等であり、妻の苛立ちは根本的にはそこに原因がある、という認識は夫にはまったく欠けている。

こうした問題を提出したことそれ自体に、少なくとも菊子の女性解放を求める方向性は感じ取ることが出来る。これはまさに昭和に至るまで、多くの女性作家が抱えた問題にほかならない。しかし提出はしても、その解決方法をどのような方向に求めるかという点になると、そこからは『青鞜』とはかなり異なる道を進むことになる。外出を決意した妻の心理を見てみると、「自分の不在中、敏夫も外出してゐるといふことに一枝は安心をおぼえ」、しかし気まずい気持ちのまま「自分の方が先に出かけると云ふこと」にためらいを感じ、「なんだか泣きたいやうな悲しい心持になつて」、「自分のこんな我儘も敏夫はちやんと理解してゐてくれる」と妻は考える。

このように「先に出かける」ことにさえこれほどの気兼ねをし、「泣きたいやうな」心持になりながら、ジェンダー差別に根本的な問題があることに気付かず、自分の行為を「我儘」と捉えて自分を責め、しかもその「我儘」を許す夫の「理解」ある愛情を支えとして自分の「苛立ち」を解消しようとする、このような解決方法をこの妻は取ろうとしているのだ。夫婦の愛情に基づく結婚生活の継続を前提とするかぎり、解決方法はこうした妻の側の心理的譲歩と妥協しかありえないと、この小説の語り手は考えているようだ。語り手の叙情的な自己表白に、作者の深い共感が寄せられているという印象からすると、おそらくは菊子自身、こうした現実的な解決方法を取ることを肯定していたのではないだろうか。こんなところにも妥協的と評される所以がありそうである。

自然主義文学から人間への冷徹な観察方法を学び、『青鞜』の主張からジェンダー差別批判と女性の自我解放の訴えを学んだ尾島菊子は、そのどちらにも徹しきれなかったとも言える。しかし、この二つの要素は彼女の中で微妙に混ぜ合わされ、現実との妥協点を見出しつつ恋愛と結婚との結合を図り、職業作家としての複雑に入り組んだ生と性の様相を、鮮やかに再現した。その点に新しさがある。官能的表現、特に触覚的描写に優れた粘着力ある表現方法や、女性の嫉妬や執着と、自尊心による自己抑制との分裂や葛藤を、克明に追究した独特の文体にも見るべきものがあるといえようか。

注

（1）例えば一九一三年一月の『新潮』には菊子の「その朝」と並んで、田村俊子の「遊女」、水野仙子の「陶の土」が掲載されている。

（2）徳田秋声「百日紅の著者に」（『読売新聞』一九一五・一一・二）。これは尾島菊子の「月の夜」（同紙同年八・八と八・二二）との往復書簡の形で発表された。

（3）「残紅」（『大阪朝日新聞』一九一二・五・一八〜八・一六　後に『頬紅』と改題され春陽堂から出版。ただしこちらは未見）の作中に探訪記者のヒロインが聴覚障害者の施設などをルポする場面があり、後に書評（『読売新聞』一九一三・八・一七）で、このヒロインは作者自身であろうと記されてあったことから類推した。

（4）注（2）と同じ。

参考文献

①杉本邦子編「尾島（小寺）菊子年譜」『日本児童文学大系　第六巻』ほるぷ出版、一九七八年一一月三〇日
なお菊子の生年は戸籍薄による杉本説に従った。
②島尻悦子「評伝小寺（尾島）菊子　近代文学研究資料　第二八二篇」『学苑』一九六五年九月一日
③杉本邦子「尾島（小寺）菊子解説」『日本児童文学大系　第六巻』ほるぷ出版、一九七八年一一月三〇日

④無署名「年譜　小寺菊子」『明治女流文学集（二）』筑摩書房、一九六五年一二月一〇日
⑤塩田良平「小寺菊子」同右
⑥編集部「尾島（小寺）菊子『父の罪』解説」『近代女性作家精選集』第四巻　ゆまに書房、一九九九年一二月一五日

〈家〉に敗れた恋愛——与謝野晶子『妹』

小林美恵子

1　はじめに

与謝野晶子の小説への取り組みは、明治三〇年代末に始まった。そのほとんどが短編であり、(1)それらの選抄として一五篇の小説（他に戯曲一篇）を取りまとめ、刊行されたのが『雲のいろいろ』（梁江堂書店、明治45・5）である。(2)晶子による刊行予告の広告文には、「之のみは破り棄てん、とこしへ世に出さじと思ひしものを、已みがたき事ありて書肆のあるじの乞ふに任せつ。」（『スバル』明治44・10）とある。謙遜なのか、自信のなさを正直に吐露しているのか判断しかねる言葉であるが、(3)中には、家制度の束縛に縛られて生きる明治人の嘆息を間近く感じさせるものや、晶子自身の夫婦観・結婚観を物語るものなど、興味深い作品が少なからずあり、一篇ごとに多様な読みを期待させる芳醇さを備えている。

ここでは、男女の関係を家制度維持の範疇に収めるものとする見方と、個人対個人の愛情問題こそ重視されるべきだという考えが交錯する悲喜劇『妹』（『三田文学』明治43・9）を取り上げてみたい。明治三〇年代以降いっそう強化された家父長制と、大正期前夜の自由恋愛謳歌の気風とは、当時の人々の間でどう折り合いをつけられていったか。それを材に採った点で、『妹』は、明治四〇年代をよく映し出す作品と思われる。

何より興味深いのは、名家の姉妹が許婚を簡単にすりかえられるという展開に、固定できる〈事実〉がないことである。姉娘の婿の死後にいったい何があったのか、そこに様々な憶測を許すことでどんな効果を挙げているのか。犠牲になる妹の恋愛と、相手の養子の人生に突如発生したさまざまな可能性を軸に推論をめぐらすことで、明治末期の男女の生き方の一端に触れてみたい。

2　お兼と四人の「子供」たち

小田原の油屋「松兵」は代々続く油屋で、一時振るわない時期があったものの、現在は鉄道局への売込みでますます盛んな経営を誇っている大家である。『妹』の中心人物は、文字通りこの家の妹娘お丸であるが、まずは「松兵」一家の家族構成について確認しておきたい。

現在の家長は、後家のお兼である。お兼は三四歳で夫を失い、以後女手一つで「松兵」を切り盛りしてきた「人一倍男勝りの女」であるが、「一方では極端な子煩悩」でもある。お丸の上に一つ違いのお愛という姉娘がおり、お兼はこの姉妹が一二歳と一一歳の時、それぞれの許婚として一六歳の清次と一五歳の新之助を養子に迎え、(4)「実子養子の区別」なくかわいがり、二組の夫婦に次代を任せるのを楽しみに九年の年月を送ってきた。ところが、いよいよこの冬に二組の婚礼を一時にしようというその年の九月初旬、清次が肺病であっけなく亡くなってしまう。物語は、お丸がその訃報を奉公先で受け取る場面から始まる。

姉妹と養子たちは四人仲がよく、しかしそれがために「若い者同士を余り締まりのないように世間で云われてはならない」というお兼の配慮で、姉妹は三年前から東京へ見習い奉公に出されていた。清次の発病で、お愛は先に帰郷していたが、まだ奉公先の原田男爵邸にとどまっていたお丸は、朋輩のお梅に訃報のあらましを話しながら泣き伏してしまった。

「可哀そうね、姉さんがね。」／「真実に姉さんが。」／お丸の目からはまたはらはらと涙が零れた。（第一章）

お丸の悲しみは、自身も親しかった清次の死そのものより、婿を失った姉の痛みにより強く寄せられている。さりげない会話ながら、「可哀そう」なのは姉ひとりと強調されるようなやりとりには、あるいは不幸は姉のものであり、自分のものではないといったお丸の安堵感のようなものも匂わされている。お丸は清次の死を、姉の身にのみ降りかかった不幸と信じて疑わなかった。

姉さんはこれからどうするのであろう。姉さんはあんなに兄さんが好きだったのだからきっと当分は一人で居ると云うに違いない。そうなると姉さんは東京へ奉公に出るのでしょう。私など新さんが丈夫だから為合だけれど、姉さんは真実に気の毒だ。（第二章）

名家では、嫁入り前の娘を公家屋敷などへ行儀見習いに預ける習慣があった。清次の死の結果、お愛が独身でいることを強く望めば、経済力もあり、娘たちへの愛情も濃いお兼だから、それを許すこともないとはいえまい。しかし、お愛は名家「松兵」の跡取り娘である。守るべき〈家〉と継承すべき家業があるとき、それら全ての後継権を一手に引き受ける者の優先順位は、既に明治三一年施行の民法で定められていた。通常は男性の年長者が単独で引き継ぎ、女性のみの世帯では女性の年長者が戸主となり、あるいは婿をとって戸主とする。したがってお丸の推量は、この法を無視したものでなければ、お愛の結婚が清次に代わる婿が見つかるまで延期されると見込んだものだろう。

自分と新之助の婚礼に影が差すことなど思いもしないお丸にしてみれば、新婚の自分たちと、婚礼間際で婿を亡くした不幸なお愛とが一緒にいることの気まずさをお兼が配慮するだろうと考えて姉が家を出ることを予測したのかもしれない。奥仕えで頂いた、とっておきの品などもみな土産にあげようと、お愛を慰める算段に余念がないお丸は、姉を心から哀れんでおり、自分たち四人の間柄を、組み合わせに変更のありえない、二対二の関係ととらえている。しかし、一人を欠いて二組のカップルのバランスが崩れた今、「松兵」の家の中では、この変更は十分ありえることとなっていた。

それどころか、遡ればお兼が清次と新之助を養子にしたときから、既に新之助は清次のスペア要員であったとも思われる。女所帯の商家の主人なら、素性の知れない婿にのれんを奪われるようなことがないよう、長年を費やして人柄を確認するぐらいの危機管理は行っていてもおかしくない。そしてこの養子たちは、お兼の期待どおり、どちらに店を任せても安心な青年に成長した。万が一の備えが役立つ時がきたのである。

このように忖度してみれば、「松兵」のトップであるお兼は紛れもなく明治民法に則った女戸主であり、法の定めと家制度に従って、何とかお愛によい婿を娶わせ、家督の相続をつつがなく済ませたい、という意図があったと察せられる。母親としてのお兼にとっては、お丸もかわいい娘に違いないが、戸主＝家長としての目でみれば、お丸もまたお愛のスペアに過ぎず、「松兵」の安泰のためにはお丸の恋心など度外視するほかない。お兼のお丸に対する過酷な権力の発動は、彼女の意思でやったか否かに関わらず、選択の余地のない行為であったといえよう。

お丸は、妹娘の気楽さからか、あるいは幾分幼いのか、清次の訃報を「松兵」の存亡に関わらせて受け止める目敏さを持ち合わせていない。清次の喪中にも関わらず、自分と新之助の恋愛の成就にのみ心が向かっていて、しかも近々その新之助を譲り渡さねばならなくなるお愛の心労を心配しているお丸の姿は、結末を知る者にはおかしくも痛ましい。

3 養子・新之介の胸中

お丸は、心底から新之助を慕っており、それは奉公先から帰郷する汽車の中の様子にもみてとれる。

藤沢あたりからお丸は首を窓の外へばかり出して居た。汽車がもどかしくって足をとんとんと云わせたいような気もした。汽車から下りるとお丸はすぐ改札口に立っていた新さんと顔を見合わせた。新さんは小作りな色の白い男で、眉が濃くて歯並が綺麗に揃って居る。（第二章）

清次がすでに埋葬されていることはお丸も承知しているのだから、お丸が汽車のスピードの遅さにじれているのは、決して清次のためではない。久しぶりに会う新之助との再会に心を逸らせているのである。そして、国府津駅で待つ新之助も、「嬉しそうに」出迎えた。

が、その後しばらく実家で喪に服す日々を送っていたお丸は、ある日お兼から折り入って話を持ちかけられる。

「何です、おかあさん。」「まあ炬燵へお入りよ、話があるのだから。」とお兼は何故かおどおどしたやうに云った。「さう。何です、お母さん。」母親の向側から炬燵へ入ったが、お丸の胸は急に不安を感じた。それとともに何とも知れぬときめきをも覚えるのであった。「ゆっくり話するがね、家のことなんだがね。」お丸の胸はこことと云ふ音がした。（第三章）

お兼は、お丸の新之助を思う気持ちの深さを知っているがゆえに、さすがに話を切り出しづらそうである。そんな母親をみてお丸は「不安」と「ときめき」を同時に感じたという。〈家〉意識に疎く、新之助への思いしかない日ごろのお丸から推察すると、「不安」のほうは、自分たちの婚礼の延期、「ときめき」のほうも、やはり婚礼の日取りのことでも期待しているとみるのが自然と思われる。

ところがお兼の口から飛び出したのは、一昨日に新之助から「自分とお愛を娶してくれたらどうでしょうか」という申し出があった、という話だった。お丸が寝耳に水であったことは、「着物の上から見えるまで」の「烈しい動悸」からも明らかである。お丸は混乱するが、お兼がお愛に対しても既に打診してみたと聞くや、「母親が自分をおとしいれたのだと思った」という断定にはしる。

たしかに、この先新之助の登場はなく、彼がどんな意図でその言葉を口にしたかは明かされず、さらにいえば、本当にこの発言が本人のものである確証はつかみ得ない。さらに、お兼はお愛についても、お丸さえ承知すれば「承知しそうだ」と明言するが、お愛に至ってはこの以前も以後も、一貫して姿を現さないため、いっそう本人の意思はわからない。つまり、お丸の新之助に対する思いや、彼女の存在そのものを無視したこの衝撃的な提案は、実はだれの発案によるものか定かではなく、「松兵」の安泰を願うお兼の単独による策略とも考えられることになる。〈家〉を基準に考えてみれば、やはり長女のお愛が婿を取って次代を担うのが至極当然の運びであろうし、その婿も、残されたかわいい養子の片割れを、分家の婿候補から本家の若旦那に格上げしてやったほうが、円満に収まるというものである。

が、一方では、若い三人の関係に異変がおこり、事実新之助がこのような提案をしかねない可能性も暗示されていた。それが、お丸が帰郷し、出迎えた新之助から、清次の今際の様子を聞く場面である。

「清次さんがお愛さんの手を持ってね、眼が見えないから顔を自分の傍へ持って来てくれって、そう云ったら、お愛さんは清次さんの顔の上へ自分の顔をじっと置いたよ。」／「兄さんはそのまま死んだのですか。」／

「そうだ。清次さんは死骸になっても嬉しそうな顔をして居たよ。」／「そう。姉さんに病気が伝染らないかしら。」／思い出したようにお丸が云った。／「何だって。お前は薄情だね。お愛さんの方がきっと情が深いんだよ。」男は自分の膝で強くお丸の膝を突いた。（第二章）

清次の病名は肋膜炎と診断されていたから、新之助が思っているような、伝染の恐れもいとわず、という美談になるかどうかは微妙だが、生前の清次とお愛が、強い愛情で結ばれていたことが確認できる箇所である。見守っていた新之助は、臨終間際の二人の様子を「何だか芝居のよう」だったと言い表しているが、それはこの場の清次とお愛に純粋な愛情の存在をみ、胸を打たれたということだろう。

そんな新之助にとって、四人兄妹のようにして育ってきた清次の病気を忌まわしげにいうお丸の心が、あまりにも冷たく、美しさに欠けるものとして映ったとしても無理はない。その瞬間、お丸を膝で強く突くという乱暴なふるまいに出た新之助は、「男」と表記されている。お丸に対する養子先のお嬢さんという意識から完全に離れ、将来妻になるはずの女に対し、「男」としての顔を垣間見せた新之助は、ここで、お丸との結婚生活に決定的な幻滅を感じたのではあるまいか。

また、この冷たい発言の中に、表面上は仲良くしつつも、やはり養子である自分たちを一段下にみるかのようなお丸の意識を、新之助が感じ取ったとも思われる。お丸にしてみれば、姉思いで洩らした一言に過ぎまいが、お丸には、清次と新之助が、好むと好まざるとに関わらず、いわば経済的な後ろ盾と引き換えにこの家に縛られた運命にある男たちであるという配慮に欠ける無神経さがあろう。

晶子は、『雲のいろいろ』の中に、『養子』（『新小説』明治44・1）という作品も収めているが、ここにはそれぞれ養子先の家庭で不自由や束縛を味わわされて暮らす二人の青年が、互いの嘗めた辛酸を語り合う姿が描かれており、一人の青年は、その家の娘との意に染まぬ結婚に泣き濡れたりもしている。晶子は、養子という存在に、〈家〉の犠牲となる男たちの姿をみていたのだろう。

新之助の場合は、清次との間につけられる大きな格差も考慮すべきである。お愛の婿となる清次は、「松兵の相続人」になる人であり、将来は家長として自分の上に君臨することになるのであった。同じ養子として、わずか一歳違いで引き取られた清次とのこのような格差に、新之助が鈍感でいられるとは思えない。

さらに、断片的に示されるお愛のプロフィールが、お兼単独によるたくらみの可能性を揺るがせる。まず、お愛が大変に容貌の美しい女性であることを押えておかなくてはならない。お丸の奉公先の朋輩・お梅は、お丸のことも別嬪さんと認めながら、お愛については「恐ろしい好い女」と格別の意味をこめてみせる。「男」である新之助が、お愛の美貌に無関心とは考えにくい。しかも、お愛の「男」に対する献身ぶりは、清次との関係で確認されている。

そして、お愛の「気の弱い人の上に、身体があまり丈夫じゃない」点も重要である。これにはお兼も心を痛めており、お丸に宛てた手紙の中でも、「心配なのはお愛はお前と違って身体の弱いことである。悲しい目に逢って身体を損ねた上、もしや清次のような病気にでもなるようなことがあったら私はどうであろう。」とこぼしている。これはお兼からお丸への弁解でもあろうが、お愛の虚弱さは、お兼にも新之助にも、お丸よりお愛を優先させる動機を提供しよう。四人の子供のうちの一人を失ってしまったお兼が、もっとも恐れるのは、さらにもう一人を失うことである。虚弱なお愛を元気づけるためならば、お兼はどんなことでも躊躇しまい。こうして元気者のお丸は、かよわくはかなげな美しい姉の犠牲にされるかたちで、喜劇的な悲劇を味わうことになる。

4　スペアの恋

ともあれ、お愛と新之助の縁談は持ち上がってしまった。

申し訳なさそうな様子はみせつつも「この場合そういうことは云って居られない」と、すっかり新たな計画に心を移しているらしいお兼にお丸は「恨めしい」という感情を持つ。そして当然のことながら、「それよりもそれよりも自分からそんなことを云い出した新之助の心が憎い、憎い」と歯噛みする。

この縁談が、新之助の提案によるものなのか、お兼の策略によるものなのか、最後まで答えは藪の中である。しかしどちらにしろ、すでにお丸に話がもたらされる時点では、新之助もお愛も、自分たちの結婚に同意していたことは間違いない。

清次の死という一大事を前にして、お兼と新之助とお愛の三人は、「松兵」の家を安泰に守ることを第一義に考えた。仮に新之助にお愛への恋情が芽生えていたとしても、婿入り相手の変更を実行に移すには、やはり「松兵」を守るという大義名分がなくては言い出せぬことであったはずだ。九年の歳月で育まれた恋愛関係に勝るものはないと信じて疑わなかったのは、お丸一人であった。

新之助の側にも、可愛がってくれたお兼に対して、窮地を助けたいという義侠心が働いたとも思われる。お兼がお愛に「それとなく気を引いて見た」というのを聞き、お丸は「母親が自分をおとしいれたのだと思った」が、家の実権、ことに財産がからむお愛の結婚に、長く女手一つでのれんを守ってきた「松兵」の大女将が無策である方が不自然である。いまさら新しい婿を探すといっても、信頼の置ける新之助に勝る婿はいまい。お愛にしても、これら全てを了解した上での同意であったのだろう。価値観の基準を〈家〉に置く「松兵」の中で、お丸一人が異邦人だったのである。

しかし、お丸の新之助に対する愛情だけは持って行き場がない。清次の死と同時に、あるいは清次の発病と同時に始まったこの計画に、お丸一人が乗り遅れたのは、男性家長不在の「松兵」に育ち、相続と無縁の末娘という立場にあることからくるものだろうか。否、やはり何より、新之助への愛情の上での信頼が厚かったためと思われる。新之助との新婚生活にこそ夢をかけていたであろうお丸には、むしろ大正期に増加する核家族的な〈家庭〉への志向が感じられ、その意味では、時代を先取りしているといえよう。が、手広い家業も伴う強大な〈家〉の力の中では、お丸の抱いた恋愛至上主義は完全に圧殺されてしまう。

晶子は、二組のカップルに純愛を育ませながら、それが家制度の中であっけなく葬り去られる様を鮮やかに描き出した。姉妹と養子たちの年齢をそれぞれ一つ違いという設定にしたのは、決して偶然ではなく、代替可能な二対二になるよう意識して仕組んだに違いない。「松兵」の中では、新之助は清次のスペア、お丸はお愛のスペアであり、次々と代替可能な要員に過ぎない。お丸が新之助との間に恋愛を育むこと自体、いつでもその関係を奪われる可能性を孕んだ、危険なことであったといえる。そしてその危険に、お丸はあまりにも無防備であった。

清次は死んだが、惣領娘お愛の結婚は滞りなく進められる。

「まあ好かった。私はこれで安心だよ。新之助もそう云ったが、これからはお前の養子に思いいれ好い人を捜すからね。」（第三章）

お兼のこの残酷な言葉に、お丸が「厭なこと、お母さん、私男なんか厭ですよ。もう、もう厭です。私また東京へ奉公に出ます。」といって泣き伏してしまうところでこの短編は幕を下ろす。お丸の恨みは、結局お兼よりも「男」である新之助に向けられて終わる。それは、お丸の中に、新之助の心一つで自分たちの恋愛は守れたはずという、あくまでも恋愛を最優先に考えて男の不実をなじる意識が強烈に存在するせいであろう。自分の理想を叩き潰されたお丸はおそらくもとの奉公先に向かうと思われ、彼女は将来〈家〉に戻ることはなく、都会で〈家庭〉を築こうとするだろう。

小山静子は『家庭の生成と女性の国民化』（勁草書房、平成11・10）の中で、明治二〇～三〇年が、日本における「家庭」という言葉の普及した時代であると捉えている。(5) それはこの時点では決して実態としての家庭の成立を意味するものではなく、言説にとどまったという。ここでいう家庭とは、「近代的な性別役割分業が行われる家族」であり、男女は建て前上平等であり、主婦が自立的に家事労働に従事する場ということである。基盤となるのは夫との愛情関係である。それは、「家長による家政管理権の下の女性の家事労働」とは性質を異にする。それでは、実態として〈家〉が〈家庭〉に移行していった時期はいつごろか。それが都会においては大正期であり、明治四〇年代はまさにその過渡期といえ、この作品の背景となっているのではないか。一九一〇（明治43）年に書かれた『妹』において、〈家〉と無縁に将来を夢見ていたお丸が望んだのは、新之助との〈家庭〉づくりであったろう。

早晩お丸は小田原の「松兵」を出て再び都会へ向かうことになると思われる。彼女の都会行きは、〈家〉からの出奔である。その道行きは、あたかも〈家〉重視の明治から、都会においてそれが解体されゆく大正へという時代の移行に重なるようにも思われる。

『雲のいろいろ』には、「当時の文壇の小説の水準などから見れば、それは名こそ小説となっていても、到底そういったものと比較して考えるに堪えるような作品とは思われない」（木俣修「解説」（『定本　与謝野晶子全集』第一一集、講談社、昭和55・1）といった低い評価も下されているが、『妹』は、男子不在の名家の姉妹と、突然遊動可能となった養子の男を取り上げたことで、個人の恋愛感情を無にする家制度の過酷さを女の側から存分に描き上げ、なおかつ制度としての〈家〉から愛情を基盤とした〈家庭〉へと居場所を変える過渡期の男女の一現象をよく映し出している作品といえるのではないか。

5　おわりに

結局新之助の思惑は、出世欲か、お兼への義侠心か、お愛への同情・愛情か、はたまたお丸への愛想づかしか、最後まで断定できない。何を動機としていようが、お丸との愛情より〈家〉を選んだ新之助は、これから「松兵」

の家長である。お愛も、やはり惣領娘として最善の処遇を受けた安堵感を味わっていることは間違いあるまい。すべての「兼ね合い」を重視するお兼の「愛」によって守られたお愛は、新之助との「新生活」で幸せになり、お丸の犠牲で〈家〉は「丸く」収まった。おそらく、新之助には新之助なりの言い分があり、お愛にもお愛の悲しみがあろう。が、お兼と新之助とお愛の利害と価値観は一致してしまった。そして、三人が共犯である以上、だれが何を言ったか、あるいは仕組んだかは追及しても無意味になろう。

お丸は、自分以外の三人の家族の手によって、〈家〉から追われたようにみえるが、これは彼女が「妹」だから受けざるを得ない仕打ちであった。〈家〉という組織の中では、次男がそうであるように、次女はあらゆる場面で長女のスペアにならねばならない。『妹』は、〈家〉の論理で自身の恋愛を奪われた次女の物語であり、おそらく明治のもっと早い時期ならば、新之助の変わり身もごく自然な成り行きと読まれたのかもしれない。が、まもなく大正デモクラシーの幕開けを控えたこの時期ならば、お丸の受けた仕打ちは余りにも残酷かつ乱暴で、〈家〉というもののグロテスクさをありありと浮き彫りにしたのではないか。

それを描いてみせた晶子は、女の立場から時代の移りゆきを敏感に読み取ることのできた、新しい感覚の持ち主であったに違いない。

注

（1）　例外に長編『明るみへ』（『東京朝日新聞』大正2・6・5〜9・17）がある。

（2）　同時代評として、平出修の「女史の力量を決定することは出来ないが、『故郷の夏』『夏帽子』などは流石に優婉の情緒の漂ひが見える」（『スバル』明治45・7）という言葉や、筆者不明ながら『三田文学』（明治45・8）「新刊図書」の「小説戯曲家としては尚ほ評論の余地があろう」としつつも、「描写になんともいえず典雅な、せまらざる風の見えるのはことに嬉しい」などの賛辞が拾える。

（3）　木俣修の「解説」（『定本　与謝野晶子全集』第一一巻所収、講談社、昭和55・1）には「この文辞はいさゝか謙遜に過ぎるおもむきが見られるが、あるいは必ずしもそれは心にもないことを述べたものとも思われない。当時の文壇の小説の水準に照らして、賢明な彼女はやはりそういった気持ちを一応持っていたのではないかと思われる。」とあり、またこの短編集の刊行が前年の秋に渡欧してパリに滞在中の夫寛の後を追って同地に赴くための旅費の一部に当てるために企画されたものであったろうことが指摘されている。

（4）「養子」については、『大正百科辞典　家庭編』（日比谷書房、大正5）を底本とする『大正社会資料事典』第四巻（日本図書センター、平14・1）によった（二二〇〜二二一頁）。「養子縁組は、もと血統の関係なきもの、法律の力によりて、実子同様の身分を得ることにて、多少の弊害なきにあらねど、我が国の如く、一家を以って社会の基礎とする所謂家族制の社会にありては、血統若くは家名の断絶を防がんために行わるゝ必要の制度なりとす。」とある。養子には①「普通の養子」②「遺言養子」③「婿養子」の三種があるが、清次や新之助は遺言によって養子となる②や、養子になると同時に養親の家女と婚姻する③ではないので、①とみられる。①については「養子とする者と、養子となる者と、合意の上にて縁組するものにして、養子は直ちに養家の実子たるの身分を得」と説明されている。

（5）本書には一八九八（明治30）年七月の民法全編施行に伴う変化について「具体的にいえば、親とともに暮らす長男の家族とは別に、次男、三男たちはそれぞれの独立した生計を営む家族を作り、そかも長男の家族と次・三男の家族とが戸籍上は一つの「家」を構成するということが生じていた。実際には、「家」から独立した家族を中心に家族生活が営まれ、それが、戸籍上は直系傍系を含む拡大家族としての「家」に組み込まれているという実態が起こっていたのである。」（同書一〇頁）とあり、明治期の戸籍制度があくまで「家」という単位を重視していた一方で、末期には実態がそれに伴わなくなっていった事実が説明されている。一九〇五（明治38）年以降には各行政調査の基礎単位は、戸籍上の「戸」（＝家）から生活共同体としての「世帯」（＝家庭）へ移行している。

〈付記〉本文よりの引用は、『定本　与謝野晶子全集』第一一巻（講談社、昭和55・1）による。

一人称にてもの書く女——与謝野晶子・「人」と「女《をなご》」のゆらぎ

渡辺みえこ

1　一人称とジェンダー

一九一一（明治四四）年、『青鞜』誌上、与謝野晶子と平塚らいてうは、力強い詩的メッセージによって、女の近代の扉をたたいた。晶子は、自ら子育てをしつつ家計を支える働く女として女たちに呼びかけた。「そぞろごと」二連では、次のように詠われている。

一人称にてのみ物書かばや。／／われは女《をなご》ぞ。／一人称にてのみ物書かばや。／われは。われは。／／

明治日本は、人称に出会い、ことに三人称によって客観描写を知った。それにより、語りから三人称文体への試みがなされていった。書く女にとっての自称詞は、言文一致からの「閨秀作家」たちの問題であった。

日本語の人称は、言文一致が成立した一八八七（明治二〇）年ごろに文学で、また一九〇三（明治三六）年、国定教科書に「です」「である」が採用され、公用文を除くほとんどの分野で言文一致体が用いられるようになった。(1)

野口武彦は、「文学史上の『近代』は、或る基本的な視覚から眺めるならば、三人称の発見だったのである」(2)と述べ、「詞」（科白）と「地」（叙述）が語りわけられていた近世浄瑠璃などは、地の文が基本的に欠落していた、という。

一八九八（明治三一）年に制定された明治民法で女は、戸主権と家督相続による家父長的家制度によって基本的人権としての自由権、社会権、参政権もなく、無能力状態で妻のみの姦通罪などがあった。

このような状態のなかで晶子は「一人称にてのみ物書かばや。われは女《をなご》ぞ」と詠み、日本語の伝統的韻律のなかに一人称という西欧語文法の概念を持ち込み韻律と意味の統一に揺さぶりをかけ、異化し、ジェンダー位置への安住に疑問を投げかけた。そして家制度の私的な閉域に囲い込まれていた女に、一人称によって「人」の主体で語ろうと訴えた。

渡辺昇一によると日本語では古代から、をとこ（男）／をとめ（少女）、ひこ（彦、日こ）／ひめ（姫、日め）などの男女を表す語と人をあらわす語とは別だったという。一方印欧語ではギリシャ語のanēr（アネール）は元来人間という単語が男を意味するようになった。古英語での男（wǣpnedmann）は、現代英語のweaponed man、武器（陰茎）を持つ人間という意味であり、女はwīfmanで、ゲルマン祖語の「覆われたもの」という原義である。このように印欧語の多くが、「男」という単語が同時に「人間」という意味になっているという。[3]

明治の日本は、欧米軍艦外交で脅迫的に開国させられ、やがて「欧米列強の代理人《エージェンシー》的役割を果たし」[4]その負の連鎖をアジア諸国に向けていった。

明治四〇年代には、一九世紀末のフランス自然主義文学の日本的展開がなされていった。一九〇八（明治四一）年に発表された、田山花袋の平面描写論における客観的描写法では、主体があらゆる人称の中に入り、その人の知覚と同一化する。それは西欧的超越の視点ではなく、変幻自在な多元的知覚主体であった。

西欧のindividualという語に対する「個人」という言葉が成立したのは、一八八四（明治一七）年であった。[5]長い封建制による、固定した社会で、縦の身分制、横の組、座など、村共同体の相互管理のなかで主体の無化、場に順応する庶民の意識が形成されていった。

個人という西欧的観念の起源をオーギュスタン・ベルクは次のように述べている。(6) ラテン語の privē は公共農地(ager publicus)から切り離された(privatus)という語からきているのだが、日本文化の公私は、西欧の公共、民衆のものとは正反対の起源で、公とは頭《かしら》のものであり、公は大《おお》きな家《や》、場所であり、おおやけ《け》の観念は、古代王朝樹立とともに天皇の王としての存在の中に接ぎ木されたという。

このような近代日本の課題である個の問題を晶子は、「そぞろごと」で「女《をなご》」と一人称との結合によって表現しようとした。ここには、「閨秀作家」というジェンダーに女の書き手を囲い込む時代規範と、男の文明開化の影で、「人」としての近代的自我に目覚め始めた女たちの伝統的「女《をなご》」と近代的「人」とに引き裂かれた書く女の揺れが見える。

しかしこの力強い宣言もやがて改稿し、中島美幸が指摘するように「われは寂しき片隅の女ぞ」と「無難な表現に(7)」してしまっている。これを中島は、「解放への志向を押し殺すことによって、両義的感情にみずからが引き裂かれる恐怖から逃げた」と述べている。

らいてう、晶子を始め、女性たちが『青鞜』発刊に寄せた情熱が「そぞろごと」には表現されていた。しかし、すでに著名な詩人であった晶子は、筆一本で一家を支えている生活者でもあり、時代のうねりに翻弄されてもいった。

晶子の改作について高良留美子は、次のように伸べている。「『一人称』の初出と改作の問題は、晶子の二つの顔――『青鞜』創刊号へ向けた顔と生活者、あるいは個人としての顔――とその間のぶれを、如実にあらわしているように思われる」とし、また「〈女〉から〈我〉へ、浪漫主義から個人主義へと、いわば守りを固めて体制を立て直す。『青鞜』を励ますのをやめ、むしろ批判しつつ、自分自身の立場を固めていくのである(8)」と晶子の状況と意識の変化を追って分析している。

2　恋愛結婚イデオロギーを生き抜いた晶子の主体

晶子の近代恋愛結婚イデオロギーは、与謝野鉄幹との出会いによって結実し、生成されてもいった。そして、武家文化を嫌い、家制度の桎梏から抜け出るために近代的恋愛に焦がれ、与謝野鉄幹の中に近代恋愛結婚を結実させる可能性を見いだし、それを現実化させていく情熱恋愛の主体となった。

成就させた恋愛結婚のなかで、出産体験をしつつ、歌の言語によって結婚制度の中で恋愛の情熱を保ち続けた。結婚十年目、三三歳の晶子は、一九一一（明治四四）年、自ら資金作りをし、寛を外遊させた。その折「飽くことをもて恋の終わりと思ひしに此寂しさも恋のつづきぞ」、「ねがはくば、君かへるまで石としてわれ眠らしめメズサの神よ」（『二六新報』明治四四年一一月一八日）と詠んだ。

恋愛イデオロギーの起源である西欧中世騎士道恋愛の不可能性への情熱などが、近代ブルジョワジーのピューリタン的倫理によって恋愛と結婚が結合させられた。このようなロマティックラブ・イデオロギーは、キリスト教とともに、日本近代文学に大きな影響を与えた。官能的恋愛のもつ未知のものへの幻想、非日常性への欲望、現実からの飛躍などは、結婚、子育てという日常につなぎ止められた時間の持続や、恋愛の相手との長い共同生活のなかで齟齬をきたす。晶子はそれを一人の男と持続し続けようとした。晶子の棺蓋には、「今日もまた過ぎし昔となりたらば並びて寝ねん西の武蔵野」と刻まれている。近代恋愛結婚イデオロギーの主体として紡いだ言葉と、超人的な子生み、子育てが、「衝動論」、「実感」、「一人一派」などの歌論を形成していった。このように晶子の歌と生は、絡み合い生きて動いていった。

晶子は、「貞操の美は男子に取っても美である(9)」と、貞操を男子にも要求している。そしてそれは、結婚愛の中で実現されるものだとした。

晶子自身そのように生きた。畜妾制度を「昔ながらの低級な一夫多妻的の放縦生活」と批判している。晶子の恋愛の理想は、結婚内性愛であり、自立した個の結合であった。

江戸の恋の文化は、金銭による廓という人工世界の中で武家や富裕商人たちによって支えられていた。女が好色の主体になったときには、『好色一代女』(井原西鶴　一六八六)などにみられるように、淪落の運命をたどるしかなかった。そこには男色、女色の二道《ふたみち》がありとして、女色は生殖の為とされた。「女《じょ》を捨、男《なん》に傾くべし(10)」といったような男性中心的衆道文化が存在した。

女が対等な他者とはなり得ない近世ジェンダー構造の中では、精神的結合も含んだ性的他者として対峙しえた近代恋愛に近い関係は、男色関係であった。その意味では、明治以後の一夫一婦制の異性愛中心主義文化において、女が恋愛の当事者として主体性を持って登場することになった。そして明治以後の恋愛では、キリスト教的な精神的、天上的恋愛を共有できる女として、女学生や、「新しい女」や「文明婦人」などが登場する。

しかし明治民法では、女は公民から排除されており、家長が財産管理権も保持していた。そうした時代に晶子は、実質的に家計を支えていた。底辺で家族を支えていたその負担と責任と自信が晶子の思想を形成していったのであろう。

3　実感主義、晶子の「黄金の釘」

少女期を孤独と文学の中で過ごした晶子の個の思想と身体の孤独は、命を賭けて子を生む女の身の孤絶感の表現で極まり、他者の創造という身体の震えを書き留めている。生死の極みに自己の身体を言語で見つめたところに、近代女性の引き裂かれた自我が垣間見られる。

産む「われ」を「生きて復かへらじと乗るわが車、刑場に似る病院の門」、「悪龍となりて苦しみ、猪となりて泣かば人の生み難きかな」[11]と詠み、また「第一の陣痛」[12]では、生むことの恐怖と死の覚悟、女の身体の孤独が表現されている。

晶子が「女」という場から歌う事をやめなかったのは、肉体的苦痛への恐怖を幼いころから抱き、そのつど「死ぬ目に遭いながら」十一回もの出産を経験したその胎が発する身体の声であろう。女の自立を説いた晶子の「女」と「人」の葛藤、矛盾、怒り、喜びが交差する結節点が、産む女、書く女としての晶子であろう。この苦しみを知らない「男が憎い気が致します」と記すとき、書く女、産む女の現実が、凝縮する。

わたしは今日病んでゐる、／生理的に病んでゐる。／わたしは黙って目を開《あ》いて／産前の床に横になってゐる。／／なぜだらう、わたしは／度々死ぬ目に遭ってゐながら、／痛みと、血と、叫びに慣れて居ながら、／制しきれない不安と恐怖とに震えてゐる。／／若いお医者がわたしを慰めて／生むことの幸福《しあわせ》を述べて下された。／そんなことならわたしの方が余計に知ってゐる。／それが今なんの役に立たう。／／知識も現実でない、／経験も過去のものである。／みんな黙って居てください、／みんな傍観者の位置を越えずに居て下さい。／私は唯だ一人、／天にも地にも唯だ一人、／じっと唇を噛みしめて／わたし自身の不可抗力を待ちませう。／／生むことは、現に／私の内から爆《は》ぜる／唯だ一つの真実創造、／もう是非の隙もない。／／今、第一の陣痛……／太陽は俄かに青白くなり、／世界は冷やかに鎮まる。／さうして、わたしは唯だ一人……／／」

（「第一の陣痛」）

ここには、もうじきやってくる肉体の激しい苦痛を知悉し、その苦しみを引き受けようとしている「わたし」の孤独と、当事者としての矜持、他者表象への批判が込められている。また「産褥の記」[13]では、次のように記している。

婦人問題を論ずる男の方の中に、女の体質を初から弱いものと見て居るひとのあるのは、可笑《をか》しい。さう云ふ人に問いたいのは、男の体質はお産ほどの苦痛に堪えられるか。わたしは今度で六度産をして八人の児を挙げ、七人の新しい人間を世界に殖やした。男は是丈の苦痛が屡〻せられるか。少なくともわたしが一週間以上一睡もしなかった程度の辛抱が一般の男に出来るでせうか。(中略) 男をば罵る。彼ら子を生まず命を賭けず暇あるかな。

女身不浄、胎を汚れとする風土の中で、生む女の身体の肯定を、「わたしの胎を裂いて八人の児を浄めた血で書いて置く」と、書くことの知と、「不浄」の女の身体の血を結合させている。生む女、書く女を生きた晶子の生をかけた言葉である。

成清弘和は『女性と穢れの歴史』(14)で中国家父長制家族形態が「その圧力はもっぱら女性を対象として加えられた」と述べている。律令制の導入とともに中国家父長制は、日本社会に貴族社会から定着した。また仏教も女の出産や月経時の血の穢れによって血の池地獄に堕ちた女人の救済を説いた中国伝来の経典、『血盆経』などを使って、救済信仰のために女人不浄とその救済を広めていった。「江戸幕府が独自の『服忌令』を作成し死穢を軽視したのに対して、『産穢』を重視しつつ取り込」んでいき、それが明治民法の親族篇に姿を変えて現れたという。

江戸期に女身不浄の仏教思想を内面化した女性自身の罪業視による自己嫌悪のなかで、女の自我は、父や夫や息子に自己同一化し、深く男性主体の中に取り込まれ不可視化されていった。日本的倫理の〈世間〉のなかで、女や被差別者自身もその価値を内面化し、忍従を強いられてきた。

晶子は「劫初より作り営む殿堂にわれも黄金の釘一つ打つ」という表現にみられるような自信に満ちた「われ」を主張していった。しかしこれらの主張は、日本近代資本主義と家父長制の二重の抑圧の下にあった女性たちにとっては、選ばれた女のみの特権的言辞ともなる。当時は、細井和喜蔵の『女工哀史』[15]で実証されているような女の労働の過酷な現実があった。そしてまた晶子の主張は産まない／産めない女の分断になりかねないものでもあった。

渡邊澄子が指摘するようにやがて「いと猛く優しく子をばおほし立て戦に送る日の本の母」というような「われ」をも詠むことになる。難産でありながら十一回の出産をして、子育てをした晶子について渡邊澄子は「鉄幹は自己の晶子に対しての『罪人』性を自覚すべきだったし、晶子も〈性的自己決定権〉について自覚がなさ過ぎた、（後略）」と晶子の母性批判を行っている。[16]

4　西田幾多郎理論と「女《をなご》」の主体

『青鞜』が出版された年の一九一一（明治四四）年に、西田幾多郎の『善の研究』[17]が出版されている。

西田は、西欧の主体、ロゴス、精神、体系的知などに対して場所、述語、パトス、無、日本的無意識などを据えた。日本的自我の言語化を禅体験を通じて構築した。「主客を没したる知情意合一の意識状態が真実在である」と述べ、禅的「純粋経験」による「絶対矛盾的自己同一」の場を「無」の主体とした。この日本的「無」の主体は、そこに包含されている女の主体を二重に無化してしまう。そして「絶対無」の場所に取り込まれた天皇制国家に、男を通してつなげられる。このように中心となる責任主体が、可視化されなければ、周縁の者の抵抗の中心も無化されてしまうだろう。

ロラン・バルトのいう「空虚な主体」[18]もよく働けば中心的権力なしに共生できるのだが、あいまいなことがあいまいなままに終わり、生きる力となる言葉が生成されにくい。バルトは、東京の空虚な中心としての皇帝の場所を次のように述べている。西欧の都市が同心円的であり、充実した中心であり、西欧の形而上学の歩みそのものに適応した真理の場であり、精神性（教会が代表）、権力性（官庁が代表）、金銭性（銀行が代表）、商業性（デパートが代表）、言語性（カッフェと遊歩道を持つ広場が代表）が凝縮している。都市東京は、貴重な逆説、中心は空虚であり、禁域であり、同時にどうでもいい場所、皇帝の住む場所、その場所を都市の全体がめぐっている。都市の一切の動きに空虚な中心点を与えて、循環に永久の迂回を強制するためにそこにある。このようにして空虚な主体に沿って、（非現実的で）創造的な世界が迂回してはまた方向を変えながら、循環しつつ広がっているのである、と。

「無」の主体のなかでは、あらゆるものが曖昧なほど、状況に合わせやすく和を形成しやすい。

「一人称にてのみもの書」くことは、西欧の女が勝ち取って来た、神の代行としての普遍的主体＝人間＝男の批判を目指すことのみではなく、男の中に包含されている自己をまず引きはがし、可視化することを通らねばならなかった。晶子はそれを一九一一（明治四四）年に宣言し「人」である「女《をなご》」の「われ」を立ち上げた。

注

（1）沖森卓也編『日本語史』おうふう、一九八九、四二頁。
（2）野口武彦『三人称の発見まで』筑摩書房、一九八五、七頁。
（3）渡辺昇一『ことばコンセプト事典』第一法規出版、一九九二、一二〇頁。
（4）小森陽一『思考のフロンティア　ポストコロニアル』岩波書店、二〇〇一、二九頁。
（5）斉藤毅『明治のことば―東から西への架け橋―』講談社、一九七七、二二九頁。
（6）ベルク、オーギュスタン『空間の日本文化』筑摩書房、一九八五、二五八頁。
（7）中島美幸「革命的自己の表出――詩」（『『青鞜』を読む』新・フェミニズム批評の会編　學藝書林、一九九八、七九頁）。
（8）高良留美子「晶子と浪漫主義――与謝野晶子と『青鞜』その2」（『想像』56号　一九九二）。
（9）「男女の貞操」随想集第十四集『街頭に送る』大日本雄弁会講談社、一九三一（昭和六）、『定本　与謝野晶子全集』第二〇巻　講談社、一九八〇〜一九八一、八九頁。
（10）井原西鶴『大訳　西鶴全集六　男色大鑑』麻生磯次／冨士昭雄訳注　明治書院、昭和五四年。
（11）歌集『青海波』有明館、一九一二（明治四五）。『定本　与謝野晶子全集』第二巻　講談社、一九八〇〜一九八一。

(12) 「第一の陣痛」読売新聞　一九一五（大正四）一一・七。詩歌集『舞ごろも』天弦堂書房、一九一六（大正五）。『定本　与謝野晶子全集』第九巻　講談社、一九八〇〜一九八一、二五一頁。
(13) 「産褥の記」第一評論感想集『一隅より』金尾文淵堂、一九一一（明治四四）、『定本　与謝野晶子全集』第一四巻　講談社、一九八〇〜一九八一、九八―九九頁。
(14) 成清弘和『女性と穢れの歴史』塙書房、二〇〇三、二〇六頁。
(15) 細井和喜蔵『女工哀史』改造社、一九二五（大正一四）。
(16) 渡邊澄子『女性作家評伝シリーズ2　与謝野晶子』新典社、一九九八、一六六頁。
(17) 西田幾多郎『善の研究』弘道館、一九一一。岩波文庫、一九五〇、七九・五一頁。
(18) バルト、ロラン『表徴の帝国』新潮社、一九七四、五二〜五四頁。

思春期の少女のセクシュアリティ――田村俊子の『離魂』を読む

長谷川啓

日本の近代女性文学のなかで、思春期の少女のセクシュアリティについて書いた小説は、樋口一葉の『たけくらべ』(一八九五～九六)をはじめ、田村俊子の『離魂』、宮本百合子の『未開な風景』(一九二七)、佐多稲子の『素足の娘』(一九四〇)ほか、それほど多くはない。短編『離魂』は明治四五(一九一二)年五月『中央公論』に発表されていて、家庭環境などから推測すると、俊子自身の初潮体験時をもとにしているようでもあり、明治の少女のセクシュアリティを描いたことになる。女の性自体、女性自ら表現することが少なかった明治時代にである。

そもそも田村俊子は、短歌の与謝野晶子とともに、女のエロス・女の身体を、日本近代のきわめて早い時期に表現化しえた作家であった。文壇デビュー作『あきらめ』はもとより、『青鞜』時代と重なる最盛期の作品では、俊子自身が後年のエッセイ『一つの夢』で、「男性の持たぬ境地、彼等の知らぬ世界を書くことにばかり一生懸命になり、「退廃的な女の官能、女の感覚、女の悩み、女の恋愛と云うようなものばかりを書いた」と語っているように、女性のセクシュアリティが見つめられているのである。これらについてはすでに言及してきたのでここでは繰り返さないけれども、なかでも俊子の作品中、少女の性が表出されている代表作といえば、メタファー表現の多い『枸杞の実の誘惑』とこの『離魂』であろう。レイプ事件をきっかけとして禁断の実すなわち性の誘惑に魘われる少女を表現化した前者についてはすでに述べているので、今回は後者の、初潮が訪れる前後の思春期特有の心身の現象を、その経緯にそって解読していこう。

1　匂い・触感と性の目覚め

『離魂』は、タイトルが示すように、異性の身体や匂いを感覚的に意識しはじめ、性に目覚めかけていくざわめきが初潮に繋がり、初潮の訪れが精神をも不安定にさせ夢遊病者のように離魂現象を引き起こす、思春期の少女のデリケートな心身の状態を活写している。田村俊子はメタファーの表現を得意とする作家だが、なかでも『離魂』は、時代的制約のためか文学的表現に終始するゆえか、「初潮」という言葉はいっさい使用せずに、赤・くれない・紅色・緋色で初潮の訪れを暗示するなど、随所にメタファーの方法が駆使されている。したがって、作品解読とは、この場合、メタファーを読み解くことでもある。

作品時間は夕暮れ時から始まり、翌日の夕暮れ時で終わっている。一日の夕暮れ時とはつまり逢魔が時（「大禍時」の転）でもある。最初の逢魔が時に少年が現れ、次の逢魔が時には「年老つた男」が出現している。一度目は性の目覚めを誘《いざな》い、二度目は未来の性の危機の暗示か道案内を示すものであろうか。ともあれ、作品時間は三段階に分かれ、一段階目は、初潮前日の夕方少年が訪ねて来てから帰った後の余韻に浸るまで、二段階目は初潮を迎えた翌朝から男の「若い医者」が来て帰った後の日中の微睡みまで、三段階目はその日の夕方の、「年老つた」男の出現など夢遊病者の如き離魂現象が生じるまで、となっている。

さて、一段階目は、夕暮れ時に、お久が踊りの稽古を病気で休んだので、花柳の師匠より見舞いの言づてを預かった同門の茂吉少年が、お久の家に訪ねて来るところから始まる。そもそもこの病気とは、本人は気づかないながら、身体の変調、初潮の兆しにほかならない。ここでは、初潮を促進するものとして、あるいは性の目覚めを誘発するものとして、匂いや感触が効果的に仕掛けられているが、実際、心身の変調がきたす思春期には、匂いや感触に殊更敏感になるものである。この少女はまたいっそう敏感に繊細に対応しているのである。たとえば、自分が寝ていた病床の奥座敷に茂吉を通した後、お久が、「何となく蒲団の中のぬくもりの甘つたるい匂ひが、まだ自分の身體のまわりに泌《し》みついてゐて」、それが肌の匂いと絡まり胸の内からたちのぼって来て、その匂いを嗅ぐと、「たんば鬼灯の坊さんを指で揉んでる時のやうな他愛のない気になつて、誰にでも甘へつきたい心持になる」と感じるくだりである。蒲団のぬくもりの匂いや肌の匂い、指で揉む感触の記憶が一体となって甘えつきたい気持ちを誘導しているが、さらに続けて、

この頃のお久にはよくこんな事があつた。自分の、色の白い先きの丸い手の指をしみぐ〵と眺めて、自分ながらそれが何とも云へず可愛らしくなつたり、滑つこい柔らかな自分の腕の皮膚などをぢつと何時までも口の中に含んでゐて、その温い舌の先きの唾《つば》に蒸されて発散してくる肌の匂ひを、お久は自分でなつかしいものに感じたりする事があるのだつた。

と、最近の心身の状況を伝える場面がある。先に挙げた佐多稲子の『素足の娘』にも、主人公の桃代が自分の掌を見つめるという、思春期のナルシシズムが美しく謳われる場面があり、この『離魂』の影響かと思えるほどだが、『離魂』の場合は、ナルシシズムと同時に匂いや触感に敏感になって、そのままセクシュアリティに繋がる性に目覚める頃の少女の心身の状態が、象徴的に、より肉感的に表現されているのである。そしてこの引用部分のすぐ後に「お久はふいと其様《そんな》いたづら事を思ひだしたので、茂吉に極りが悪るくなつて赤い顔をした」と続いていて、あたかも少女の一種の自慰行為ともとれるほどだ。

匂いのなかでもことに肌の匂いに敏感、惹きつけられているようで、いっそうセクシュアリティとの関連を思わせる。とくに、茂吉少年の「臭気」を通しての関心である。踊りの稽古場で、茂吉は緞帳役者の悴だといって皆に

苛められて、身体が臭いといって嫌がられ、

その臭ひは、丁度夏の頃に腐つた食物に染み出る汗のねばりを思はせる臭気《にほひ》だつた。張り物の胡粉《ごふん》の臭ひにも似てゐた。お弟子たちは茂吉が傍にくると、わざと袖口で鼻や、口をおさへて笑つた。

「お前さんの身体には何がくつゝいてゐるんだらうね。」

人の悪るい芸者たちは然う云ひながら、茂吉の裾をまくる様な悪戯《わるさ》をした。

といった差別的な扱いを受けたりしている。それでお久も茂吉の傍に行ってわざわざ嗅いだりするが、そんな時よりも一緒に稽古に立っている時などにかえって「妙な臭気」が風に伴って漂ってくることがあり、「茂つちゃんのにおひがする」と思い、それを嫌だと思わないばかりか「その臭気のある茂吉の身体に、お久は癇《かん》の起こつた子供のやうに手を触れないではゐられなくな」る。「茂つちゃんの臭気がうつ」ると皆から云われて顔を赤くするほど惹きつけられているのである。

坪井秀人は『感覚の近代　声・身体・表象』(3)で、ここに差別構造を指摘しており、その通りではあるが、こうした少女の振るまいを、初潮期の女性の病理として「狂女型のパフォーマンスとして読み解かれてしまいかねない」とか、「少女と少年の間に身体生理的な欲望と成熟の権力関係が見出される」とする解読には、いささか早計の感があるように思われる。確かに無意識ながら「身体生理的な欲望」には違いないが、「成熟」などではなく、芽生え、性の目覚めなのである。個人差はあっても誰しもが通過する、一種の狂気と思えるほどの思春期における心身のアンバランスを語る現象であり、「狂女型のパフォーマンス」などでありはしない。茂吉の場合に限って「匂ひ」ではなく、「臭ひ」と表現されていて、「乞食芸人」と自他ともに思っているほどの、階層差・環境差からくる差別の意味が込められているが、しかし、そればかりではない。茂吉の体に何がついているのかと雛妓ではなく大人の

芸者たちが茂吉の裾をまくる悪戯をするというのだから、性的なもの、男性器を覗くような悪戯をしかけているということであろう。「くつゝいてゐる」というのは、ほとんど男性器を意味し、「臭ひ」の発源はそこからくるものとしており、生活や職業特有のもの、階級差ばかりを意味してはいない。踊りの稽古なので子供も含めて女性たちが多い中で、少年とはいえ、性器も含めた異性の体臭は際立ったに違いない。だからこそ思春期の性に目覚める年代のお久が敏感にそれに反応し、大人と違って制御できぬまま自然に茂吉の体に「手を触れずに」は、惹きつけられずにはいられなかったのである。性の吸引力、セクシュアリティの誘惑であって、坪井秀人が指摘するごとく必ずしも茂吉の「匂い＝彼の人格として好ましく思っている」からではなかろう。まだ大人になりきっていないからこそのあからさまな、異性への関心、性への関心にほかならない。がしかし、周囲の目・声を気に掛け、自分の行為の意味も半ば知る自意識の芽生えがいっぽうで生じているからこそ、顔が赤くなるのでもある。『素足の娘』でも、異性の目が気になって仕方がなく、口紅を思わず濃く塗ってしまう思春期の少女の生態が活写されており、お久の行為はけして特殊なことではない。

　この「手に触れないではゐられなくなる」という触感、匂いとともに触るという感覚を、思春期の性の目覚めの表現として駆使しているところがまた、この短編の優れた点といえよう。匂いといい、触るといい、セクシュアリティに直接関わる感覚だからである。この触る感覚は、お久の茂吉との関係表現の中での特色といえよう。そこに言及する前に、茂吉少年の階層の問題に少々触れておこう。ちなみにお久は、田村俊子自身の少女時代と切り離して考えても、「堅気」の娘・「日本橋の店《たな》から帰つてきた父」とあるから、商家の娘といえよう。それに対して茂吉は「緞帳《どんちやう》役者の伜《せがれ》」である。当時、引き幕が許されず垂れ幕を用いた下等な芝居小屋を緞帳芝居といい、そこに出る下手な役者を緞帳役者といったそうだが、父親にいわれるごとく「乞食芸人」の子だということを、一二歳の少年ながらも熟知していて、苛められたりやり込められても逆らわず、父親がそうであるように人前ではいつも身を縮め、卑屈にも誰にでも媚びるようないじらしさを持っている。そして、客商売ともいえる役者の親の躾けからか、お久の家人にも「丁寧に両手を突いてお辞儀」をしたり、「人の玩具になりつけてる柔らかな物腰」で、「可愛らしい態《しな》」を作ったりする。「大人染みた所作」をするいっぽう、子供っぽくうじうじする側面もあり、「好い容貌の顔立ち」ながら「だらしなく下唇を下げて笑う」癖に至るまで、緞帳役者という親の職業や階層性を背負った少年である。

お久の前でも同様で、「お久の戯れる手の蔭に人形のやうに」じっとしていたり、「身体の何所に手をやっても」体を動かさず大人しくしており、お久はそれが「おもしろくて仕方がな」かったり可哀相になったりする。したがって、お久にとって自由に能動的になれる存在となり、茂吉と自分の指を綾に組ませたり、茂吉の膝に自分の肱を突き彼の濡れた唇を人差し指で突いてみたり、茂吉の顔に両手をあて締めつけて引き寄せながら二人の額を押しつけたりといったように、茂吉を玩具化している。そうした衝動の背後にあるものは、意識せぬ性への関心にほかならない。無邪気な性的挑発ともとれよう。早熟な少女に対して、茂吉少年は未熟なのか抑制した性格ゆえか、同じ温度差では対応していない。しかし、嫌ではない証拠に、芝居の台詞に似せて「何所もかもお光り申して」「塗りこべつた簞笥さあ」などとお久が寝ている部屋や家具を褒め、土産か大事にしているものか持参した「飛んだり跳ねたり」の玩具を披露し、彼女に「上げませう」とプレゼントしている。お久の方が先に少年に対して関心→好奇心→好感を抱いているが、茂吉の方でも堅気の少女に憧れ心を抱き始めているようでもあり、交感のきざしが生じているといえなくもない。

お久は一層積極的になり、茂吉の着物の八口に手を入れ襦袢の袖を引っ張り出して、それを抱くようにして自分の「両方の袖の中へ抱へこ」む。それこそ一種の求愛行為といえよう。この後一行空いていて、以下のように続いているが、その行間から、何か性愛の行為があった気配さえ想像できる。

「久《ちゃあ》ちゃん。」

茂吉は立つたまゝ然う云つた。お久は蒲団の上に半分身体をのせて突伏《つゝぷ》してゐた。右の方へ長く流れた袖の振りの蔭から、お久の丸い、人形の土のやうな白さと滑かさを持つた膝頭が少しばかりはみ出てゐた。

お久は顔を上げないで返事だけした。横に仆《たふ》れた島田の前髷《まへまげ》がお久の点頭《うなづ》くはづみに　がくりと動いた。

お久の蒼白い虚弱な体質の血を想はせるやうな、ぞべ糸の様にほそ〴〵した赤い毛が、お久の薄い耳朶《たぼ》の上にかぶさつてゐて、其れがお久の身体の動きと一所におのゝき〳〵した。

少女の白い膝頭がはみ出し、細い赤毛が薄い耳朶にかかり身体がおののくなど官能的で、あたかも成人男女の性愛関係後の光景のようですらある。この後再度茂吉に呼ばれながら、お久は「赤くなつた眼の端《ふち》が涙を含むほど」「いきみ笑ひ」をしており、興奮したような心身の状態が続いているが、何かの性的行為があったればこその「いきみ笑ひ」、性的興奮とも読める。茂吉が帰った後も、茂吉が隠れている気がして忘れられず、茂吉と指を絡ませた感覚がいつまでも「指先の神経にひゞいて」残りつづけ、床の中で余韻に浸っている。このように、匂いの体験ばかりか、二人だけの空間で異性に直接触れ、接触した感触はまぎれもなく性の目覚めを誘ったといえよう。そうした刺激はそのままさらなる初潮誘発につながっていったに違いない。

少女の方が早熟だということもあるが、子供ながらに自己抑制した少年が相手のためもあって、能動的・積極的な行為にいたっているのは少女の方で（察知しない茂吉に焦れ気味で、だからこそいっそうサディスティックになっているのかも知れない）、これまでの男女の関係構図のイメージを一新させていることも、この短編のユニークさであろう。というよりも、江戸の風潮が残る明治期の商家や芸能や花柳の少年少女の世界では、それほど珍しいことではなかったのかも知れない。江戸末期の文化が揺曳する明治期（作者・俊子の少女期だと明治三〇年前後）の庶民の間では、男も女も異性を好む基準は、「知」より「美」であったのか、お久は茂吉が役者の子供らしく「好い容貌」であることも好ましく思っていたろう。「ひゐきの人の写真を集めた写真帖」を少女のお久でさえ眺めて見ようとしているから、歌舞伎や緞帳芝居の文化がまだまだ生活に浸透していたことがわかる。お久は茂吉少年の仕草や「態《しな》」や容貌を観察し、そのまなざしも性的ですらある。触ったり額をくっつけたり積極的なのはお久の方だが、少年が自分より身分が低いことや少年が受動的で大人しい性格だからこそ、少女の方が積極的になっており、そのうえ少年の方が年少だということが、少女を決定的に能動的にさせている所以であろう。少年は一二歳であり、少女の方は初潮が訪れる頃[4]であるし、「茂ちゃんと仲好しになりたいわね」と言っていることから、少女は少年と同年以上、一歳か二歳は歳上だと推定できよう。

2 赤色の象徴による初潮の訪れ

二段階目は初潮を迎えた朝の光景から始まる。お久は翌朝になって初潮の訪れを知るわけだが、その前兆はすでに前日に表れていた。踊りの稽古を休み、夕方になっても「何所《どこ》か重たい気分がまだ瞼の上にふさがつてゐて、起きたくな」かったという体の不調も、初潮の予兆を意味していた。また、体調の変化に加えて、赤色の頻出である。茂吉の男の子らしい「青い色をした羽織」に対して、お久が着ているのは「赤のはいつた棒縞の羽織」であるとか、「たんば鬼灯の坊さん」(赤い色)「赤い顔」「顔を赤くする」「赤い絵の具」「赤い毛」、電球を覆った袋の「赤い色の小さな房」といったように、すでに初潮を暗示する「赤」色が記号として頻出してきている。「夜一と夜」明けた翌日はいっそう頻出度が増す。お久の起き抜けから、部屋に漏れてくる日光の「くれなゐの光」や瞼の「べに」色、「紅いもの」「緋縮緬」「あかい襦袢」「緋鹿の子」といったように。そして、初潮の訪れを象徴する決定的なところが次の場面である。

うなだれた白い花の蔭を見るやうに、丸い肩から背へかけておぼろに白い、はつきりしない肉の線が、しばらく薄暗い隅に屈まつてゐたが、やがてその上の半身と下の半身とが紅いものに包まれていつて、さうしてお久の括り腮《あご》の下に、折熨斗《をりのし》の合《あは》せ目《め》のやうにきつちりと緋縮緬の襟がかさなり合つた頃は、屈《かゞ》んだり延びたりする度に着物の両方の長い袂が藻のやうに揺いでゐた。

お久が「寝衣《ねまき》」を脱いで裸になり着物に着替える光景だが、「はっきりしない肉の線」とは少女の体を意味し、「上の半身と下の半身とが紅いものに包まれていつて」は、直接的には「あかい襦袢」を身に着けていく様子を描いているようでいて、初潮の訪れをも示していると思われる。佐多稲子の『素足の娘』でも、目覚めた瞬間の、寝ていた部屋の襖に見た赤い幻影が初潮発見の前兆となっているのである。

やがて母親の丸髷の手柄の光が気になったり、家に来ていた髪結いに自分より先に母や女中が髪を結ってもらっていることが癇に障ったり、髪につける油の匂いや女中の臭いのする髪に苛立ったり、真っ黄色い日の光に目眩がしたり、銅壷の銅の光に吐き気すらもよおすなど、心身の変調を来たしている。ついに、「今迄の苦しみ」から、真っ青になって寝かされてしまうほどの症状に陥る。とうとう若い医者が呼ばれて、脈をとるため手首に触れられると、体の熱のためか、それとも異性を意識してか、お久は「火を啣《くは》へてゐるやうに熱くなつてゐる」と感じる。医者は、お久の年頃によくある「眩暈」であり、「矢つ張り血の道見たいなもの」だと言い、お久がいつ頃から「身体」が変わったのかと母親に尋ね、母親はそれを聞くと「自分の事のやうに顔を真つ赤に」して小さな声でそのことをお久に尋ねたので、お久は「あわてゝ袖で顔をかくして黙つてゐた。さうして幽に頭を振つた」とある。このくだりは、あきらかに初潮の訪れを医者も母親もお久自身も認めていることを意味していよう。現代とは異なる明治の世なれば、初潮の話さえ明言できず恥じらっているが、初潮という言葉が一言も使われていなくても、この恥じらいの表現の中に、はっきりとその訪れを察知することができよう。この後さらに、女中の「髪の臭《にほ》ひ」（茂吉や女中の場合には「臭ひ」の漢字が使用されていて、下層階級に対する差別的なものさえうかがえる）に「むかつく様な厭な心持」になったり、微睡んだり、眩しい日の光をうるさく思ったり、「赤い色紙をはりつめた中で赤い夢ばかりを見てゐるやうな」心持ちになっているが、生理による心身の変調・不安定さが再度繰り返されており、赤い色紙を張りつめた中での赤い夢とはまぎれもなく初潮を意味していよう。

そしてまた、この初潮の頃の異性への関心は、茂吉ばかりでなく、来診した若い医者にも向けられる。先にも挙げたように、手首を触れられただけでも熱くなり、診察のため医者の胸が寝ているお久の顔の前にふさがった時、お久の開いた胸の肌に触れただけで「神経は糸をひかれたやうに柔らかく震へ」、医者が帰ろうとすると、「急に自分のまわりから賑やかなものを奪つて行かれる様な心淋しい気が」し、医者の真っ白な足袋の色を「うつとりした眼に懐かしいものを拾ふやうにして一と足づゝ追つて行つた」りといった具合である。果ては好きな役者に憧れて、贔屓の役者の写真帳を持ってきてもらおうと思ったりしている。まさに、異性を意識し異性に惹かれる思春期の性の目覚めを体験しているのである。

3　離魂現象と謎の「年老つた男」

身体の変調は精神の不安定を招き、夢遊病者のような離魂現象を引き起こす。折しも、何かが起こりそうな逢魔が時である。第三段階目の初潮が訪れた日の夕方の光景・出来事だ。お久は微睡みの中で夢をみる。昨日の夕方茂吉少年が帰る時、お久は茂吉の胸を突いて泣かしたことが気になり、謝りに少年の家に行こうとして台所から外に出ると裏の井戸が何倍もの大きさになっていて通れず、泣いている夢である。この夢の解析をするならば、お久は自分の幼い性の欲求をどう表現していいかわからず、少年も未熟な故に察知できないのかそれとも抑制してか少女の欲求に応えないので、お久は焦れて茂吉の胸を突く行動になったと推察できる。井戸は筒井筒のことをも暗示し、筒井筒の友つまり茂吉少年は子供時代の象徴で、この場合、どうしても茂吉に会えないということは、もう子供時代には戻れないというメタファーであろうか。

離魂現象が生じるのはその後で、昨夕茂吉少年が来た頃と同じ時間である。寝ていたお久は、「ふつと、誰かの手に引き起されて立ち上つたやうに」床を出て、「だあれ。だあれ。」と言いながら茶の間に行く。お久の眼は「瞳子《ひとみ》の開いた様に据はつてゐ」て、彼女の耳には「鴉の幾羽も集つた声が耳を潰されるほどに騒々しく」聞こえ、「両方の耳をおさへながらすつと立つて」、今度は台所に出て行く。すると、一尺ほど腰障子が開いた水口から、「先刻《さつき》から其所《そこ》に立つてゞもゐたらしく、竹の杖のさきと一所《いつしよ》に年老つた男の顔がふいと此方《こつち》を覗いた」のが見える。そして、「あたしを呼んだのはこの人だつたんだ」と思い、ふらふらと水口まで行ってみるが、男の顔は「すぐ引つ込んでしま」い、お久は男の後を追うように台所の外に裸足で出ると、男は「彼方向きになつて歩いて」行く。お久は夢中でその男の後を追って行き、「自分の袖付《そでつけ》の上を誰かゞ摘《つま》んで、さうして引つ立てて行くのだと思ひながら、二三間先きを歩いて行くその男の後にせつせと従《つ》いて行」くのである。

問題はこの男である。男は、竹の杖をつき、「黒い帽子をかぶつた年老《と》つた男」で、「素足に草履を穿いて」いるというが、何を意味し、象徴しているのだろうか。帽子の黒は、鴉の黒からイメージ連想され、「幾羽」もの黒が、帽子の黒一点に絞られていく。黒い帽子とは、おそらく当時の男性たちが被っていた山高帽子で、杖をついているのも当時の男性なら必ずしも老人ばかりではなく、ステッキと称して、山高帽子と同じく近代的なものの象徴、男性のダンディなお洒落の象徴でもあったろう。ただ、この場合は竹の杖となっているから、和製であまり裕福そうに感じられないし、「年老つた男」のイメージにふさわしくもある。しかも靴ではなく草履を穿いていて、黒の山高帽子と近代以前の履き物である草履とは、今日から考えればおそろしくアンバランスである。靴を買えない貧相さも思わせる。だが、このイメージの落差にこそ意味がある。頭だけは近代化されていて、というか近代的で紳士的、足元は近代以前の当時の男性、しかも「年老つた」すなわち古い日本の男性の象徴といえようか。もっといえば、当時の日本の男性総体を示しているのではなかろうか。お久は自分の袖付けを摘んで引っ立てて行かれるように、この男にせっせと従いていくが、俊子の短編『生血』でも女が男に金縛りにあったように従いていくのと同様、男性及び男性社会に付き従って行かざるをえない、少女の女としての未来を暗示しているようでもある。

さらにこの直後、次のような光景が続いている。

お久の眼の前に海の水のひろがつてくる様に広い野原が端《はじ》から端へと拡がつてきた。男の姿は見えなくなつて、いくら歩いても、いくら歩いても、お久の足はだんくに後へ退《さ》がつてゆく様だつた。後退《あとずき》りしてゆくお久の身体の上に掩ひ被さるやうに、その広々した野がだんくとお久の眼の前に塞つてきた。……

この広い野原とは、広い世界、つまり大人の世界のメタファーとも考えられる。とすると、「年老つた男」は杖をついた仙人のような大人への道案内ともとれるが、圧倒されそうな大人の世界の広さに男を見失ってしまい、結局、大人にもなれないことを暗示しているともとれよう。井戸が筒井筒の茂吉少年を象徴する子供の世界だとすれば、野原が黒い帽子の男が象徴する大人の世界となり、どちらにも阻まれた、つまり子供にも帰れないし大人にもなれない、まさに中途半端な思春期の頃の状態を意味していることになろうか。

また、こうも考えられる。黒い男の帽子は先ほどの若い医者の持ち物だとすれば、大人の男のメタファーとなり、草履が茂吉が穿いていたものだとすれば、男の子・少年のメタファーとなり、大人も子供も、「年老つた男」・老人も含む男全体、男というものの象徴となり、異性に惹かれながらも自分のものにすることができない、あるいは深く関われない性に目覚める頃ということにもなる。もっと飛躍すれば、鴉の黒を連想させることから、井戸も野原も危険の記号となり、井戸に落ちて怪我をするとか死ぬとか、また『枸杞の実の誘惑』ではないけれども黒い帽子に「従いて行」ってレイプされることをも暗示させるなど、不吉な出来事の近未来の予告とも考えられ、思春期における危険に満ち満ちた性に目覚める頃を、この離魂現象を通して暗喩しているのかも知れぬ。確かに、同じく思春期の性に目覚める頃を描出した『枸杞の実の誘惑』も、「原」で声をかけられた青年に「随いて」行って強姦され、介抱してくれた「見知らない男」は「四十を越してゐるやうな人」であった。

「年老つた男」は茂吉の老いた姿で、老人になってやってきたのだという説もあるが、いずれにせよ、初潮時に、少年・青年・老人と、男性の三段階、つまり男性を網羅すべての世代と出会わせていることになる。(5) ことに、少年と老人を逢魔が時に訪れさせているが、セクシュアリティや男性と関わることを魔の時と捉えているところが面白く、女にとって魔の時とは男と関係がある、と語り手乃至作者の田村俊子は認識しているようでさえある。

ともあれ、夢遊病者のごとく離魂現象を引き起こして、台所から外へ裸足で飛び出し裏の井戸のまわりを「うろ〳〵と廻つてゐた」お久は、井戸の前で女中の手に「確《しつ》かりと抱きすくめられ」ることで危険を脱し、そこで作品世界は終わっている。お久は離魂現象の夢幻の中で野原に行ったと錯覚しているが、実際には井戸の周囲をうろうろまわっていただけで、それも女中によって止められ、井戸の中に落ちたり野原に出て行く危険からも免れたことになる。「うろ〳〵と廻つてゐた」とはまた、大人の手前でうろうろしている思春期という保留期間のメタファーとして読むことも出来よう。いずれにせよ、少女の、女としての近未来や未来をも予兆させる、初潮時の微妙で不安定な心身の状態や性に目覚める頃を、離魂現象を通して表出しているといえようか。

昭和三（一九二八）年九月に誠文堂から発行され、五年三月に一八版まで重ねた医学博士島田廣著『婦人の医学女性典』に「少女末期の慌しい肉体」「少女の不思議なからだの変化」として、「月経の初潮は、平均十四歳乃至十六歳が、日本人の常態であると云はれて居るが、しかし、早い少女は十一二歳で初潮し、遅れる少女は、十八九歳で初潮することもある」とある。また、「潮紅時の異常」として、「精神的な安定を缺き易くな」り「非常に怒りぽかつたり」「感情が興奮され勝であ」り「吐き気を催」したり、「食欲がなく、からだがだるくて堪らない感じ、或ひは頭痛は殆ど付随して居るかのやうに考へられる異常」を伴う場合があるという。「無差別の恋愛に親しむ頃」には、「少女末期の女性は、漸く、性の器官の女性への進出に依つて、異性に対する恋愛が、また、めざめるのではあるが、しかしまた、その多くは、生殖器が、単なる排泄器としての中性となつたころの無差別の恋愛に彷徨する」と書かれている。「少女末期の肉体的変化」として、「自慰」にまで言及されているのである。昭和に書かれた書物ではあるが、お久に起きている初潮時の症状・現象と、ほぼ符合しているとみてよいだろう。

いっぽう、川村邦光著『オトメの身体　女の近代とセクシュアリティ』(6)によれば、明治四〇（一九〇七）年に初版が出た女性医学書・緒方正清の『婦人家庭衛生学』(7)は、「月経は、婦人の心身に少なからぬ影響を及ぼ」し、「婦人の感情生活に著しき動揺」を起こし「憂鬱症」や「興奮症」に陥って、「神経質の婦人」は「神経過敏になるときは常軌を越え」る場合がある、と述べているようだ。月経を病理現象として扱っているようだが、女性の視点から解明した荻野美穂の「女の解剖学――近代的身体の成立」（『性・産・家族の比較社会史　制度としての〈女〉』(8)）では、一八世紀以降の西洋近代医学の言説は、女性の身体が、本質的な特性として「不安定性と病弱性」によって覆われており、「病弱性の神話」が形成されていったことが指摘されている。さらに田中ひかるの『月経と犯罪　女性犯罪論の真偽を問う』(9)でも、月経と病理現象を安易に結びつけた男性たちの理論をくつがえしている。

田村俊子の『離魂』は、こうした「月経時の肉体的、精神的の異常」に多少重なりながらも、男性たちの言説である「病理現象」として扱わず、思春期の性に目覚める頃と結びつけて描いているところに、ユニークさがあるだろう。彼女自身、初潮の頃の「身体の変化に伴う感受性の鋭敏化」(10)について指摘してもいる。本稿の最初に挙げた俊子の方法意識にもあったように、まさに男たちの知らぬ世界、女の感覚・身体性に分け入った、斬新な女性表現といえよう。昭和六〇年代に筆者たちが田村俊子を再発見した時の記憶、女の革命的な性愛表現によってデビューした山田詠美の斬新さに匹敵する印象を、今さらながら想起するほどだ。

注

（1）長谷川啓「『田村俊子』編　解説」『作家の自伝87　田村俊子　木乃伊の口紅／一とつの夢』（日本図書センター、一九九九年四月）。

（2）長谷川啓「田村俊子のセクシュアリティ表現、そして言説―『枸杞の実の誘惑』『蛇』を中心に」（『「国文学解釈と鑑賞」別冊　俊子新論　今という時代の田村俊子』二〇〇五年七月）。

（3）名古屋大学出版会、二〇〇六年二月。

（4）島田廣著『婦人の医学　女性典』、本文参照。

（5）関谷由美子の助言による。

（6）紀伊國屋書店、一九九四年五月。

（7）丸善書店。

（8）平凡社、一九九〇年七月。

（9）批評社、二〇〇六年三月。

（10）田村俊子のエッセイ『かくあるべき男』（『中央公論』一九一三年三月）評の中で、関谷由美子が「〈戦闘美少女〉の戦略――『木乃伊の口紅』の〈少女性〉」（『「国文学解釈と鑑賞」別冊　俊子新論　今という時代の田村俊子』二〇〇五年七月）で指摘。

明治女性文学関連年表

〈制作〉佐藤耕治

年	女性文学	男性文学	社会動向・文学事象他
1868 明治元	「蓮月式部二女和歌集」（大田垣蓮月・高畠式部、金屏堂）⑫	「立憲政体略」（加藤弘蔵＝弘之、谷山桜）⑧ 「訓蒙窮理図解」上・中・下（福沢諭吉、慶応義塾）初秋	五箇条の御誓文公布③ 年号を明治と改元／一世一元の制⑨ 産婆の堕胎取扱、堕胎薬の販売を禁止⑫
1869 明治2	「椎能故夜提」（橘冬照・東世子）⑥ この年「比売島日記」（野村望東尼） 「松のしづく」（松尾多勢子）	「蘭学事始」（杉田玄白、杉田鶚廉）① 「頭書大全世界国盡」全六冊（福沢諭吉、慶応義塾）⑧ 「西洋見聞録 前篇」（村田文夫編述、井筒屋勝次郎外）⑫［後編4年①］	新政府、庶民対象の小学校設立を奨励② 東京遷都③ 版籍奉還⑥
1870 明治3	「海人の苅藻」（大田垣蓮月・辻本仁兵衛）初夏	「西国立志編」全十一冊（斯邁爾斯＝スマイルス、中村敬太郎＝敬宇訳、木平謙一郎）⑦〜4年⑦ 「万国航海西洋道中膝栗毛」全十五編（仮名垣魯文、万笈閣）⑨〜9年③［十二編以下は総生寛］	平民に苗字使用許可⑨ 米女性宣教師メリー・ギター、横浜で女子教育開始（フェリス女学院の前身）⑨ この年米女性宣教師カロザース、築地A六番女学校を設立
1871 明治4	この年「湘夢遺稿」（江馬細香）	「牛店雑談安愚楽鍋」全三編（仮名垣魯文、誠之堂）卯月〜5年春	戸籍法制定④　廃藩置県の詔書⑦ 津田梅子ら米国留学（初の女子留学生）⑪
1872 明治5		「学問ノスヽメ」全十七編（福沢諭吉、自家版）②〜9年⑪ 「寓言かたわ娘」（福沢諭吉、福沢屋諭吉）⑨	学制頒布⑧ 人身売買禁止、娼妓の年季奉公廃止（娼妓解放令）⑩　太陽暦採用／徴兵の詔書⑪ 各地に女学校設立の機運高まる

＊○数字は月を示す

1873 明治6		「当世利口女」（服部氏＝万亭応賀、山崎屋清七）③	女子が戸主になること許可① キリシタンの禁制解除②
1874 明治7		「近世女大学」（土居光華編、和泉屋市兵衛）① 「柳橋新誌」第二編（成島柳北、山城屋政吉）② 「妻妾論」（森有礼、明六雑誌）⑤〜8年②	板垣退助ら民撰議院設立建白書提出① 台湾出兵を閣議決定② 東京女子師範学校（お茶の水女子大前身）設立③ 各地に農民一揆盛ん
1875 明治8		「善良ナル母ヲ造ル説」（中村正直、明六雑誌）③ 「文明論之概略 全六冊」（福沢諭吉、自家版）④	跡見花蹊、跡見女学校（東京初の私立女学校）設立① 森有礼と広瀬阿常、契約書三カ条を交換して結婚②
1876 明治9	「明治歌集」全八巻（橘東世子編、橘道守）①〜23年①［第六巻より橘道守編、第二・三巻金花堂刊、第四巻より椎木文庫刊］ この年「蓮月歌集」（宮田景哲編）	「天路歴程」（バンヤン、村上俊吉訳、七一雑報）④〜10年⑧ 「文明論女大学」（土居光華編、森市三郎博文堂）⑦	東京警視庁、売淫罰則（私娼取締）を定める① 東京女子師範学校内に幼稚園を開園（初の近代的幼稚園）⑪ 工部美術学校に女子生徒の入学を許可⑫
1877 明治10	互恨恋（中島歌子、詩歌襍輯）⑦	「日本開化小史」全六巻（田口卯吉、丸屋善七）⑨〜15年⑩ 「鳥追お松の伝」（無署名、仮名読新聞）⑫〜11年①	西南戦争開始② 財政緊迫のため東京女学校、愛知・広島・新潟の師範学校など廃止② この年各地に女学校設立
1878 明治11	松契多年（中島歌子、滑稽風雅新誌）② 汽船・小学校・摺附不・測量・徒罪（中島歌子、「開化新題歌集(一)」）⑪	「新説八十日間世界一周」前・後（ジュル・ヴェルヌ、川島忠之助訳、丸屋善七）⑥〜13年⑥	第2回地方官会議で女戸主の選挙権について論議、否決される④ この年、毒婦物流行。各地に女子師範学校設立。各地に米騒動。

年	女性文学	文学	社会
1879 明治12	雨中花（中島歌子、「明治歌集」三編上）④ 負恋（中島歌子、「明治歌集」三編下）④	「高橋阿伝夜叉譚」全八編（仮名垣魯文、金松堂）②～④ 「民権自由論」（植木枝盛、集文堂）④	「大阪朝日新聞」創刊① 学制廃止、教育令制定（男女別学、小学校に裁縫科設置、各校に女教員を配置）⑨
1880 明治13	冬鶴（中島歌子、滑稽風雅新誌）② 若艸（中島歌子、滑稽風雅新誌）④	「春風情話」（スコット、橘顕三訳実際は坪内逍遙訳、中島精一）④ 「民権演義情海波瀾」（戸田欽堂、聚星館）⑥ 「言論自由論」（植木枝盛、愛国社）⑦	集会条例公布（教員・生徒の政治的集会参加、政治団体加入禁止）④ 植木枝盛、大阪での「女子に代るの演説」で婦人参政権呼びかける⑨
1881 明治14	山家新樹（中島歌子、歌文新誌）⑦ 祝（中島歌子、歌文新誌）⑧	「西国烈女伝」（田島任天＝象二、弘令社）⑤ 「社会平権論」全六巻（斯辺珂＝スペンサー、松島剛訳、報告社）⑤～17年②	「東洋自由新聞」創刊③ 大隈重信、国会開設意見書を提出③ 自由党結成⑩
1882 明治15	若水（中島歌子、文雅新誌）③	「民権自由論」二編（植木枝盛、東萍館）② 「新体詩抄」初編（外山正一、矢田部良吉、井上哲次郎、丸屋善七）⑧［第二編⑫］ 「自由乃凱歌」（デューマ、宮崎夢柳訳、絵入自由新聞）⑧～16年②	岸田俊子、立憲政党演説会（大阪）で「婦女の道」演説④～⑤ 岸田俊子、岡山で自由民権論を演説。これを聞いた景山英子ら発奮⑤ 若松賤子、フェリス・セミナリー（現・フェリス女学院）第一回生（ただ一人）として卒業し助教となる⑥ 東京女子師範学校予科を廃し、附属高等女学校設置（初の高等女学校）⑦
1883 明治16	「函入娘・婚姻之不完全」全（岸田俊、駸々堂）⑩ この年「獄之奇談」（岸田俊子、富井小とら＝富井於菟謹写）	「天賦人権論」（馬場辰猪、自家版）① 「斉武名士経国美談」前編（矢野文雄＝龍渓纂訳補述、報知社）③［後編17年②］	景山英子、政談演説会で「人間平等論」演説④ 岸田俊子、大津で「函入娘」演説後、集会条例違反のため拘引⑩ 鹿鳴館開館⑪

1884 明治17	自由燈の光を恋ひて心を述ぶ（しゅん女＝岸田俊子、自由の燈創刊号）⑤ 「同胞姉妹に告ぐ」（岸田俊子、自由の燈）⑤〜⑥	「孝女白菊詩」（井上哲次郎、「巽軒詩鈔」、鈎玄堂）② 「自由艶舌女文章」（案外堂主人＝小室案外堂、自由燈出版局）⑨	「自由燈」創刊⑤ 「女学新誌」創刊（初の女性雑誌）⑥ 荻野吟子、医術開業前期試験に合格⑨ 秩父事件⑩
1885 明治18	「にはすゝめ」（国島清子）② 獄中述懐（景山英子）⑫ この年「中西為子歌集」（南郷柳子編）	「一読三歎当世書生気質」全十七冊（春のやおぼろ＝坪内逍遙、晩青堂）⑥〜19年① 「小説神髄」全九冊（坪内雄蔵＝逍遙、松月堂）⑨〜19年④	硯友社結成② 「女学雑誌」創刊⑦ 明治女学校設立⑨ 景山英子ら逮捕（大阪事件）⑪
1886 明治19	旧き都のつと（若松賤子、女学雑誌）⑤ 雨後郭公（中島歌子、花月草紙）⑦ In Memoriam（若松賤子、女学雑誌）⑩	「小説総論」（冷々亭主人＝二葉亭四迷、中央学術雑誌）④	「読売新聞」社説に「夫婦共稼論」⑤ 雨宮製糸紡績場（甲府）工女、スト⑥ 矢島楫子ら、東京基督教婦人矯風会設立⑫ この年、各新聞が「女権論」「女子職業論」をとりあげる
1887 明治20	まどふこころの歌（若松しづ＝賤子、女学雑誌）① 都の花（中島歌子、大八州雑誌）④ 善悪の岐（中島湘烟＝俊子、女学雑誌）⑦〜⑧［⑪女学雑誌社］	「女子参政蜃中楼」（柳浪子＝広津柳浪、東京絵入新聞）⑥〜⑧ 「新編浮雲 第一編」（坪内逍遙実際は二葉亭四迷、金港堂）⑥［第二編21年②金港堂、第三編「都の花」22年⑦〜⑧、共に二葉亭四迷署名］	「以良都女」創刊⑦ 「日本之女学」創刊⑧ 「貴女之友」創刊⑨ この年、洋服裁縫女学校、多数設立。各地にキリスト教系女学校設立
1888 明治21	The Condition of Woman in Japan（若松賤子、女学雑誌）② 「藪の鶯」（花圃女史＝田辺＝三宅花圃、金港堂）⑥ 婦女の鑑（曙女子＝木村曙、読売新聞）①〜②	孝女白菊の歌（落合直文訳、東洋学会雑誌）②〜22年⑤ あひびき（ツルゲーネフ、二葉亭四迷訳、国民之友）⑦〜⑧ 細君（春の屋主人＝坪内逍遙、国民之友）①［附録］	「女新聞」創刊⑥ 「東京朝日新聞」創刊⑦ 「都の花」創刊⑩ 「大阪毎日新聞」創刊⑪ この年、ジャーナリズムの論調、女権拡張論から良妻賢母論へ 「教育時論」社説、「高等女学校は政府にて篤く保護するに及ばず」②

1889 明治22	1890 明治23
山間の名花（中島湘烟＝俊子、都の花）②〜⑤ 星（ドオデ、小金井喜美子訳、日本之女学）② 曙染梅新型（木村曙、貴女の友）⑦〜⑨ お向ふの離れ（若松賤子、女学雑誌）⑩ 操くらべ（木村曙、読売新聞）⑩ 伯爵の令嬢（中島湘烟、婦人教育神州乃芙蓉）⑫〜23年⑥	わか松（木村曙、読売新聞）① 忘れ形見（プロクター、若松賤子訳、女学雑誌）① イナック・アーデン物語（テニソン、若松賤子訳、女学雑誌）①〜③ 八重桜（田辺＝三宅花圃、都の花）④〜⑤ 何故に女子は政談集会に参聴することを許されざる乎（清水豊子＝紫琴、女学雑誌）⑧ 小公子（バーネット、若松賤子訳、女学雑誌）⑧〜25年①［前編24年⑩刊］ 泣いて愛する姉妹に告ぐ（清水豊子、女学雑誌）⑪ 女文学者何ぞ出ることの遅きや（清水豊子、女学雑誌）⑪
蝴蝶（美妙斎主人＝山田美妙、国民之友①［附録］） 露団々（露伴子＝幸田露伴、都の花）②〜⑧ 「二人比丘尼色懺悔」（紅葉山人＝尾崎紅葉、吉岡書籍店）④ 「楚囚之詩」（北村門太郎＝透谷、春祥堂）④ 「風流仏」（蝸牛露伴＝幸田露伴、吉岡書籍店）⑨	舞姫（鷗外森林太郎、国民之友）① 「報知異聞浮城物語」（矢野龍渓、報知社）④ 「帰省」（〈宮崎〉湖処子、民友社）⑥ 伽羅枕（紅葉、読売新聞）⑦〜⑨ うたかたの記（水泡子＝石橋忍月、国民之友）⑩
大日本帝国憲法発布② 東海道本線、新橋-神戸間全線開通⑦ 植木枝盛「東洋之婦女」（発行人佐々城豊寿。中島湘烟、佐々城とよ寿、清水紫琴、富永らくほか15名の女性の序文）⑨ 「婦人世界」「しがらみ草紙」創刊⑩ 文部省、御真影を高等小学校へ下付⑫	横浜婦人談話会、東京で男女同権論講演会（吉田ウメ「何故に女子は男子に軽視せらるるや」）③ 東京女子高等師範学校創立③ 第一回国際メーデー⑤ 「女学生」「閨秀新誌」創刊⑤ 第一回衆議院議員選挙⑦ 集会及政社法公布、女性の政治活動を全面禁止⑦ 女子電話交換手を募集⑨ 教育勅語発布⑩

1891 明治24	1892 明治25	1893 明治26
こわれ指環（つゆ子＝清水紫琴、女学雑誌）① 今はむかし（田辺＝三宅花圃、女学雑誌）⑦ 苦患の鎖（田辺花圃、女学雑誌）⑨	闇桜（一葉女史、武蔵野）③ 「みだれ咲」（夢借舎丁々子＝三宅花圃、春陽堂）③ 他人の妻（北田うすらひ＝薄氷、近江新報）③ 浴泉記（レルモントフ、小金井きみ子訳、しがらみ草紙）⑩〜27年⑥ 一青年異様の述懐（つゆ子＝清水紫琴、女学雑誌）⑩	暁月夜（一葉女史、都の花）② 雪の日（一葉、文学界）③ 片うづら（三宅花圃、都の花）③ アンデルセン物語（若松しづ子、女学雑誌）⑦〜⑧ セイラ・クルーの話（バーネット、若松賤子訳、少年園）⑨〜27年④ 琴の音（一葉女史、文学界）⑫ 萩の花妻操の一本（田沢稲舟、文芸共進会）④ 三人やもめ 一・二・三章（北田うすら
むき玉子（紅葉山人＝尾崎紅葉、読売新聞）①〜③ 「蓬萊曲」（透谷蟬羽＝北村透谷、養真堂）⑤ 五重塔（〈幸田〉露伴、国会）⑪〜25年③	厭世詩家と女性（透谷隠者＝北村透谷、女学雑誌）② 三人妻（こうえふ＝紅葉、読売新聞）③〜⑪ 「歌の栞」（佐佐木信綱、博文館）④ 「罪と罰」巻一（ドストエフスキイ、内田不知庵＝魯庵訳、老鶴圃）⑪［巻二26年②］	人生に相渉るとは何の謂ぞ（透谷庵＝北村透谷、文学界）② 「最暗黒の東京」（乾伸一布衣＝松原二十三階堂、民友社）⑪ 滝口入道（無署名＝高山樗牛、読売新聞）④〜⑤ 海軍従軍記（国木田哲夫＝独歩、国民新
第一次松方内閣成立⑤ 「婦女雑誌」創刊① 女性五名、政談演説傍聴し、罰金⑫ 伊井蓉峰男女合同改良演劇済美館の旗揚げ＝女優の登場⑪	出口ナオ、大本教開教② 「家庭雑誌」創刊⑨ 男子姦通罪に関する刑法・民法改正の請願、衆議院委員会不受理⑫	「文学界」創刊① 日本基督教婦人矯風会結成（会頭矢島楫子）④ 文部省、女子就学促進のため小学校に裁縫教科設置の勧奨（女子就学率四〇・五九％）⑦ 三宅花圃、家門を開く② 巌本善治、「女子教育大勢一転の期」を「女学雑誌」社説に発表、良妻賢母主義的

1894 明治27	1895 明治28	1896 明治29
ひ＝薄氷、東京文学）⑥［遺稿に全編入収］ 暗夜（一葉女史、文学界）⑦〜⑪［28年⑫「文芸倶楽部」に「やみ夜」で再掲］ 応募兵（大塚楠緒子、婦女雑誌）⑪〜⑫ 大つごもり（一葉、文学界）⑫［29年②「太陽」に再掲］ 「祝ひ歌」（若松賤子、警醒社）⑫	たけくらべ（一葉、文学界）①〜29年①［29年④「文芸倶楽部」に再掲］ 露のよすが（三宅花圃、太陽）② 軒もる月（一葉女史、毎日新聞）④ 鬼千匹（北田薄氷、文芸倶楽部）⑤ 医学修業（いなぶね女史＝田沢稲舟、文芸倶楽部）⑦ にごりえ（一葉女史、文芸倶楽部）⑨ 萩桔梗（三宅花圃、文芸倶楽部）⑫ しろばら（いなぶね女史、文芸倶楽部）⑫ 十三夜（一葉女史、文芸倶楽部）⑫	わかれ道（一葉、国民之友）①［附録］ この子（一葉女史、日本之家庭）① 裏紫（一葉女史、新文壇）② われから（一葉、文芸倶楽部）⑤ 乳母（北田薄氷、文芸倶楽部）⑤ 月にうたふさんげの一ふし（田沢稲舟、文芸倶楽部）⑥
聞）⑩〜28年③［のち「愛弟通信」と改題］ 義血侠血（なにがし＝泉鏡花、読売新聞）⑪	書記官（眉山人＝川上眉山、太陽）② 変目伝（〈広津〉柳浪、読売新聞）②〜③ 夜行巡査（泉鏡花、文芸倶楽部）④ 黒蜥蜴（柳浪子＝広津柳浪、文芸倶楽部）⑤ 外科室（泉鏡花、文芸倶楽部）⑥ 新体詩の形に就いて（抱月子＝島村抱月、早稲田文学）⑪〜⑫	多情多恨（紅葉、読売新聞）②〜⑫ 「東西南北」（鉄幹与謝野寛、明治書院）⑦ 照葉狂言（鏡花、読売新聞）⑪〜⑫ 「片恋」（ツルゲーネフ、二葉亭四迷訳、春陽堂）⑪
女子教育を批判⑤ 日清戦争⑧ 赤十字看護婦従軍⑧ この年、各地に婦人軍事援護団体設立。高橋孝子、初の女性歯科医となる。世界YMCA創立	文部省、高等女学校規程公布① 日清講和条約調印／三国干渉④ 帝国教育大会で高等女学校教育は、自活的技能教育より内助的に養成をと決議⑤ この年、国家観に立った女子教育必要論が強く提唱され出す	朝鮮、新露派クーデター② 進歩党結成③ 第一回近代オリンピック競技会開催（アテネ）④ 民法三編（総則・物権・債権）公布④ この年、各地の紡績工場で女工の大規模ストライキ多発

（前年より）	五大堂（田沢稲舟、文芸倶楽部）⑪		
1897 明治30	心の鬼（紫琴女史＝清水紫琴、文芸倶楽部）① 「小公子」（バーネット、若松賤子訳、博文館）① 葛の裏葉（紫琴女、文芸倶楽部）⑤ 誰が罪（紫琴女、世界之日本）⑦ おいてけぼり（北田うすらひ＝薄氷、少年世界）⑧ 晩桜（薄氷女史、文芸倶楽部）⑩	「天地玄黄」（鉄幹与謝野寛、明治書院）① 金色夜叉（紅葉、読売新聞）①～②［続編⑨～⑪］ 源叔父（独歩吟客＝国木田独歩、文芸倶楽部）⑧ 「若菜集」（島崎藤村、春陽堂）⑧ うたゝね（〈島崎〉藤村、新小説）⑪	文部省、小学校と師範学校に対して男女別学にするよう訓令⑫ この年も紡績工場でストライキ多発。羽仁もと子、報知新聞社に校正係で入社（初の女性新聞記者）。凶作のため米価急騰により農民騒擾多発
1898 明治31	したゆく水（清水紫琴、文芸倶楽部）② うしろ髪（薄氷、文芸倶楽部）③ 野の花（北田薄氷、女子之友）⑨～⑫ 仏手柑（梶田薄氷＝北田薄氷、太陽）⑫	今の武蔵野（国木田独歩、国民之友）①～②［のち「武蔵野」と改題］ 不如帰（〈徳冨〉蘆花、国民新聞）⑪～32年⑤ 「夏草」（島崎藤村、春陽堂）⑫	民法親族編・相続編公布（長男子家督相続、妻の無能力、離婚条件などを規定）⑥ この年も紡織、製糸工場女工のスト多発。 足尾鉱毒被害民上京、政府に陳情
1899 明治32	大磯だより（中島俊子、女学雑誌）①～⑫ 片糸（北田薄氷、女子之友）②～⑧ 花がたみ（与謝野晶子、明星）⑤ 移民学園（清水紫琴、文芸倶楽部）⑧	「日本之下層社会」（横山源之助、教文館）⑤ 己が罪（菊池幽芳、大阪毎日新聞）⑧～33年⑤ 「暮笛集」（薄田泣菫、金尾文淵堂）⑪	「中央公論」創刊① 高等女学校令公布② 成美学園設立（教師に生田長江・森田草平ら）⑪ この年、家庭小説が盛行
1900 明治33	暗夜（大塚楠緒子、女学雑誌）① 大磯だより（中島俊子、女学雑誌）③ 指輪（松の屋女史、文芸倶楽部）④ わすれじ（鳳晶子＝与謝野晶子、明星）⑩ 朝寝髪（鳳晶子、明星）⑪	高野聖（鏡花小史＝泉鏡花、新小説）② 「照葉狂言」（泉鏡花、春陽堂）④ 「初すがた」（小杉天外、春陽堂）⑧ 「自然と人生」（蘆花生＝徳冨蘆花、民友社）⑧	治安警察法公布（女子の政治結社加入、女子および未成年者の政談集会参加・発起人になること禁止）③ 「明星」創刊④ 津田梅子、女子英学塾（津田塾大学の前

	1901 明治34	1902 明治35	1903 明治36
	夏子の物思ひ（露子＝清水紫琴、女学雑誌）① 一夫一婦論（石上露子、婦女新聞）① 婦女子の本分（景山英子、婦女新聞）⑤ 「みだれ髪」（鳳晶子＝与謝野晶子、東京新詩社）⑧ 「もとのしづく」（三宅花圃、金港堂）⑪ 「薄氷遺稿」（梶田薄氷＝北田薄氷、春陽堂）⑪	はたち妻（与謝野晶子、明星）① 尼君（与謝野晶子、新天地）② 髑髏（ツルゲエネフ、夏葉女史＝瀬沼夏葉訳、俳藪）⑤ 離鴛鴦（大塚楠緒子、婦人界）⑦ おくつき（小山内八千代、婦人界）⑩ 黄金（小金井きみ子、万年艸）⑫	「明治才媛歌集」（下田歌子編、広文堂書店）① 破家の露（秋香女史＝小寺菊子、新著文芸）① 露分衣（佐藤露英＝田村俊子、文芸倶楽部）② 「忘れがたみ」（若松賤子、博文館）③
「廃娼之急務」（木下尚江、博文館）⑩	墨汁一滴（規＝正岡子規、日本）①～⑦ 「むらさき」（与謝野鉄幹、東京新詩社）④ 「落梅集」（島崎藤村、春陽堂）⑧ 「一年有半」（中江兆民、博文館）⑨ 牛肉と馬鈴薯（国木田独歩、小天地）⑪	「婦人と文学」（新声社編、南風館）② 「社会百面相」（内田魯庵、博文館）⑥ 「地獄の花」（永井荷風、金港堂）⑦ 雨（〈広津〉柳浪、新小説）⑩ 旧主人（島崎藤村、新小説）⑪［発禁］	魔風恋風（小杉天外、読売新聞）②～⑨ 「社会主義神髄」（幸徳秋水、朝報社）⑧ 天うつ浪（幸田露伴、読売新聞）⑨～37年②［後編37年⑪～38年⑤］ 「女優ナヽ」（ゾラ、永井荷風訳、新声社）⑨
身）設立⑦ 吉岡弥生・荒太夫妻、東京女医学校設立⑫	奥村五百子ら愛国婦人会設立（35年機関紙「愛国婦人」創刊）② 日本女子大学校開校④ 東京電話交換局の夜勤男子を女子にかえる⑤ 潮田千勢子ら鉱毒地救済婦人会設立⑪ 田中正造、足尾鉱毒事件を天皇に直訴⑫	イプセン「社会の敵」を洋式演劇として上演④ 文部省、高等女学校へ修身教育の強化を訓令⑨ 幸徳秋水「社会主義と婦人」（万朝報）で女性の独立・平等、社会主義の実行を論じる⑩	内村鑑三、「万朝報」紙上で日露戦開戦反対を主張⑥ 新橋駅に女子出札掛採用⑪ 幸徳秋水・堺利彦ら平民社結成、週刊「平民新聞」創刊⑪ この年、文部省英語検定試験、女性合格者（古屋登世子）

	「湘烟日記」（中島湘烟＝俊子、藤原てい・石川栄治編、育成会）③		
1904 明治37	「小扇」（与謝野晶子、金尾文淵堂）① 兵士（石上露子、婦女新聞）④ 君死にたまふこと勿れ（与謝野晶子、明星）⑨ 余計者（チエホフ、瀬沼夏葉訳、新小説）⑨ ひらきぶみ（与謝野晶子、明星）⑩ 「妾の半生涯」（福田英子、東京堂）⑩	火の柱（木下尚江、毎日新聞）①～③ 東京の木賃宿（雲水道者談、秋水生＝幸徳秋水筆記、平民新聞）① 春の鳥（国木田独歩、女学世界）③ 良人の自白（木下尚江、毎日新聞）⑧～⑪	「二十世紀の婦人」創刊① 文部省、学生の忌避に対し厳重警告① 日露戦争② 矯風会、出征兵士に慰問袋発送④ この年、高等小学校読本に日清戦争エピソード「水兵の母」を掲載し、軍国の母の美談として称揚
1905 明治38	「恋衣」（山川登美子・増田雅子・与謝野晶子、本郷書院）① お百度詣（大塚楠緒子、太陽）① 産屋日記（与謝野晶子、女学世界）④～⑤ 露（佐藤露英＝田村俊子、新小説）⑪ 筆の雫（菅野すが、牟婁新報）⑪ 「わらはの思出」（福田英子、平尾書房）⑫	倫敦塔（夏目金之助＝漱石、帝国文学）① 吾輩は猫である（漱石、ホトヽギス）①～39年⑧ 「あこがれ」（石川啄木、小田島書房）⑤ 「春鳥集」（蒲原有明、本郷書院）⑦ 「海潮音」（上田敏訳、本郷書院）⑩	旅順開城① 「女子文壇」創刊① 「婦人画報」創刊⑦ 日露講和条約調印⑨ 日本キリスト教女子青年会（ＹＷＣＡ）発足（会長津田梅子）⑩ この年、愛国婦人会、軍人遺族慰問等に大活躍
1906 明治39	「舞姫」（与謝野晶子、加山堂書店）① 「春小袖」（大塚楠緒子、隆文館）① 六号室（チエホフ、夏葉女史＝瀬沼夏葉訳、文芸界）④ 男女学生交際論（福田英子、中央公論）⑦ 愁ひ（国木田治子、新古文林）⑧ 「新緑」上（小山内八千代、金尾文淵堂）	野菊之墓（〈伊藤〉左千夫、ホトヽギス）① 「運命」（国木田独歩、佐久良書房）③ 「破戒」（〈島崎〉藤村、上田屋）③ 坊っちゃん（夏目漱石、ホトヽギス）④ 草枕（夏目漱石、新小説）⑨ 其面影（二葉亭主人＝四迷、東京朝日新聞）⑩～⑫	「世界婦人」（村井弦斎編集）創刊① 今井歌子他二二七名、治警法第五条改正請願書を衆議院提出、第三条第二項（女子の政談集会の自由）のみ採択（3・4）② 華族女学校を学習院に併合、学習院女子部となる（下田歌子女学部長）④ 牧野文相、学生の思想・風紀のひき締めを

年	女性文学	一般文学	社会
	⑫［下40年⑦］		訓令⑤ 「少女世界」創刊⑨
1907 明治40	緑（八重子＝野上彌生子、ホトヽギス）② あきらめ（大塚楠緒子、中央公論）② 七夕様（野上八重子＝彌生子、ホトヽギス）⑥ 一本榎（小山内＝岡田八千代、文章世界）⑥ お寺の子（水野仙子、文章世界）⑧ お露（国木田治子、東洋婦人画報）⑪ 美人茶屋（岡田八千代、新声）⑫	婦系図（鏡花小史＝泉鏡花、やまと新聞）①〜④ 「文学論」（夏目漱石、大倉書店）⑤ 窮死（国木田独歩、文芸倶楽部）⑥ 虞美人草（漱石、東京・大阪朝日新聞）⑥〜⑩ 蒲団（田山花袋、新小説）⑨ 平凡（二葉亭四迷、東京朝日新聞）⑩〜⑫	福田英子、「世界婦人」を創刊① 足尾銅山で大暴動② 義務教育六年制に小学校令改正③ 第二回（第一回は2月）婦人雑誌記者倶楽部例会で男性記者たちの良妻賢母主義主張に福田英子ら反駁／閨秀文学会設立⑥ この年、自然主義論がさかん。労働争議急増。高等女学校が次第に普及、総数計一三三校、生徒数四万二七三人
1908 明治41	「絵本お伽噺」（与謝野晶子、祐文社）① 鶯（岡田八千代、新小説）① 脚本 覇王丸（長谷川時雨、演芸画報）② ［のち「花王丸」と改題］ 空薫（大塚楠緒子、東京朝日新聞）④〜⑤ 土手（水野仙子、九州文学）⑥ 破産（国木田治子、万朝報）⑧〜⑨ 「露国文豪チエホフ傑作集」（瀬沼夏葉訳、獅子吼書房）⑩ 男女道を異にす（福田英子、世界婦人）⑪	何処へ（正宗白鳥、早稲田文学）①〜④ 坑夫（夏目漱石、東京・大阪朝日新聞）①〜④ 春（島崎藤村、東京朝日新聞）④〜⑧ 「あめりか物語」（永井荷風、博文館）⑧ 三四郎（漱石、東京・大阪朝日新聞）⑨〜⑫ 妻（田山花袋、日本）⑩〜42年② 新世帯（徳田秋声、国民新聞）⑩〜⑫	社会主義婦人講演会（添田竹子・西川文子・島勝子）① 明治座興行に女優四人起用① 平塚明・森田草平、塩原で心中未遂（煤煙事件）③ 帝劇女優養成所（川上貞奴所長）入所式。第一回生は森律子ら15人⑨ 戊申詔書発布⑩ 明治女学校廃校（18年創立）⑫
	徒労（水野仙子、文章世界）② 老（佐藤露英＝田村とし子、文芸倶楽部）④ 「佐保姫」（与謝野晶子、日吉丸書房）⑤ そら炷 続編（大塚楠緒子、東京朝日新	煤煙（森田草平、東京朝日新聞）①〜⑤ 耽溺（岩野泡鳴、新小説）② 半日（森林太郎＝鷗外、スバル）③ 「邪宗門」（北原白秋、易風社）③ キタ・セクスアリス（森林太郎、スバ	「スバル」創刊① 菅野すが、幸徳秋水らと「自由思想」発行。第一号新聞紙法違反で罰金刑判決。（二―二も有罪。43年⑤、換金刑に服して入獄）⑤ 坪内逍遙、文芸協会演劇研究所開設⑤

1909 明治42

聞）⑤〜⑥
婦人解放に就て——無垢助氏に答ふる文（福田英子、世界婦人）⑥
「恐怖」（岡田八千代、水野書店）⑨
「黄金の林」（国木田治子・独歩、有倫堂）⑫
波瀾（森しげ子、スバル）⑫

ル）⑦［発禁］
「田舎教師」（田山花袋、佐久良書房）⑩
「寄生木」（徳冨健次郎＝蘆花、警醒社）⑫

文芸協会演劇研究所、男女共学の新劇養成開始⑨
「文芸倶楽部」「新小説」「婦人画報」「女子文壇」「東京」「東京パック」「道楽世界」の各雑誌、女学校で閲覧禁止⑪

1910 明治43

あだ花（森しげ子、スバル）①［⑥弘学館］
チエホフの短編と脚本（瀬沼夏葉、文章世界）②
母上様（野上彌生子、ホトヽギス）④
雲影（大塚楠緒子、文芸倶楽部）⑤
四十余日（水野仙子、趣味）⑤
「おとぎばなし　少年少女」（与謝野晶子、博文館）⑨
向島の家（小金井喜美子、スバル）⑪
赤坂（小寺菊子、中央公論）⑫
絵の具箱（岡田八千代、中央公論）⑫［大1年⑫籾山書店］
鶉（国木田治子、中央公論）⑫

家（島崎藤村、読売新聞）①〜⑤［前編部分］
門（漱石、東京・大阪朝日新聞）③〜⑥
別れたる妻に送る手紙（徳田秋江＝近松秋江、早稲田文学）④〜⑦
土（長塚節、東京朝日新聞）⑥〜⑦
足跡（徳田秋声、読売新聞）⑦〜⑪
刺青（谷崎潤一郎、新思潮）⑪
「一握の砂」（石川啄木、東雲堂）⑫

「白樺」創刊④
大逆事件⑤
菅野すが、大逆事件に連座、幸徳秋水らと共に起訴される⑤
「東洋時論」に女性の経済的自立論「女子職業の勃興」掲載⑥
韓国併合に関する日韓条約調印⑧
この年、官憲の言論弾圧により社会主義文学が相次いで発禁

あきらめ（田村とし子＝俊子、大阪朝日新聞）①〜③［⑦金尾文淵堂、大4年③植竹書院］
風ふく夜（水野仙子、新小説）⑦
元始女性は太陽であつた（〈平塚〉らい

或る女のグリンプス（有島武郎、白樺）①〜大2年③［「或る女」前編初稿］
「お目出たき人」（武者小路実篤、洛陽堂）②
「基督抹殺論」（幸徳秋水、丙午出版社）③

大審院、大逆事件被告24人に対し死刑判決（うち12名無期に減刑）。菅野すが・幸徳秋水らの12名処刑①
島田三郎・矢島楫子ら、公娼廃止運動団体として廓清会結成⑦

1911 明治44	1912 明治45・大正元
てう、青鞜）⑨ そぞろごと（与謝野晶子、青鞜）⑨ 生血（田村俊子、青鞜）⑨ 「日本美人伝」（長谷川時雨、聚精社）⑪ 夜汽車（尾島＝小寺菊子、青鞜）⑫	ノラ、社員の批評および感想（青鞜社員、青鞜）① 叔父ワーニヤ（チエホフ、瀬沼夏葉訳、青鞜）②〜⑧ 「新訳源氏物語」全四巻（与謝野晶子、金尾文淵堂）②〜大2年⑪ 執着（加藤みどり、青鞜）④ 離魂（田村俊子、中央公論）⑤ 「一葉全集」（馬場孤蝶編、博文館）⑤〜⑥ 戯曲 黄楊の櫛（岡田八千代、演芸倶楽部）⑨ 「かろきねたみ」（岡本かの子、青鞜社）⑫
泥人形（正宗白鳥、早稲田文学）⑦ 黴（徳田秋声、東京朝日新聞）⑧〜⑪ 雁（鷗外、スバル）⑨〜大2年⑤	彼岸過迄（漱石、東京・大阪朝日新聞）①〜④ 「悲しき玩具」（石川啄木、東雲堂書店）⑥ 生さぬ仲（柳川春葉、大阪毎日新聞）⑧〜2年④ 我等の一団と彼（石川啄木遺稿、読売新聞）⑧〜⑨ 哀しき父（葛西歌葉＝善蔵、奇蹟）⑨ 大津順吉（志賀直哉、中央公論）⑨ 行人（漱石、東京・大阪朝日新聞）⑫〜2年⑪
「青鞜」創刊⑨ 「人形の家」（文芸協会）で松井須磨子の演ずるノラ好評⑨	東京女医学校、東京女子医学専門学校に昇格③ 荒木郁子の「手紙」により、「青鞜」初の発禁処分④ ズーデルマン作「故郷」（文芸協会）、家庭の秩序破壊が理由で上演禁止⑤ 明治天皇没／大正と改元⑦ 乃木大将夫妻殉死⑨ この年、女工スト多発。米価高騰で生活困窮者多出

＊参考文献

福谷幸子編「明治女流文學年譜」（『現代日本文學大系』5、筑摩書房、一九七二）
丸岡秀子編『日本婦人問題資料集成』第八巻、ドメス出版、一九七六
渡邊澄子編「現代女性文学略年表」（村松定孝・渡邊澄子編『現代女性文学辞典』東京堂出版、一九九〇）
年表の会編『近代文学年表』増補四版、双文社出版、一九九七
平田由美作成「女性文学関係年表」（『女性表現の明治史』岩波書店、一九九九年）
西田りか作成「近代女性文学略年表」（渡邊澄子編『短編　女性文学　近代　続』おうふう、二〇〇二）
川原塚瑞穂・倉田容子作成「日本女性文学年表（近現代）」（市古夏生・菅聡子編『日本女性文学大事典』日本図書センター、二〇〇六）

執筆者紹介（あいうえお順）

井上理恵（いのうえ・よしえ）吉備国際大学教授。『久保栄の世界』（社会評論社）、『近代演劇の扉をあける』（同・日本演劇学会河竹賞受賞）、『20世紀の戯曲』全三冊（共編著、同）、『家族の肖像』（共著、森話社）

岩淵宏子（いわぶち・ひろこ）日本女子大学教授。『宮本百合子』（翰林書房）、『フェミニズム批評への招待』（共編著、學藝書林）、『宮本百合子の時空』（共編著、翰林書房）、『はじめて学ぶ日本女性文学史［近現代編］』（共編著、ミネルヴァ書房）

岩見照代（いわみ・てるよ）麗澤大学教授。『近代日本のセクシュアリティ』全三六巻（共編、ゆまに書房）、『『青鞜』を読む』（共著、學藝書林）、『買売春と日本文学』（共著、東京堂出版）、『女たちの戦争責任』（同）

岡野幸江（おかの・ゆきえ）法政大学他非常勤講師。『木下尚江全集』（共編、教文館）、『『青鞜』を読む』（共著、學藝書林）、『買売春と日本文学』（共編著、東京堂出版）、『女たちの戦争責任』（同）、『韓流サブカルチュアと女性』（共著、至文堂）

金子幸代（かねこ・さちよ）富山大学教授。『鷗外と〈女性〉』（大東出版社）、『鷗外と神奈川』（神奈川新聞社）、『鷗外女性論集』（編著、不二出版）、『『青鞜』を読む』（共著、學藝書林）

北田幸恵（きただ・さちえ）城西国際大学教授。『書く女たち　江戸から明治のメディア・文学・ジェンダーを読む』（學藝書林）、『フェミニズム批評への招待』（共編著、學藝書林）、『韓流サブカルチュアと女性』（共編著、至文堂）

鬼頭七美（きとう・なみ）慶應義塾志木高等学校教諭。「生き神信仰を越えて」（『昭和文学研究』第44集）、「紙面の中の「己が罪」」（『日本近代文学』第74集）、「家政学という場―成瀬仁蔵、リベラル・アーツ、女子教育―」（『日本女子大学総合研究所紀要』第8号）

高良留美子（こうら・るみこ）詩人・評論家・作家。『高良留美子詩集』（思潮社）、詩集『崖下の道』（同）、小説『百年の跫音』（御茶の水書房）、『自選評論集全六巻』（同）、『岡本かの子　いのちの回帰』（翰林書房）

小長井晃子（こながい・あきこ）日本女子大学非常勤講師。「『女学雑誌』にみる〈恋愛〉観の一面」（『国文目白』第35号）、「日本女子大学における和歌教育の伝統」（『国文目白』第41号）

小林とし子（こばやし・としこ）作新学院大学非常勤講師。『さすらい姫考』（笠間書院）、『扉を開く女たち』（共編著、砂子屋書房）、歌集『漂泊姫』（砂子屋書房）

小林裕子（こばやし・ひろこ）法政大学他非常勤講師。『佐多稲子―体験と時間』（翰林書房）、『人物書誌大系―佐多稲子』（編著、日外アソシエーツ）、『幸田文の世界』（共編著、翰林書房）、『佐多稲子と戦後日本』（共編著、七つ森書館）

小林美恵子（こばやし・みえこ）日本女子大学他非常勤講師。『昭和十年代の佐多稲子』（双文社出版）、『ジェンダーで読む　愛・性・家族』（共著、東京堂出版）、「『人間失格』の女たち」（『国文学解釈と鑑賞』第72巻11号）

佐藤耕治（さとう・こうじ）城西国際大学非常勤講師。「文体へのまなざし―三島由紀夫におけるジェンダー／セクシュアリティと身体／文体―」（『かりん　かりん：女性学・ジェンダー研究』創刊号）

菅井かをる（すがい・かをる）杉並学院高校非常勤講師。「『或る女』論―表象としての田川夫人」（『日本女子大学大学院文学研究科紀要』第6号）、『ジェンダーで読む　愛・性・家族』（共著、東京堂出版）

杉山秀子（すぎやま・ひでこ）駒沢大学教授。ロシア文学・日露比較文学・文化研究、ロシア地域研究。『魔女の系譜』（亜紀書房）、『コロンタイと日本』（新樹社）

関谷由美子（せきや・ゆみこ）国士舘大学他非常勤講師。『漱石・藤村〈主人公の影〉』（愛育社）、『島崎藤村―文明批評と詩と小説と』（共著、有精堂）、『近代文学における性と家族』（共著、笠間書院）、『韓流サブカルチュアと女性』（共著、至文堂）、『感情の歴史』（共編・有精堂）

中島佐和子（なかじま・さわこ）聖学院大学他非常勤講師。「『草枕』の成立―『高野聖』との比較から」（『国文』八七号）、「佐藤露英の小説―〈俊子文学〉のもうひとつの豊饒」（『国文学解釈と鑑賞』別冊俊子新論）

沼沢和子（ぬまざわ・かずこ）『宮本百合子論』（武蔵野書房）、『宮本百合子の時空』（共編著、翰林書房）、『買売春と日本文学』（共著、東京堂出版）、（『女たちの戦争責任』（同）

橋本のぞみ（はしもと・のぞみ）日本女子大学総合研究所非常勤研究員。「『うもれ木』にみる〈国民〉の実態」（『社会文学』第15号）、「樋口一葉とジェンダー」（『国文学解釈と鑑賞』68巻5号）、「『琴の音』を響かせるもの」（『論集樋口一葉Ⅳ』おうふう）

長谷川啓（はせがわ・けい）城西短期大学教授。『佐多稲子論』（オリジン出版センター）、『買売春と日本文学』（共編著、東京堂出版）、『女たちの戦争責任』（同）、『韓流サブカルチュアと女性』（共編著、至文堂）

藤木直実（ふじき・なおみ）日本女子大学他非常勤講師。「〈花柳小説〉の境界」（『日本文学』50・6）、「作家の妻が書くとき」（同、54・1）、「一葉の〈肖像〉」（『女性史学』15）、「「女がた」の周辺」（『文学』812）

松田秀子（まつだ・ひでこ）東京都立江戸川高校定時制教員。『『青鞜』を読む』（共著、學藝書林）、「私の千刈あがた―定時制高校で『プラネタリウム』を読む」（『新日本文学』第57巻2号）

溝部優実子（みぞべ・ゆみこ）日本女子大学他非常勤講師。『迷羊のゆくえ』（共著、翰林書房）、「『第七官界彷徨』」（『国文目白』第36号）、「百合子とメディア」（『国文学解釈と鑑賞』第71巻4号）、『ジェンダーで読む　愛・性・家族』（共著、東京堂出版）

矢澤美佐紀（やざわ・みさき）法政大学他非常勤講師。『佐多稲子と戦後日本』（共著、七つ森書館）、「田村俊子『炮烙の刑』の表象世界」（『国文学解釈と鑑賞』別冊俊子新論）、『ジェンダーで読む　愛・性・家族』（共著、東京堂出版）

渡邊澄子（わたなべ・すみこ）大東文化大学名誉教授。『野上彌生子研究』（八木書店）、『女々しい漱石、雄々しい鷗外』、『日本近代女性文学論』（世界思想社）、『與謝野晶子』（新典社）、『青鞜の女・尾竹紅吉伝』（不二出版）、『林京子―人と文学―』（長崎新聞社）

渡辺みえこ（わたなべ・みえこ）日本女子大学他非常勤講師。『女のいない死の楽園　供犠の身体・三島由紀夫』（パンドラ）、『売買春と日本文学』（共著、東京堂出版）

明治女性文学論

発行日	2007年 11月 20日　初版第一刷
編　者	新・フェミニズム批評の会©
発行人	今井 肇
発行所	翰林書房
	〒101-0051 東京都千代田区神田神保町 1-14
	電　話　(03)3294-0588
	FAX　(03)3294-0278
	http://www.kanrin.co.jp
	Eメール● Kanrin@mb.infoweb.ne.jp
印刷・製本	シ ナ ノ

落丁・乱丁本はお取替えいたします
Printed in Japan. 2007.
ISBN4-87737-255-2